フラン・トロクスラーに特大のありがとうを捧げます。
コーヴ・マウンテンを車で登ったり下ったり、
ウェアーズ・ヴァレーの静かな道を行……がら、
そこに暮らす人たちの生活ぶりやらな
わたしたちがぶつける質問にすべて答
彼女はなんでも知っている！
トロクスラー一家にとって渓谷は大
いろいろとありがとう、フランと
心から感謝しています。

静寂のララバイ

おもな登場人物

セラ・ゴードン――食品雑貨店兼ガソリンスタンドのオーナー
ベン・ジャーニガン――元軍人
キャロル・アレン――セラのおば
オリビア――キャロルの孫娘
ジョシュア（ジョシュ）――キャロルの孫息子
バーブ・フィンリー――キャロルの友人
マイク・キルゴア――水道工事屋。ウェアーズ・ヴァレーの住人
ハーレー・ジョンソン――ウェアーズ・ヴァレーの住人
トレイ・フォスター――ウェアーズ・ヴァレーの住人
ジム・リビングストン――ウェアーズ・ヴァレーの住人
メアリー・アリス――ウェアーズ・ヴァレーの住人。ジムの妻
ローレンス・ディートリック――ウェアーズ・ヴァレーの住人
テッド・パーソンズ――オハイオのタイヤ販売店の経営者
メレディス――テッドの妻
コリー・ハウラー――ベンの友人

1

パソコンの警告音が鳴ったとたん、ベン・ジャーニガンは目を覚ました。一生分とも思える長い訓練の賜物で、無意識のうちに体が動き、気がつくとパソコンの前にいた。顔を手で擦りながらランプをつけ、パソコンの画面上に現れる微小な文字の情報に目を凝らす。小さく悪態をつきながら、画面を拡大し――また悪態をついた。今度は大声で。

情報を読みだして十秒もたたないうちにスマートフォンが鳴った。この番号を知る人間はごく限られており、いまは――ベッドサイドの時計を見る――午前二時四十三分、こんな時間にかかってくる電話は、無視するわけにいかない。

「もしもし」相手が聞き取れるように声のトーンをあげる努力はしたものの、うなり声に毛が生えたぐらいだ。いきなり起こされたせいでアドレナリンが全身を駆けめぐり、筋肉を緊張させ、視界をはっきりさせ、脳みそをフル回転させる。この二年ほどは銃撃されたことがないが、交感神経はいまも臨戦態勢にあった。

「読んでるか？」声の主は軍隊時代からの盟友、コリー・ハウラーだった。いまは政府で怪しげな仕事をしており、そのせいで裏の事情に精通していた。そういう人間は、規模の大小にかかわらずどんな組織でも貴重な存在だ。

「ああ。規模は？」

「キャリントンよりでかい」

「クソッ」ベンは小さく毒づいた。キャリントンとは一八五九年に発生した特大の太陽嵐のことで、このとき太陽で起きた大規模な爆発現象(フレア)を観測したイギリスの天文学者リチャード・キャリントンにちなんでキャリントン・イベントと呼ばれている。世界中で赤いオーロラが観測され、その明るさで真夜中でも新聞が読めたそうだ。地上では磁気嵐が発生し、アメリカ全土で電線が溶け、いくつかの電信局が燃える被害が出ている。十九世紀だから電報が打てなくなるぐらいですんだが、テクノロジーに依存する現代でおなじことが起きれば、壊滅的な被害を蒙(こうむ)る。太陽フレアが発生すると、太陽周辺の輝いている部分、コロナの中の物質がプラズマの塊となって宇宙に放出される。これが〝コロナ質量放出(CME)〟で、地球を直撃した場合、通信衛星は故障し、高圧送電線網――その多くが保安措置を強化しないままだ――は分断され、パイプラインが損傷するためガソリンの供給はストップし、食料供給も滞り、都市は機能不全に陥る。ダンテの『神曲』の地獄篇が現実のものとなるのだ。

　テクノロジーに損害を与えぬ小規模なＣＭＥは毎日のように起きているが、そのような穏やかなＣＭＥとは比較にならない規模のものが発生したのだ。

「それで、いつになる？」

「いまから三十六時間後。もっと前にわかっていたはずなのに、あいにく静止気象衛星シリーズ（GOES）のうちの一基が整備のため運用停止になっていた。故障したという声もあるが、連中は口が裂けてもそうは言わないだろう。タイミングが悪かった」差し迫る災厄の規模を考えれば、ずいぶんと控えめな言い方だ。「ＣＭＥは連続して起きている。いまのところ確認できたのは四回だ。最初のは十二時間以内に中東を直撃するはずだが、それ以降の三回は規模が大きく範囲も広く、地球に到達する速度も速くなっている。極東からヨーロッパまでやられる」

ベンは〝いまのところ〟という言葉を聞き逃さなかった。つまり、四回以上起きる可能性があるということだ。四回目のＣＭＥは大西洋を直撃し、航行中の船を沈没させるだろうが、それ以降のＣＭＥが降り注ぐのはアメリカ大陸で、世界規模の磁気嵐が吹き荒れることになる。最初のＣＭＥがいわば露払いの役目を果たし、それ以後のＣＭＥは強度と速度を増す。

「おまえはどうするつもりだ？」ベンが尋ねたのは、ハウラーには守るべき家族がいるからだ。

「女房と子供たちに荷造りをさせているところだ。南に避難させる。都市部から離れ、できるだけ南へ移動させたい」

なるほど。南へ行けば冬を越すのがそれだけ楽になる。

「おまえはどうするんだ？」

「逃げる準備はしているが、あと十二時間ぐらいはここにへばりついているつもりだ。それから女房や子供たちに合流し、南へ移動して生き残るすべを考える。送電線網が復旧するのに一年はかかるだろうから」

ずいぶんと楽観的な見方だが、あながち的外れともいえない。「警報は出されるのか？」

おそらく出さないだろう、とベンは思った。あたふたするばかりの政府内にあって、へたに警報を出せばパニックに陥った市民が通りを埋め尽くし大混乱となる、上層部にそう進言する者が出てくるはずだ。もっとも、ＣＭＥの地球直撃を予測できるのは政府だけではない。情報はいずれ漏れるし、それなら早いに越したことはない。

「準備はしているらしい」と、ハウラー。「夜が明けしだいなんらかの発表があるという噂だが、おれの見立てでは午後になってからだろうな。上のほうのアホどもは、誤報の可能性もあると考え、日本がやられるまで待つ気だ。わかるだろ」

残念ながらわかる。「じゃあな、元気で」

「おまえも」

ベンは電話を切ると服を着替えた。これまでもほぼ自給自足でやってきたが、その体制を強化しておく必要がある。物資を補充し、安全対策を講じる。ソーラーパネルを保護する。ＣＭＥの直撃を受けると地球の磁気圏が攪乱されて磁気嵐が起きるので、無線機はしばらく使い物にならないが、磁気嵐がおさまってから使えるように部品を保護しておかねばならない。発電機もそうだ。プロパンガスを補充し、トラックと全地形対応車のために予備のガソリンを買っておく。

だが、蓄えておけるガソリンの量にも限度がある。これは長期戦になる。この何十年間、企業も政府も手をこまねいてきた。壊滅的な太陽嵐が地球を襲うことはないだろう、少なくとも自分たちが生きているあいだは、と高を括り、コストがかかることもあって対策を講じてこなかった。そのつけが回ってきたのだ。太陽が〝撃て〟の命令を出した。核兵器数千個分のエネルギーを持つものが降り注ぎ——爆発は起きないが、損害は甚大だ。

このような災害の被害予測を仕事にしている連中は、最初の一年で、全世界の人口の九割が死に絶えると想定している。ベンはそこまでひどくはならないと思っていた。政府が考えているほど人間は無能ではない。あれこれ工夫して生き延びようとするものだ。

夜明けまでまだ間があるいま、彼にできることはあまりなかった。かといって二度寝もできそうにない。キッチンに行ってコーヒーを淹れ、監視カメラをチェックした。クマが庭をうろついていたり、家をぐるっと囲むポーチにまで侵入してきていれば、遠赤外線画像に熱痕跡が残っているはずだ。テネシー州の東部山岳地帯に位置するこのあたりでは、クマと遭遇するのは日常茶飯事で、優先通行権は先住のクマにある、と彼は思っている。

　画像には小さな熱痕跡がいくつか残っていた。小鳥とおそらくアライグマ、それ以上大きなものは残っていなかった。クマよけスプレーと、散弾を装填したピストルとコーヒーカップを持ち、渓谷を望むポーチに出た。痕跡が残っていなくても、クマがこれからお出ましということもある。ロッキングチェアに座ってポーチの手摺りに足をのせた。コーヒーを飲みながら、はるか下方のウェアーズ・ヴァレーの煌めく光を眺めた。

　ここに住んで二年ちかくなる。この地方出身の軍隊仲間の勧めで移り住むことにして、当初は山の中に小さな丸木小屋を建てるつもりだった。だが、この場所をひと目見て即断した。買った土地は予定より広かったが、コーヴ・マウンテンの山腹という理想的な場所にある。未舗装のドライヴウェイは傾斜が急すぎて普通車では登ってこられないし、ベンが道の真ん中に並べた大きな岩が障害となり、ピックアップトラックでも車体を高くした改造車でなければ登れない。道にチェーンを張り渡すことも考えたが、通るたびにいちいち車を降りなければならず、自分で自分の首を絞めるようなものだ。第一、ここまでやってくる人間はめったにいなかった。

　一人が好きだし、こういう暮らしに満足している。戦闘に明け暮れることに疲れた。それに、実戦経験もないのに偉そうに、彼や彼の部下たちの生死を分ける決断を平気で下す役人たちとかかずらうことに嫌気がさした。だから辞めた。ただただ一人になりたかった。

それは警戒を解けないことを意味する。最先端のセキュリティシステムを備えた。モニターや警報装置まで揃っている。他人に干渉されたくないと本気で思っていることを示すためだ。二度ほどお節介な隣人——観光客だったのかもしれないが、二キロ先に住む人間を〝隣人〟と呼べるとして、その隣人の顔を知らないのでどっちともいえない——が、わざわざこんな山の上まで歩いてやってきたことがあった。そいつらが角を曲がり、彼の家がある広く平坦な地面に足を踏み入れたとたん、モーションセンサーが作動した。中折れ式ショットガンを相手に見えるよう前で抱え、ポーチに出ていった。二度ともひと言も発する必要はなかった。仏頂面の大男がショットガンを抱えて現れれば、誰だって一目散に逃げ出す。

夜明け前の薄暗いポーチに座り、小夜啼き鳥の声や木摺れの音に耳をかたむける。まわりには人っ子一人いない——こういう生活がしたいからテネシーの山奥に越してきたのだ。心的外傷後ストレス障害には罹らなかった——悪夢もフラッシュバックもなく、恐怖で汗びっしょりになることもない。こんなふうに引きこもるのもPTSDの一種だ、と診断する精神科医もいるかもしれないが、精神科医というのは、自分の仕事を正当化するためになんにでも病名をつけたがる。彼が付き合ってきたような出鱈目な連中を長いこと相手にしていれば、誰だってこうなる。

人付き合いをまったくしないわけではない。ここの連中の名前ぐらいは知っている。必要に迫られ、渓谷の住人の何人かに会ったこともある。こっちはうー、とか、あー、とか返すだけなのに、みんなせっせと話しかけてくる。この土地の唯一の欠点がそれだ。南部人は人懐っこくてまいる。誰にでも話しかける。こっちは話しかけられたくないのに。会ったばかりの老夫婦から夕食に招かれたことがあった。老人をかわすのは、待ち伏せをかわすぐらい難しい。なにしろ彼らは人をもてなすことに命をかけているから、ベンは生皮を剥がれたような気分になって、どこかに避難したくなる。

ほんのちょっとでも心惹かれるような女はここにはいない。嘘つけ、と心の声が即座に否定した。セラ・ゴードン、ハイウェイ沿いで小さな食品雑貨店兼ガソリンスタンドをやっている……彼女のことは気になっていた。なにがいいって無口だ。質問攻めにしないし、おしゃべりに引きずり込もうともしない。彼女の店なら、攻撃を受けている気分にならずに買い物ができた。きっと引っ込み思案なんだろう。ほかの客ともあまり話をしない。引っ込み思案なのはいい。何度か通って馴染みになっても、気安く話しかけてこないだろうから。

ほっそりとして、物静かで、濃い茶色の髪、やわらかな茶色の目、女だとわかる程度にはくびれのある体つき。結婚指輪はしていなかった――指輪と名のつくものはいっさいしない。店にいるあいだ、彼女がこっちを見ることはあまりないが、それでも見られていないと確信したときにだけ、彼女を眺めて楽しんだ。この三年間、眠りっぱなしのイチモツが、そのときだけはわずかに息を吹き返す。

　そんな物思いに耽りながら、はるか下を走るハイウェイを眺める。車が一台、ヘッドライトで路面を舐めるようにして左から右へと通過してゆく。いいだろう、百歩譲ってPTSDの一種なのかもしれない。数年前なら、セラ・ゴードンに夢中になって口説こうとしていただろう。結婚指輪をしていないことが決め手だ。だが、ぐずぐずしているうちに孤独を求める気持ちが勝ってきて、なにもせずじまいになった。

　渓谷に住む人びとはまだ健やかに眠っている。ほとんどがそうだろう。なかには彼のように、よく眠れずに夜明けを待っている人間がいるかもしれない。あるいは彼のように、海洋大気局が発する太陽嵐警報をパソコンで受信した人間がいるかもしれない。まずいないだろうが。渓谷の人びとの人生は劇的に変化しようとしている。彼自身の人生は、そこまではいかない。CMEの直撃を受ければ、サバイバリストの雑誌にコラムを書けず、収入源が断たれる。政府や銀行が機能を回復するまで、軍人恩給は支給されないまま利子がついていく。もっとも、電気もガスも水道もストップするから、公共料金を支払う必要がない。自分で狩ったり育てたりしたもので食いつなぐだけだ。防衛手段として、家の地下に一年分のフリーズドライ食品を貯蔵してあるし、缶詰も溜め込んでいる。弾薬も充分にあるから、食料と土地を守ることができる。

　シンクタンクの連中の予測が正しくて、来るべき最悪の日を生き延びるのが人口の一割だとしたら、そのなかに入っているつもりだ。

店は平日が忙しい。セラ・ゴードンが営む食料雑貨店兼ガソリンスタンドは、ハイウェイ321沿いにあるので、いつも繁盛している。大儲(おおもう)けはできなくても、まずまずの暮らしを送れていた。それほど広くはない駐車場の真ん中に給油ポンプが二台、店内には食料雑貨が並ぶ棚が七列ある。毎日の買い物にここを訪れる者はいないが、渓谷の住人たちが、ちょっとした物を切らし、わざわざ町まで出かけるのが面倒なときにやってくる。おばのキャロルは〝トイレットペーパーとスパム〟の店と呼ぶが、それほど的外れではない。ほかにもチップスやクッキー、シリアルに缶詰、塩に砂糖にコショウといった必需品も種類は限られるが揃っている。市販薬と絆創膏(ばんそうこう)、それに女性用品が並ぶ棚もある。店の奥の床から天井まである小型冷蔵庫には、ビールとソフトドリンク、ジュースが揃っている。牛乳を扱っていたこともあるが、場所をとるわりに売れないのでやめた。価格面で町の大型店と競争できないし、乳製品は賞味期限が短い。粉ミルクと缶詰のコンデンスミルクは少しだが置いている。売れるのは、みんなが自家製アイスクリームを作ろうと思い立つ夏だけだ。

地元の人たちと、ウェアーズ・ヴァレーに滞在する観光客、ピジョン・フォージやガトリンバーグといった観光地への行き帰りに寄る観光客を相手に、小さな店はそこそこ繁盛していた。プライベート・ジェットや別荘は夢のまた夢でも、ちゃんと暮らしていける、それで充分だ。

セラが自分の小さな店に満足しているのは安全だから、とキャロルは言う。これもやっぱり、的外れではなかった。

私生活でも仕事でも、賭けにでるのは、危険なことが好き、ゾクゾクするのが好きな人間で、セラはそのタイプではない。

車体を高く改造したグレーの大型ピックアップトラックが、給油ポンプの前に停(と)まった。地元の人の車はたいていわかる。ベン・ジャーニガンはめったに山をおりてこないが、たまにガソリンを入れに寄ることがあり、ビールやシリアルを買ってゆく——めったに来なくても、一度目にしたら忘れられない。乗っているトラックもだが、彼本人が強い印象を残す。身長は百八十五センチ以上、見事な筋肉がコットンのTシャツを盛りあげ、太く筋張った腕にはタトゥーがいくつか、両手は傷跡とタコで埋め尽くされている。たいてい二日分の無精ひげを蓄え、いつもサングラスをかけている。店に入ってくるとそのサングラスを頭のてっぺんに移動させ、現れた淡いグリーンの目はよそよそしくクールで、剃刀(かみそり)のように鋭い。セラ自身が社交的なタイプではないが、客には愛想よくしようと努めていた。ところが彼が相手だとそれも難しくなる。オオカミに気づかれませんようにと願うウサギみたいに、息をひそめるのがつねだった。

タトゥーは好きじゃないけれど、タトゥーのない彼の腕は想像ができない。つまり彼の腕にそれだけ意識が向いているということで、あまりよくない兆候だ。

彼がやってくるたび、セラの心臓は跳ね上がり、彼が店を出ていったあとも数分間はドキドキがつづいた。ウサギそのものじゃないの。

彼がトラックを降り、給油ポンプに向かって歩き出したと思ったら立ち止まり、店のほうに顔を向けた。セラは慌てて目を伏せた。もっとも、ガラスが太陽を反射しているから、店内は見えていないだろう。それでも、見つめていたことを、彼に気づかれたくはなかった。そんな危険は冒せない。〝大胆〟という言葉は、セラを表現するのにまず使われない。

彼は方向転換して店に向かってきた。

いつもどおり、セラの心臓がドキドキしだす。カウンターの上の請求書に意識を向けながらも、彼を見たかった。見たいと思わない女がいる？　怖いもの知らずではなくても、セラだって女だ。

ドアのチャイムが鳴り、彼が無言のまま目の前を通りすぎる。給油しないのならトラックをどかしてもらえませんか、と言いたかったが言えなかった。彼が通りすぎるのを見計らい、ちらっと彼のほうを見るのが関の山だ。茶色のTシャツに包まれた逞しい背中を。ついでにお尻まで目がゆき、ジーンズを押し上げる見事な筋肉にいやでも気づかされた。頬がカッと火照る。請求書に視線を戻し、意識を集中する。集中しようとはしてみた。

ところが意識は請求書に集中することを拒み、いろんな思いが頭の中を駆けめぐった。彼は入って来しなに買い物かごを手に取った。めったにないことだ。いつもは大きな両手で持てる程度の量しか買っていかない。

やだ。唾が溜まってる？　溜まってるじゃないの！　気づいて面食らった。売り物として男が並んでいる市場に行ったとしても、まあ、行くわけがないけれど、ジャーニガンを選ぼうとはぜったいに思わない。たしかにいい男だし、いい感じに筋肉がついているけれど。もう一度ちらっと見てみる。あの腕、あのお尻……ただただ見事。でも、彼の持つなにかが、危険だ、危険だ、近寄るな、と叫びたてている気がする。テレビの古い番組に出てきた叫ぶロボットみたいに。彼にもしデートに誘われたらパニックに陥る。軽口を叩かれただけでそうなる。自分の手に余る相手かどうか見極められるのが、賢い女というものだ。

効率よくさっさとやるのが、いつものジャーニガンの買い物の仕方だった。なにがどこに置かれているのか知っていて、まっすぐそこに向かう。ところが、きょうの彼は棚の商品を見て歩いている。彼らしくもない。ひとつの棚からつぎの棚へと移り、買い物かごを満杯にしてカウンターにやってきて、精算するのかと思ったら、品物をカウンターに並べてまた品選びに戻った。

トイレットペーパー。アスピリン。缶詰のスープ。ブルーベリー・ポップ・タルト。

また買い物かごを満杯にして戻ってくると、彼は黙って品物をカウンターに並べ、うなずいた。目と目が合った瞬間、セラの心臓が止まり、意識が吹き飛んだ。なんなの彼の瞳、獲物を狙う獣そのものの淡いグリーン、美しいとさえ言える瞳だ。顔立ちはけっして美しいとは言えないけれど、美醜など超越した男らしい顔、興味をそそられる顔だ。

先に目をそらしたのは、当然ながらセラのほうだった。黙って缶詰を取り上げ、スキャンする。

なにか言うべきだ。「こんにちは」ぐらいは言わないと。そうすべきだとわかっている。客に気持ちよく買い物してもらうのが店番の務めだ。その店番が店主ならなおのこと。

「ほかにはなにか?」それだけ言うのがやっとだった。

「ガソリン三十ドル分」

ふだんの彼はクレジットカードでガソリン代を払う。店に入らずじまいなことも多い。セラはうなずき、現金三十ドル分のガソリンを給油するようパソコンに打ち込んだ。

合計金額を告げると、彼は尻ポケットから財布を抜き、札を取り出した。そのあいだに、セラは商品を袋に詰めた。何袋にもなる買い物の量だ。車まで運ぶのを手伝いましょうか、と声をかけるのがふつうで、相手が男でもおなじだ。でも、彼の場合は勝手がちがう。セラが差し出した釣銭を、彼は前ポケットに突っ込み、袋をすべて集めて抱えるとドアへと向かった。

その後ろ姿を見ながら、彼女はフーッと息を吐いた。いったい彼のなにがこんなに不安にさせるのだろう？　彼の見てくれに惹かれる、あるいは体に惹かれるような、薄っぺらな人間ではなかったはずなのに。

ドアの前で彼が立ち止まった。セラは、ドアを開けられないのかと思い、カウンターの奥から出ていこうとして言った。「ドアを押さえてましょうか」すると彼が振り返り、剃刀みたいな目を向けてきたので、セラの足が止まった。

「有事に備えて物資を蓄えておいたほうがいい、念のため」

有事？　セラはぎょっとして窓の外を見た。嵐雲が迫っているのかと思ったが、いつもの九月の景色が広がっているだけだ。緑の山々を背に青い空が広がり、気温はまだ高かった。このあたりに大雨を降らすようなハリケーンが、南部沿岸地帯にちかづいているという予報は出ていない。雪は何か月も先だ。いったい――？

「まだニュースで取り上げられていないが」彼がつづけた。その声は低く、咳払いしたほうがよさそうに、ちょっとしゃがれている。「じきに流れる。数時間後か、あるいはあすになるか。警戒警報を出すべき人間たちが、どこまで迅速に動くかによる」首筋や顎の小さな筋肉がわずかに引きつる。「迅速に動いたためしがないけどな、それでも――」そこで肩をすくめる。

彼がなんの話をしているのか、セラはまるでわからない。「なんのニュース？　警戒警報ってどんな？」

「太陽嵐が発生したんだ。ＣＭＥ」

「なんなの？」

「コロナ質量放出」彼は言葉を省略しすぎる。「大規模なやつ。予測どおりの規模だと、送電線網がダウンする」

「停電するってことね」山間部に停電はつきものだが、地元の施設はかなり立派だ。

　彼がちょっとじれったそうな顔をした。わざわざ足を止めて話をしたことを後悔しているようだ。「停電は数か月つづくだろう。一年まではいかなくても」

　思わず眉をひそめそうになった。やっぱりね。予想外に大きな欠点があったのだ。大酒を呑む、金遣いが荒い、マリファナをやりすぎる——よくある欠点で、そういう男の誘いはいっさい受けないことにしていた。彼の場合はそれよりもっと悪い。彼は陰謀説を煽るサバイバリストだったのだ。すてきなお尻も筋肉も、タトゥーのある腕も、きれいな瞳ですら帳消しにできないほどの、大きな欠点だ。

「預けてある現金はすべて引き出すんだ」彼はいやいや話しているという感じだ。無理に教えてくれなくていいのに、と言ってやりたくなる。「生活必需品や缶詰、乾電池を揃えておくこと」これ以上相手はしていられないと言わんばかりに、こう言って話を終わらせた。「グーグル検索してみろ」

裏のドアが開いて、おばのキャロルがにこやかに挨拶した。「こんにちは」ジャーニガンはちらっと彼女を見て、いまが立ち去る潮時、女二人はとても手に負えないと思ったらしい。ドアを出てトラックへと向かった。

へんな人。

キャロルが窓の外に目をやる。ジャーニガンは買い物袋をトラックの運転席に積み込み、金を払った分のガソリンを入れはじめた。「あら、いい男を見逃したじゃない。念を入れて髪をいじるんじゃなかった」金髪に染めて綿飴みたいなピンク色のハイライトを入れた短い髪を指で弾き、ブルーの瞳をパチパチさせ、声をあげて笑った。陽気な笑い声はまわりを愉快にする。笑うことにすべてをかけているような人だ。

セラは咳払いして話題を変えた。「彼から聞いたんだけど、太陽嵐に襲われて何か月も停電がつづくそうよ」われながら馬鹿ばかしいことを言っているものだ、とセラは思った。それに彼のことを〝いい男〟だなんて、口が裂けても言えない。キャロルおばのことだから、セラをせっついて食事に誘えと言うにきまっている。セラに生まれてはじめてのチャンスがめぐってきたみたいに大騒ぎして。

キャロルは鼻を鳴らし、掃除道具入れから箒を取り出した。オリビアが学校に行っているあいだ、おばはときどき手伝いに来てくれる。おばは十五歳の孫娘のオリビアを五歳のときから育ててきた。床を掃きながらため息をつく。「まったくねえ。見てくれのいい男にかぎっておかしなのが多いのはどうしてかしらね？　彼がコーヴ・マウンテンの古い家を買ったときに、おかしいと気づくべきだった。あんな辺鄙（へんぴ）なところに、誰が好き好んで暮らすわけ？　おかしいわよ。ソーラーパネルを山ほど運び込んで、それに、聞いた話じゃ無線をやってるって」そこでセラをちらっと見た。「そんな非難がましい目で見ないでよ。あたしがおしゃべりなんじゃない、まわりがあれこれ言ってるだけ。いやでも耳に入るんだもの」

無線をやる人間はおかしいって、いつからそうなったのだろう。渓谷の住人のなかにも無線をやっている人はいる。問題は、ジャーニガンがおかしな人間には見えないことだ——その反対。厳しい現実にちゃんと向き合っているように見える。

セラはカウンターに寄りかかり、考えた。直感だけに頼りたくはない。でも、もし——「もし彼の言うとおりだとしたら？」そんな恐ろしいこと口には出せない。パニックに呑まれそうになる。何か月も停電がつづいたらどうなるかなんて、想像もできなかった。

キャロルが掃除の手を止めて箒にもたれかかった。細い体は箒と大差ない。目をくるっと回し、顔をしかめる。「そういえば、二千年問題で大騒ぎになったときに買った手回しラジオ、まだ持ってるわ。暦が一九九九年から二〇〇〇年に移ったとき、あなたはまだ子供だったからわからなかっただろうけど、コンピュータが〝99〟から〝00〟に移行したとき、〝00〟を一九〇〇年と勘違いして、システムに不具合がでるって騒ぐ人がいたせいで、集団ヒステリーみたいになってね。銀行が閉鎖して、発電所が停止して、大混乱が巻き起こるって。開けてびっくり」また筝を動かしはじめる。「なにも起きなかった。トイレットペーパーをたんまり買い込んだわよ。向こう一年買わずにすむぐらい。もしもに備えてかっこいい手回しラジオも買ったわよ。とくに必要でもなかったのに」

キャロルの言うとおり、なにも起きないのだろう。

それでも……もし起きたら？　よく知りもしない男の警告を鵜呑みにして騒いだ挙句、なにも起きなかったら、〝おばかさん〟と笑われるぐらいだが、備えをしないまま彼の警告どおりになったら、ほんとうの馬鹿だ。

ほんとうの馬鹿よりおばかさんのほうがいい。おばかさんは笑われておしまいだけれど、ほんとうの馬鹿は致命的だ。一か八かの賭けはできない。

だから買い物かごをつかみ、生活必需品を放り込んだ。棚を空にするつもりはない。ドアに鍵をかけて閉店にするつもりもないけれど、備えておくに越したことはない。いますぐ使わなくても、生活していればいずれ必要になる品物だ。

セラがツナやチキンの缶詰を買い物かごに入れるあいだに、キャロルは肉の缶詰の棚の前を掃いていた。セラの様子をしばらく眺めてから、キャロルは鼻を鳴らした。「世界の終わりに向けて準備しているのなら、マヨネーズは忘れないことね」

「そんなんじゃないわよ。いずれにしたって使うものを取っておくだけ。何事もなければ、それに越したことはないでしょ。棚に戻せばいいんだから」

いたずらに右往左往していた。考えがまとまらない。冷静にてきぱきこなしたかったのに、それができなかった。まわりはなにも変わっていないのに、自分だけ迷子になった気分だ。なにをすればいいのかわからない。彼の言うとおりになったらどうなるのか、考えをめぐらせようとしてもできないから、彼が実際に口にしたことに意識を向けた。手元にいくらかの現金はあるが、長期化する災難を切り抜けるには充分ではない。でも、現金がなんの役にたつのだろう？　でも、彼がああ言っていたのだから現金を用意しておこう。太陽嵐が襲ってきて送電線網がダウンしたら、銀行にアクセスできず、クレジットカードやデビットカード決済の分は回収できなくなる。

「きょうだけは」キャロルにだけ聞こえる声で言った。「現金しか受け付けないことにするわ。クレジットカードの端末機が故障したって言うの」小切手は何年も前から扱っていないから、そっちは問題ない。

「給油しに来るお客さんはどうするの？」

そうだった。ジャーニガンの言ったとおりに警戒警報が発せられたら、観光客は家に戻ろうとするだろう。ふつうに考えればそうだ。旅先でそういうことになったら、一目散に自宅を目指す。観光客はガソリンを必要とする。誰もがガソリンを必要とする。「受け入れるしかないわね、当面は」現金の持ち合わせのない客に、駐車場や前の道で立ち往生されても困る。良識ある妥協策と言わざるをえない。少なくとも当面は。だが、警戒警報がほんとうに出されたら、そうも言っていられなくなる。

考えうる事態を想定しようとしても、まるで現実味がなかった。セラが知っている文明とか文化は、そんなにかんたんに消滅したりしない。それが常識だ。問題があまりにも大きくて、なにをどう準備したらいいのかわからなかった。

クッキーの棚へ向かったセラに、キャロルが声をかける。「ハルマゲドンに備えろってほかの誰かに言われたら、あなた、本気にする？　言ったのがいい男だったから、世界の終わりに備えなくちゃって思ったんじゃないの？」

「わからないわよ」セラは困惑していた。「彼を信じているのかどうか。ただ……彼が間違っているほうに賭けるのもどうなんだろう」大きなため息。「わたしだけのことじゃないのよ。おばさんやオリビアがいるんだもの」

肝心なのはそこだ。セラにとって家族といえるのは、いまではおばとオリビアだけだ。親戚は多くなかった。別の州に住むいとこが数人と、入隊したオリビアの兄のジョシュアがいるが、ちかくに住むのは二人だけ。自分が準備を怠ったせいでおばとオリビアになにかあったら、ぜったいに自分を許せないだろう。

この十年でたてつづけに家族を亡くした。オリビアの両親――おばの娘とその夫――は、不注意な人間が起こした交通事故の巻き添えをくって亡くなった。セラの両親が病気で

――一人は進行がゆっくりな癌、もう一人は動脈瘤であっけなく――亡くなったのは、それから三年後と五年後だった。おばの夫が心臓発作で亡くなったのは四年前のことだ。その一年ほど前に、セラ自身が離婚していた。

これ以上誰も失いたくない。残っている家族を守るためなら、なんでもやる覚悟だった。

ここに住む三人は、たがいに分かちがたく結びついている。セラもキャロルも店から歩ける距離に住んでおり、家の構えはよく似ているが内部はまるでちがった。セラはミニマリストだ。キャロルは日常生活を彩る細々としたものに目がない。それよりなにより、キャロルはなんの備えもしていないから、停電になったら二日ともたないだろう。セラが一台持っているからと、発電機も買っていない。停電になったら、オリビアを連れてセラの家に厄介になればいい、と暢気なものだ。どちらの家にも暖炉があるが、キャロルはもう何年も火を熾したことがなかった。でも、それではすまなくなる。

店にある商品をすべて取り置いたとしても足りないかもしれない。家にやってくるのはキャロルとオリビアだけではないだろう。友人や隣人がやってきて、物を分けてくれと言ったら、どう対処すればいいの？　家族をいちばんに考えるとしても、こっちを頼ってきた人をむげに追い返せはしない。さあ、困った。いま集めて積み上げたわずかばかりの品物に目をやる。

こんなもので足りるわけがなかった。

大きなため息が出た。「大惨事を生き抜くってことになったとき、渓谷の住人たちのなかで、頼りになる人って誰だと思う？」

おばと目が合う。おばもまた、友人や知り合いの顔を思い浮かべ、さっき店に来た男と比べているのだろう。タフで仏頂面の筋骨逞しい男。セラたちが想像もできないようなものを、想像したくもないものを、さんざん見てきた人間だということは、その目を見ればわかる。

「見事なお尻のキン肉マン」キャロルがしぶしぶという口調で言った。ジャーニガンのあたらしい呼び名を考えついたのね。

また目が合う。セラは言った。「ちょっとのあいだ、店番してて」集めた品物を事務室にしまう。「町まで行ってくる」

「なにしに？」と、キャロル。

「やるべきことをやりに。薬局に電話して必要な薬を揃えておいてもらって。わたしがついでに取ってきてあげるから」

「まだ前にもらったのが残っているわよ。期日前に買うと保険がきかない――」キャロルは言いかけてやめ、またつづけた。「保険のこと、忘れてた。そうなると自分で払わないといけないのよね。そうでしょ？　薬局が認めてくれるかしら？」

「くれるんじゃない。なにも麻薬を売ってくれって言ってるんじゃないもの。薬局に電話して確かめて、あとで知らせて」セラはカウンターの下からバッグを取り出し、ドアへと向かった。〝やることリスト〟はすでに頭の中で書き上げていた。銀行で現金をおろす、食品雑貨店で日用品を買い揃える、キャロルの処方薬を受け取る、乾電池とオイルランプ用の燃料を買う——やるべきことの多さときたら、頭がクラクラしてきた。そういっぺんには思い浮かばないし、いっぺんに手に入れることもできない……それでも、家族の生存と安全を守るための小さな一歩を踏み出したわけだ。

ジャーニガンが的外れなことを言ったのかもしれないし、そもそもおかしな人なのかもしれない。あるいは、まともだけど騙されやすくて、偽情報に踊らされているのかもしれない。彼の姿が頭をよぎった。いいえ、彼にかぎってそんなことはない。彼を評して〝騙されやすい〟とは誰も言わないだろう。物事をかんたんに鵜呑みにするようには見えない。

心配性の人はいる。来週の火曜日に、あるいは来年になったら、旧暦のいついつには、世界の終わりがやってくる、と気に病む人はいるけれど、悪いことが起きませんように、とおまじないをすれば、ほら、大丈夫。

ジャーニガンはそういうタイプでは断じてない。騙されやすくないし、おかしな人でもない。顔見知りという程度でよく知っているわけではないが、ウェアーズ・ヴァレーの外の世界でなにが起きているか知っている人がいるとしたら、少なくともセラのまわりでは彼をおいてほかにいない。

気が進まないという感じではあったけれど、彼は警告してくれた。どうしてだろう。みんなに言うつもりなの？　独立戦争の愛国者、イギリス軍の動きを知らせに走ったポール・リヴィアみたいに、渓谷中を走りまわって知らせるつもり？

「いつごろ戻る？」キャロルが尋ねた。

「そうね、オリビアがスクールバスを降りるまでには戻るつもり。それまで店番をお願いね」

2

食料雑貨店に入ったものの、セラの足はそこで止まった。長期にわたる停電に備えて、缶詰のスープやインスタントコーヒー以外になにを買い揃(そろ)えればいいのだろう。店がとくに混雑していないから、よけいに困惑する。公式発表がなされていなくても、これだけの大事なのだから秘密が保たれるわけがない。スマホやラジオ、あるいは街角のラウドスピーカーから緊急警報が流れて当然なんじゃない？　これからなにが起きるにせよ——ほんとうに起きるとして——まだ誰も知らないなんておかしい。

生鮮食品売り場は素通りすることにした。買い込んでも腐らせるだけだ。でも、待ってよ、バナナをひと房手に取る。これぐらいなら二、三日で食べきるだろうし、ジャーニガンの言うとおりだとしたら、当分のあいだバナナは手に入らなくなる。それにオレンジも。ビタミンCは大事だ。

きっと偽情報だったのだ。どうか偽情報でありますように。なにも起こりませんように。通路を途中まで進んだところで考えた。わたしったら、なにやってるんだろう。バナナとオレンジをもとに戻すことにして、回れ右をする。カートをここにほっぽったまま店を出るわけにはいかない。でもそこで、ジャーニガンの仏頂面が脳裏に浮かび、心臓がドキドキしはじめ、そのまま買い物をつづけた。チキンの缶詰を二年分買い込んだからって罰は当たらないでしょ?

彼はなんとなく信用できる気がする。はたして大災害が起きるかどうか自分ではわからなくても、彼がそう言うならそうなのだろう。彼が正しいほうに六分四分で傾いていた。

世界の終わりに直面しているとして、なにを買う? チョコレート?

通路のはずれまで来たところで、カートに入れたのはバナナとオレンジだけだった。ポケットからスマホを取り出し、〝サバイバリストの必需品〟を検索してみる。初心者向けのサイトがいくつか現れたので、いちばん上のを選んだ。そこにずらっと並んだ品々は、この店では見つからないものばかりだった。二番目のサイトを覗(のぞ)くと、いまの彼女でも入手できる実用的な品々が紹介されていた。

漂白剤、マッチ、水、ロウソク……オッケー、これなら手に入るし特別なものですらない。初心者用リストにはキャンプ用品がいくつも並んでいて、役にたちそうな助言も書いてあった。値の張るサバイバル用品は、アウトドア専門店で扱っているだろう。入手困難な商品ではないし、それに……まあ、念のために買っておいて損はない。

最悪の事態に備え、最善を願う。今度の場合は、なにも起きないことを願う。

トイレットペーパーをさらに追加し、肉の缶詰——スパム、サーモン、チキン、ビーフ——を大量に買い込む。ピーナッツバターの大瓶を四個、じゃ足りないから六個。女性用の衛生用品を手早く揃えたら、つぎは救急用品だ。アスピリン、殺菌クリーム、包帯、ワセリン。薬売り場では使えそうな物はなんでもカートに放り込んだ。キャロルの処方薬ができるのを待つあいだに、もう一度売り場を歩いて、絆創膏（ばんそうこう）と伸縮包帯を合計三パックずつ選んだ。

処方薬を受け取ったときには、カートは満杯になっていた。

集めた品々を見て大きく息を吐く。いずれは使う品々なんだから、いくら買い込んだって疚（やま）しい気分になることはない。安全を期して両方に賭けたんだもの。これで数か月もたせられる？　いいえ。買い物をはじめたときよりはまし？　もちろん。

さっき検索したサイトによれば、安全な飲み水を確保するためのろ過システムが必要だし、来夏に収穫するエアルーム野菜の種と、それまでのつなぎの食料にするフリーズドライ食品を貯蔵しておかねばならないけれど、そこまで用意できない。

でも、ジャーニガンなら用意しているだろう。

レジではクレジットカードを使った。買い込んだのは安い物ばかりだが、現金を残しておきたかった。

停電が何か月もつづいたら、現金が役にたつのだろうか？　たぶん使い道はある。紙幣をありがたがる人がいるかぎり、役にたつ。必要なのに手元にない物を手に入れるには現金が必要だ。〝やることリスト〟のおつぎは銀行だ。個人と店と両方の口座から相当額を引き出しておこう。なにも起きなければ、数日後にまた預ければいい。

昼すぎに店に戻るとどっと疲れがでた。やたらと気が急いて、それがストレスになっていた。なんだかクレージーなリスになった気分で、あちこち駆けずりまわって用事をすませた。ジャーニガンにからかわれたのだとしたら、彼は常軌を逸しているとしたら、あるいは彼自身が偽情報をつかまされているのだとしたら……ものすごく頭にくるだろう。それで、彼に向かって怒りをぶちまけてしまうかもしれない。人と争うのは苦手であっても。だけど、大災害がほんとうに起きたら、それこそ怒り心頭だ。電力業界の人間なら、大惨事が起きる可能性があるとわかっているはずだし、そうならないための措置をとっておくべきだもの。そう、断じて怒り心頭だ。それでも、心の奥底では感謝するだろう。備えをしておくチャンスが与えられたのだから。でなければ大変なことになる。ウェアーズ・ヴァレーに戻る途中、コーヴ・マウンテンに目をやった。「ありがとう」声に出して言う。「感謝するわ」

セラが買い込んだ日用品の山を見て、キャロルは呆れ顔をしながらもしまう手伝いをしてくれた。「スパムはたっぷり買ってきたんでしょうね？」縦長の缶詰をしまいながら、キャロルがにやりとする。
「そういうことは、ほんとうに大惨事が起きて、おばさんの家の食べ物が尽きたときに言ってよ。わたしが買い込んだのは、なにも起きなかったときに店の棚に並べられるものばかりなんだから」二人とも、なにかあればたがいに融通しあうことはわかっていた。なんていったって家族だもの。セラのところにスパムがあれば、それはキャロルのものでもある。

買ってきた物を二等分し、それに店の棚から持ってきた物を加え、それぞれの家に運ぶためにキャロルが車に積み込んだ。客足は途絶えることがなかったので、セラは忙しくしていられた。差し迫る大惨事について誰も口にしなかったし、不安がっている人もいなかった。キャロルが戻ってきて事務室でテレビを観(み)はじめ、そのあいだセラは店を片付け、客を待った。壁の古いハローキティの時計が午後一時を告げた。時計の揺れる尻尾(しっぽ)が好きで、ずっと飾ってある。なにかが起きるとして、警報を出す部署の責任者はすでにそのことを知っているはずだ。

時間がすぎるにつれ疑いが強くなり、自分が騙(だま)されやすいおばかさんに思えてきた。警報が——出されるとしたら——もう世界中を駆けめぐっていてもいいころでしょ。天文学者は知っているはずだ。海洋大気局(NOAA)の人たちだって知っているから、サイトにあげていてもいいはずで、ツイッターをはじめとするSNSはその話題でもちきりになっているはず……もしそういうニュースが出されたら。もし、もし、もし！　NOAAのサイトを自分で覗いて、なにがしかの発表が――。

客がいなくなったので、セラがスマホに手を伸ばしたちょうどそのとき、嵐の到来を告げるような甲高い警報音が流れた。セラは飛び上がり、反射的に窓の外を見た。ジャーニガンが警告を発したあのときとおなじように。でも、目に入ったのは九月の澄んだ空だった。雲ひとつない。

頭の中をほかの可能性が駆けめぐる。児童誘拐や行方不明事件を伝えるアンバーアラートかもしれないし、月に一度の試験通報かもしれない。可能性はいくらでもあるけれど、セラの心臓は激しく脈打ちはじめた。これは通常の警報ではない。キャロルがテレビを観ている事務室から、キャロルのスマホの警報音が聞こえた。セラはうなじの毛が逆立つのを感じた。

カウンターの下からスマホを取ると、画面に警告が流れた。疑っていながら待ってもいた警告だ。セヴィア郡の警戒警報システムを通じて送られたもので、キャロルのスマホの画面にもおなじ警告が流れているはずだ。〝NOAAによれば、明日午後三時、K指数九の磁気嵐が予想されます。給電および通信網の混乱に備えてください〟

また警報音が流れ、メッセージが画面を流れた。〝これは試験通報ではありません。繰り返します。試験通報ではありません〟

キャロルがスマホを手に事務室から出てきた。すごい形相だ。「クソッ」とつぶやく。

セラは不意に口の乾きを覚え、唾を呑み込もうとした。カウンターにもたれかかる。

「クソッ、クソッ」

「前言撤回。スパムのことにかぎってだけど」

あと二十四時間。備えるための時間は二十四時間あまりで、ジャーニガンの言ったことは予想時刻も含めて正しかったのだ。なんてことよ。〝給電の混乱〟を生き延びるための対策を、二十四時間でやるなんて無理だ。数か月はかかる。

「ジャーニガンの言うとおりにして正解だったみたいね」キャロルが言った。目は血走り、顔から血の気が引いていた。「まったくもう。でも――彼らだって間違えることはあるんじゃないの？　すごい雷雨や着氷性暴風雨が来る来るって騒いで、なにもなかったこともあったじゃない。惨事を免れるかもしれない。予報がはずれたときに、天気予報士が口にする言い逃れみたいに」

「地上の天気だったら、システムは減速するか分断されるかだけど、磁気嵐はそれとはちがうんじゃないの」おなじであってほしいけれど、自分の命を――それにキャロルやオリビアの命を――そっちに賭けるわけにはいかない。大変なことになると思うと胃がギュッとねじれた。アドレナリンが噴出し、原始的な生存本能が目を覚ます。ありがたいことに、ほかの人たちが知る前に、銀行からお金をおろし、日用品を買い込むことができた。「考えましょうよ！　ほかになにをやっておけばいいか」

　キャロルがポカンとする。「備えはできてるんじゃないの」

「ほかの大多数の人たちよりはましだけど、ジャーニガンのおかげで。食料は蓄えてある。冬に暖炉で焚く薪は？　ランプ用のオイルは？　オイルを買うつもりだったのに忘れた。ロウソクと乾電池は買ってきたけど。停電が一年以上つづいたら――」

「一年ですって！」キャロルが恐怖の表情を浮かべた。「まさか――そんなことあるわけないじゃない」

「どうかしら。誰にもわからないわよ」ベン・ジャーニガンはべつだ。彼ならほかの人が知らないことを知っていそうだ。「彼は言ってたわ。数か月、もしかしたら一年以上つづくかもって」〝彼〟とは誰のことか言うまでもない。

　キャロルがハッと息を呑んだ。停電に派生して起きるいろんな問題に思いが向いたのだろう。「だったら弾薬が必要だわ。ウィスキーも」

「弾薬？」セラは呆れ顔でおばを見たが、異議は唱えなかった。弾薬が必要になると気づき、恐怖に竦み上がる。いま生きている社会は電力が基盤になっている。でも、食料雑貨店に行けば夕食の材料が整うという生活は終わりを迎えるのだ。山で暮らした祖先たちがやっていたように、食料を狩らねばならない――狩りのやり方も知らず、習うことを考えるだけで不安になる。セラもおばも二二口径ライフルを持っているのは、女所帯だし、おばには守るべきオリビアがいるからだ。二人とも二、三度撃ったことがあるというぐらいで、狩りができる腕前には程遠かった。

頭がくらくらして耳鳴りがする。またアドレナリンが噴出したのだ。そこではたと思い当たった。おばとオリビアは自分が守らねばならないことに。事態が悪化の一途をたどれば、二人ともセラを頼りにするだろう。おばは六十代後半、おおむね健康だとはいっても数年前ほど活動的ではなくなっていた。オリビアは十五歳。そういうこと。

棚に残っている品々に目をやり、頭の中で目録を作る。店の奥にしまってある在庫をそこに加える。なにがどれぐらい必要か計算してみようにも、停電が一年つづけばどうなるのか想像できないので計算のしようがなかった。

このまま店を開けておいて隣人たちを助けるべきか、自分の家族のことだけを考えるべきか。それが目下のジレンマだった。たいして広い店ではないので、品揃えは生活必需品とスナックに限られているから、あっという間に売り切れになるだろう。残るのは自分たちが生き残るために取っておいた品物だけになる。

ひどい奴だと言われようと、家族のことだけを考えよう。そう決心するのに時間はかからなかった。家族がいちばん大事、それは変わらない。

行動計画をたてるべきだ。行動に出るほうが、なにもしないよりいいにきまっている。ジーンズの尻ポケットにスマホを突っ込み、カウンターから出た。「オリビアはじきに戻るわよね」おばに声をかけた。オリビアはいつもスクールバスを降りると店に寄り、ソフトドリンクを飲んだり、キャンディバーやチップスを食べていく。学校でなにがあったかおしゃべりすることもあるが、たいていは裏の事務室で友だちにメールを送り、それから帰宅する。「二人に頼みがあるの。ここにある品物を持てるだけ持って帰ってちょうだい。家に戻ったら、冷凍庫の氷はクーラーボックスに移し替えて、氷をどんどん作っておいて」

「氷？」

「あと一日ちょっとあるんだから、腐りやすいものを保存するための氷を確保しておかなきゃ」一部は溶けてしまうかもしれないけれど、クーラーボックスに氷をぎっしり入れておけば、それだけ溶けにくくなる。

「発電機があるでしょ――」

「冬になればいまよりも発電機が必要になるのよ」小型の移動式発電機だが、寒くなったらキャロルの家をあたためるぐらいのパワーはある。だが、家中をあたためるわけにはいかない。あっという間に燃料切れになるだろう。いくら計画をたてて物事を進めても、かならず不足するものが出てくる。それが怖かった。

キャロルはしばらくのあいだ、宙を見据えたまま動かなかった。セラがそうだったように、恐ろしい可能性を思い浮かべ、なんとか事態に対処しようとしているのだ。

窓の外を見ると、車が一台、ハイウェイを猛スピードで走り去ってゆく。さっきまでは、どの車もふつうのスピードで走っていたのに。警戒警報のせい？　テレビでも流れただろうし、国立気象局も警報を出したにちがいない。きっとラジオでも。もうラジオを聴く人は少ないかもしれないけれど。

スモーキー・マウンテンの山間の町は観光産業で成り立っているが、観光客たちはいまや家に帰ろうと必死だろう。貸別荘に蓄えている食料ではもって数日だ。

家に家族を残してきていたら、なおさら帰りたいはずだ。セラとおなじで、彼らにとっても家族がいちばんにちがいない。

前部座席に両親が、後部座席に子供が二人乗ったSUV車がすごいスピードで駐車場に入ってくると、給油ポンプの前で急停止した。運転席から男が飛び出してきて、クレジットカードを読み取り機にとおし、十ドル分のガソリンを入れてあっという間に去っていった。

「給油ポンプを停止しなさい」キャロルがわれに返って言ったが、セラはすでにそうしていた。

ビニール袋を持って駐車場に出ると、給油ポンプのノズルにかぶせた。ガソリンは売りませんという合図だ。ガソリンタンクの容量がそう多くないので、考えてやらないとすぐに尽きてしまう。停電になれば手動で給油しなければならない。たやすいことではないが、できなくはないはずだ。

家族のことを第一に、とセラは自分に言い聞かせた。緊急の場合、家族がいちばん大事だけれど、友人や隣人のことも気になる。知らんぷりはできない。渓谷の住人たちが持っている発電機の半分はガソリンで動かすタイプだ。プロパンガスで動くのもあるが、セラの発電機はちがうし、ちかくに住む人たちのもちがう。停電になる前に、ネットでタンクのガソリンを手動で汲み上げる方法を調べておかないと。

ジャーニガンなら知っているだろう。

ふと頭に浮かんだそんな思いを打ち消す。彼には連絡がつかないし、やり方を自力で身につけておく必要がある。元夫に出ていかれて、人に頼るとろくなことにならないと身に染みてわかった。苦労して身につけたことは、それだけ身になる。人をあてにすれば、人生をめちゃくちゃにされるだけだ。

十五分後にスクールバスが店の前に停まった。バスの後ろには車が列をなしていた。追い抜こうとする車が反対車線に一メートルほどはみ出たものの、そこで停止した。バスのドアが開き、オリビアが軽やかに降りてきた。十五歳、長身、細身、父譲りのウェーブのかかった明るい茶色の髪。この年ごろだけがもつ美しさに溢れている。キャロルの人生の光であり、セラの人生の大きな部分を占める存在だ。

オリビアは興奮して店に飛び込んできた。「ねえ、聞いたでしょ？　先生たちみんな、大騒ぎしてた。あ、みんなじゃないけど」オリビアのスマホがメールの着信音を奏でた。

「なんて呼ぶんだっけ？　質量……なんとか」メールを読んでにっこりし、指を素早く動かして返事を打った。

「コロナ質量放出」セラが答える。

「太陽嵐って、ヘンドリクス先生は言ってた」オリビアは冷蔵庫からドクターペッパーを取り出し、くるっと向きを変えると真ん中の通路を歩いた。「ねえ！　チップスはどこにいっちゃったの？」

「しまったのよ」セラは車の流れに目をやりながら言った。車の量がだんぜん多くなっている。たいていの車が制限速度を守って走っているが、なかには一刻も早く災難から――いまの場合は山から――逃げ出そうとスピードを出す車もあった。セラはフックから鍵を取ってドアに向かった。即断だった。ドアの鍵をかけて、〝閉店〟の札を裏返して〝閉店〟にした。キャロルにばかり準備を押しつけて、自分はぐずぐず店に残っているっておかしくない？　家に帰って冷凍庫の氷をクーラーボックスに移し、どんどん氷を作るべきだ。

「閉店にするには早くない？」オリビアが尋ねる。「気分でも悪いの？」

「CMEに備えるのに二十四時間もないのよ」

オリビアがきょとんとする。「備えるってなにに？」

キャロルが早口に言った。「何か月も停電がつづくの。食料が必要になるし、それを料理する手段もね。暖をとる手段も必要になるのよ。冬になっても事態が改善しなかった場合には」

オリビアはしばらく動かなかった。目を瞠り、くるっと回しながら可能性について考えている。それから尋ねた。「ほんとうなの？　何か月も？　スマホが使えなくなるの？」

「たぶんね。大変なことになるかもしれないし」と、キャロル。「ならないかもしれない。あしたのいまごろになってみないとわからない。でも、なにが起きるとしたって備えはしとかなきゃ。まずは残っている生ものと冷凍食品から食べていかないと。キャベツを腐る前に料理して、トマトもね。これからはなんでも無駄にはできないの」

「彼らが間違ってるってこともありうるんでしょ」オリビアが祖母に寄り添い、期待を込めて言った。「偽の警報だってこともある、でしょ？　質量なんたらが……」

「ＣＭＥ」セラも二人のそばに行った。「ＣＭＥって呼ぶのよ」

「わかった、それでも」オリビアが言う。「間違いってことだってありうる」

「そうね」セラは言い、おばとオリビアを裏口へと誘導しながら、店に残っていた商品を詰めた袋を持った。「でも、まずないと思う」

オリビアは二つの袋を腕にさげた格好でスマホをいじっていた。スマホを片時も手放さないが、大惨事に直面していることは理解し、そのことに意識を集中すべきだと思ってはいるようで――。

「CMEが襲ってくる前にプラグを抜いとけだって」オリビアがスマホの画面を見ながら言った。「NASAの人がそう言ってる。電力サージとかによって電気製品が破壊されないように」

オリビアはスマホで検索をつづけた。セラはほっと息をつく。自分が不安に駆られてあたふたしてはならない。冷静に対処しなければ。キャロルもオリビアもやる気になっているのだから。

きっと大丈夫だ。そうでないと困る。

3

　キャロルの自宅は下見板張りの二階家で、ちゃんとしたガレージがついており、マイラ・ロード——車二台がなんとかすれ違える幅——と、それより狭い三本の脇道から成る小さな住宅街のちょうど真ん中に位置している。半エーカーの庭は高く聳えるトウヒや花をつける灌木で囲まれ、裏庭は野菜畑になっていて、キャロルが夏のあいだ丹精込めているが、いまは収穫を終え、茶色く枯れた枝が垂れさがっているだけだ。

　セラが住んでいるのはこの住宅街のはずれだ。計画的に植えられたものか、たまたまなのかはわからないが、トウヒとモミの木立に囲まれているのでプライバシーが守られ、隣接するのは左隣の家だけだ。キャロルの家より小さく、ガレージもなかった。でも、網戸を張った広いポーチがあり、渓谷を覗き込むように聳えるコーヴ・マウンテンを眺めながら、そこで朝食をとることが多かった。道が湾曲して走っているせいで、家から店まで歩いていける距離だ。全地形型車両が通れるほど広い道を歩いて一キロもない。それが車を使うとなるとハイウェイに出なければならず、三キロほど遠回りになる。裏道と呼ばれるその道は、ハイウェイを迂回する近道だから子供から大人まで利用者は多かった。とくに子供たちが自転車を飛ばすのにもってこいの道だ。木立に囲まれ、ひと休みできる小川が流れ、子供たちはカエルを捕まえたり小魚をモリで突いたりする。セラは冬のこの道が好きだ。雪が降れば静寂に包まれ、聞こえるのは雪を踏みしめる自分の足音だけ、動くものといったらたまに羽ばたく小鳥だけだ。私有地を回り込むように走る道は高低差があり、木立のあいだから家が見える。気候のいい数か月はクマが出るので用心が必要だ。地元民なら誰でもわかっている。グレート・スモーキー・マウンテンにクマは付き物なのだから。

雄大な自然に囲まれて生活していると、差し迫る大惨事が嘘のように思える。地元の老人たちがガソリンスタンドに集まって、暇つぶしに語り聞かせるほら話のように。

涼しい室内に入ると、キャロルがなにはさておきという感じで戸棚からグラスを三つ取り出し、氷を入れ、冷蔵庫で冷やしておいた紅茶を注いだ。三人はキッチンのテーブルを囲む椅子にそれぞれ座った。

オリビアがバックパックからタブレット端末を出して電源を入れ——悩ましい表情を大人二人に向けた。「これ、使えるのかな……そうなったあとも」

三人は顔を見合わせた。まずセラが肩をすくめる。「使えるわよ。使えると思う。ネットにはつながらないだろうけど。そこにすでに入っているものを見ることはできるってこと。CMEが襲ってきたときに電源を入れたままにしておかなければ。その前に充電しておかないとね」自分の言っていることが正しいことを願う。誰も確実なことはわからないのだ。エレクトロニクス時代がはじまって以来、これだけの規模のＣＭＥが地球を直撃したことはなかった。

オリビアはキーボードを打つ手を止め、タブレット端末の電源を落としてバックパックにしまい、キッチンのカウンターからメモ帳とペンを取ってきた。キャロルが買い物リストを書き込むのに使っているメモ帳だ。「これなら電気を食わないもんね」真顔で言う。こんな大変なときなのに、セラもキャロルもクスクス笑った。たいていの人がおなじ結論に到達するだろう。アナログな生活をしている人をべつにして。

オリビアはメモ用紙に大きく〝1〟と書いた。「さあ、最初になにをやればいい？」

「いちばん大事なのがシェルターと食料」セラが言う。「その二つはすでに手を打ってある、できる範囲でね」だが、停電が一年以上つづくとなると、食料は充分といえないし、畑で野菜を収穫できる夏までもつかどうかわからない。「食料はもっと手に入る。余ったらご近所に分けてあげましょう」

「あなたはここに越してくるべき」キャロルがきっぱり言った。「備蓄した物をどうせ一緒に使うんだし、暖房するにしても一軒のほうがいいでしょ」

キャロルの提案は理に適（かな）っているが、ここに越してくることを考えたら、セラの胃がキュッと縮まった。一人が好きだし、静かな暮らしが好きだ。もともと人付き合いがよいほうではなかったが、離婚してよけいに一人の時間が必要になった。元夫、アダムの裏切りと拒絶は、彼女の意欲と自信をズタズタにした。まともに考えることができず、すっかり自分を見失ってしまった。立ち直るのに長い時間がかかった。ウェアーズ・ヴァレーに戻ってからも、ずっと家にこもりっきりでめったに外出しなかった。そんな自分に鞭打ったのは、自活する必要に迫られたからだ。

冒険などしたくない。積極的になにかをやるのは苦手だ。石橋を叩いても結局渡らないような彼女の生き方に、アダムは嫌気がさした。珍味と呼ばれるものは口にしないし、アダムが大好きだったスキーにも行こうとしなかった。彼が車を飛ばすと嫌な顔をしたし、外国旅行を夢見ることはあったが、いざ計画をたてる段になると、物事を悪いほうにばかり考えて行くのをやめてしまった。

去っていったアダムを責められない。責めるなら、おもしろみのない自分のほうだ。キャロルの招待というより命令を断りたかったが、いくら一人が好きだろうと、電気がない生活に一人で立ち向かえる自信はなかった。

ドライヴウェイに車の音がして、キャロルが首を伸ばしてリビングルームの窓を覗いた。

「バーブだわ」

バーブ・フィンリーはキャロルの親友で、どちらも夫を亡くす前からの付き合いだった。バーブのほうが数歳上だ。二人を並べてみるとなんの共通点もないように見える。キャロルは痩せ型でバーブはぽっちゃりしている。キャロルは髪にピンクのハイライトを入れているが、バーブは白髪をまったく染めていない。キャロルはおしゃれが好き、バーブは楽なのがいちばん。それなのに大の仲良しで、一緒に何時間でも料理をし、噂話をし、笑ってすごしている。二人がノースカロライナ州のアウターバンクスに一週間の休暇で出かけるときには、セラがオリビアを預かることにしていた。前に一度、オリビアは二人に同行したことがあり、戻ってくるとセラに、二度と行きたくない、とこっそり打ち明けた。そこでセラは、オリビアを預かると申し出て、親友二人を冒険の旅へと送り出した。オリビアからもキャロルからも感謝されたことは言うまでもない。

キャロルが玄関のドアを開け、「さあ、入って」と声をかけた。「すべきことリストを作っていたところよ」キッチンに戻るとグラスをもうひとつ出してアイスティーを注いだ。

バーブが張り詰めた表情で入ってきた。片足を少し引きずっており、左足首に伸縮包帯を巻いている。「足首、どうしたの？」セラは尋ね、バーブがいちばんちかい椅子に座れるよう席を譲った。

「草を刈っててひねったの」バーブは椅子に座り、出されたグラスを両手で包んだものの飲まなかった。大きくため息をつき、目を潤ませた。「こんなこと――」手をヒラヒラさせたのは、宇宙全体を示すつもりなのか――「ほんとうに起きるの？　どうすればいいのかわからない。停電になったら、うちのセキュリティシステムは働かないのよ。誰かが押し入ってきてもわからないし、助けを呼ぼうにも呼べない。車はガス欠になって、食料は不足する。薪を焚こうにも暖炉はないし、そもそも薪割りなんてできないし――」

「こっちに移ってきたらいい」バーブの繰り言をさえぎるようにキャロルが言い、セラのほうを心配そうにちらっと見た。セラは小さくうなずき、いいわよ、と目顔で伝えた。バーブがここに来てくれたら、セラだって助かる。願ってもないことだ。

バーブがほっとして顔をくしゃくしゃにした。「いいの？　部屋があるの？」そう言ってセラを見る。「てっきりあなたが――」

「いいえ、わたしは自分の家で暮らすわ」きっぱり言う。「備蓄する物はここに置いて一緒に使うし、食事もここでするけれど、寝るときは家に帰るつもり」

「ここにいるほうが安全じゃない？」セラのことまで気遣ってくれて、バーブはほんとうにいい人だ。

「わたしなら一人でも大丈夫。ずっとそうしてきたし」これまでどおりだ。キャロルの家には三人が暮らすことになるのだから、小型の発電機はこっちに運んでこよう。セラも夜以外はここですごすことになる。自宅は暖炉に火を熾せばいいし、灯油ヒーターもある……でも、灯油は量が限られているからケチケチ使わないと。いざとなったらオリビアかキャロルの部屋に同居させてもらうけれど、それは最後の手段だ。一人きりの空間がないと息が詰まる。

セラはオリビアが書きかけのメモをトントンと叩いた。「二番目。薪がもっと必要。しまった！　ガソリンと灯油のことを忘れてた！　店に五ガロン缶がいくつかあるから、それにガソリンを入れておくわ。冷蔵庫と冷凍庫の中が空になるまでは、発電機を動かして電気を供給すればいいでしょ。でも、灯油は買ってこないと」

　オリビアはせっせとメモをとり、大人三人は不安そうに目を見交わした。みんなおなじことを考えているのだ。必要な物を用意するための時間は刻々とすぎてゆく。

「さて」セラは立ち上がった。「すぐに取りかからないと」

「手伝うわ」キャロルも席を立つ。「やれることから片付けましょ。バーブ、あなたは家に戻って必要な物を持って戻ってきて。オリビア、彼女を手伝ってあげてね。家にある食料はすべて持ってくるのよ、バーブ、それに乾電池、懐中電灯、オイルランプ――」

「それに弾薬とウィスキー」セラはそうつけ加えておばに笑いかけた。

「うちには弾薬なんてないわ」バーブもにっこりした。「野菜ならなんでも買ってきてね。うちに瓶や蓋がいっぱいあるから、今夜、野菜を瓶詰めにしましょう。夏のあいだにそうするつもりで保存瓶をたんまり買い込んだんだけど、やろうと思うとほかにもっとおもしろいことを思いついてね。いまごろ罰が当たったわ」

　渓谷の住人たちもおなじことを考えて、埃をかぶっている圧力鍋をいまごろ引っ張り出しているだろう。そうであってほしい。セラ自身は野菜を瓶詰めにして保存したことはないけれど、そうも言ってられない。

「さあ、急いだ、急いだ」キャロルが言い、みんながそれぞれの仕事に取りかかった。

キャロルは家にある石油缶二つを持って出た。セラも自宅からひとつ持ってきた。店にある新品五つも持って出ると、キャロルと手分けしてガソリンと灯油の確保に向かった。

誰かが店のドアをこじ開け、棚の品をごっそり持っていったのではないかと、セラは覚悟していた。でも、店の前を走る車はスピードを落とさない。小さな店だから押し入ってもたいした収穫はないと思うのだろう。たしかにそうだ。でなければ、セラも町に買い出しに行ったりしない。

意識は運転に向かなかった。頭の中はクレージーなウサギ状態になり、思考が駆けめぐる。ほかになにが必要？　ダクトテープ。なぜだかわからないけれど、必要な気がする。塩、大量の塩。砂糖、小麦粉、ひき割りトウモロコシ、粉末卵、粉ミルク、ほかにも冷蔵庫に入れる必要のない食料。缶詰はなんでも——文字どおり手当たり次第に買ってくる。

きっと事態がおさまるころには、手に入るものはなんでも口に入れるようになっているだろう。それまで触ったこともないものまで。午前中に大量に買い込んだくせに、正式に警戒警報が出たいまは、もっと必要だとわかっていた。

町は大混乱だった。食料雑貨店の駐車場は満車で、駐車スペースを探そうと通路を行ったり来たりする車でいっぱいだ。左折しようにも車の流れが途切れないので交差点まで進み――どういうわけかみんな信号を守っている――Uターンして駐車場に入った。無駄な努力だった。どこにも駐められない。タコベルの前の草原に空きスペースを見つけ、誰かに先を越される前に車を突っ込んだ。路上駐車したらどうなる？　違反切符を切られたら？　これまで違反切符を切られたことはなかったが、いまならそういう危険を冒してしまいそうだ。

気が急いて心臓がドキドキする。アスファルトが焼けて熱い駐車場を横切って冷房のきいた店内に入り、暴動一歩手前の人込みを掻き分けた。通路は手当たり次第に品物をつかむ人びとでごった返していた。みんなわれ先にとカートを右に左に押してゆく。ふだんの店内とはまったくちがう。野菜ならなんでも買ってきて、とバーブは言ったが、生鮮食品売り場は混みすぎていてちかづけなかった。パン売り場は素通りし、缶詰売り場に向かい、つぎからつぎへとカートに放り込んだ。つぎは粉物の売り場だ。小麦粉、砂糖、粉ミルク。塩はつかめるだけつかんでカートに入れる。ほかの買い物客たちもそうしていた。人にぶつかり、押しのけられ、突き飛ばされて棚にぶつかった。危うく倒れるところだった。

セルフレジは閉鎖されていた。ふつうのレジの列に並ぶこと四十分、ようやくカウンターにたどりついた。これだけ時間がかかったのは、クレジットカードを使おうとして断られた客が多かったせいだ。レジの上には手書きの〝現金のみ〟の札が掲げてあった。断られた人たちが、カートをその場に置いたままにすると、列に並んだ人たちがそこにわっと群がった。

午前中に銀行に行っておいてよかった。手元に現金がある。ふだんはお財布に現金を二十ドルほどしか入れておかない。商品が山盛りのカートを置き去りにせざるをえなかったら……どうしていいかわからなかっただろう。差し迫る悲劇に立ち向かおうと、すでに緊張と不安でいっぱいいっぱいだ。

支払いをすませ、カートを押して駐車場を横切り、歩道の縁石を乗り越え、ホンダのCR - Vを駐めた草原まで。冷房が効きすぎた店内に長くいた体には、熱い日差しが心地よい。荷室は石油缶で満杯なので、買った物を後部座席に詰めた。それが終わるころには冷えた体もあたたまり、汗をかいていた。

ハイウェイもどの駐車場も車が列を作っており、どうやってその隙間に入り込めばいいのかわからない。彼女の横すれすれを通ってゆく車の運転手は、みな必死の形相で、残忍さすら漂わせていた。カートを店に戻すのは無理だし、荷物を積んだ車を放っておくわけにはいかない。車を離れたらものの三十秒でガラスを割られ、荷物を奪われるにきまっている。ストレスで鼓動が速くなる。いまでもこの騒ぎなのだから、実際に停電になって、買いたくても食料がなくなったらどうなるのだろう。

ハイウェイは渋滞で使えないから、縁石を乗り越えてタコベルの駐車場に入り、なんとか車のあいだを縫って横道に出た。つぎはガソリンスタンドで灯油を買わないと。給油ポンプは使えないようになっていたが、必要なのはガソリンではない。

灯油のポンプにちかい大型ゴミ容器の横になんとか車を駐められた。つなぎ姿に、農業機械メーカー、ジョン・ディアのロゴ入り帽子をかぶったがっしりした男がポンプの横に立ち、なんともいえない表情で駐車場の混乱を眺めていた。地元の農家の人だろう。迫りくる危機を乗り越えていけるのは、彼のような土と生きてきた人たち、自給自足ができる人たち、最新設備などなくても生きてゆける人たちだ。

灯油一ガロンの値段を確認し、暗算してみる。五ガロン入りの石油缶四個だから合計二十ガロン。つぎに二十ガロン分の現金を手に、支払いをする人の列に並んだ。セラが店でやったように、ガソリンスタンドの店主はクレジットカードを受けつけないと宣言していた。列に並んだ人たちは、ぶつぶつと、あるいは大声で文句を言いながら現金を手渡し、手持ちの現金がなくなったから食料を買って帰れない、とぼやいていた。耳に入ったいろんな訛りから、ほとんどが観光客だとわかる。案の定、みんな家に帰ろうと必死になっている。遠方から来ている人たちは帰りつけないかもしれない。

車にちかづこうとする人がいないか、用心して目を配った。でも、ここにいる人たちの頭にあるのは食料雑貨品ではなくガソリンだ。店の中はと見ると棚はほぼ空になっていた。

あまりにも現実味がなくて、どこかにカメラを持ったクルーがひそんでいて、一部始終を撮影しているのではないかと思いたくなる。まるでパニック映画の一場面を観ているようだ。建物は倒壊せず、なにも吹き飛ばず、誰も絶叫せず、喧嘩も起きていないけれど、どの人の顔も緊張とパニックで引きつっている。セラの体内でも緊張が血管を駆けめぐっていて、もしいま混雑する店内で喧嘩が起きたらどうしようと思う。どうやって逃げ出せばいい？　棚の陰に隠れるとか、床に伏せてから匍匐前進で外に出るとか？　そんなことしたら踏んづけられてヨレヨレにならない？

だが、何も起きなかった。張り詰めた雰囲気ながら、支払いをする人の列は一ミリずつ進んでいった。レジの中年女性の張り詰めた顔には、セラのいまの気持ちが投影されている。お札を渡して言う。「灯油をください。五ガロン入りの石油缶を四つ持ってきてます」

女性はうなずき、レジに金額を打ち込んだ。セラの背後で誰かが言った。「その石油缶、まとめて五十ドルで買うぜ」

あえて振り返らず、店から飛び出して車に向かった。石油缶を取り出して並べ、給油するあいだも、背後からちかづいてくる人がいないか目を光らせた。生まれてから人と争ったことはないけれど、いまは灯油を守るために戦う。

ようやく——ようやくのことで——重たい石油缶を車にのせ、ドアを閉めた。ちかづいてくる男を視界の端に捉え、リモコンで車をロックしてから運転席のドアへと向かう。ドアロックのピッという音がすると、男は立ち止まり、回れ右をした。セラの息が荒くなる。ドアのロックを解除し、運転席に滑り込んでまたロックする。エンジンをかけるとエアコンの風が顔に当たり、汗が引く。

ゆっくりと手を伸ばし、エアコンを切った。燃費を考えたらエアコンはつけられない。ハイウェイは大渋滞していた。パトカーがモーテルからモーテルへと回り、地元民以外は早々にチェックアウトし、帰れるうちに家に帰りなさい、とラウドスピーカーで注意を促していた。九月の第一月曜日のレイバーデイを境に観光シーズンは終わりを告げる。釣り客やキャンパーたちがずいぶん押し寄せるようになってはいたが、レイバーデイがすぎるとめっきり少なくなる——十月になって紅葉がはじまって観光客が戻ってくるまでは静かなものだ。でも今年は、紅葉(もみじ)狩りの観光客はやってこないだろう。だが、オフシーズンでも観光客はやってくるし、週末は賑(にぎ)わう。きょうが週末だったらもっと大変なことになっていただろう。そう思ったら体が震えた。

帰りはハイウェイをはずれて周辺道路を進んだが、それでも渋滞していた。だが、走っているのは抜け道を知っている地元ナンバーの車ばかりだ。グース・ギャップでまたハイウェイに乗る。なんとか隙間を見つけて車を滑り込ませるまでに数分待った。

十五分後、おばの家のドライヴウェイに車を入れた。ほっとして体の力が抜けた。おばは先に戻っていた。バーブとオリビアもだ。オリビアが出てきて、荷物をおろす手伝いをしてくれた。若々しく無邪気な彼女の顔を見るにつけ、なにがなんでも家族を守らなきゃと思う——どんな犠牲を払おうとも。

おばはセラとちがって野菜をたんまり買い込んでいた。「道沿いのスタンドを覗いてみたのよ」おばが言う。「町は人でごった返しているだろうと思って」

ずいぶんと控えめな言い方だ。怖い思いをしたことは内緒にしておく。なにも起こらなかったんだし、車にちかづいてきた男は、石油缶をどこで手に入れたか訊きたかっただけかもしれない……もっとも、ドアにロックしたとたん、男は回れ右をしたけれど。

おばとバーブはトウモロコシの皮を剥いているところだったが。圧力鍋にはトマトが入った瓶が並んでいた。こうやって脱気するのだ。オリビアが食器洗い機から煮沸した瓶を取り出し、トマトを入れてから圧力鍋に加えスイッチを入れた。セラはアイスティーをがぶ飲みし、お代わりを注いでからテーブルについて作業に加わった。今夜は徹夜してでもやるべきことをやっておかないと。それが危機を乗り越える助けになる。

オリビアも手伝ったが、そのあいだもスマホと睨めっこで、日ごろから災害に備えて備蓄したりシェルターを作ったりする熱心なプレッパーたちのブログを探しては読みあげてくれた。役にたつ情報もあったが、いまとなっては真似できないのもあった。オリビアは気をきかせてサンドイッチまで作ってくれたので、みんな、食べながら作業をつづけた。

二巡目に圧力鍋で脱気した瓶の野菜が冷めるのを待つころには、山の向こうに日が沈んで暑さもやわらいできた。オリビアが窓の外に目をやって言った。「おばあちゃん、おもてに人がいるよ」

「どんな人?」キャロルとセラが窓辺に行って外を見ると、玄関先に人がおおぜい集まっていた。通りの家々から人が出てきてその輪に加わる。バーブも席を立ち、オリビアの肩越しに外を覗いた。

差し迫る災害以上に人を集めるものはない。隣人たちがこんなにおおぜい集まっているのを見るのはいつ以来だろう、とセラは思った。二十人ほどが固まって空を見あげている。空に解決策が書いてあるのだろうか。集合場所はキャロルの家の真ん前、細いアスファルトの道路の真ん中らしい。キャロルは生まれたときからここに住んでいるので、みんなと顔見知りだ。セラも長く住んでいるが、離婚前からの顔見知りは少なく、ほとんどの人とは離婚後に言葉を交わすようになった。もっとも生来の付き合い下手だから、隣人たちの名前は知っていても個人的に親しい人は少なかった。

「なにをやってるのかしらね?」おばはむろん答えを期待していない。彼らはCMEのことを話しているにきまっているからだ。おばはすたすたと玄関を出るとポーチを渡り階段をおりていった。オリビアとバーブがあとにつづいた。

セラも出てはいったものの気が進まず、目立たないように立っていた。輪の真ん中に出るよりも、後ろに控えているほうが気が楽だ。

「この太陽嵐とかいうやつ、どう思う?」マイク・キルゴアが尋ねた。自分で店を持っている腕のいい水道工事屋だ。

「警察は深刻に受け止めてるみたいよ」ナンシー・メドーが答える。まるでその答えを裏付けるように、遠くからラウドスピーカーでなにか言うのが聞こえた。保安官助手たちが貸別荘が並ぶあたりをパトカーでゆっくりと流し、観光客に荷物をまとめて家に帰るよう促しているのだ。大規模な太陽嵐が二十四時間以内に襲ってくる可能性があり、長期間の停電が予想される、と伝えている。

ナンシーが咎めるような目でセラを見る。「あなたの店に寄ったら誰もいなかったわよ」

セラは思わず「すみません」と言いそうになったが、考えてみれば謝るようなことはなにもしていない。

六歳ぐらいの男の子が泣き出した。父親がその子の肩に手をやり、「大丈夫だよ」と言った。幼児を抱っこした母親もその子に腕を回し、慰めようとした。セラは一家の名前を思い出そうとして……グリア、だった？　隣人たちのことをなにも知らない自分を恥じた。

みんなが憶測を口にする。意見も対応の仕方もまちまちだ。なるようになると冷静に構えている人から、いまの世界は終わりを迎えるだろうと悲観的な人まで。それでも、みんななんらかの備えはすでに行っているようなので、セラは安心した。

「手に入るものはなんでも瓶詰めにして保存してるのよ」バーブが言うと、年配の女性二人がうなずいた。圧力鍋を持っていそうにない若い人たちは慌てふためく。

「食料と瓶を持ってうちにいらっしゃい。瓶詰め保存のやり方を知らない人は手伝ってあげるから」キャロルが言う。むろんそう言うだろう。年配の女性たちは親切だもの。そこで話し合いがもたれた。誰が誰の家に行くか、どんな野菜を持っているのか、瓶はいくつあるか――問題は瓶だ。瓶詰めをしている人たちはおしなべてガラス瓶派だから。

すぐに取りかからないと。電気が通っているあいだにできるだけのことをやらないと。停電がいつまでつづくかわからないから、いずれ備蓄は底をつく。未来に待ち受けることに対しなんの備えもできていないということに関して、ヨーロッパからこの新世界に最初に移住してきた人たちと変わりはない……いいえ、ないとは言えない。この土地には農民がいるし、狩りが得意な老人たちもいるし、きれいな水には不自由しない。そうなんだ、とセラは思った。ウェアーズ・ヴァレーには生き延びるために必要なものはすべて揃っている。

大きな人の輪が崩れて、いくつかの小さな輪が形成された。セラは一歩さがったところで人びとの話に耳をかたむけ、役にたちそうな情報を仕入れた。安全面について語り合う男たちがいて、地域住民による監視体制を作ろうという話になった。一人の女性は食品乾燥機で夏に採った野菜を乾燥させていると言っている。別の女性は野菜を瓶詰めする以外にスープを作っているそうだ。そうこうするうち、うろたえていた人たちが見たかぎり落ち着いてきて、なにはともあれ準備をしましょう、という空気になった。ほかの地域もこうあってほしい、とセラは思った。そうでないことがわかるだけに、よけいにそう思う。

名前を呼ばれてはっとわれに返り、声のほうを向いた。

バーブがすました顔で笑いかけてきた。「あたしはセラを推薦するわ」

話が見えない。「なんのこと？」〝推薦〟されるなんて冗談じゃない。

「責任者が必要でしょ」

「なんの責任者？」なんであれ、推薦されるなんてまっぴらごめんだ。責任を取ることは、DNAに組み込まれていない。

「物事を組織だって進めることよ」ナンシーが言う。「あなたには良識があるし、出しゃばりじゃないもの」

たしかに出しゃばりではない。でも、自分の店と自分自身以外のなにかに責任を取るなんて、そんな恐ろしいことはできない。「ほんとうだから、わたし、とてもじゃないけど――」

バーブが口を挟む。「リーダーシップというのはね、執りたいと思っていない人が執るべきなの。たいていの場合、真っ先に手をあげるのが、執るべきじゃない人。そういうクソ野郎はごまんといる」オリビアに聞かれたら困ると思ったのか、バーブはそっちをちらっと見た。聞いていなかった。もっともオリビアは友だちとおしゃべりするとき、もっとひどい言葉を連発している。それでもバーブは低い声で言い添えた。「言葉遣いが悪かったわね、ごめんなさい」

気がつくとまわりを囲まれていた。おばや友人たちばかりか、小さな輪を作っていたほかの人たちまで。この住宅地には十五軒の家が並び、ざっと数えたところ各家から最低一人は出てきているようだ。みんながセラを見ている。

「それで？」バーブが急かす。「あたしたちはなにをすればいい？」

五歳から七十五歳まで年齢もばらばらな人たちが、あんたなら答えを知ってて当然だ、という顔でセラを見つめてくる。セラはすがるような目でマイク・キルゴアを見つめたが、彼は両手をあげて頭を振るばかりだった。「おれを見るなよ。さっさとしてくれ。なにをすればいいか言ってくればやる。自分の欠点はわかってるからな」

問題は、セラも自分の欠点がわかっていることだ。人に命令してなにかをさせるのは、得意ではない。

もっとも、いま彼らに必要なのはリーダーシップよりも組織だろう。セラは店を切り盛りし、在庫の管理や注文を出すこともやっている。それならできる。なにをすべきかでみんなに共通認識を持たせれば、おなじことを別の人が繰り返しやらずにすみ、時間と労力の無駄を省ける。

オリビアがこっちを見ていた。セラがここで断れば、示しがつかなくなるんじゃない？嫌なことでも頑張ってやらないと成長できないわよ、なんて言えなくなる。オリビアの口ールモデルはセラだけではないが、それでも——ロールモデルも楽じゃない。

フーッと息を吐き、一分間考え、言った。「この通りに住む人たちだけでなく、コミュニティ全体で計画をたてるべきだと思います」ウェアーズ・ヴァレーにはおよそ六千人が住んでいるが、地形が地形だから家は点在している。辺鄙なところで自治体として認可されておらず、自治組織はない。「みなさん、考えてみてください。電話やネットが通じるあいだにみんなに連絡をとって、コミュニティセンターを設置しましょう」それが理に適った答えだ。「あすの午後、予報どおりの事態が起きたら、学校に集まること。みんな、瓶詰め作業をしたいだろうから、各住宅街から一人ずつ代表を出すこと。住人名簿を作って、住所と、それから……もしもの場合に備えて近親者の連絡先も記しておくこと」なんとかそこまで言うことができた。「できるだけ広くみんなに知らせて、できるだけ多くの人を集めないと。長い距離を歩ける人はそうして、ガソリンを節約しましょう。どうしてもという人は、相乗りをすること。学校に集まったら、これからの数日をどうすごすか計画を練りましょう」

数週間でも数か月でもなく、数日。なんとか落ち着いた人たちを動揺させたくなかった。「コミュニティのリーダーはそのときに決めましょう」セラが知るかぎり、この地方には保安官助手すら住んでいない。たしかそうだと思う。森林警備隊員はいたが、引退したという話だ。

ひとつ確かなことがある。近所の人たちがセラを推薦したからといって、コミュニティ全体を束ねる人間に選ばれるはずがない。

安全を守る話をしていた男の一人が言った。「コーヴ・マウンテンに住むジャーニガンとやらには、誰が連絡しに行くんだい？　退役軍人なんだろ？　そう聞いてる。だったら、使えるんじゃないか」

みんなに知られたら大変なことになる。セラもキャロルも口をつぐんでいた。みんなが知る何時間も前に、ジャーニガンから太陽嵐の情報を知らされていたことは、いまここで口にすべきではない。

何人かがうなずき、そのうちの一人が、彼の電話番号を誰か知らないか、と言った。誰も知らなかった。驚くことではない。マイク・キルゴアが、翌朝山に登り、コミュニティの計画作りに参加してくれないか、と直接頼むことになった。男たちはみんな、ジャーニガンのような人間が責任者になることを望んでいる。セラもそうだ。でも、彼が引き受けるとは思えない。引き受けるはずがなかった。

夕暮れが迫ってきて、まだおしゃべりする数人を残しおおかたが家に戻っていった。準備をし、待ち、話せるあいだに愛する人たちに電話をするのだろう。泣き出す人もいるかもしれない。なにも起きないにきまっていると自分を納得させようとする人も。対処の仕方は人それぞれだ。

ぐったり疲れた。ちょっと調べ物があるから、と言っておばの家に戻った。調べ物などないのに。ひどい一日――ひどくて長い一日――だった。ただただ家に帰りたかった。でも、まだそれはできない。キャロルとバーブに瓶詰め作業を押しつけるわけにはいかない。冷蔵庫にあるもので夕食を作る。腐りやすいものから先に片付けないと。ランチョンハムがそれだ。ハムとチーズのサンドイッチでいこう。

ひと足先に戻ってきたオリビアは涙ぐんでいた。「兄さんと話がしたいのに、電話に出てくれないの」

「きっと任務中なのよ」セラは現実的なことを言った。「現役勤務の兵士は全員が駆り出されるだろうから。メールを送りなさい。手がすいたら電話してって」オリビアと同様、キャロルも孫息子のことを心配しているだろうが、セラはそのことに触れなかった。オリビアをこれ以上不安がらせてはならない。

セラ自身もジョシュのことが心配だし、軍がどんな手を打っているのか知りたかった。それがわかったら、家に帰って眠りたい。もっともベッドに入ったからってすぐに眠れるとは思えなかった。

それよりも仕事、仕事――やることは山ほどある。電気が通っているあいだに、やれることをやっておかないと。

4

マイク・キルゴアは約束を守る男だった。翌朝、コーヴ・マウンテンの山頂ちかくにあるベン・ジャーニガンの家へと向かった。楽しみにしてきたわけではない。噂話を総合すると、ジャーニガンは渓谷一友好的な男ではなさそうだ。だが、マイク自身も軍隊にいたので、共通の話題はある……といいのだが。会ってみないとわからない。

朝のニュースは悲観的だったし、すでにスマホがつながりにくくなっていた。通信衛星が使用不可能になったらしく……最悪の事態に備えたほうがよさそうだ。そんなことは考えたくなかった。四半世紀前、イラクでの〝砂漠の嵐作戦〟に従事したとき目にしたのが、人生で最悪のことだとずっと思ってきたが、どうやらこれから起きるのは、それよりもっとひどいことのようだ――送電線網が切れたら、都会は完全な機能不全に陥るのだろう。ここで起きることとは比べものにならない大混乱が起きる。そんなことを考えると胃が痛くなるから、まわりの景色や家族のこと、隣人たちのこと、ウェアーズ・ヴァレーのことに意識を向けた。身のまわりのことを考えよう。それなら対処できる。渓谷の住人たちには助けが必要だ。これからどういうことになるか知っている人間に、リーダーシップを発揮してもらわなければ。彼が思うに、ベン・ジャーニガンこそ適任者だ。

コーヴ・マウンテンのまだ霜が溶けずに残る曲がりくねった道をなんとか車で登りきる。

九月は雨の少ない月だが、樹木が発散する水分で空気はじっとり湿っている。スモーキー・マウンテンと呼ばれる所以だ。数週間もすれば紅葉がはじまるが、いまはまだ夏の熱気が残っていた。ありがたいことだ。しばらくは暖をとるのに貴重な資源を燃やさずにすむ。冬を越すためには、みんなが節約を学ばねばならない。

ほぼ二車線道路から舗装された狭い一車線道路へと曲がった。道沿いの家の住人だけが通れる私道だ。車の通りはなく、横道もない。ここまであがってきたのは何年も前だが、記憶が正しければ道はこの先どんどん狭くなり、やがて砂利道になって傾斜も急になる。

右手前方に男がいて、道路沿いの狭い芝地で芝刈りをしていた。念のためスピードを落とし、左側の舗装がなくなるぎりぎりを通った。男は顔をあげ、驚いたことに手をあげて道の真ん中に出てきた。

あたらしい情報があれば知りたいのだろう。マイクはそう思ってスピードを落とした。男の顔に見覚えはないが、ここらあたりの家の何軒かは別荘として使われている。ははあ、別荘族だとしたら、自宅に戻らないと。あるいは定住しているのかもしれない。年寄り連中だって、渓谷の住人をすべて知っているわけではない。

車を停める。思わず口をあんぐり開けそうになった。男はセオドア・〝テディ〟・ルーズベルトに生き写しじゃないか。ピスヘルメットにひげまで蓄えている。カーキのシャツに半ズボン、黒い靴に茶色の靴下。

　助手席の窓をさげて身を乗り出す。「おはよう」

テディ・ルーズベルトは腰を屈めて車内を眺めた。非難がましい表情を浮かべている。

「ここは私道だ。なにをしてる?」

ちょっとむっとしたが、にこやかな表情は崩さなかった。これからはもっと用心すべきなのだろう。「わかってる。人を訪ねてきたんだ」

「誰を?」

　さらにむっとした。マイクが運転しているのは両側に〝キルゴア水道工事〟と電話番号を書いたマグネチックシートを貼ったピックアップトラックだ。空き巣に入れそうな家を探しているようには見えないだろう。質問には質問で応える。「あんたは誰なんだ?」

「テッド・パーソンズだ。ここがおれの家」男は背後の家を指さした。観光客がこれぞ山小屋と喜びそうな広々としたログハウスだった。

　地元の人間ではないのは訛りでわかる。ここで生まれ育った人間ではない。「別荘か?」

　男の表情がこわばる。「こっちが訊いてるんだ。あんた何者だ?」

「おれのトラックを見りゃわかるだろ」マイクは言う。「マイク・キルゴア、水道屋だ」

テディ――テッド――がトラックの横腹に目をやった。「誰かに呼ばれて来たのか?」

勘弁してくれ。マイクは頭の中で目をくるっと回し、嘘を言った。「そうだ。それがどうした?」

「誰に呼ばれた?」

「いいかい、どこんちのバスルームが水漏れしてるかを、どうしてあんたに教える義理があるのか説明できたら、あらいざらいしゃべってやるよ。でも、説明できないだろうから、このまま行かせてもらう」窓を閉めてアクセルを踏み込む。偽テディがどかなきゃつま先を轢いてやるまでだ。まいった。あいつが定住していなくて、家に飛んで帰ってくれることを願う――きのうのうちに帰るべきだったんだ。だが、どこにでも馬鹿はいるもので、この渓谷にだって土着の馬鹿がちゃんといる。これ以上増えないでほしいだけだ。

ベンはきのうやったすべてのことを頭の中で反芻した。買ってきた生活必需品、買いためておいた物、装備を守るためにやったこと。やるべきことはすべてやった。

自分をプレッパーだとも、サバイバリストだとも、心配性だとも思っていない。フリーズドライ食品や銃弾や代替エネルギー源や貯水装置を揃えたのは、世界の終わりが間近に迫っていると思ったからではない。人生が彼に投げてよこすものに対して、備えをしているだけ――それに、他人との接触を必要最小限に抑えるためだ。これだけの備えをしていれば、ライフスタイルを大きく変えることなく停電を切り抜けることができる。ガソリンを節約しなければならないが、なくなったらなくなったでなんとかなる。こういうときに訓練がものを言う。山道を何キロも歩くようにしてきたのは、体形を保つためもあるが、山の幽寂と荘厳さに魅了されるからでもあった。

きょうほど頭にきたことはなかった。プレッパーも理論家たちもずっと前から警告を発していて、ついにその日が来た。悪いのは熱核爆弾を発射する悪役ではない。この場合その悪役は太陽で、地球上のすべてを支配している。そのことを地上の人間に思い出させようとしただけの話だ。

ヨーロッパとアジアの大部分がすでに停電になっている。ニュースにほとんど流れないのは、その大陸の通信網が遮断されたからだ。高圧送電線網、通信衛星、地上通信線がすべてやられた。アメリカ軍は動力源を強化してきたから、いま流れているわずかな情報は軍から発信されている。だが、彼らも世界中の基地や大使館で起きている危機に対処するので手いっぱいだし、情報を流すのは彼らの仕事ではない。軍の仕事は、地歩を確保し、国と国民を守ることで、兵士たちはいまその任に当たっている。それでも、彼らが交信に使う無線から情報が漏れている。ただ、大気は刻一刻と不安定になっていた。

流れる情報はよくないものばかりで、それもやがては届かなくなるだろう。

テレビは持っていない。持ちたいと思わないし必要ではない。もっぱらネットを活用してきた。大きな都市ではすでに交通渋滞がはじまっている。賢い連中が田舎へ逃げようとしているからだ。愚かな奴らは二、三日分の食料を買い込んで安心している。なかには動こうにも動けない人たちもいるだろう。病気の家族が動きたくないと言い張るとか。気の毒なことだ。いずれ死ぬことになるのだから。都会は長期間のサバイバルを念頭に置いて築かれてはいない。手元に二日分の食料しか蓄えておかずに生活している人がおおぜいいる。何週間も、何か月も停電がつづくなんて想像していない。テイクアウトの店で買ってくることも、スーパーで食料を買ってきて料理することもできなくなるなんて、考えたこともないのだろう。

すでに停電になっているか、電気が途切れがちの地域が出ている。ＣＭＥに先駆けて、原子力発電所が安全のために操業を停止しているからだ。太陽嵐がなんの前触れもなく起きたら、原子力発電所は安全に緊急運転停止を行っている暇がない。今回は事前にわかっていたから停止したのだ。

警報を見聞きしても信じない人間はむろんいる。目の前でいま起きていることを見て見ぬふりができることが、ベンには信じられない。ヨーロッパやアジアが真っ暗になっているのをニュースで見ても、自分たちの身には起こらないと暢気に構えられることが、信じられない。日常生活がつづくと思い込み、備えを怠らない人たちを笑う奴らだ。これは二千年問題とはわけがちがう。奴らだって、あしたには笑っていられなくなる。

セラ・ゴードンがそういう連中と同類でないことを願う。できることはやった。彼女に警告した。買い足しておくべきものは、町のもっと大きな店に行って買うこともできたし、そうすべきだったのかもしれない。彼が大量に買い込もうと、町の大きな店なら誰もなんとも思わないだろうから。セラみたいに驚いて固まらないだろう。それに、町の大きな店のほうがなんでも安い。値段に関して、個人商店はチェーン店にかなわない。

クレジットカードで支払うこともできた。店は長期間、金を回収できないわけだから。停電前のデータはおそらく失われるだろう。誰だって現金を手元に置いておきたい。だが、セラに辛(つら)い思いはさせたくなかった。彼女だって現金は必要だ。自給自足ができないだろうから、彼以上に必要なはずだ。

いつもみたいに迷っている暇はなかった。彼女に警告しておかないと、という強い思いが湧きあがり、店の前を素通りできなかった。彼女を守る立場にあるわけではない。守るべき人間なんていないが、彼女が困るのを見て見ぬふりもできなかった。彼女は物静かでやさしい人間だと思う。あたたかさが不足しているこの世界において、あたたかな光のような存在だ。やさしさは弱さとはちがう。彼女が警告を真面目(まじめ)に受け取り、準備しているといいのだが。

警告してやったからといって、自分のテリトリーより外の人間と関わりを持ちたいわけではない。この先何か月も、ことによると何年も他人と顔を合わせないことになろうと、いっこうにかまわなかった。

余計な面倒に巻き込まれるのはごめんだ。

そんなことを思っていると、モーションセンサーが鳴り、自分の考えが間違っていたことを知らされた。訪問者がクマであることを願いながら、監視カメラ映像をチェックし、悪態をついた。ちょっと太り気味の中年男が、うつむき加減で狭い歩幅で息を喘がせ、ポーチにつづく坂をあがってくる。ベンは顔をしかめ、玄関脇に掛けてあるモスバーグのショットガンを手にし、玄関を出た。

こそこそするつもりはない。訪問者にそれ以上ちかづくなと伝える必要がある。ドアが閉まる音で、訪問者は立ち止まり、左手をあげてショットガンに目を据えた。まあまあ、と言うように右手を前に出す。「おはよう。マイク・キルゴアだ。渓谷から来た」肩越しに振り返る。「ドライヴウェイにどでかい岩があった。通り抜けられないから車を駐めて歩いてきた」

「そうだろう。おれが置いた。なんの用だ?」ベンはこともなげに言った。なにもするつもりはない。この男に消えてほしいだけだ。

マイク・キルゴアは大きく二度深呼吸して息を整えた。「おれたちは組織を作ろうとしている、もしもに備えて……わかるだろ。なにがどうなってるのか、みんなに知らせる必要がある。誰もあんたの電話番号を知らなかったんで、おれが出張ってきた」顔の汗をぬぐう。朝のうちはまだ涼しいとはいえ、ドライヴウェイを歩いてくればたいていの人間は汗をかく。ベンは苦もなく登ってこられるが、鍛え方がちがう。キルゴアの額には白髪交じりの髪がへばりつき、頬は不自然なほど赤くなっていた。「それに、連絡先のリストを作ろうと思ってる——わかるだろ、もしものときに連絡を入れる親族。もとに戻ったときに知らせてやる相手」

　ベンはふと父のことを思った。モンタナで農場をやっている父は、子供たちがどうなろうと一顧だにしないだろう。母は亡くなった。父は再婚して子供がいるが、ベンはその腹違いの兄弟の誰とも親しくなかった。ベンが死んだと知れば関心をもつかもしれない。遺産を遺(のこ)していないか知りたくて。お生憎(あいにく)さまだ。

　気がきく人間なら家に入れて水かコーヒーを出すのだろうが、ベンは気がきかないし、気をきかせるつもりもない。ショットガンを持ったままポーチに立っていた。電話番号を誰にも知らせないのは、受けたくないから、訪ねてこられたくないからだ。それぐらいわかりそうなものだろう。

　だが、マイク・キルゴアは、任務を完遂しないかぎり立ち去らないようだ。彼をちかくで見て気づいた。〝太り気味〟ではなく、〝がっしり〟していることに。

「それでだ」キルゴアがつづけた。「学校がコミュニティの集合場所になる予定だ。きょうの午後、電気が止まったら、そこに集まって対策を練る。こういうときには隣人同士結束して、助け合わないとな。あんたにも参加してほしい。あんたは使える技能を身につけているし、それに、いざとなったら、あんたのほうでもおれたちを必要とするだろうしな。ところで、おれは水道屋だ。いずれどこでも水道屋は必要になる」

それは普遍の真理だが、ベンはなにも言わなかった。

「おれと女房はマイラ・ロードに住んでいる。セラ・ゴードンのところとちかい」キルゴアは額の汗をぬぐった。「セラは知ってるだろ？ ハイウェイ沿いで小さな店をやってる。あんたのトラックをあそこで見たことがある。女たちの何人かは彼女を責任者にしたがっているが――」肩をすくめる。「彼女は気が進まないみたいだし、責任者になるほど強くなさそうだしな。そこいくと、あんたは適任だ」

「いや」ベンがきっぱりと拒絶した。自分以外の誰に対しても、責任をもつつもりはない。そういうことは軍隊でいやというほどやった。

キルゴアが一歩さがる。「そうか、もし気が変わったら……」

「変わらない」

キルゴアがショットガンをちらっと見る。「考えてみて――」

ベンはきっぱりと首を横に振った。

キルゴアがため息をつく。「言ってみただけだ。気が変わったら学校の集会に来てくれ」ドライヴウェイを見て顔をしかめた。「バックでくだっていかないとならない。半キロほどくだらないと方向転換できる場所がないからな」

「そうだな」ベンは手伝いを申し出なかったし、同情も示さなかった。キルゴアはきっと悪口を言いふらすだろう。愛想のかけらもない奴だ、ショットガンで脅された、と吹聴してくれれば、誰もやってこないだろう。願ってもない。

ポーチに立ってキルゴアを見送った。彼の姿が見えなくなると、ベンは家に戻り、ショットガンをいつもの場所に戻した。

セラ・ゴードンが渓谷の住人たちを束ねるとは、とても想像できない。あんなに物静かだと人に命令なんてできないだろう。だが有能だから、統率力さえ発揮できればたいていの人間よりも適任だろう。

ベンが思う組織作りとは、人に頼るなと全員に叩き込むところからはじめる。覚悟ができていない人間には用がない。自分が悪い。覚悟がある人間は使い物になる。たいていの場合。死人がでるかもしれない。それも遠からず。だが、このあたりの住人はうまく切り抜けるだろう。狩りや釣りができるし、食料を集めて物々交換するはずだ。人の話に耳をかたむけられる連中は、助け合ってなんとかやってゆくものだ。

彼らはベンを必要としないし、ベンのほうだって彼らを必要としない。

テッド・パーソンズは、網戸を張ったポーチで渓谷を眺めていた。ここはいつだって静かだが、いま現在の静寂は、いつもより深くて密だ。小鳥たちですら鳴りをひそめている。太陽嵐がおさまるまで、どこかに隠れて待っているのだろう。

おなじ通りに並ぶ家々は貸別荘が多く、いまは誰もいない。上のほうに住むやもめのジョン・ダブズのような定住者もいるにはいる。テッドと妻のメレディスが別荘にやってくると、ジョンはかならずなにかしら借りに来る。コーヒーやドライバーや芝刈り機まで。しかも借りておいて返さない。このところ彼の姿を見ていないから、メンフィスの娘のところに行っているのだろう。定住者はほかに二人いて、町内会の集まりで知り合った。道路の整備とか、玄関先の景観を整えるとか、常夜灯を設置するとかいったことを話し合う集まりだが、テッドは景観を整えることにも、常夜灯の設置にも反対した。よそ者を惹(ひ)きつけるような真似はしないにかぎる。

彼の別荘は山腹の一等地にある。たどりつくのが大変なほど上のほうではないが、景色は充分に楽しめる。彼と妻は月に一度オハイオからやってきて、週末に何日か別荘に滞在し、退職したら定住しようと話し合っている。この土地にすっかり溶け込んでいる気がしていた。税金だっておさめているし、買い物も渓谷の店ですますようにしていた。だから、貸別荘の草が伸び放題だったり、修繕が必要だったり、利用者が道や彼のドライヴウェイに車を駐めたりすれば、貸別荘の管理会社に文句を言う。当然のことだ。人様のドライヴウェイに平気な顔で車を駐めるなんて、どういう了見をしているんだ?

きのう、保安官助手が訪ねてきて立ち去れと言った。「観光客は帰れるうちに帰ったほうがいい」とぬかしやがった。思い出すだけで腹がたつ。おれは観光客なんかじゃない。この別荘はおれのものだ。ずっとここにいてなにが悪い。ほかの住人たちと同様、自分の土地に住んでいるだけのことじゃないか。協力を求めるならいざ知らず、追い出そうとするなんて言語道断だ。仕切るのはうまいほうだし、上にたって命令を出すこともできる。

なにも起きなければ、予定どおり日曜日に帰るつもりでいる。ＣＭＥの直撃を受け、警告どおりひどいことになったら、へたにオハイオに帰るよりここに留まるほうがいい。口に出して言うことではないが、科学者たちの予想がはずれ、何事もなかったら、それこそがっかりだ。危機的状況だからこそつかめるチャンスもあり、彼みたいに頭の切れる人間はそういうチャンスをつかむことができる。

メレディスがスマホを手にポーチに出てきた。「メールを送れないのよ。すぐに戻ってきちゃうの！」声が震え、両手が震えている。彼はすぐに立ち上がって妻を抱き寄せた。子供たちや実家と連絡がとれないことが精神的な負担になる。心臓が弱い妻を動揺させたくなかった。

「みんなが電話したり、メールを送ろうとしたりするから、配信システムがパンクしかかっているんだ」なだめるように言う。「みんな無事だってわかってるだろ。きのう話をしたじゃないか」結婚して三十四年になる。妻のいない生活は考えられなかった。十年前に妻が心臓発作で死にかけたときほどうろたえたことはなかった。人間嫌いなほうで、馬鹿な人間は癇に障る。メレディスは生きる支えだから、なにがなんでも守ってやりたい。彼女はテッドほど強くないけれど、強い必要などない。テッドがその分強いのだから。

妻は同い歳の五十六歳だが、肌はいまもすべすべで、いつも楽しそうだ。薄茶色の髪にブルーの瞳のせいか、あどけない感じがする。そこにつけ込もうとする人間は許せなかった。断じて許せない。

妻が座ったので、テッドも倣った。彼女は握りしめたスマホを見つめている。かかってくるのを待っているのだ。「うちに帰ればよかったわね」妻がそう言うのは何度目だろう。

「満タンにしてあるから、家まで帰りつけたわ」

「ここにいるほうが安全だ」

「でも――」

彼は頭を振った。「帰ったって子供たちがいるわけじゃない。みんな元気だって言ってたじゃないか。子供たちには守るべき家族がいる。助けてやろうにも、いまのおれたちにはなにもできない。遠くに住んでいるんだから」子供たちはどちらも大学を出るとオハイオを離れた。テッド・ジュニアはワシントン州で再婚相手と暮らしているし、ケイトはいい仕事が見つかってテキサスに移った。「二人とも逞しい。大丈夫だよ」親族がみな逞しいわけではないが、彼が心配することではない。「きみの妹とお母さんには、自力でなんとかやってもらわないと」

　またいつもの「でも」が返ってくるだろうと身構える。彼が自宅に帰らないことにしたのは、メレディスの家族のせいだ。なにかというとメレディスに泣きついてくる。金遣いが荒く、足りなくなるとメレディスにせびるだけせびり、返してくれたためしがなかった。妹ときたら男を見る目がなくて、ろくでもない男に引っかかってばかりだ。母親も悪い。娘を甘やかし放題で、姉なら助けるのが当然だと情に訴えメレディスから金を巻きあげる。寄生虫みたいな母娘(ははこ)と縁を切れるものなら切りたかった。

　メレディスには口が裂けても言わないが、彼は内心、二人が死んでくれることを願っていた。メレディスは動揺するだろうが、長い目で見ればそのほうがいいにきまっている。

　核爆弾によって生じる電磁パルス(EMP)のほうが、CMEよりいいような気がする。敵の奇襲攻撃によって送電線網が遮断されたのなら、誰も逃げ出せない。車も損傷を受けるだろう──何割かの車は。あっという間に生じる大混乱は破壊的だ。

　自分の家を離れろと警告しに来る人間もいない。

　男が名を売るのはこういう難事においてだ。危機を生き抜くだけでなく、繁栄する者もいれば、そうじゃない者もいる。彼は生き抜いたうえにリーダーになりたかった。

　きょうの午後、学校で集会がある。誰もそのことを知らせてくれなかったのは癪(しゃく)に障るが、衛星放送が映らなくなる直前に、ノックスヴィルのテレビ局が画面の下に繰り返し流した情報を見て知り、テッドは出席するつもりでいた。組織作りをどうするか、なにをすべきかを愚鈍な連中に教えてやらなければ。このあたりに住む連中の多くが、テネシー州東部より先まで行ったことがない。無知の極みだ。

渓谷を眺めながら考える。学校やレストラン、コンビニやガソリンスタンドには食料がある。密造所で造っている酒は、これからの数か月で価値が何倍にもなる。密造所の隣の店で売っているアップルバターやファッジや調味料の類もそうだ。手元にある商品を管理する人間がいなければ。

管理はお手の物だった。長いこと会社を経営してきた。まずはタイヤ販売店に勤めて週に七日、身を粉にして働いた。いまでは六店舗を持つまでになり、それぞれに有能な店長を置いている。彼がいなくても商売は回ってゆくが、店を不意打ちで訪れることで店長たちに活を入れるのは忘れていない。

この危機がつづくあいだ、店は打撃を受けるだろう。商売人はみなそうだ。だが、危機が過ぎたら再建すればいい。彼は乗り切る。彼はサバイバーだ。メレディスの面倒もちゃんとみる。

短期間を乗り切るだけの備蓄はしてあった。必要なものは渓谷で調達すればいい。それには管理することだ。愚鈍な連中を少しばかり脅かして支配下におさめればいい。

5

　セラがキャロルやバーブと瓶詰め作業をしているキッチンに、オリビアが飛び込んできた。電気はまだ通っているので、作業の手を緩めるわけにはいかなかった。「兄さんから連絡があった！」オリビアはスマホを振ってみせ、ワッと泣き出した。

「まあ、まあ」キャロルが手を拭きながらオリビアに駆け寄り、腕を回した。「よかったことね。元気そうだった？　まだ基地にいるの？」

　オリビアは涙をぬぐい、キャロルにメールを見せた。「〈ぼくは元気だ〉」キャロルが声に出して読む。「〈備えはできていた。バックアップシステムがあるから。長期間留守にするので、おまえも元気でいろよ。ばあちゃんによろしく。二人とも愛してる〉」

　キャロルも目をぬぐった。「これでひと安心だわ。軍隊にいれば安心だとわかっているけど、元気でいるってわかってほっとした」オリビアをもう一度ぎゅっと抱きしめてから作業に戻った。

　セラは時計を見て、計算してみた。「オリビア、残ってる豆の莢を剝いてくれたら、電気が通っているうちに加圧保存できるわ」

オリビアは顔をしかめた。さんざんやらされたので、豆の莢を剥くこと——トウモロコシの皮を剥くのも——うんざりだったが、文句を言わずに腰をおろし、作業に取りかかった。残った豆の量はたいしたことない。五、六瓶分程度だ。バーブは持参したホームベーカリーでパンを焼き、セラはコーンマフィンを二十個ほど焼き上げていた。いずれはかび臭くなるが、やわらかいパンよりは長持ちする。

できるかぎりのことをやった。CMEがアメリカ大陸にぶつかるまでにあと数時間しかない。正確な時間がわかればいいのに、とセラは思った。でも、太陽嵐はこちらの予定などおかまいなしだ。自然の脅威には抗(あらが)いようがないし、太陽のパワーに太刀(たち)打ちできるものはこの地上にひとつもない。

オリビアはほんとうに頼りになる。瓶詰め作業の手伝いをしてくれるが、四人で立ち働いているとキッチンが窮屈になってくる、その頃合いを見計らってほかの用事をすませてくれる。たとえば、停電に備え電気製品のプラグを抜いておくことを忘れないでいて、三人の家を回って確認するだけでなく、隣近所にも注意して回ってくれた。いま、プラグを差し込んであるのは、キッチンで使っている電気製品だけだ。オリビアは友だちとずっとメールをやり取りしていたが、話題はCMEのことばかりで、そのメールもなかなかつながらなくなってきた。セラに言われて、オリビアはキャロルとセラの家を行き来し、洗濯も済ませてくれた。清潔な服を着ているほうが、危機にうまく立ち向かえる。

キャロルの家のテレビの衛星放送はすでに映らなくなったが、ノックスヴィルの放送局が流す地上波の番組を受信できたから、雑音や中断を挟みながらも、やたらとコマーシャルが多いニュースを作業しながら観ることができた。ニュースキャスターは大げさな表現をしないよう訓練を受けているが、さすがにきょうは怯えが顔に出ていた。怯えないほうがおかしい。

セラは時計をちらちら見ながら、そろそろだと判断を下した。「オリビア、お湯が出るあいだにシャワーを浴びて、シャンプーをしておきなさい。みんなもそうするから、なるべく手早くね」

オリビアは階段を駆けあがり、十分後には洗い髪でおりてきた。「つぎはあなたよ」キャロルがきっぱりとセラに言った。「あなたの髪はあたしやバーブのより長いから、乾かすのに時間がかかる。それに、こっちの作業はもう終わるわ」

それは嘘だ。まだ後片付けがある。でも、セラの髪が長くて量が多いのも事実で、ドライヤーでブローしないと濡れた髪のまま寝ることになる。ほかのやり方を考えないと、と思いながら階段をあがった。停電になったら、早い時間に髪を洗おう。女性の登場人物が火のそばで髪を乾かす場面を映画や本で観たり読んだりしたけれど、ロマンティックで美しい姿としか捉えていなかった。自分がそうすることになろうとは思ってもいなかった。

日常のあれこれが容易にできなくなるのだ。対策を考えなければ。

オリビアに倣って手早くシャワーをすませた。熱い湯のシャワーはこれが最後だから、もっとゆっくり浴びていたかったが、ぐずぐずしてはいられない。服を着替えるとドライヤーを手に階段をおり、つぎの番の人にシャワーを譲った。

全員がシャワーを浴び終えるころには、キッチンも片付いていた。時間は迫っている。キッチンの電化製品を守らねばならない。圧力鍋は加圧の工程が終わり、カウンターの上で冷める工程に入っていた。思いを込めてすべての電化製品のプラグを抜く。小さなテレビだけそうしなかったのは、古いものだからダメになってもかまわない、いずれ電気が復旧したらフラットスクリーンの新型を買うわ、とキャロルが言ったからだ。

「これからどうするの?」オリビアが尋ねた。

セラは肩をすくめた。「待つのよ」オリビアをギュッと抱きしめ──安心させたくて、なにかにつけみんながそうしていた──椅子に座ってテレビを観る。オリビアがキャロルとセラのあいだに割り込んだのは、安心できるからだろう。

画面の下にテロップが流れた。ウェアーズ・ヴァレーに真似て、いくつかのコミュニティがきょうの午後かあすの午前中に集会を開くことにしたという報告のテロップだ。連絡がとれない住人たちにもこれで伝わる。まだテレビがついていて、観ていればの話だが。ノックスヴィルの三つのラジオ局が、それぞれ独自の計画をたてているようだ。時間を決めて現況報告を行うというのだ。ただし、CMEに襲われた直後の数日は電波が途切れるので、聴取者は受信できなくても心配しないように。

心配しないように、ですって。

「ラジオって」オリビアが信じられないという顔で言った。「いまどきラジオを聴く人なんていないよ」

「あら、聴いてるわよ」バーブが言う。「これからは聴く人がもっと増える」

セラのスマホのメール着信音が鳴り、全員が飛び上がった。セラは画面を見てほっとした。「クリスティーナから」前夜、親友二人、エイミーとクリスティーナにメールを送った。エイミーは一時間もせず、今後に備えて準備しているところ、と返事をよこし、セラを安心させた。エイミーと夫のトレース、それに二人の子供――どちらも五歳以下――は、警戒警報が流れたとき夫の実家にいた。自宅から二時間ほど離れた農場なので、そこに留まることにしたそうだ。農場にいれば長期にわたって自給自足できるし、トレースの両親はともに六十代だから二人きりにしておけない。

クリスティーナからは返事がなく、セラは心配していた。クリスティーナはセラのところからほどちかいガトリンバーグに住んでいるから、野菜の瓶詰めに追われていなければ、ひとっ走り様子を見に行くこともできた。だが、クリスティーナは仕事で出張が多く、一週間以上連絡がとれないことも珍しくなかった。

「〈ネイサンと彼の家族と一緒にミシシッピにいる。ここに留まるつもり。あなたは大丈夫？〉」

セラはクリスティーナのメールを読みあげ、返事を打った。〈こっちは大丈夫、エイミーとトレースは彼の実家にいる〉。親友二人にはそばにいてほしいと思わないでもないけれど、常識的に考えれば、それぞれがいまいる場所にいるほうがいい。家族と一緒に。クリスティーナの両親は早期退職してアリゾナに移ったので、ちかくに親族はいない。ネイサンとデートするようになって半年、真剣な付き合いになっているのだろう。

二人がうまくやっていけるかどうかが試されることになる、とセラは思った。いつまでつづくかわからない期間、一緒に暮らすのだ。それも会ったばかりの彼の両親も一緒に。

危機に立ち向かうときに、頼りになるパートナーがそばにいてくれたらさぞ心強いだろう。そんな思いにハッとなり、愕然（がくぜん）とした。セラ自身は臆病で、危険を回避することばかり考える。危機に立ち向かうとき、そんな彼女にそばにいてほしいと思う人がいる？

なんだか悔しくなる。もっと強く、もっと賢くならないと。せいいっぱい自分の務めを果たさないと。キャロルとオリビアが元気でいられるように心を配らないと。もっとも、それはおたがいさまだろう。少なくともキャロルはセラのことを心配するにちがいない。オリビアはまだ若いからそこまで気がまわらない。

差し迫る危機は、それぞれの人間性が試される機会となる。失敗はしたくなかった。

「彼女がネイサン一家と一緒でほっとしたわ」キャロルが言った。「こんなときにひとりぼっちは心細いもの」

全員がうなずいた。ほんとうにそうだ。

「これからどうなるのかがわかれば、少しは安心できるのにね」バーブが言う。やさしい顔が心配で歪む。「体を動かすことはなんでもないの。そんなふうに育ってきたもの。なにもわからないのが困る。なにをすればいいの？　なにをしちゃいけないの？　なにをすべきで、なにをすべきでないのか、知りたいわよ」

どうしてだか、みんながセラを見た。答えを求めるように。ＣＭＥについて多少は調べたけれど、専門家でもなんでもない。近年、起きたことのない事象について、自信をもってこうだと言える人がいるの？

「あくまでも推測だけど」セラはゆっくり言った。「送電線網がダウンしても、電波塔がやられないかぎり、スマホのメールは送受信できるはずよ。電波を利用しているから。ラジオ局はどこも、数日間は電波が不安定になると言っている。そのあとは……たぶん大丈夫。でも、スマホは充電しなきゃならないし、受信可能範囲は限られてくる。だから、貴重な電力をスマホの充電に使っていいものかどうか、判断しないと」

「いい！」オリビアが即答した。

「家の中を明るく照らすことより、スマホの充電のほうが大事だとは思えない」と、キャロル。「それに、連絡をとりたい相手がスマホを充電しているとは限らないでしょ。それにネットワークが機能するかどうかもわからない。当分のあいだはね。先のことは先のこと。誰もかれもがどうやって日々の暮らしをつづけていくか、そのことで手いっぱいなんだから」

「わたしはけさスマホを充電したけど」セラが言った。「みんなはどうなの？」

「したよ」オリビアが言う。当然だろう。

キャロルは顔をしかめた。「七十パーセントってとこかしら」

バーブはため息をついた。「けさから一度も使っていない。すっかり忘れてた」

「さしあたり大丈夫ね。スマホがつながれば、四人のあいだで融通をきかせればいい」うっかりしていた。食材の処理や瓶詰め作業に没頭していたので、水のことを忘れていた。

「いまから水を溜めましょう。使える容器はすべて使って。停電したら水の確保が難しくなるから」

グラスにカップ、ボウル、ピッチャー、ジョッキ、水を汲めるものを総動員し、そのあいだもテレビから目を離さなかった。セラはオリビアに頼んで、一階の主寝室に隣接するバスルームのタブに水を張らせた。

テレビのニュースで、衛星に依存するものはすべて使えないし、復旧にどれぐらい時間がかかるかわからない、と言っていた。送電線網の復旧が優先される。非常食が配布される場所や医療センターが設置される場所のリストを、現在作成中ということだった。電気がつかなければ階段は真っ暗だし、エレベーターも動かないとなると、病院を維持運営してゆくのは難しい。提供される医療は、基本的で規模の小さなものになる。

セラは容器に水を溜めながら思った。非常食はどれぐらいもつのだろう。渓谷に住んでいるかぎり、飢餓は深刻な問題にならない。食料調達は難しくなるだろうが、森にはシカなどの獣がいる。猟師が獲物を分けてくれればだが。リスのシチューを食べたことはないが、まわりにいくらでもいる。備蓄食料が底をつき、シカがいなくなれば、リスを食べることに反対はしない。もちろんいまは抵抗があるけれど、そんなことを言ってられなくなる。この災難を乗り越えるころには、好き嫌いもなくなっているだろう。

蛇口の水の出が不意に悪くなり、ついに止まった。「どういうこと？」キャロルがテレビを観る。まだついていた。

「水管理委員会が供給をストップしたのよ。ポンプがやられないように」セラは時計を見て思った。水管理委員会は一か八かでいままで水を供給しつづけたのだ。蛇口の栓を閉め、どれぐらい水を確保できたか確認した。カウンターにもテーブルにも、ありとあらゆる容器が並んでいた。オリビアがキッチンに戻ってくると、セラを見て肩をすくめたが、バスタブになんとか水を張れたそうだ。しばらくはこれで大丈夫だろうし、いざとなれば小川の水を汲んできてトイレを流せばいい。

セラの家の電気製品はすべてプラグを抜き、腐りやすい食材と発電機はキャロルの家に持ってきてある。やるべきことはやった。

四人はテーブルを囲み、無言でテレビを観た。午後三時が刻々とちかづいてくる。電池式時計の短針が三を通りすぎた。オリビアが身じろぎする。「もしかして――」

テレビが消えた。

それだけだった。耳をつんざく雑音が流れることもなく、ただ……消えた。

不気味に静まり返る。日常の音がなくなった。冷蔵庫のジージーいう音も、空調の音も、テレビの音も。四人とも息を詰めていた。大変なことが起きたにちがいない……その――容易ならざることが。聞こえるのは時計のカチカチいう音だけだ。いままで気にも留めなかった音。

すさまじい音も劇的ななにかも、地殻の大変動もなんにも起こらず、ただ……あるのは静寂だけだった。

「まるで『ウォーキング・デッド』みたい」セラは小さくつぶやき、小学校に向かうウェアーズ・ヴァレーの住人たちの列に加わった。

かたわらでオリビアがクスクス笑った。キャロルは笑いをなんとかこらえた。「シーッ！」と、声をひそめ、つぎにこう言った。「よろよろしてる人もいるけどね」

まるでゾンビかタビネズミの群れだ。巨大な磁石に引き寄せられる金属片みたいに、みんなおなじ場所へと向かっているのだから。

昼間の暑さはおさまり、人びとの影が長く伸びている。集会が長引くことを考え、セラは懐中電灯を持ってきた。長引かないほうがいいにきまっているが、みんな言いたいことが山ほどあるだろう。建設的な意見かどうかはべつにして。セラを含め、みんな不安なのだ。困難を乗り切るのに妙案を持っている人もいるかもしれない。

全員がカフェテリアに集まった。大変な混雑ぶりだ。前にここに来たのはいつだった——四年前？　五年前？——オリビアの誕生日を祝ってランチを一緒に食べたのだ。あのころと変わっていない。匂いも、テーブルと椅子もおなじだ。壁はペンキを塗り直したようだが、変わったのはそれだけだった。

気がつくと、群衆を見まわしてベン・ジャーニガンの姿を探していた。来ないだろうとわかってはいたけれど。彼がこの場にいたら、二通りの反応のうちのいずれかが起きているはずだ。みんなが遠巻きにするから、彼は一人ぽつんと立っているか、彼を生まれついてのリーダーと見なす男たちが、彼を取り囲んでいるか。その中間はありえない。まわりの人たちとおしゃべりするなんて、彼の柄ではない。

彼がいないことはわかっていても、場内をぐるっと見まわさずにいられなかった。自分の判断が間違っていることを心のどこかで願っているから、血が全身を駆けめぐっていた。

むろんいるわけがない。べつに驚くことではないが、いてくれたらと思う。ここにいる人たちが困難を乗り切る手助けができる人間がいるとすれば、ジャーニガンだ。彼が手助けをしてくれなくても恨めない。なぜなら、危機が去るまで隠れているという選択肢があるなら、自分はそれに飛びつくだろうから。

そんな選択肢はないのだから、夢想するだけ時間の無駄だ。

カフェテリアに集まった人たちは椅子に座り、座り損ねた人たちは壁際や通路に立っていた。みんながひっきりなしにしゃべるので場内はワンワンとうるさく、それがセラの神経に障った。人込みも騒音も大嫌いだ。気づかれまいと身を隠す小動物のように、その場にうずくまりたくなる。逃げ出そうとするのでなく、人付き合いや経験を糧に成長できたらどんなにいいだろう。

セラたちに気づいて声をかけてくれた人がいた。「ミス・キャロル、ここにどうぞ」長いテーブルについていたその男性は、キャロルに席を譲ってくれた。セラとオリビアは彼女の背後に立った。三人揃って来ることもなかったのだが、セラとキャロルは出席すべきだと思ったし、オリビアは二人から離れたがらなかった。バーブだけがキャロルの家に残った。疲れたからゆっくり休みたいし、話は二人から聞けばいいことだし、と言って。足首はよくなっていたので、歩いてこられないことはない。おそらくバーブもベンとおなじで、隠れていたいのだ。危機に対処するやり方は人それぞれ。

騒音のなかから、ときおり会話の切れ端を耳が拾った。

「降圧薬が足りなくなるかも」

「こんなことになるなんて、思ってもいなかった」

などなど。パニック、不安、好奇心——いろんな思いが渦巻いている。でも、セラは内なる恐怖をおもてに出すまいと思っていた。キャロルやオリビアに不安を与えたくない。

後ろのテーブルの女性が話すのが聞こえた。マイク・キルゴアがベン・ジャーニガンを訪ねて、ショットガンを突きつけられた、という話だ。奇跡が起きてベンが助けに来てくれる夢が、そこで絶たれた。

停電でエアコンがつかないから、混雑するカフェテリアは不快を催すほど暑く、苛立ち(いらだ)を倍加させる。

まわりのおしゃべりから、二人の男性が主導権を握ろうとしていることがわかった。だが、どちらにも人びとを束ねて組織を作る力はなさそうだ。二人は前のほうで、食料や安全対策、ガソリンと灯油の配給について議論を戦わせていた。ほかにも何人かが議論に加わり、前のほうに出ていって耳をかたむけるだけの人もいた。

騒音のレベルがあがるにつれ、人びとの不安が高まっていった。キャロルがまわりを見まわして顔をしかめ、セラに言った。「ほかに声をあげる人がいなかったら、あそこにいる連中にすべてを牛耳られてしまうわ」

オリビアが言う。「どうして自分から声をあげないの？　おばあちゃんもセラも黙ってないで」

キャロルはぎょっとし、思案深げにセラを見あげた。「あなたがそうすべき。そもそもこの集会をやろうと言い出したのはあなたなんだから」

こんなにおおぜいの人を相手にすると思っただけで鳩尾のあたりが痛くなる。前に出てみんなの前で話をし、異なる意見を持つ人を説得するなんて、ぜったいに無理だ。恐ろしすぎて逃げ出したくなる。「ここにいるのは知らない人ばっかりなのよ！　おばさんはどうなの？」

キャロルはぐるっと見渡して顔をしかめた。「たいてい知ってる。だって、生まれたときからここに住んでるのよ。あとから移ってきた人たちのことは、よく知らないけどね」

「おばあちゃんがやるべきだと思うな」オリビアが言い、議論する男たちを見て嫌な顔をした。「あの人たち、怖いよ。おばあちゃん、やってよ、お願い」

キャロルがむっとして言う。「あたしが選ばれるわけないって、わかってるくせに」それでも椅子を引いて立ち上がった。

「だったら、どうしてわたしにやれって言うの？」セラが尋ねる。「ここの人たちのことは、おばさんのほうがよく知ってるじゃないの！」

「人の揚げ足をとらないの」

キャロルは人を掻き分けて前のほうへ進んでいった。セラがあとを追う。心配顔の人たちに「すいません」と何度も言って、ようやくのことで主導権争いをする男たちのところまで来た。論争をみなが見守っていた。しかめ面の人がいれば、いつつかみ合いの喧嘩になるのかと心配顔の人もいた。

場内は人いきれでむっとしており、きっと多くの人たちが入れるうちに風呂に入りたいと思っているにちがいない。新鮮な空気を吸おうと、窓を開けようとする人もいた。

これからずっとこういう状態がつづくのだ、とセラは思った。冷暖房が人をダメにしてしまった。もう一度昔に戻って、自然の気温に慣れてゆくしかない。暑さに耐え、冬がきたら火のそばで暖をとる。これまで停電が長期間つづくことはなかったから、不便を感じる程度ですんできた。食料が不足し、店が再開しないことがわかれば、いずれ現実に直面せざるをえない。

ようやく議論する男たちのところまで来たものの、キャロルが持ち前の有無を言わさぬ態度で男たちの輪に割って入る前に、カフェテリアの反対側から大きな叫び声がして、全員が声のほうに振り返った。切羽詰まって顔を赤くした男がちかづいてくる。セラやキャロルのように人込みに手こずることなく、人びとの肩を叩いて「失礼」と言いながらずんずん進んでくるものだから、人垣が自然と分かれていった。

「誰なの？」セラは小声でキャロルに尋ねた。

「知らない」と、キャロル。「なにか重大なことを話すつもりみたいね」

男は前に出てきた。厨房と配膳コーナーがある場所で、男は振り返って群衆に顔を向けた。カーキのパンツにブルーのボタンダウンのシャツという、これぞ南部の男という格好をしている。左手に持ったボトルの水をぐいっと飲むと、話しはじめた。「みなさん、聴いていただきたい」大声でおなじ台詞を繰り返したものの、誰も耳を貸さず、騒音は静まらなかった。

セラは才能溢れる人間ではないが、ひとつだけこれというのがあった。口笛だ。二本の指を口に咥えて吹く。鋭い口笛の音に場内がしんとなった。

静寂にほっとしたものの、全員がこちらを見ている。顔が赤くなるのがわかった。話をしようとしていた男を慌てて指さす。

男はありがとうとうなずき、話した。「郡政委員のジェス・ポーです」

みなが口々に質問したが、彼は頭を振って片手をあげた。「あなたたちの質問にはあらかた答えられない。いま現在対策を練っているところです。きょうは、カフェテリアにある食料のことで伺いました。冷蔵庫に腐りやすい食材が入っているだろうし、主要食料もたくさんある。それらを無駄にするのはもったいない」

女性が声をあげた。「どう処分するつもりですか？」

ジェス・ポーは咳払いした。「最新の人口をもとに、ここにある食料の重さを量り、それを人口で割るのはどうでしょう。一人当たりの食料が算出できる」

女性は立ち上がり、不信感を顔に出した。「カフェテリアがどんなふうに運営されているか、あなたたちはまるでわかっていない。主要食料は大きな袋に入ってるんですよ。どうやって分けるんですか？　計量カップを持ってきた人いる？　家に帰らないでここに留まっている人たちはどうするんです？　うちの隣の貸別荘にはまだ人がいて、太陽嵐のことなんて知らずにいる。食料の分配に彼らも含めるんですか？　彼らの税金で買ったものでもないのに」

「ちょっと待ってくれ」テディ・ルーズベルトそっくりの男が大声をあげた。しかめ面が赤くなる。「おれはここに住んでいないが、別荘を持っていて税金だってちゃんと払ってる。女房とおれには食料を分けてもらう資格はないって言うのか？」

女性は肩をすくめた。「あなたは一年中ここにいるわけじゃないし、あたしたちみたいに地方税を払っているわけじゃないでしょ。だから、そうね、いくらかは分けてあげてもいいけど、みんなとおなじ量ってわけにはいかない」

「馬鹿言うな！」男は女性に向かって言った。

「まあ、落ち着け！」マイク・キルゴアが現れ、二人のあいだに割って入った。「ここで騒いだってしょうがないだろ。話し合えばすむことだ」

「どっちの言い分にも一理あるわね」キャロルが声をあげ、オリビアを気遣うように見やった。孫娘を怯えさせまいとして、調停役を買って出たのだ。大人たちが怒鳴りあう前から、子供たちは充分に怯えているのだから。マイク・キルゴアが感謝の一瞥(いちべつ)をキャロルにくれた。

「そうかしら」別の女性が立ち上がった。「あたしはカフェテリアで働いているから、そんなふうに食料を分配するのは無理だってわかってるわよ、ミスター・ポー。あの人が言ったように、主要食料は大きな袋で納品される。肉も卵も長くもたない。レタスやトマトといった野菜はそれより長持ちするけど、一週間が限度ね。肉はどうやって分配するつもりなの？　料理するすべを持たない人間に、切り分けて渡すの？」

牛の片側半頭分がぶらさがっている情景がセラの脳裏に浮かんだが、カフェテリアで保存している肉はそういう形状ではないだろう。カフェテリアの従業員の女性の発言は的を射ている。大量の肉をどうやって料理する？　庭でバーベキューする以外に。誰も料理する手段がないだろう。いずれ料理方法を編み出すだろうが、肉はその前に腐ってしまう。セラたちは手元にある肉をすべて瓶詰めにしたけれど、ほかの人たちはどうなんだろう？

大量の肉の処理について、セラの頭によいアイディアが浮かんだので、キャロルに耳打ちした。「大型の燻製器(くんせい)。家にある人、ぱっと思いつくだけでも三人いるわ。もっといるはずよ」

まわりの人たちが彼女のほうを見てうなずいた。

「大型の燻製器を持ってる人、どれぐらいいる？」キャロルが言い、ぐるっと見まわした。「発電機が家にある人にしばらくのあいだ冷蔵庫を動かしておいてもらう手もあるけど、寒くなったら発電機が必要になるからそれはやめたほうがいいわね。だったら、早いとこ肉を焼いてしまえばいい。みんなで集まってやりましょ。肉が腐る前に。ハーレー・ジョンソン、あんたんとこにあるわよね」

「ああ、ある」片隅から声があがった。「ボブ・テレルのとこにも」

ほかに二人の名前があがった。燻製器の大きさからして、千キロの肉でも燻製にできそうだ。カフェテリアにある肉はそこまでの量ではないから、それぞれの家にある生肉も燻製にできる。

「そりゃいい考えだわ」カフェテリアの従業員が大きくうなずいた。「誰でも参加できるようにしましょう」

「銀行の横の広場なんてどうかしら」セラはキャロルにだけ聞こえるよう声をひそめた。まわりの注目を浴びたくなかったからだ。だが、そうはいかなかった。みんなセラのほうを見て、親指をあげてみせた。セラの顔が赤くなる。もう、自意識過剰なんだから、自分がいやになる。気心の知れた少人数の集まりなら平気なのに、おおぜいのなかに入ると平静でいられないのはどうして？

キャロルがセラの肩に手をやった。わかっているわよ、それでいいと思っているわけじゃないけど、と言いたいのだ。キャロルはまた声をあげた。「銀行の横の広場。燻製器を並べておおぜいの人が集まるのに充分な広さがあるでしょ。教会からテーブルと椅子を持ち出すか、みんなが毛布を持ち寄って芝生の上に座るか、ローンチェアを持ってきて、おおぜいでピクニックしましょ」

同意の声があがったものの、各家庭で冷凍してある肉をどうするか言い出す人はいなかった。すぐに火を通さないと腐ってしまう。キャロルの言っていたとおりだ。あと二か月すれば、発電機を動かす必要が出てくる。だったら、今夜にでも燻製器を出動させるほうがいい。

そういうことを発言する人が出てくることを願って、セラはしばらく黙っていた。サバイバリストのサイトを覗(のぞ)いて、手元の食料を長持ちさせる方法を学んだ人はいないの？　いないみたいだ。

「頼むから誰か言ってよ」セラはつぶやいた。人の注目は浴びたくないけれど、そうも言ってられない。キャロルが、どうしたの、と眉を吊(つ)り上げるので、セラは耳打ちした。

「家に生肉があって料理する手立てがない人は、持ってきて燻製にしてもらえばいい」まわりが騒がしすぎて聞こえなかったので、キャロルは頭を振った。セラは少し大きな声で繰り返した。

「自分で言えばいいじゃないの」キャロルはぶつぶつ言いながらも声を張りあげた。「家に買い置きの肉がある人は、持ってきて！」

　ハーレー・ジョンソンとボブ・テレルが話し合って広場に集まる時間を決めた。ほかにもキャンプ用コンロやチャコールグリルを持ってくる、と言い出す人がいた。卵やほかの食材をそれで焼けばいい。小学校ではカフェテリアで朝食を出すこともあり、新学期がはじまったばかりでもあるので、食材はいつも以上に揃っていた。カフェテリアの従業員がほかにも何人かいて、火を通しておくべき食材がどれぐらいあるのか確認作業に取りかかった。

　ジェス・ポーはほっとしたようだが、郡政委員会の計画があっけなく反故にされたことで狼狽してもいるようだ。だが、そんなことはおくびにも出さない。「いちおう決着をみたようなので、わたしはセヴィアヴィルに戻ります」彼の言葉に誰も注意を払わなかった。住民たちが食料を自分たちのものにすることに、郡政委員会は許可を与えた。住民たちはここぞとばかり自分たちのやりたいようにやる。郡政委員会にしても、自分たちのやり方を押しつけることはできないだろう、とセラは思った。

「帰る前に」マイク・キルゴアが言う。「保安官事務所はどうするつもりなのか、聞かせてもらえませんかね」

　ジェス・ポーは立ち止まった。「彼らにできることは多くありません。ガソリンがあるかぎり巡回をつづける——郡にはガソリンの備蓄があるので——だが、それが尽きたら

「……」肩をすくめた。「電話が通じなければ、911にかけることもできない。大気の状態が落ち着いてきたら、無線を使うことができるようになります。無線を守る策を講じていれば。保安官事務所ではその策を講じていますが、現実問題――」そこで言い淀む。

「現実問題、自分の身は自分で守るしかないのよね」キャロルが言葉を継いだ。

ポーはため息をつく。「そういうことです。申し訳ない」

「状況がわかってよかった。来るあてのない助けを待たずにすむ」と、キャロル。「楽じゃないけれど、できないことはない」

ポーはうなずき、カフェテリアを出ていった。その足で委員会に報告に行くのだろう。会話が途切れがちになったのは、人びとが彼の後ろ姿を見送りながら、警察組織が機能しないとなると、この先いったいどうなるのだろう、と思いをめぐらしたからだ。

テディ・ルーズベルトのそっくりさんが大きな声をあげた。「まずは自衛組織を作ることだ。なんならおれが――」

マイク・キルゴアがさえぎって言った。「知らない者もいるかもしれないが、こちらはテッド・パーソンズ、コーヴ・マウンテンに別荘を持ってる」

セラは笑いを噛み殺した。テディ・ルーズベルトのそっくりさんは、ほんとうにテッドという名前なの。すごい確率じゃない？

「あなた、どこからいらしたの、ミスター・パーソンズ？」キャロルが感情のこもらぬ声

で言ったので、セラの〝人間警報〟が鳴りだした。キャロルはミスター・パーソンズを気
に入らないのだ。人一倍友好的なおばがこういう言い方をするのは、相手を敵視している
ときだ。
「オハイオ州コロンバス」彼が言う。人を見下した態度をとる理由がセラにはわからなか
った。なにも下着の色を尋ねたわけでもあるまいし。「タイヤ販売店を六店経営している。
コロンバスに四店、デイトンに二店。人と資源を運用するのはお手の物だ。これぐらい小
さなコミュニティの組織化なぞ、眠ってたってできる」
「それはそれは（ブレス・ユア・ハート）」キャロルがお愛想笑いを浮かべた。「でも、渓谷には六千人からの人が
住んでいるのよ。あなたの手に余るんじゃないかしら――もっとも、あなたの小さなタイ
ヤ販売店の従業員数が、平均千人というならべつだけど」
それを聞いて何人かが咳払いした。南部の言い回しで〝ブレス〟が用いられれば、〝馬
鹿じゃないの〟の意味だからだ。セラはうつむいて、口をぎゅっとつむった。どうしよう。
ここで吹き出したら、つかみ合いの喧嘩になりそう。
キャロルに〝小さな〟タイヤ販売店と言われ、テッド・パーソンズの顔が赤くなった。
自尊心を傷つけられたのだろう。マイク・キルゴアもそれに気づき、一歩前に出ると手を
叩いた。「いいから、話を聞こうじゃないか。おれたちはなにを望んでいるのか、そのた
めにどうしたいのか」

「なにをするにせよ」テッド・パーソンズが指摘する。「リーダーを選ばないとな。いまも言ったように、おれがやってもいい」

「だが、あんたは土地の人間じゃない」どこからか女性の声がした。「ここに知り合いもいない」

パーソンズは嫌な顔をしたが、すぐに気を取り直して肩をすくめた。「人は人。運用は運用」

「そんな単純な話じゃない」汗じみのあるジョン・ディアの帽子をかぶった老人が言った。「ここの連中の名前も知らず、誰になにができるかわからないんじゃ、人を動かすなんてできんよ」

キャロルがセラの耳元でささやいた。「渓谷の住人全員と知り合いだってのは大げさだったかもしれないけど、テディ・ルーズベルトよりは知ってるわ」

「ほかにやりたいって奴は？」別の男が不機嫌な声をあげた。「ここは暑くってしょうがない。さっさと選んで、帰ろうぜ」

あたりが少し静かになった。誰も声をあげない。このままではテッド・パーソンズに渓谷の資源をいいようにされる。彼にいい考えがあるとは思えない。あるとすれば、肥大化したエゴだけだ。いや、そうとも言えない、とセラは思った。彼はよかれと思ってここに来たのだろうから。渓谷の住人が生き延びることは、彼自身の生存につながるんじゃない？

　さっきパーソンズに楯突いた女性が立ち上がって言った。「あたしはキャロル・アレンを推薦する。食料の分配のことでいい意見を言ったのは彼女だからね」お生憎さまという顔でパーソンズを見て、腰をおろす。

　セラとキャロルのまわりにいた人たちがぼそぼそ言った。「それはちがう」セラがおばに耳打ちするのを聞いていたのだ。誰かに名指しされたらどうしよう。誰とも目を合わせないようにうつむいた。

　キャロルが言った。「自分の手柄にしたいとこだけど、いい意見の出どころはあたしじゃないのよ」そう言うとセラの肩に手を置いた。「この集会もこの子の考え」

　ありがたいことに、テッド・パーソンズが横槍を入れた。推薦を受けたのはセラではなくキャロルなので、彼の攻撃の対象はキャロルだった。「もっと有能な人間を選ぶべきだ、こんなばあ――」〝婆さん〟と言う前に口をつぐんだものの、時すでに遅しだった。

　キャロルが鼻を鳴らす。髪のピンクのハイライトがひときわ目立つ。「こんなババアって言いたいのね？」そう言って彼を睨んだ。「このババアは日がな一日瓶詰め作業に明け暮れていたんだけど、そのあいだ、あんたはなにをしてたの？　ここにやってきて、学校が備蓄している食料を、ここで一年中働いている人たちとおなじだけよこせって主張する以外に」

セラはめったに怒ったりしないが、パーソンズが偉そうにおばを排除しようとするのは許せなかった。だから拳を握って一歩前に出た。恥ずかしいなんて言ってられない。キャロルが腕をつかんで引き戻し、小声で言った。「あたしに任せて」

二人のやり取りを聞いたパーソンズは、敵意剥き出しのうなり声を発し、キャロルを睨みつけた。「おれの言い分にも一理あるって言ったくせに」

「あたしは公正な人間なの——あんたには理解できないかもしれないけど」

「ほかにやりたい人は?」マイク・キルゴアがこの場をおさめようと大声をあげた。もっと建設的な方向にもっていこうとしているのだ。「ほかに推薦する人はいないのか?」

沈黙。

「いいだろう。それじゃ採決するとしよう。ミスター・パーソンズがいいと思う人は〝アイ〟と言ってくれ」

「アイ」もっぱら男たちが声を揃えた。

「つぎはキャロル・アレン——」

「アイ!」こちらは女たちで、圧倒的に声が大きかった。

「声のでかさで決まるもんじゃない」テッド・パーソンズがきっぱりと言った。「ちゃんと投票すべきだ。それに、全員がここに来ているわけじゃない。おれの女房——」

「あんたの奥さん、来ようと思えば来られたんでしょ?」キャロルが眉を吊り上げる。そのうち殴り合いになるのではないかと、セラは気が気でなかった。キャロルがこんなふうに人に食ってかかるのを見たことがない。それもよく知らない相手に。

「そりゃもちろん――」

「だったら、奥さんがここにいようといまいと関係ない。この国で行われる選挙で投票率百パーセントなんて聞いたことがない」

「だが、六千人――あんたはそう言ったよな――の命運を、ここにいるわずか数百人で決めていいってことにはならない」

「そのとおり。だからそういうことなのよ、ミスター・パーソンズ。集会があることは伝えた。姿を見せなかった人は、意思決定への不参加を選んだものとみなす」

ちょっと、やめてよ、政治の話になってきている。セラは慌てて言った。「列に並んでもらいましょう。キャロルに投票する人は左側、ミスター・パーソンズを支持する人は右側」

「いい考えだ」マイクが声をあげた。「並んでくれ、みんな！　キャロル・アレンに投票する人は左の壁のほうに行って、ミスター・パーソンズに投票する人は右の壁」

「どっちから見るかでちがってくるだろうよ」おかしな爺さんが言い、自分の頓智(とんち)に笑って咳(せ)き込んだ。

「そうだな」と、マイク。「よし、こっちが左の壁で――」自分から見て左側を指さす

――「こっちが右の壁。これでもまごつく奴がいるか？」

「わかったわよ」キャロルはセラとオリビアの腕をつかみ、邪魔になるテーブルや椅子をよけながら〝自分の〟壁へと引っ張っていった。

「その調子、おばあちゃん」オリビアがささやき、セラに笑いかけた。セラはため息を呑み込む。この子ったら、祖母が人と対立するのを見て楽しんでいる。

たしかにおもしろい。セラは壁際に並びながら笑顔を返した。

「横に広がらないで」マイク・キルゴアが指示を出す。「一列に並んで！　さっさと片付けてしまおうぜ」

人びとがどうにか整列するのに数分かかった。テッド・パーソンズ支持の列は、大半が男性で、なかにちらほら女性も交じっていた。キャロルの列はむろん女性が大部分を占め、男性はわずかだ。テッド・パーソンズの攻撃性は女性には受け入れがたいものだから、当然だ。

女性のほうが数でまさっていた。

左の列は右の列よりもゆうに二メートルは長かった。テッド・パーソンズはいまにも爆発しそうだ。「こんな馬鹿ばかしい選挙があるか！　無記名投票をやるべきだ」

「あたしたちを馬鹿呼ばわりするつもり、ミスター・パーソンズ？」キャロルが冷ややかに尋ねる。

彼は顔をしかめたが、言い返して墓穴を掘る愚は冒さなかった。「このやり方が馬鹿ばかしいと言ったんだ。リーダーの重要性を考えれば、誰でもいいってわけじゃない――」「無償で働くわけだしね。あなたがどう思っていようと、あたしの列のほうが長いんだから」誰も反論できないとわかっているから、キャロルは得意げに笑った。

マイク・キルゴアが大きく息を吐くと、再度調停役を買って出た。「もういいだろう。これまでにしよう。渓谷のリーダーはキャロル・アレンで決まりだ」

「どうなったって知らないぞ」パーソンズが苦々しげに言った。「苦渋の決断をすべきときが来て、こんなば――」そこでふたたび口をつぐむ。キャロルをまたババア呼ばわりして、これ以上敵を増やすのは得策ではない。

「生贄(いけにえ)を差し出すことになったら」キャロルは残忍な笑みを浮かべて彼を見た。「人選には困らないから」

厳しい状況にもかかわらず笑いが起きた。これでは、パーソンズも自分の敗北を認めざるをえないだろう。

カフェテリアの中は、人いきれで息苦しいほどだ。汗びっしょり。せっかく浴びたシャワーが無駄になった。選挙が終わったので、人びとは出口に向かって歩き出した。一刻も早く外に出て新鮮な空気を吸いたい気持ちはみなおなじだ。立ち上がろうと椅子を引く音で室内はますます騒がしくなった。

「ちょっと待って！」キャロルが怒鳴り、たいていの人が立ち止まって振り返った。

「まだはじまったばかりなのよ！」声をさらに張った。「なにをすべきかセラと話し合ったんだけどね。まずボランティアを募って、助けが必要なお年寄りや病人をリストアップする。冬に焚く薪が必要だから、木を伐らないといけないし。協力してもいいって人はあとに残って。いまからどんどん進めていきましょう」

考えてみれば、セラたちも助けが必要な人のリストに載る。暖炉で焚く薪が必要だもの。森で薪を拾えるだろうし、探せば倒木も手に入るだろうが——糸鋸で汗だくになって伐れば伐れないことはない——斧やチェーンソーは持っていない。「うちでも薪は必要だわ」小声で言う。民族大移動のさなかだから、キャロルとオリビアにしか聞こえないだろうと思ったら、そうではなかった。

「薪のことは心配いらない、ミス・セラ」背後から男の声がした。振り返ると、店のお客のトレイ・フォスターだった。「つぎの仕事が決まるまでのあいだ、ガソリンや食料品をつけで売ってくれたろう。親切にしてもらったお返しに、ひと冬分の薪を伐らせてもらうよ」

親切な申し出に涙が込み上げた。「ありがとう、トレイ。つけはきれいに払ってくれたじゃない。わたしは少し待っただけ」

「それだってさ、おれや家族がどれだけ助かったか。あんたにああしてもらわなかったら、せっかく見つかった仕事に出かけるガソリンが手に入らなかった」

セラはどうしていいかわからず、手を差し出ししっかりと握手した。これで薪は確保できた。

キャロルの呼びかけにもかかわらず、ほとんどの人が去ろうとしていた。無理もない。家に帰って、翌日に予定されている大掛かりな野外料理パーティーの準備をしなければならない。去っていく人たちを見て、テッド・パーソンズは顔をしかめた。「なんでも手伝うよ。チェーンソーは持っていないが、力仕事でもなんでもやる」

セラは驚きを顔に出さないように努めた。キャロルが言った。「ありがとう、ミスター・パーソンズ、助かるわ」まわりを見まわす。「ノートとペンを持ってる人いない？」ボランティアに志願してあとに残った十人ほどのなかにはいなかった。「それじゃ、集合場所は……セラ、店を使ってもかまわない？　あそこならみんな知ってるから」

「いいわよ」

「だったら……でも、いいわ。午前中は準備で忙しいものね。なにをすればいいか各自で考えて、リストにして、あしたの野外料理パーティーのときにまとめましょう」

息が詰まるカフェテリアを出られてほっとした。すっかり暗くなっていて、いまからなにかに取りかかるのは無理だ。冷風に腕をなぶられゾクッとする。まるで軽く触られたみたいに。闇が深くなる。さよならと声をかけ合い、それぞれの家へと帰ってゆく。セラたち三人は、マイク・キルゴア夫妻やほかにも二人の隣人たちと一緒に、学校の前の道をくだってハイウェイに出ると左折した。みんな足が速く、そのうち三人だけ取り残された。

「道の真ん中を歩きましょうよ」セラが言う。真ん中は平らだから歩きやすいし、それに……だって……真ん中を歩けるのだから。車の往来はまったくなかった。いつもは混むハイウェイの真ん中を歩くのは、怖いもの知らずな感じがするし、解放された気分だ。こんなふうに歩けるなんて。たった一日で世界が劇的に変化したことを、あらためて実感させられた。

「やんなる」三人だけになるとキャロルがつぶやいた。彼女がわざとゆっくり歩いていたことにセラは気づいた。「こんな大変な仕事を、なんであたしに引き受けさせたのよ」キャロルはプリプリしている。「頭痛の種になりかねないってこと、わかってる？　どれだけ時間がとられるか」

「おばさんがひとたび腹をたてたら、誰にも止められないもの」セラは内心でおもしろがっていた。懐中電灯で足元を照らす。闇の中のささやきに似て、光は弱々しくても安心できる。いつもなら家々の灯が瞬き、車のヘッドライトが路面を照らし、常夜灯やガソリンスタンドの明かりが見えるのに、いまは深くなる一方の闇と、生まれてはじめて耳にする静寂が広がるばかりだ。夜鳥のさえずり、虫の音、カエルの鳴き声、木々の葉擦れの音がしているので、まったくの無音ではない。ただ――なにかがちがう。

「彼がジェニーヴァ・ウィットコムに突っかかっていくんだもの、そりゃ腹がたつわよ」

「あたしは偉いと思うよ、おばあちゃんのこと」オリビアが横に並んで歩いているのは、セラが懐中電灯を持っているからだ。

「わたしだって。それに、おばさんはこの仕事に向いているもの」セラは言った。「あの女の人の名前、知らなかった」

キャロルがため息をついた。「そうね。だったら――なにか決めなきゃならなくなったら、あなたを当てにするからね。あたしより物事がよく見えているもの。あたしは後先のことを考えずに突っ走るから。あなたのおかげで、できるだけの準備ができたんだから」

「人それぞれ得意不得意があるもの」

キャロルがセラの腕を叩いた。「そんなふうに自分を見くびるもんじゃないわ、セラ。あなたは誰よりも優秀だわよ。あたしを含め、ここの住人の九割はあなたにとても敵わない。あなたは自分の強さがわかっていないだけ」

「そうだよ」と、オリビア。

十五歳の少女に指摘されるようじゃまだまだだ、とセラは苦い思いを噛みしめた。そういうところを変えていかないと。変えていこう。家族の足を引っ張る存在にはなりたくなかった。家族に頼りにされる強い人間になりたい。キャロルより肉体的に強いし、経験ではオリビアに勝っている。生まれ持った性格がどうであれ、二人の支えにならないと。

それ以上話すこともなかったので、黙って歩きつづけた。キャロルの家のある通りに入るころには、すっかり夜も更け、道の両側の家々からチラチラ揺れる光が見えた。電気に代わって乾電池式ライトやオイルランプをつけているのだ。人が歩いて、あるいは馬に乗って旅をした百五十年前の渓谷は、きっとこんなふうだったのだろう。

セラはキャロルの家に二人を送り届け、おやすみを言って自宅へ向かった。クマは夜行性だと思い出し、足を速めた。動物が餌を探してうろつきまわる季節だ。懐中電灯を前後に動かして光る瞳やずんぐりしたクマの姿がないことを確認する。キャロルの家に駆け戻って、今夜は泊めてもらおうかと本気で思った。

これがいまの生活だ。どこへ行くにも車は使えないし、常夜灯が闇を払ってはくれない。夜道を一人で歩くことに慣れていかないと。

6

眠れなかった。

静かすぎるし暗すぎる。時は冷えて固まったシロップだ。ほとんど動かない。十時半か十一時にはベッドに入るのがふつうだったが、家に帰って戸締まりをし——灯り(あか)がついていないから無防備な気がして鍵がちゃんとかかっているか念を入れてチェックし——終えたらやることがなくなった。テレビはつかない。この二日、休みなく動いて疲労困憊(こんぱい)だから、寝るのがいちばんだと思えた。

バタンキューだと思っていた。だが、そうならなかった。

うつらうつらすると目が覚め、何度も寝返りを打ち、うつらうつらする。ハッと目が覚めてじっと天井を見つめる。いままでにやったこと、やれたこと、これからやるべきことが頭の中に渦巻く。集会のことを繰り返し思い出し、誰になにを任せるか考えてみる。だが、現実には、それぞれの得手不得手に関わりなく、ボランティアの人たち頼みで事を進めていくしかないのだ。どんなコミュニティにも、物事を進めていくために進んで時間と労力を提供する、核となる人たちがいる。それ以外の人たちは高みの見物だ。そして、うまくいけば恩恵を蒙(こうむ)ろうとする。そういう人たちがかならず一定数いるから、ボランティアの数を増やさなければならない。

ベン・ジャーニガンがボランティアに加わってくれたら。

彼の姿が脳裏に浮かんだ。無精ひげを伸ばしたきつい顔、グリーンの瞳の鋭さ、警告してくれたときの気が乗らないといった態度。他人と関わるのが下手なのだろう。その点に関しては、セラのほうがましだ。嫌な思いをすることがあっても、人付き合いをしている。もっとも、彼だって努力はしている。完全に人付き合いを断っているわけではないから、ことによると仲間に引き入れられるかもしれない。

ダメかもしれないけれど。

問題は、こっちが彼を必要としても、彼のほうでこっちを必要としていないことだ。

彼のことを考えるとますます眠れなくなる。不意に体が火照(ほて)ってきた。薄いトップシートを掛けているだけなのに。エアコンがないと、網戸だけにしていても家の中は暑すぎる。トップシートをはいでタンクトップとパジャマのパンツだけになり、夜風が体を冷やしてくれることを願ったが、風はそよとも吹かない。

赤い光が部屋を照らして消えた。

セラはぎょっとして起き上がり、聞き慣れない音がしないか耳を澄ました。火事？　心臓がバクバクする。渓谷の資源は限られているのに、山火事にでもなったら大変だ。

　赤い光がまたベッドルームを照らした。

　ベッドから飛び出して窓に向かう。隣家から火の手があがっているだろうと覚悟して。

ところが……。

　……火の手があがっているのは空だった。

「まあ」空で繰り広げられるスペクタクルに思わず声が漏れた。しばらくぼうっと見つめていた。それから暗い家の中を玄関へと走って鍵を開け、もっとよく見ようとポーチに出た。あまりのすばらしさに立ち竦んだ。空が燃えている。ほんものの火ではないが、それでも……。

　コーヴ・マウンテンの上空で、血のように赤いオーロラが躍っていた。暗い空を彩る深紅のリボン。心を掻き乱す神々しいまでの自然力。息をするのも忘れて見入っていた。畏怖の念に打たれて身じろぎもできない。こんな体験ははじめてだった。

　ポーチの網戸を開けて庭におり、空を見あげたままゆっくりと体を回した。オーロラは背後の空でも躍っていた。オーロラを見るのは生まれてはじめて、しかも珍しい赤いオーロラだ。こんな南でオーロラが見られるなんて。

　真っ赤なオーロラに緑色の筋が入り、シーツのように揺れている。それが一瞬消え、また息を吹き返し、煌めくカーテンとなる。

不安をぬぐえずに眠れぬ夜をすごす人の何人が、庭に出て光のショーを、巨大な太陽嵐が起きた証のオーロラを眺めているのだろう？　セラの家はまわりを木立で囲まれているので姿は見えないが、眺めている人がいれば声は聞こえるはずだ。どうやら外に出ているのはセラだけのようだ。頭上で繰り広げられる壮大なスペクタクルを眺めているのは。

骨の髄から沸き起こる衝動に駆られて、ベンは数時間歩きつづけた。歩きながらパトロールしているのだ。気づいていたがやめられなかった。そんな自分に戸惑い、怒りすら覚えた。そうするように訓練されてきたのだから、どうしようもない。緊急事態が起き、市民が危険に晒されている。集会に出るつもりはなかった。おしゃべりするつもりも、蓄えた物資を分配するつもりもなかったが、怪しい人物を追い払うつもりではいた。少なくとも今夜は。

馬鹿みたいだ。そんなことはわかっている。

それでもやらずにいられなかった。

なんとか数時間眠り、目が覚めると二度寝はできなかった。眠る必要がどこにある？　窓の外で光のカーテンが躍っているのだ。天空のショーを見逃す手はない。いてもたってもいられず服を着て、モスバーグのショットガンをケースに入れて背中に担ぎ、山をくだる暗く細い道を歩き出した。

静寂が彼を包む。ふだんなら動物がたてる音で夜は生き生きしているのに、今夜はちがった。昆虫まで息をひそめている。自分たちを取り巻く世界が変化したのを感じ取ったように。

ウェアーズ・ヴァレーにちかづくにつれ、目と耳と――それに鼻で――わかった。メインロード沿いの空き地で大掛かりな野外料理パーティーが行われるのだ。ぼんやりとライトがついている。数はそう多くない。遠くから発電機の音が聞こえる。燻製器(くんせいき)やグリルの番をしている人間は、声も光も抑えている。手元にある肉に火を入れておくのはいい考えだ。

誰にも見つかりたくなかったので、広場を大きく迂回(うかい)する。じきに静寂が――闇も――戻ってきた。

夜空で躍る不気味な光が山々を染めていた。スモーキーは古い山脈だから、こういう空を見たことがあるだろうが、彼自身ははじめて見る光景だった。あれはオーロラじゃないか。血のような色で巨大で異様だ。大気が高電荷を帯びているので、空があんなに赤くなっているのだ。赤といってもいろんな色合いの赤だ。

オーロラは前にも見たことがあるが、ふつうは青や紫や緑だ。こんな不気味な深紅のオーロラははじめてだった。それでも目を奪われる。一億四千九百六十万キロ彼方(かなた)の小さな星のパワーの証。一億四千九百六十万キロ離れているから、地上の生物は存在できるのだ。

これだけの距離があっても、小さな星はアスファルトを溶かす力がある。それが自然、それが宇宙。たいしたもんだ。

どうせ夜どおし歩きまわるのなら、すごい物を眺めながらにしたい。

谷間は暗い。夜や早朝、彼はポーチに座っていろんな灯りを眺めたものだ。ガソリンスタンドの灯り、家々の常夜灯、夜型や早起きの連中がつけるライト。真夜中だろうと、谷間の道やハイウェイに車の往来はあって、ヘッドライトが闇を切り裂いていた。いまはそれがなかった。静寂と闇があるだけだ。車も灯りもない。地球と文明が、工業化された文明が二百年逆戻りしたかのようだ。

政府機関は不測の事態に備えてきた。規模は縮小するにしても、政府は機能しつづけるだろう。軍も可能なかぎり準備してきた。小型原子炉を持っているから基地は機能するし、復旧の拠点に電力を供給できる。小さな電力会社のいくつかは、予防措置としてバックアップ体制を整え、送電線網強化を図ってきているから、大手電力会社よりも早く復旧できるはずだ。だが、難民がわっと押しかけて電力供給が追いつかないことも考え、電力大手の復旧が軌道に乗るまでは供給を止めたままでいるかもしれない。

いつも割を食うのはふつうの人たちだ。自力でなんとかするしかない。

そして彼は、世界の片隅で夜ごとパトロールをつづける。

履き古したブーツで砂利道にやわらかな足音を響かせ脇道に入った。頭上の赤い輝きが懐中電灯の赤いカバーのように暗い地上を照らしているので、道路標識が読めた。マイラ・ロード。マイク・キルゴアはここに住んでいると言っていた――それに、セラ・ゴードンもこの近所だと。足取りがゆっくりになる。回れ右をしようかと思う。彼女がどこに住んでいるのか、どんな家に住んでいるのか知りたくなかった。彼女が歩いている道を知れば、そこでどんな生活を送っているのか想像しそうで嫌だった。どの部屋で眠っているのだろうと、考えてしまいそうだ。そう――そういうこと。不安を感じるほど高まっている関心に油を注ぐのは感心しない。回れ右をすべきだ。ここから離れないと。

回れ右をしなかった。歩きつづけた。

住みやすそうな場所だ。どの家もあたらしくはないが、オーロラの明かりで見るかぎりよく手入れされている。庭の芝生はちゃんと刈ってあり、がらくたが散らばっていない。遅咲きの花の香りがして、かすかにだが秋の気配も感じる。暮らしやすい夏が終わり、季節は移りはじめていた。

ぼんやりとした灯りがともっている。マイラ・ロードにはソーラー電池式ガーデンランプを設置している家が一軒はあるようだ。灯りはとても明るいとは言えない。山の上の彼の家からは見えないだろう。

そのとき、彼女の車、白のＳＵＶ車が目に留まった。前面に網戸を張ったポーチのある平屋のカーポートに駐まっている。家は築四十年か五十年、派手さのない頑丈な造りだ。

常緑樹の木立が隣家からの眺めをさえぎっている。窓に灯りはともっておらず、静まり返っている。不気味な赤い光の下でゆっくりと視線を動かすと、四十メートルほど先で道は行き止まりになっているのがわかった。

「こんばんは」

とても低い声だったので、聞こえないふりをしようと思えばできた。声は暗いポーチのほうから聞こえた。きっと彼女だって、セラは彼に見られていると思い、土地のしきたりに従って挨拶したのだろう。きっと彼女だって、こんな時間におしゃべりしたいわけがない。このまま行きすぎようか……だが、こっちの姿を見られてしまった以上、あとには引けない。

道の真ん中で立ち止まると家のほうに顔を向けた。たしかに見えた。ポーチの網戸越しにぼんやりと青白い影が見える。

「こんばんは」挨拶を返した。

セラは庭に立ってしばらく空を見あげていたが、家に入って眠ったほうがいいと思い、ポーチに戻った。そこでまた網戸越しに空を眺めた。最初に赤い光を見たときからずっと空に魅了されっぱなしだ。そのとき、ベンに気づいた。道を歩いてくる見知らぬ男が見えたとき、一瞬ギョッとし、それから、無駄のない滑らかな動きで彼だとわかった。わかったことに驚いた。不気味な赤い光の下でも、歩き方だけでわかるほどこれまで彼を意識していたということだから。

　鼓動が速くなった。

　思わず後じさりしていた。なにも言えない。こんな時間に彼はなんで道の真ん中を歩いているのだろう。彼についてひとつだけわかっていることがある。人との交わりを嫌うということ。そんな彼が太陽嵐がくると警告してくれたのだから、心底驚いた。あのときはよくわかっていなかったけれど、いまならありがたみがわかる。この危機をどう乗り越えるにしても、前もって知らせてもらっていなければ、ただうろたえるだけで何もできなかっただろう。せめてお礼だけは言っておかないと。

「こんばんは」鼓動が激しすぎて満足に息を吸い込めず、それだけ言うのがせいいっぱいだった。彼に聞こえたかどうか。

　すると、彼が立ち止まりこっちを向き、挨拶の言葉を返してきた。膝がヘナヘナッとなって、網戸に倒れ込みかけた。まるで十代の女の子だ。そう思ったら背筋と膝に力が入り、震えもおさまった。網戸を開けて庭に出る。彼に見えるように、誰だかわかるように。でも、そこまでだった。階段のいちばん上でへたりこむ。つま先がキュッと丸くなる。裸足（はだし）に木が冷たい。彼がそのまま歩み去るのを待った。

　そうしてくれることを期待した。望んだ。長い間があって、息が止まりそうになる。やおら彼が向きを変え、庭を横切ってきた。慌てて息を吸い込み……これはパニックのせい、それとも興奮してる、あるいは両方。

ちかづいてくる彼の背中から棒のようなものが突き出している……いえ、銃のケースだ。突き出しているのは台尻。そうでしょうとも。正気な人間なら野生動物から身を守るすべを持たずに、夜の山をうろつくわけがない。

彼は背中に斜め掛けしたケースをはずすと、彼女と並んで階段に座った。武器を脚に沿わせて置いた。

セラは静かに息を継いだ。頭上の深紅の魔法とかたわらの彼に挟み撃ちにされて。どこへ行こうと、いつまで生きようと、この瞬間は細胞レベルの記憶として留(とど)まりつづける。彼女の中に深く染み込んだまま。頭上の躍る深紅のリボンは消えかかり、また息を吹き返して脈動する。赤い輝きが二人を包む。体の右半分で感じる熱は、彼から発散されるのではなく、空の光の熱、そんな気がした。体は触れていないのに、二人のあいだに穏やかな磁場が形成され、腕の産毛を立たせる。

首を倒して空を見あげた。お手上げだ。彼といると気詰まりなのは、自分が激しく反応してしまうからだ。ほかの理由をでっち上げるのは、ここできっぱりやめよう。彼のそばにいると、全身に生気が漲(みなぎ)って痛いほどだ。肌が火照り、すごく敏感になる。乳首がツンと立って疼(うず)く。これは純粋な肉体的反応、もっとも基本的なレベルで感じる欲望。こういう反応に対処するには、経験不足すぎる。男性に対してこれほど激しく反応したことなんてなかったもの。快適領域(コンフォートゾーン)の外で起きることだ。

　三十秒ほど経(た)ったが、彼はなにも言わない。彼を質問攻めにしたかった――軍隊にいたの？　どうしてこっちに越してきたの？　結婚したことは、子供はいるの？――けれど、口には出さなかった。彼のそばにいるだけで馬鹿みたいに興奮してはいても、しつこくしたら彼は殻に閉じこもるだけだとわかっていた。彼は無視しなかった、それどころか隣に座っている。いまはそれで充分だ。だからこう言うだけにした。「警告してくれてありがとう。助かったわ」

　空を見あげたままでいたけれど、彼がこっちをチラッと見てから空を見あげたことは、動きでわかった。「どういたしまして」ようやく彼が言った。適当な返事がやっと見つかったというように。

　ワオ。このぶんでいくと、一年もすればふつうにおしゃべりできるかも。笑いそうになったけれど、人を笑える立場じゃない。口下手はおたがいさま。いま直面している危機なら安全な話題だから、そこを突くことにした。

「もっとやっておくべきことがあったんじゃないかって、ずっと考えているの」正直に言った。ほらね、これなら大丈夫。考える前に言葉がすらすら出ていたもの。

「たとえば？」

　彼の評価を聞きたかったんだと、そのとき気づいた。この先なにができるか、なにを強化していけばいいか、彼の助言が欲しかった。自分がやったことは正しかったのかどうか、ほかのことに意識を向けるべきなのかどうか知りたかった。彼の声を聞きたかった。低くてちょっと掠(かす)れた声、耳にするとゾクッとする男っぽい声。正しくなかったと言われてもかまわない。彼に話してほしかった。なにをしないほうがいいのか知っておきたかった。

「わたしたち、食料を貯蔵することだけ考えていたの。できるだけたくさん瓶詰めにしておくとかね。肉の缶詰とかピーナッツバターとか乾燥豆を買い込んだ。生活を切り詰めて、なんでも無駄にしないようにすれば大丈夫だろうと思っている。発電機用の燃料も買い溜(た)めてあるし、暖炉の薪(まき)やロウソク、オイルランプ、処方薬に救急キット――でも、トイレやお風呂に使う水のことを忘れていたから、それほど溜めておけなかった」正直に打ち明けた。「いまのところボトル入りの水はたくさんあるけれど、いずれ足りなくなる。なくなったら、水を沸騰させて飲めばいいだろうけど、ほかの用途に使う水を溜めるのに雨水タンクが必要だろうし。小川に水汲(く)みに行くのはしんどいから、手近にある物を竪樋(たてどい)の下に置いて雨水を溜める工夫をしないと。いま思いつくのは大型のプラスチックコンテナあたり」そこで言葉を切り、彼に判断する時間を与えた。

彼は意外なことを口にした。「わたしたち？」

個人的な質問だったので、セラはびっくりして目をぱちくりさせた。「おばのキャロルと彼女の孫のオリビア。この通りの先に住んでいるわ。黄色の二階家。キャロルとは店で会ったでしょ。髪にピンクのハイライトを入れてる。今夜の集会で、渓谷のリーダーに選ばれたのよ」

彼がうなる。彼女とキャロルが親戚だということは知っていただろうが、〝おばさん〟を名前のあとにつけず、〝キャロル〟と名前だけで呼んでいたので、おばと姪(めい)の関係だとは知らなかったのだろう。「一緒に暮らすべきだ。きみが彼女の家に引っ越す」

「年配の友だちがすでに引っ越したわ。空いている部屋を使うことにしてね。事態が悪化したら、わたしも移るつもりだけど――一人が好きなの」

彼がまた声を発した。うなり声とは言えない。一人になりたい気持ちを理解してくれたのだろう。

ようやく風が出てきて闇をそよがす。火照った肌に心地よく、ほっとため息をついた。

「プラスチックコンテナからバケツで水を汲むほうが、毎日小川へ水汲みに行くより楽でしょうから」どの小川か特定しなかったのは、必要ないからだ。渓谷には小川が網の目状に流れている。

「それはいける」彼が意見を述べた。

褒めてもらったわけではないが、それでも嬉(うれ)しかった。考えて、問題をあきらかにし、解決策を講じる。これからは繰り返しそうしていかねばならないのだ。そして、解決策がうまくいきますように、と祈る。

風が勢いを増し、剥き出しの腕に鳥肌が立った。昼間暑かったので、これぐらいがちょうどいい。でも、足先が冷たくなってきたので、脚を引き寄せてパジャマのパンツの裾を引っ張り、つま先を包んだ。その動きで腕が彼の腕を掠った。ほんのわずかでも肌と肌が触れたとたん、息を呑んだ。彼の熱に触れた部分が焦げる。彼に触れたままじっとしていた。動くに動けなかった。彼が体を離すかどうか見守るしかなかった。

離さなかった。かといって押しつけてもこない。ただ離れないだけ。ほんの少し触れただけだから、彼は気づいていないのかも。そう思ったら心がよろっとなった。彼は仰向いて、空に溢れる赤いオーロラを眺めている。感極まったようにつぶやいた。「すごいなあ」

話題が変わってよかった。彼にとってはなんでもないことだったとわかったにしても。

セラは考えすぎる……そう、なににつけても、いまこの瞬間を生きているという以外にも。それに気づいたら心の平静が戻ってきて、物思いから覚めることができた。「そうね。眠れなかったおかげ。見逃していたらどんなに後悔したか」

またしても沈黙。このほうが気が楽だ。彼と並んで座っているいまを楽しもう。話すことを探さずにすんでほっとした。気持ちが解放される。洞察とウィットに富んだ会話を期待されたら惨めになるだけだもの。彼のことはよく知らなくても、おしゃべりよりも沈黙を、人付き合いよりも孤独を好む人だということはわかっていた。彼がいまここに座っていて、立ち去る気配を見せないことが、ひと足早いクリスマスプレゼントなのだから、喜んで受け取ろう。これ以上望まない。これだけで充分だ。

なんてこった。乳首が見える——というか薄いタンクトップ越しに形がわかる。彼女は暗いから安心だと思っているのだろうが、オーロラが輝いているから真っ暗ではないし、夜間視力に優れているほうだ。彼女の胸は小さめで、涼風のおかげで乳首がピンと立っていた。

自分で選んだこととはいえ、長いこと一人で生きてきたので、裸にちかい乳房をこうも間近に感じるのは、ストリップのラップダンスを観るのとおなじぐらいエロチックだった。いや、もっとすごい。彼女に覆いかぶさっているわけでもないのに、いまにもナニがいきりたちそうで——まずい。腕と腕が軽く触れているだけ、見えているのは彼女の乳首の輪郭だけだというのに。女とセックスしなかったからって、体に欠陥があるわけじゃない。たまに自分で自分を慰めてやっている。つまり三年間まったくなにもなかったわけではない。女の中に入ってはいないというだけで。だが、いまこんなに興奮しているのは、ずっとご無沙汰だったからではなく、彼女が持つなにかが、セックスがらみのツボをやたらと押しまくっているからだ。自分にそういうツボがあるなんて意識したことがなかったが、目の前に確固たる証拠が並んでいる以上、それを無視するほど愚かではない。

いますぐ離れるべきだ。言葉を交わさなくても気詰まりじゃない沈黙というやつが、彼は苦手だった。あるいは夜空の魔法を一緒に眺めるというのも。なぜならそれはつながりというものだから。彼女とつながりたいと思ってはいなかった。顔見知り程度の関係でいたかった。ガソリンスタンドでたまに見かける相手。山に戻ってポーチに一人座っていたかった。ポーチの木の階段に彼女と並んで座っているのではなく。

だが……乳首が。

歩き去ることが難しかった。ただもう難しいのだ。

自らに課した隠遁生活を、彼女は脅かす存在だ。彼女と顔を合わせるたびに、どんな人間なのか、生きる原動力はなんなのか知りたくてたまらなくなった。彼女はとても物静かで控えめだから、この先何年経とうと、意外な部分に驚かされるだろう。もっとも、彼は将来の夢を語るタイプの人間ではない。〝いまここ〟がすべてで、〝誰もちかづけず誰にも関心を持たない〟タイプの人間だ。彼女もカッとすることがあるんだろうか、胸に秘めた熱いものがおもてに出てくるまでにどれぐらい押しまくればいいのだろうか、なんて想像したくなかった。ベッドで彼女に悲鳴をあげさせられるだろうか、彼女は枕を咬むタイプだろうか――。

やめろ。イチモツがおさまってきたらば、セックスについて考えないよう初期設定し直さないと。

彼女が言う。「あなたのところの食料が底をついたら、うちのを分けてあげるわ。あなたに警告してもらわなかったら、事前に買い置きなんてしなかったもの」

　思わず鼻を鳴らしそうになった。こっちは彼女とのセックスを想像して苦しんでいたのに、彼女は食料のことを考えていたとは。これが男と女の違いってやつなんだろう。

　彼のイチモツはこれを挑戦と受け取り、彼女の関心を自分のほうに引きつけてみせると意気込んだ。それができることはわかっている。女を歓(よろこ)ばすためなら自制もできる。ひと晩に何度だって。五分くれれば、彼女の頭からピザやポップターツを消し去ってみせる。彼女が口に含むべきなのは――。

　よせ！　やめろ！　ここから去らないと。それもいますぐ。

　そのとき、明るい深紅のカーテンが空で波打ち、道の向こうに黒い影が現れた。彼は右手にショットガンを持って立ち上がり、左手で彼女の腕をつかんで立たせた。〝クマ〟という言葉が頭の中で形作られたのはそれからだ。彼女はキャッと言わなかった。驚いただろうに。腕をつかむ手を放して促すと、彼女は網戸を開け、階段の最後の段をのぼって中に入った。つづいて彼も入り、彼女をかばって静かに網戸を閉めた。

　クマを指さす。暗いポーチでその仕草が彼女に見えているといいのだが。彼が指さしたほうへ顔を向けると、彼女は事の重大さを理解して静止した。

　クマは庭を嗅ぎまわった。落ちたドングリを探しているのだろう。風が顔に当たっているから、彼らの匂いはクマに届かない。クマの嗅覚は視覚より鋭い。あのまま階段に座っていたとしても、クマはこっちに気づかなかっただろう――それにショットガンがある――だが、無用な殺生はしたくなかった。それに、セラを危険に晒したくなかった。ポーチの中のほうが安全だ。風向きが変わってクマに匂いを嗅ぎつけられたら、急いで彼女を家に入らせればいい。

二人とも身じろぎひとつせず、餌を漁るクマを見つめていた。クマはうなったりクンクン匂いを嗅いだりしてから、ノソノソと茂みの奥へ入ってゆき、じきに姿が見えなくなった。ベンが耳を澄ますと、音はだんだん遠ざかり、ついには消えた。

気がつくと、セラの細い手首をつかんだままだった。彼の大きな手が一周しても余るほど華奢だ。肌は冷たく絹のように滑らかだ。長い自制の年月のあとで、自分から人に触れたことの衝撃はあまりに激しかった。鳩尾にパンチを食らったようだ。無理に手を放した。

「行かないと」

網戸を開ける。声は掠れ、やや張り詰めていたが、自分を正しい方向へなんとか持っていけた。

彼女は、待って、と言わなかった。「気をつけて」と言った。それから彼を置き去りにして家に入った。カチリと鍵がかかる音がした。

安堵の息を吐き、自宅に向かって歩きはじめる。今夜、クマは活動的なようなので、ショットガンは持ったまま……それに、彼女が、待って、と言わなかったのは、クマが遠く離れたことを見届けたからだ。彼女は変に騒ぎ立てなかった。静かな「気をつけて」には祝福とおなじ重みがあり、赤い空の下、家に帰る道々、彼の心をあたためつづけた。

7

翌日もまた暑かった。渓谷の住人たちは、朝早くから銀行の横の空き地に集まりはじめた。大型燻製器(くんせい)やグリルは前夜からフル活動で、寝ずの番をしてきた男たちは選手交代を断りつづけた。グリルは男の仕事という固定観念と、自分ほど上手に扱える人間はいないという根拠のない確信に縛られる男たちだ。グリルされた肉や燻製された肉の香ばしい香りが立ち込め、セラは朝食をすませてきたのに唾(つば)が湧いてきた。シリアルとナッツと水の朝食だからしょうがない。コーヒーも紅茶も淹(い)れなかったのは、お湯を沸かさなければならないからだ。物足りなさは否めないが、それもじきに報われることになった。

ビニールのピクニッククロスが掛けられた長いテーブルが置かれ、創意工夫の才がある女性たちが、砂糖を入れた水にティーバッグを沈めた大きなジャグを並べていた。なるほど、太陽熱であたためようという趣向だ。焼いてもらう肉以外にも、それぞれがなにかしら持ち寄っていた。煮豆やサラダ、マッシュポテトなど、女性たちが腐る前に料理しておこうと思った食材が並んでいた。セラが持参したのはロメインレタスのサラダだった。腐らせるぐらいなら食べてもらったほうがいい。

　車やピックアップトラックが駐めてあるのは、重い物を運ぶのに使ったのだろうが、たいていの人がガソリンを節約するため歩いてきていた。子供たちは自転車で、大人のなかには馬に乗ってきた人もいた。意外にもたくさんの馬が繋がれていた。観光客向けのトレイルライドに使われている馬のほか、個人所有の馬もいた。これからは自転車や馬が走る姿を多く見かけるようになるのだろう。

　日よけにガーデンパラソルやテントが張られ、テーブルのまわりには折り畳み椅子が並べられ、子供たちが歓声をあげて走りまわっていた。生き残るための手段というより、大掛かりなピクニックだ。

　セラたちはジョシュが子供のころ遊んだ子供用ワゴンに荷物をのせて曳いてきて、キャロルの指示でテントを借りることにした。携帯グリルと炭とキャンプケトル、それにコーヒーを持参したのはセラのアイディアだった。キャロルに手伝ってもらって手早く炭を熾し、コーヒーを淹れる。コーヒーの香りに誘われて人びとが集まってきて、テントはじきにアイディアを出すか、助けを申し出る場所になった――セラとしては各自が両方やるのが望ましかったが、片方でもかまわない。コーヒーを飲んだ人は、キャロルのリストに名前を書くことを義務づけた。

　誰もが喜ぶコーヒーを出す手伝いをしたあと、セラはキャロルに耳打ちした。「誰がなにをしているのか、様子を見てくるわ」

「これを持っていって、名前を書いてきてね」キャロルがペンとノートを差し出した。

なるほど。人それぞれの考えを聞くこともだが、計画や準備がちゃんとできている人を探すことも大事だ。キャロルが話を聞きたいと思っているのはそういう人たちだから。オリビアは友だちと大げさな身振り手振りでおしゃべりし、笑い合っていた。広場のはずれについ目がいくのは、ベンが遠くから見守っているのではないかと思ったからだ。

むろん彼の姿はなかった。いまごろはきっと眠っているのだろう。セラもそうしたかった。彼が去ったあと、ベッドに潜り込んでなんとか二、三時間は眠ったものの、疲れはとれなかった。ピクニックと組織作りが終わったら、昼寝をしよう。

耳に入るおしゃべりは、もっぱら赤いオーロラのことだった。

「ゆうべ、空を見た？」

「世界の終わりかと思った——」

「そりゃ残念、見逃したよ。疲れてたからベッドに入るなり眠って——」

赤いオーロラは、大気の乱れがつづくあいだは見られるだろうと思ったが、おしゃべりの輪には加わらなかった。話すことはないもの。ベンと並んで階段に座り、空を眺めたことは胸にしまっておく。きまりが悪かったけれど妙に心惹かれたあの出来事——並んで座ることを出来事と呼べれば——は、キャロルにも話していなかった。とても親密だけれど、あまりにもさりげないひとときだったからだ。キャロルのことだから、ミスター・ホットボディはセラに気があると冗談めかし、大騒ぎするだろう。でも、ベンのことは冗談の種にしてほしくなかった。

深い話をしたわけではない。彼が口にした言葉は全部足しても三十に満たなかっただろう。それでも――言葉を交わしたことに変わりはない。魔法を一緒に眺めたことはけっして忘れない。肌と肌が触れ合ったことも。ベン・ジャーニガンが進んで長い時間をともにすごし、肌を触れ合う相手が渓谷にいるのかどうか、セラは知らない。彼に色目を使う女性はいくらでもいるだろうが、孤独癖の強い彼がかんたんに誘いに乗るとは思えなかった。

気がつくと広場の真ん中に突っ立っていた。人の流れに逆らって。謎めいて魅力的なベンのことばかり考えてわれを忘れていたなんて、まわりの人にはわからないだろうが、セラは一人で赤くなっていた。そんな自分にぎょっとしながらも、妙に興奮していた。自分には無縁だと思っていた思春期ののぼせあがりが、いまごろ訪れたみたいだ。

腕をつかまれて振り向くと、テッド・パーソンズが立っていた。こんなところで心を惑わせた罰が当たったのだろうか。テッドはセラから手を離すと、別の女性の手を取って引き寄せた。「メレディス、こちらは――ごめん、うっかり名前を聞き逃した」

「セラ・ゴードンです」自己紹介してメレディスに手を差し出した。「よろしく」

「そうだった。女房のメレディスだ」

紹介されるまでもなかった。メレディス・パーソンズは、人を不快にさせる夫とはなにもかも正反対だった。やさしい顔立ち、心からの笑顔。彼女は握手すると広場を見まわした。「すごいと思いませんか？　これだけおおぜいの人たちが、助け合い、分かち合って」

「腐りやすいものには火を通しておかないと、無駄にできませんから——」

テッドが横から口を挟んだ。「彼女の母親は渓谷のリーダーに選ばれてね」自分が選ばれなかったことだけでなく、年配の女性が選ばれたことにもいまだ不満を持っているのはあきらかだった。

「おばです」セラは言った。「父方のおば」

テッドの歪んだ口元が、セラの親戚なんてどうでもいい、と言っていた。「彼女はどこにいるんだね？　これからすべきことについて、いろいろとアイディアが思い浮かんだんでね」

「そうでしょうとも」セラはつぶやき、指さした。「あそこの赤いストライプのテントにいます。コーヒーを淹れてますので、よろしかったらどうぞ。アイディアはなんでも歓迎します」

「テッドはものを管理するのが得意なんですよ」メレディスが言い、夫に笑顔を向けた。

夫が愛情たっぷりに笑みを返したので、セラは目をぱちくりさせた。妻を見るとき表情が激変する。どんなゲス野郎にもひとつや二つは長所があるということだ。妻と一緒にいる彼を見て、敵意が少しやわらいだ。これからはみんなで協力してやっていくことになるのだから、それはいいことだ。

七十代の壮健な夫婦がちかづいてきて、病人が出たら自分たちのハーブの知識を役立てたいと申し出た。キルトクラブの女性たちは、冬に備えてベッドカバーが足りない家にキルトを作って届けたい、と言ってくれた。できない人の代わりに猟をすると言う人たちもいた。セラは名前と住所を書き留め、得意なことや申し出も書き添えた。助けを必要とする人たちと、サービスを提供できる人たちをつなぐシステム作りが必要だ。代価をどういう形で支払うか、決めておくべきことは山ほどある。セラがそんなことを考えていると、キャロルのテントのそばで、カウベルを鳴らしてみんなに集まれと呼びかける人が現れた。日差しが強くなってきたので、祝福を与えていた教区牧師が、これで切り上げると宣言したのだ。おかげでキャロルが、食事にしましょう、と促すことができた。セラはおばのかたわらに行き、ウィンクした。「作戦の勝利ね。働かせる前に食べ物を与える」

「きのうきょう生まれたわけじゃないからね」キャロルがにやりとする。「あら、いまの世紀に生まれたわけでもなかった。そうそう、オリビアを見かけなかった？　今世紀になって生まれた子」

「あの子なら大丈夫。友だちと一緒だった」ぐるっと見まわすとオリビアの友だちの一人が目に留まった。真っ赤な髪だから目立つ。そのまわりに視線を動かすと、いたいた。

「あそこにいるわ」友だちの輪のなかに男の子はいなかった。いまのところは。

キャロルがうなずき、セラのノートを指さす。「優秀なスタッフ、確保できた？」

「ええ。テッド・パーソンズなんてどう？　彼のアイディア、使えるんじゃない？」そうであってほしい。彼の自尊心をくすぐることができれば、扱いやすくなる……といいのだけれど。べつに困った存在というわけではない。すぐイラっとするけれど。

キャロルが手をヒラヒラさせた。「使えるかもしれないし、使えないかもしれない。いちおう書き留めておくわ。これからどうなるのか、誰にもわからないんだしね」

セラはキャロルと二人分の食事を皿によそい、紅茶のグラスを持って座って情報交換をはじめた。キャロルもボランティアを受け付けたが、そのうちの何人かは、彼女に言わせるとカスだった。ゾーイ・ディートリックには老人たちの世話は任せられない。薬をくすねるから。パティ・ストーンはいい人なんだけど、なんでも途中で投げ出す。等々。

「時間と労力を定期的に提供してもらえると期待しちゃだめよね」セラはノートにぼんやり丸を描きながら言った。「短期間だけなら期待できても、これは長期戦だから」

「物々交換について考えてみた？」

「うまく機能しそうな方法は思いつかない。さしあたりはそれでうまくいくだろうけど、冬になって食料が底をついたら？」

「でも、ほかになにを提供できる？　誰かに猟に出てもらったとして、お返しに食料を渡せなかったら？　必要なのは食料だもの。余り物じゃなく」

「修繕。赤ん坊のお守。料理。知識。助けをいちばん必要とするのはお年寄りだけど、いちばん知識が豊富なのもお年寄りでしょ。電気に頼らない方法とか。それから、教えること。子供たちをほったらかしにはできない。教育環境を整えてあげなきゃ。なにをするにも協力してやっていかないと」セラは自分が置かれた立場に思いをめぐらせた。必要な薪（まき）はトレイ・フォスターが提供してくれることになっている。いま考えるべきなのは、どんな形で彼に代価を支払えばいいかということだ。薪割りは重労働だ。チェーンソーは燃料がなくなれば使えなくなり、斧（おの）の出番がくる。

　ああ、面倒くさい。ある意味、すべてが基本に立ち戻るということだが、コミュニティとして存続していかねばならない。つまり、流動的な部分がたくさんあるということだ。

　キャロルが紅茶を飲んで言った。「もう一度言うけど、この仕事はあなたがやるべきだわ。あたしが考えもしないようなことを、つぎからつぎに思いつくじゃないの」

「あら、薬をくすねる人がいるなんて、知らなかったもの」望まない役割を押しつけられたくないから、言い返した。「それに、選ばれたのはわたしじゃない、おばさんでしょ」

「自分から前に出なかったんだから、選ばれようがないじゃないの」キャロルがムッとして言った。

「すんだことを蒸し返さないで」セラがしらっと言うと、おばは盛大に鼻を鳴らした。

大型グリルが置かれているあたりで騒ぎが起こり、二人とも飛び上がった。人垣の隙間から取っ組み合う男たちの姿が見えた。

「やれやれ」キャロルがため息をついた。「かならずこうなるんだから」

野外料理パーティーはすばらしいアイディアだった。腐りやすい食材をいっぺんに料理できたからだが、それ以外にあまり成果はなかった。いくつかアイディアが出されたが、組織化について具体的な動きは出ていない。きのうのきょうだから、まだそれほど危機感がないのだ。晴れがつづいていた。食料もまだある。渓谷の住人は停電になってもなんとか生活できる。昼間は外で作業して日が暮れたらベッドに入り、それぞれに冬支度をする。セラも気持ちのどこかで、組織化が進まないことに苛立ってはいたが、いまのままでいいと満足する自分もいた。なんとか竪樋を短く切り、雨水を溜める大型のプラスチックコンテナを設置することができた。いまの時季、雨はそう多く降らないけれど、大型の熱帯暴風雨がやってくれば雨量は一気に増えるだろう。さしあたり毎日午後になると、彼女は近所の人たちと何度も小川に水を汲みに行っていた。

キャロルは毎日手回しラジオをつけていたが、聞こえるのは雑音ばかりだった。だが、キャロルが電波を捉えようとダイアルを回すと、ほかの三人がまわりを取り囲む。まるで儀式だ。やがて、セラの提案で障害物の少ない外でそれを行うようになり、地域の儀式となった。蓄電のために取っ手を回す人、折り畳みテーブルを持ち出す人。キャロルがその上にラジオを置くと、みんながまわりを囲んで、きょうこそは渓谷の外のニュースが飛び込んでこないかと願うのだ。

四日間の沈黙ののち、雑音の中から言葉が聞こえた。まわりにいた人たちはおしゃべりをやめ、テーブルに群がった。

「――商店に客はおらず、通信網は――」そこで言葉は雑音に掻(か)き消されたが、なにも聞こえないよりはましだ。ノックスヴィルからかなり距離があるため、電波は弱い。いまもオーロラが夜空で躍っているが、脈動は消えて赤に緑が多く混じるようになっていた。

「ましになってきたわ」セラはつぶやいた。「受信力がってこと」ラジオ局には予備の発電機があるのだろうが、いつまで持つか誰にもわからない。送信がストップする前に大気が安定することを願うだけだ。

「ラジオをもっと高いところに置いたらどうかな」マイク・キルゴアが言った。「梯子(はしご)を持ってきて屋根にのぼろう」

「そしたら、あたしたちも屋根にのぼらなきゃならないじゃないの」妻のリーが言い、彼の腕を抓(つね)った。

「いまいる場所で試すしかないわね」キャロルが言い、ダイアルを回して別の局を探した。声が聞こえてきた。それもはっきり聞こえたので、みんなびっくりした。

「――非常用電源で作動しており、できるかぎり長くつづけるつもりです。毎朝九時に公共サービス情報を流す予定です。あすのその時間に波長を合わせてください。これが本日最後の放送です」

送電線網が破損してから、正確な時間は意味をなさなくなっていたが、いまも腕時計をしている人は無意識に時間を見ていた。「四時半だ」マイクが言う。

「別の局を探してみる」と、キャロル。

「意味ないよ。あしたまで待てばいい。さっきの局の電波はちゃんと入ったんだから」

翌朝、キャロルの庭は人でいっぱいになった。キャロルが手回しラジオを持っているという噂(うわさ)が広まり、ご近所さん以外の人たちもやってきたからだ。お年寄りは乾電池式ラジオを持参していた。ラジオを聴くために車のエンジンをかけた人もいた。このごろ、なにかというとみんな集まってくる。これもそのひとつだ。八時五十九分、彼女がラジオの波長を合わせると、みんなおしゃべりをやめて待った。

オリビアは髪を指に巻きつけたりしながら隅に立っていた。不安になると出る仕草で、この何年かはやっていなかった。バーブは真っ青だ。四人のうちでいちばん動揺し、不安がっているのは彼女だから仕方がない。

セラはオリビアに寄り添い、肩に手をまわした。ハグしたりすれば、子供扱いして、と嫌がられるだろうが、〝一緒に頑張ろうね〟のタッチなら、一人じゃないと安心させられるだろう。オリビアがかすかにほほえんだ——強張(こわば)った笑みでも笑みは笑みだ。

　全員が息を詰めているようだ。重大ニュースが流されるだろうとは、セラは思っていなかった。ありきたりの情報であっても、外の世界とつながっていたい、それだけだ。みんな孤立感を抱えている。ニュースからも、離れて住む友人や家族からも切り離されているからだ。つねに緊張を強いられるいまの状態は、たいていの人が未経験で、心の準備ができていない。

　声が聞こえた。「ロバート・ケラーがお伝えします」名前に聞き覚えがある。アナウンサーの声のトーンがこう言っている。いつもはユーモア混じりに陽気に語りかけるおれだけど、いまは真面目(まじめ)に伝えるからな。「州知事が送り込んだ特使の報告によれば、テネシー州州兵がナッシュヴィルにある州議会議事堂の安全を守っていますが、ガソリン不足は深刻化しているということです。未確認情報によると、略奪行為が横行し、銃による死者が出ている模様です。救急サービスは対応できないので、備蓄品は各自で守ってください」アナウンサーの声が震えた。咳(せき)払いしてつづける。「ノックスヴィルのスーパーマーケットから商品は消え、住人たちはなんとか困難をしのいでいます。お隣同士で安否確認をつづけ、気をつけておすごしください。次回はあすの午前九時にお伝えします」

　バーブが言った。「大学の学生たちはみな無事に家に帰れたかしら」

「そうだといいが」と、マイク。「二万八千からの学生を町が養うのは無理だろう」

短いニュースはけっしてバラ色ではなかったが、破滅的でもなかったのだからよかった。放送を聴けて安心した。いまはまだ機能しているテクノロジーがある。

翌朝、キャロルの庭に集まった人の数はさらに増えていた。セラは日が昇るころにキャロルの家に行くことにしていたのだが、その日、九時前に窓の外を見て仰天した。「庭をもっと広くしなきゃ」

キャロルも外を見て、詰めかけた群衆に目をまん丸にした。「まあ、どうしよう。もっと広い場所でやらないとだめね」

時間が迫ってきたので、キャロルはラジオを持って出てテーブルに置いた。みんなで取っ手を回して、回して、蓄電した。きょうの放送はきのうより長いといい、情報がたくさん流れるといい、という思いを込めて。

「ロバート・ケラーがお伝えします。ゆうべ、ノックスヴィルの数か所で略奪行為が繰り広げられました。近隣の住民が、インターステート・ハイウェイを通って町に流れ込んでいるという情報もあります。ノックスヴィル警察が夜を徹して略奪行為の取り締まりにあたり、いまは沈静化しています。どの病院も備蓄が減る一方であり、できるだけ多くの住人に医療を提供するため、重体患者の受け入れを行っておりません」それにつづいて、開いているシェルターの場所や、食料と水の配給日時と場所が告げられた。最後に「武装警官が秩序の回復にあたります」という言葉と、翌日の放送時間が告げられた。

しばらくつづいた沈黙を破って誰かがつぶやいた。「ここに住んでてよかった」ウェアーズ・ヴァレーの住人たちは一致団結しているのに、大都市ではいまにも大混乱が起こりそうだ。それもほんの五十キロと離れていない場所で。

国中で似たような報告がなされているのだろう、とセラは思った。ラジオの電波が届く場所はまだいい。僻地(へきち)はそれもかなわないのだ。

いまのところうまくやっていた。この数日はストレスが多く、妙な感じだったが、困難というほどではなかった。テレビも電話もなく、外の世界とつながれない。店に出てもしようがないので、商売のことは考えないようにしていた。いまのところ食料は潤沢にある。

この通り沿いの家庭菜園は手入れが行き届いていた。植わっている野菜を長くもたせようと、みんなで手入れしているからだ。温室ではいまや……これからの季節に食べられる野菜を作っていた。前はなにが並んでいたのかセラは知らない。みんな協力しあっている。いまのところは平和にやっているし、天候も穏やかだが、これからどうなっていくのか……誰にわかる?

送電線網は長いあいだ途切れたままだろう。そう思うと恐ろしくなるが、ほかに考えようがなかった。世界は真っ暗になり、ベンが言っていたように、送電線網の修復には時間がかかる。何年とまではいかなくとも、何か月はかかる。そのことに向き合って、できるかぎり備えるしかないのだ。

バーブは涙を浮かべていた。オリビアもだ。悲しいからではない。恐怖の涙だ。ノックスヴィルはそれほど遠くないし、あそこで起きたことはほかの都市でも起こるだろう。キャロルが手を叩いて言った。「ショーは終わったわよ。仕事に戻りましょう。あしたはもっと広い場所でやるわよ。できるだけ多くの人たちが聴けるように」

この数日でいろいろと変わってしまった。散ってゆく人びとを眺めながらセラは思った。大人三人は冬に備え、余った時間をキルト作りに費やしていた。オリビアはちかくに住む友だちと一緒に、老夫婦の庭の手入れを手伝っていた。スマホが使えず手持ち無沙汰な彼女たちにとって、体を動かすのはいいことだ。オリビアはたまに本を読んだり、キルト作りにも参加していた——短時間だけれど。根を詰める手作業は得意ではないらしい。セラ自身も、おなじことの繰り返しに嫌気がさすことがあった。

みんなで並んで針を動かしていると、ついベンのことを考える。寒さをしのぐ上掛けは足りているのだろうか。そんな思いが頭をよぎると、なに馬鹿なこと考えてるの、とまぜっかえす自分がいた。彼のことだから充分に備えているにきまってるじゃない。なにが起きても、彼ほど万全の備えをしている人はほかにいない。略奪者も彼のことはよけてすぎるだろう。よけなかったら、お気の毒さま。備えは万全でも、彼にはすべて揃っているわけではない。物を分け合ったり、慰め合ったりする隣人がいないし、新鮮なトマトと解凍したばかりのチキンを交換する相手もいない——もっとも、彼が人と慰め合う姿は想像できないけれど。それはそれ。まったくのひとりぼっちがいいわけない。けがしたらどうするの？　けがしたり、助けが必要になったとしても、誰も気づかない。

彼のことだから野外手術だってお手の物かも。

そう思ったら、ほっとするよりも悲しくなった。泣き顔を見られないよう慌てて顔を伏せる。

もっと前に彼に手を差し伸べていればよかった。もっとも、彼女でも誰でも、他人に手を差し伸べてほしいそぶりを彼がするのは見たことがない。引っ込み思案な性格が災いして、したいこともできない。彼の前に出るとどうしてあんなに臆病になるの？　彼が店に来たとき、ほほえみかけて、元気にしてました、って尋ねられないのはどうして？　きっと彼は返事の代わりにうなるだけだろうけれど、もしかしたら……おしゃべりを返してくれたかもしれない。ほんのひと言ふた言でも。そうこうするうち、二人は――。

〝もしかしたら〟とか〝かもしれない〟ばかりで、自分がいやになる。過去は変えられない。でも、未来はべつだ。取り逃がしたチャンスのことばかりあれこれ考えても仕方がない。仕事とおばとオリビア以外の人生があることに、いつになったら気づくのよ。その場で足踏みして、安全第一に考え、自分で作った泡ぶくの中で生きてきた。

問題は、その泡ぶくが弾けようとしていることだ。

8

ベンはポーチに出た。きょうもよく晴れてあたたかいが、遠くの空に低い雲があるのは天気が変わる前兆だ。世界が闇に突入して一週間、天気予報はどこからも出されない。九月はハリケーンの季節だから、南国にどんな嵐が吹き荒れていないとも限らない。なにはともあれ雨はありがたい。暑く乾燥した日がつづきすぎた。

思いがけずセラと出会ってからずっと山をおりず、もっぱら薪割りや猟や釣りをしてすごした。冬になる前に缶詰やフリーズドライ食材になるべく手をつけたくなかった。ソーラーパネルのおかげで夜も灯りをつけられるから、ランプオイルとロウソクの節約になっていた。大気の乱れが多少おさまったので、無線を使えるようになったが、いまはまだ送信が途絶えがちで、範囲も限られていた。あと一週間もすれば、放送電波を拾って役にたつ情報を得ることができるだろう。

前夜に料理した魚とコーヒーを並べ、椅子に座って朝の清々しさとシンプルな食事を味わった。コーヒーが空になり、魚も残すところ一匹になったころ、視界の隅に動きを捉えた。三十五メートルほど右手、ドライヴウェイの左端だ。頭をわずかに動かして動きに集中した。シカかクマか七面鳥——野生動物であることはたしかだ。七面鳥ならありがたい。肉を半分は燻製にし、半分は干してジャーキーにする。

　だが、茂みから現れたのは犬だった。油断なく彼を見ている。ベンは身じろぎせず、犬の出方を窺った。黒と白のマウンテン・カーで、脚がひょろ長い。生後七、八か月というところか。ちょっとちかづいてきて、体をくねらせ、ためらいがちに尻尾を振った。

　痩せてあばら骨が見える。マウンテン・カーは優秀な猟犬だ。CMEの直撃を受けたとき、短絡的な馬鹿野郎が犬に餌はやれないと考え、捨てたのだろう。訓練すればすばらしい財産になるとも知らずに。

　ボディランゲージから、仲良くなりたいけど不安なことがわかる。ちかづきたいけど怖い。魚の匂いを嗅ぎつけ、腹が減ってたまらずに出てきたのだろう。犬を飼いたいとは思わない。なにに対しても愛着を持ちたくないが、軍隊にいたころ軍用犬に接して深い感銘を受け、痛い目に遭わないようできるかぎりのことをしてやった。この犬は食べ物を欲しがっており、彼の手元には食べ物がある。だが、いま立ち上がってちかづけば、犬は逃げるにきまっている。

　ゆっくりと立ち上がりポーチの階段まで行く。犬のほうは見ないようにして、魚をちぎって階段の上に置いた。もうひと切れを階段と玄関ドアのあいだに置く。ゆっくりとドアを開けて中に入り、もうひと切れを敷居の上に置いた。最後のひと切れは玄関を入って一メートルほどのところ。それから、キッチンまでさがり、犬の姿が見える位置に腰を据え、開け放したドアを入ってくるのを見守った。

犬からも彼が見えているから、ゆったりと座ったまま身じろぎしなかった。これまで家の中に入ったことがあるのかどうかわからない。入ったことのない犬は敷居までちかづかないだろうし、魚ひと切れのために中まで入ってくるはずがない。だが、飢えはなにものにも勝る動機になるし、若い犬は老犬ほど用心深くない。

犬が庭を横切ってくる。体をくねらせ、尻尾を振りながら。視線が彼と階段の上の餌のあいだを行ったり来たりする。二度ほど立ち止まって座り、そのたびに立ち上がってちかづいてきた。ベンが動かず、嫌なことはなにも起こらないとわかると階段までやってきて、勇気あるひとっ跳びでいちばん上まで来て、魚を丸呑みした。

すぐさまつぎの魚に飛びかかり、つぎは敷居の上だ。

尻尾の動きが速くなり、ベンを見る目から不安が消えようとしている。「やあ」やさしく言葉をかける。軍用犬のハンドラーが愛犬に話しかけるように。「こっちにおいで、バディ。食べ物も水もたんまりあるぞ、それに休みたくなったら横になれるラグも」

犬は最後のひと切れを見てダッシュし、つぎはどうしたらいいかわからない、というように立ち止まった。だが、尻尾は振ったままだ。それでも、ベンの手が届く範囲に足を踏ていない。汚れた赤い首輪をしているが、鑑札はついていない。ついていたとしても、生き延びるための旅の途中でちぎれ落ちたのだろう——それとも、飼い主が取り去ったか。いずれにしろ、犬が人に慣れていることはたしかだ。いまのところその様子から虐待を受けてきたようには見えない。この状況に不安を覚えているだけなのだろう。

ベンはキッチンを見まわした。食料はふんだんにあるが、犬用のものはなかった。だが、ジャーキーならある。子犬にはたんぱく質が必要だ。あくびをして顔をそらし——トレーナーが教えてくれたのだが、あくびする人間は警戒しなくていいと犬は思うそうだ——戸棚からジャーキーの袋を取り出した。彼の動きに、犬は二歩さがったが逃げ出しはしない。袋を開けると、ジャーキーの匂いが犬の注意を引きつけた。

ベンは椅子に戻って座り、袋からジャーキーを一本取り出して足元の床に置いた。犬はクンクンいい、前に出た。ベンは動かない。犬はジャーキーを咥え、ガツガツ食うと口が開いた袋に期待のまなざしを向けた。それでもベンが動かないでいると、犬は彼を見て、つぎに袋を見た。

なるほど。賢い奴だ。もっともマウンテン・カーはとても賢い犬種だ。

犬は彼の手を鼻で突き、袋を見つめた。もっとちょうだいよ、人間さん。

「図々しすぎないか？」ベンはジャーキーをもう一本取り出して掲げた。犬が奪い取ろうとしたら手を引っ込めるつもりで。だが、犬は首をかしげ、彼の指からジャーキーをやさしく咥え取った。だが、おやつが口の中におさまったとたん、やさしさは消えた。

ベンが手のひらをちかづけると、犬は匂いを嗅いでから舐めた。

ゆっくりと立ち上がり、ボウルに水を汲んで床に置く。犬はためらうことなくやってきて、ガブガブと水を飲み、ボウルをまたたくまに空にした。それからまたジャーキーを見つめる。ジャーキーがちゃんと胃袋におさまったか、床に吐いてしまわないか、しばらく様子を見ることにした。試しに犬の肩をトントンと叩くと、犬は喜んで彼の脚に体をあずけた。

「わかった。助けてやる。しばらくここで暮らすといい。だが、これだけは言っておく。おれは話し相手なんて欲しくないんだ。わかったか？」

わかったかどうかはべつにして、相手がいい人かどうか犬はひと目で見破る。それからの数日間、ベンは犬につきまとわれつづけた。猟犬だかなんだか知らないが、この犬はトイレのしつけを受け、家の中をくつろぎの場所と思っている。ベッドに跳びのってはこないが、ベッド脇のラグで寝ていた。飼い主に捨てられたのではなく、ふらふら歩きまわっているうちに迷子になったのかもしれない。ベンは人のよいところを見ようとするタイプではない――経験からいやというほど学んだ――が、この犬が虐待されたことがないのはたしかだ。彼を頼りきり、そばでくつろいでいるのを見ればわかる。

名前はつけなかった。〝ドッグ〟とか〝バディ〟と呼んだ。名前をつければずっと飼うことになり、その覚悟ができていなかった。だが、犬と一緒に暮らすのは、思っていたほど煩わしくなかった。それでも、一緒にいて疲れることがある。そんなときは犬を置いて、一人で森を歩きまわる。狩りをしたり、ただ歩いたり、あるいは肉体訓練をすることもあった。急な山腹を駆けあがり、倒木を飛び越え、巨岩や木々をかわして走る。家にフリーウェイトがあるが、動くほうが好きだった。長年にわたる訓練から、山を走るのがいちばんだとわかっていた。

CMEから二週間が過ぎたころ、遠方と無線がつながるようになった。犬はかたわらに座って首をかしげ、別の声がどこから聞こえるのか突き止めようとしているみたいだ。ちかくに別の人間の匂いがしないのはおかしいと思っているのだろう。つながった相手はメンフィス郊外に住んでいた。六百五十キロ彼方(かなた)だ。

「メンフィスはめちゃくちゃだよ。商店は襲われて火がつけられている」肉体を持たぬ声が言った。「多くの死者が出ている。孤立した地区があるが、危険すぎて立ち入ることができない。もうなにも奪う物がないというので、多くの人間がよそへ移動している。州兵が出動して安全が確保されつつあるが、なにしろ食べる物がない。おれが聞いたところでは、リトル・ロックも同様だそうだ」

「ノックスヴィルやナッシュヴィルもおなじだ。そっちはどのぐらい遠くまでつながる?」

「おたくが限度だ。いまはね。でも、日に日によくなっている。おたくの電源は?」

「ソーラーだ」ほかにもいろいろ備えているが、どれぐらいの資源があるか世の中に喧伝する気はなかった。災難を招くだけだ。手に入るものを根こそぎ奪う略奪者という形の災難を。「気をつけて」交信を切り、友人のコリー・ハウラーを呼び出そうとしたがうまくいかない。コリーのことだから、退却するとき無線機を持っていったはずだが、あいだに切り立った山脈が横たわっているし、大気の状態もよくないから……あるいは受信したくてもできないのかもしれない。あまりにも多くの友人を亡くしているので、その可能性を打ち消せない。コリーは死んだか、重傷を負ったか、無線機を盗まれたか、壊されたか。なんでもありだ。いずれ判明するだろう。連絡がとれれば。

急かされるように立ち上がって表に出た。犬がついてくる。朝から小雨模様だったが、いまは雲の晴れ間から太陽が顔を出していた。いまのところ天気は安定しているが、九月の暑さはやわらぎ、夜はだいぶ涼しくなった。渓谷を見下ろす。オーロラが発生した夜かららずっと落ち着かなかった。パトロールに出る気になれず、セラの乳首を頭から追い出すことができない。べつに彼女に会いたいわけじゃないが……おいおい、目をそむけるなよ、自分に嘘をつくな。ああ、彼女に会いたい。ただし、遠くから眺めるだけ。真夜中の偶然の再会からこのかた、神経が剥き出しな感じだ。まるで生皮を剥がれたみたいに。肌の接触は荷が重すぎて、心を癒すのに時間と距離が必要だった。

一人のほうがずっと楽だ。静寂と孤独に安らぎを見いだせる。だったら、どうして山をおりることを考えているんだ？

どうしてって、彼は男でセラは女だから。彼のイチモツがまっすぐ彼女のほうを向くのは、ジャーマン・ショートヘアード・ポインターがウズラの群れを目指すがごとくだ。クソッ！　例えが悪い。こいつがまだ元気でいるとわかってよかった。だが、実際に関わりを持ってなにかをやるのは、まだまだ先の話。そう思っただけで、彼の中のすべてが縮こまる……あの部分を除いて。あそこはずっと彼女のことを思っている。

自分の考えに気づく前に、ショットガンと水を準備していたし、犬の首輪のリングに長いロープを通していた。若い犬はたっぷりの運動が必要だが、狩猟本能が強いし、まだちゃんと訓練されていない。獲物を追って森に跳び込んでいっても、呼ばれたときどうすればいいのかわからないだろう。即席のリードをつけられても、犬は元気に走りまわった。やはりなんらかの訓練は受けていたのだ。

「よし、散歩に行こう」

山をおりるにつれ、自分にむしゃくしゃする気持ちは強まっていった。だが、赤いオーロラの夜もそうだったように、そんなことはどうでもよくなった。まだ明るかったので、人に見つかる可能性がある。こうなったらなるようになれだ、と腹を括り、周囲に意識を向けた。あたらしい匂いに出くわすたび、じっくり調べずにいられない若い犬を連れていてさえ、山と運動はいつだって気持ちを鎮めてくれる。犬に笑わされることはない——最後に笑ったのがいつだったか思い出せないぐらい、長いこと笑っていなかった——が、犬の意気込みに心が軽くなった。世界は終わりを迎えたわけじゃない。いつだって山に引きこもれる。気持ちが落ち着いて、また人と会う覚悟ができたらおりてくればいい。ウェアーズ・ヴァレーの住人も、ほかのどこの住人だって、守ってやる責任はないのだ。救うべき人間も、心配してやるべき人間もいない。なにをやるか、あるいはやらないか、すべては自分の選択であり、無能な連中の命令に従うことはない。すべて自分で決めることだ。人と話をするのもしないのも。

なんでいままで気づかなかったんだろう。人と関係を持つも持たないも、自分で決められるということに。セラと並んで座って話をしたのも、彼がそうしたかったからで、手足を縛られて無理やりそうさせられたわけじゃない。その気になればまた彼女と話をすればいいし、嫌なら話をしなければいいだけだ。それは、これから出会うすべての人間にも言えることだ。

決めるのは自分だ。話しても話さなくてもいい。そう気づいたら楽になった。

山の下のほうにある家々を避けるため森の中を歩いた。いちばんちかい隣人たちだが、ちかづきになりたいと思ったことはなかった。それもおいおい改まるだろうが、いまはこのままでいい。

　いつか隣人たちと知り合う日が来るかもしれない。そう思うことだけで、心の中の道をひとつ曲がった気がする……いや、曲がるべき角が見えてきたと言ったほうがいい。いまはまだ曲がる心の準備ができていない。

　切り開かれていない道を行くのは難儀だから、考え事をしている余裕はなく、自分と犬が安全にくだることだけに集中した。落ちたドングリがブーツの下でバリバリいう。夏のむせ返る生気が薄れ、匂いが変わってきた。自然の中にいると水を得た魚だ。新鮮な空気、ひんやりとした木陰、聞こえるのは土や落ち葉を踏みしめる自分の足音だけ、ときおり耳にする小鳥のさえずり。右手で葉擦れの音がしたが、おそらく小鳥だろう。音が小さいし、動物の四肢がたてる音ではない。

　あたたかな日だったので、じきに汗が噴き出した。犬もハーハーいっている。谷底に着くと、小川で犬に水を飲ませ、柵で囲まれた草地を横切った。牛が興味深そうにこっちを見ている。柵を跳び越え、犬は下をくぐり、コーヴモント・レーンに出た。

　ディナーに招待してくれた老夫婦がここに住んでいることを思い出す。招待を受ける気はなかった。おしゃべりで世話好きな老夫婦とのディナーは、彼が考えるところの悪夢だ。善意で招いてくれたのだろうし、善良で誠実な人たちのようだった。いまなら、彼らと話すことは悪夢とまでは言えない気がする。それに、停電になってからどうしていたのか気になる。様子を見に来てくれる家族や隣人はいるのだろうか？　食料が不足しはじめたら、彼らは自分たちの蓄え分を守れるのだろうか？

いや、彼らに守るべき蓄えなんてあるのか？　警戒警報が発令されていたのに、きっとなんの備えもしていないだろう。警報を無視する人は多い。危険だと自覚することもなく、ハリケーンや竜巻が通りすぎるのを家の中でじっと待つのだ。ＣＭＥの警戒警報は、多くの人にとって理解しがたいものだろう。見たことも聞いたこともないものだから。

空間記憶は飛びぬけていいほうだ。老夫婦から住んでいる場所を聞くと、頭の中の地図にしるしをつけた。夫婦が住む場所はわかる——ここからそう遠くない——から、難なく見つかるだろう。

彼らがどうしていようと自分には関係ないが、親切にしてくれた。様子を見て、元気でいるか確認するぐらいいいだろう。

記憶が正しければ、つぎの角を左だ。記憶といえば、彼らの苗字はなんだった？　自己紹介してくれた。リチャードソン？　マスターソン？

そうだ、リビングストンだ。夫の名前はジム。憶えやすい名前だ。女房は南部によくあるダブルネームだったが、思い出せない。ミセス・リビングストンと呼べばいい。

犬がかたわらで飛び跳ね、なんにでも目を留める。いまがいちばん楽しいと言いたげに。

その通りには家が六軒だけだから、すぐに見つかった。ジムが運転していた、いまにも息絶えそうな一九九八年式キャバリエがドライヴウェイに駐まっているから間違いない。それに、メールボックスに名前が出ている。なんと不用心な。メールボックスに名前を出しても安全だった時代はとっくに過ぎた。もっとも、ソーシャルメディアやインターネット検索とは無縁だろうから、個人情報泥棒に遭う危険はない。

ドライヴウェイを色褪せた赤のキャバリエに向かって進む。昔風の赤レンガのこぢんまりした平屋は、手入れが行き届いている。家の横手には花壇がある。花は食べられない。食べるとしても冬を乗り切るための食料にはならない。昆虫のほうが栄養があるが、二度と食べたいとは思わない。

犬を連れて二段の階段をあがり、玄関のドアをノックした。返事はなく、人が動く音もしない。ＣＭＥの直撃前に親戚が迎えに来て、そっちに移ったのかもしれない。それがいちばん望ましい。

だが、家の中が空っぽな感じはしない。家の中に誰かひそんでいないか調べることはさんざんやってきたので、感じでわかるのだ。背中に担いだショットガンに手を伸ばしかけて思い出した。家探しに来たのではない、これは……訪ねてきたんだ。めったにしないことだから馴染まない。

家のまわりを回り、花壇を踏まないようにしながら窓を覗き込んだ。裏庭に回ったとたん、リビングストン夫妻に世話をしてくれる親戚がいますように、という願いははかなく消え去った。

ジムがチャコールグリルで肉を焼いていた。ベンは風上にいたので匂いがしなかったのだ。犬もいま嗅ぎつけ、飛び跳ねる。ここの人間が、いい匂いのする肉をきっと分けてくれる。ダブルネームは、ほんの一メートル先のラウンジチェアに座っていて、先に彼に気づいた。

警戒されたとしても驚きはしない。一度会っただけの男が武装して裏庭に現れれば、正気な女なら警戒する。ダブルネームは正気ではなかったようだ。「あらまあ！」立ち上がってベンのほうにやってきた。「びっくりしたわ！　人が訪ねてくるとは思ってなかったもの。じきに夕食の用意ができるから、どうぞ食べていってくださいな。このごろじゃ、めったに人と会うこともないのよ。夕食と呼ぶには早すぎるけれどね、電気がつかないんで、暗くなったら寝ることにしているの。どう、お元気でした？　まあ、なんてかわいい犬でしょう！」

「あの……元気でした」話したくなけりゃ話さなくたっていいんだ、と自分に言い聞かす。ここには自分の意志で来たんだ。「通りかかったもんで、どうしているかなと思って」

ジムがほほえんでうなずいたが、グリルのそばを離れない。「近所の人がシカ肉を持ってきてくれてね。一週間ほど前に買い置きの肉がなくなった。わたしが料理番でね。じきに二人ほどやってくる。いつも一緒に食べてるんだ。ＪＤは最後のトマトを持ってくるし、ジャネットはベークドビーンズを持ってくるらしい」

豆は冬に取っておくべきなのに、とベンは真っ先に思ったが、いまさら言ってもしょうがない。「ありがとう。でも、行くところがあるんで。ほかにも様子を見なきゃいけない人たちがいるんだ」

彼女が満面の笑みを浮かべた。ベンは彼女に、この世で最大、最高のボーイスカウトだと称えられた気がした。ジムが言う。「車の音は聞こえなかったが。ここらはすっかり静かになっちまったから、ちかづいてくる車があればすぐにわかる」

「こいつと歩いてきたんで」

二人ともぽかんとした。ミセス・リビングストンがやおら言った。「コーヴ・マウンテンを歩いておりてきたの？」

「はい、マム」もっと過酷な状況下、もっと長い距離を歩いたこともある。

「あら、メアリー・アリスと呼んでちょうだいな。山はとっても急だから、歩いて登ったりおりたりするの、想像つかないわ」

メアリー・アリス。そうだった。名前を記憶に留めめる。「当座をしのぐのに必要な物は揃ってますか？」彼は一歩さがった。近所の人がやってくる前に逃げ出したかった。

メアリー・アリスが肩をすくめる。「そうね、たぶん大丈夫。缶詰をいくつか取ってあるし、リンゴに塗るピーナッツバターはたくさんあるわ。停電になったあと小学校で開かれた集会に、あたしたちは出なかったけど、ＪＤが出てくれたの。彼は最新の情報をいろいろ教えてくれる。キャロル・アレンが責任者になったそうよ。でも、あたしは、これがそう長くつづくとは思っていないの。そうじゃない？　こういうことって、みんな大げさに言うじゃないの、やれ大惨事だなんだって」

ジムが顔をしかめ、咳払いした。「電気が早く復旧してくれないと。メアリー・アリスの処方薬があと数週間で切れるんだ。誰かの車に乗せてもらって町の薬局に行かないと。わたしのポンコツはガス欠でね。満タンにしとったんだが、ＪＤと二人でガソリンを吸い上げて、彼の発電機に使ってしまった。ガソリンスタンドはいずれ再開するんだろうが、いまのところはどこも閉まっとる」

なんてこった。これだから素人は困る。「言いにくいんですが、この状態は何か月もつづきますよ」二人はうろたえたが、うろたえるべき事態だ。彼らの中にわずかでも残っている生存本能が、これで目覚めただろう。これはピクニックじゃないんだ。近所で集まってやる野外料理パーティーが、遠からず地獄の饗宴になる。メアリー・アリスのふっくらした顔を見ずにいられなかった。数か月前にディナーに招待してくれたときは、もっとふっくらしていた気がする。「どんな薬を服んでるんですか？」

「血圧を下げるのと心臓の薬よ」

ベンは手で顔を擦った。薬のことは詳しくない。任務の前に眠っておく必要があるとき、睡眠薬を服むぐらい、あるいは負傷した仲間に痛み止めのモルヒネを注射したぐらいだ。長年、軍隊のスケジュールに合わせて眠ってきた。ふつうの二十四時間ごとの生活リズムとはまったくちがう。血圧を下げる薬も心臓の薬も彼の得意分野ではないので、調べようがなかった。

「節約しないと」きっぱり言った。「錠剤なら半分に割って、一日おきとか二日おきに服む。できるだけ長く持たせるんです。それは食料にも、ほかのすべてのことにも言える」

薬を半分にしたら効かないかもしれないが、背に腹は代えられない。

彼女が目をまん丸にする。最悪の事態を想定すべきだとわかってくれたようだ。彼女がゆっくりとうなずいた。「そうなの。渓谷にはハーブとかそういうのに詳しい人が何人かいるから、血圧はその方法で下げられると思う」

「いい考えですね。また顔を見に来ますよ。どうか気をつけて。行くぞ、ドッグ」犬は肉を焼く匂いから離れたがらなかったが、彼は犬を引いて来た道を戻った。幸いなことに、途中でリビングストンの家に行く人たちに出くわさなかった。世間話の泉は干上がっていたから。

ハイウェイに出ると、セラの家のあるほうへ向かった。ハイウェイを歩いている人が思ったより多く、何人かに手を振って挨拶されたのでびっくりした。知らない人たちなのに、どうして向こうは彼を知っていると思ったんだ？　もっとも、ここ何年間か、人と目を合わさないようにしてきた。そうすれば向こうから話しかけてこないからだが、向こうがこっちを見ていないということにはならない。渓谷の住人の多くが彼を見知っていると思うと、なんともいたたまれない気分になった。

手を振り返したが、立ち止まらずに歩きつづけた。馴れ馴れしい奴が寄ってきませんように。誰かれかまわず話しかけるなんて、まったくどうかしてるぜ。

セラが住む通りまで来て、はたと思った。彼女は自宅にいると思い込んでいたが、そうとは限らない。だが、彼女がもっともいそうなのが、自宅かおばさんの家だ。彼女が、おばの家、と言っていた黄色い二階家には寄らずに通りすぎた。複数の人間を一度に相手にはできない。一日に耐えられる限度はすでに超えていた。彼女が自宅にいなかったら、まっすぐ山に帰ろう。

だが、彼女はいた。網戸を張ったポーチに座っていた。ベンに気づくと読んでいた本を置いて立ち上がった。犬が挨拶代わりに吠えて飛んでいこうとしたが、彼はリードをゆずらなかった。

庭を横切っていくあいだも、気持ちが沈みはしなかった。彼女とのおしゃべりは別物なのだ。一緒にオーロラを眺めたことで、彼女との関係が一段階あがったみたいだ。乳房の輪郭を目にしたことも影響しているのだろう。こりゃおもしろい。おもしろいぞ。なにかをおもしろいと思ったことなど、ついぞなかった。まして自分のことをおもしろいと思うなんて。

「犬を飼ってるのね！」彼女が網戸を開けながら言い、犬に笑いかけた。

彼女をチラッと見て、ブラをしていることがわかった。ほっとすると同時にがっかりしていた。会話に意識を持っていく努力をせずにすむが、いい景色を拝めない。「森をさまよっていた。迷子になったか、捨てられたか」

彼女が網戸を大きく開けた。「入って。その子も一緒に。水を持ってきてあげるわね。紅茶をいかが？」開いたままの本の横の半分に減ったグラスを指す。「水出し紅茶(サンティー)を淹れたの」

南部の甘い紅茶は好きになれないが、口ではこう言っていた。「ありがとう。こいつはポーチに置いとかないと。はじめての場所でなにをするかわからないからな」それに、彼女の家に入ることにためらいがあった。なぜだかわからないが。

「すぐ戻るわね」

家に入る彼女の後ろ姿を眺める。ああ、ジーンズが包む尻の様子もだ。濃い茶色い髪はポニーテールにして、赤いTシャツを着ていた。裸足(はだし)。彼女が派手な色の服を着ているのを見たことがない。人目につかないほうが安心できるのだろう。

片手に紅茶のグラス、片手に水のボウルを持って、彼女が戻ってきた。ベンがグラスを受け取ると、彼女はボウルをポーチの床に置いた。犬はピシャピシャと盛大に音をたてて飲んだ。一時間前に小川であれだけ飲んだくせに。彼が手を放すと、犬はリードを引きずりながら匂いを嗅ぎまわった。

「どうぞ、座って」彼女がかたわらのポーチチェアを指さした。二つの椅子を隔てる小さなテーブルには本と紅茶のグラスがのっていた。彼女は椅子に座ると足を引き寄せて丸くなった。「山をおりるなんて、どういう風の吹き回し？」

自分でもうまく説明できない。だから、話題を変えた。「リビングストン夫妻を知ってるか？　コーヴモントに住んでる。ジムとメアリー・アリス。老夫婦」

「ええ、よくは知らないけど。ジムは毎週土曜日にガソリンを入れに来てたわ」彼女がほほえむ。「二回に一回はたいした量を入れないの。でも、いつも満タンにして帰った」

「彼らは停電がこんなに長くつづくと思ってなくて、備えをしてなかったんだ。食料がなくなって、でも、隣人たちが助けてくれている。メアリー・アリスは血圧を下げる薬と心臓の薬を服用していて、どちらもなくなりかけている」言葉がすらすら口をついて出る。おもしろいぞ。まるで夫婦の知り合いみたいにしゃべっている。「このあたりで薬に詳しい人、知らないか？」メアリー・アリスがハーブの専門家（ハーバリスト）を知っていると言っていたが、予備軍がいるのは悪くない。

「知ってるわ。連絡をとってみる。メアリー・アリスに連絡するよう言っておくわね。協力を申し出てくれた人の名前と、なにができるかを記したフローチャートを作ってるの。薬剤師やお医者さんがいてくれるといいんだけど、でも、いまのところは自分たちでなんとかやってる」

ベンは紅茶に口をつけ、それほど甘くないのでほっとした。前に飲まされたのは、キャンディそのものだった。グラスをほぼ空にして置き、犬に目をやった。植木鉢の匂いを嗅ぎまわっている。「おいで、ドッグ」葉っぱを食ってしまう前に呼んだ。犬がトコトコ戻ってきたので、ご褒美に耳の後ろを掻いてやった。

「偉いわね」彼女が言い、身を乗り出してスベスベの頭を撫でた。

「きみの植木を食いそうになってたの、気づいていないから」

彼女がほほえむと、ベンの中のなにかがふっとあたたかくなった。彼女のほほえみのせいだけでなく、自分が冗談を言う気になったことが嬉しかった。冗談を言うタイプじゃないのに。

「寄ってくれてありがとう。店のタンクに残っているガソリンのことが頭から離れなくて」

その言葉にはっとし、顔を向けた。「ガソリンが残っているのか？」いま現在、ガソリンは黄金に匹敵する価値がある。

「あなたの警告を受けて、売るのをやめたの」

「賢い判断だ。ほかにそのことを知っているのは？」口調がきつくなったが、重大問題だ。

「キャロルは知ってるけど、人にしゃべったかどうかはわからない」

「彼女に訊いてみろ。それによって対処の仕方が変わってくるから。誰にもしゃべってないなら、問題ない。ガソリンのためなら人殺しも辞さないって状況で、それが日に日に悪くなっている」

セラが不安そうな顔をした。世間ずれしていない証拠だ。「渓谷の人たちにかぎってそんな——」

「なかにはいる。ガソリンはマネーだし、このあたりにだってジャンキーはいる。そういう連中にとっては、食料よりもつぎの一服が手に入るかどうかのほうが大事だ。それで、タンクはロックしてあるんだろうな？」

「ええ、もちろん」

「いずれ悪い連中がここにも押し寄せてきて略奪行為におよぶ。北部に住む連中に考える頭があれば、南に向かうにきまってるからな。ウェアーズ・ヴァレーは州間高速道路沿いではないが、この地方を通過していく者たちもいるだろう。蓄えたものをちゃんと隠しておかないと失うことになる」

セラがゆっくりとうなずいた。考え込む目になり、渓谷が思っていたほど安全ではないという情報を処理しようと必死だ。

「ガソリンは悩みの種になる。エタノール混合ガソリンは三か月ほどで駄目になるから、そのあいだに使い切るか奪われるかのどっちかだ。ピュアガソリンはもっと持つが――」

「ピュアガソリンのタンクもひとつあるわ。大きなのじゃないけど、芝刈り機にはピュアガソリンのほうがいいって言う人たちがいるから。スタンドの左側にタンクがあって、給油ポンプもべつ」

　たしかに小さな給油ポンプがあり、灯油のポンプだろうと思っていた。思ってもいなかった資源があるわけで、彼女が売るのをやめる決断をしたおかげで残っている。渓谷のほかの二店のスタンドは、店主が儲けられるうちに儲けようと思ってあるだけすべて売っていた。どちらの考えにもメリットはある。

「店に燃料保存安定剤は置いてるのか？」

「ええ。そう多くはないけど」

「わかった」しばらく考えて言った。「こいつは危ない綱渡りになるな。ガソリンをずっと溜め込んでおけとは言えない。劣化するから。だが、いま提供すれば、たいていの人間がいま発電機を動かすのに使ってしまうだろう。寒くなるのを待たずに。だから、そうだな、売るにしろ、物々交換するにしろ、あと一か月は様子を見たほうがいい。寒くなってから発電機を動かせば、薪の節約になる。エタノール混合ガソリンを売るときには燃料保存安定剤を加えること。ただし、ピュアガソリンは自分用にとっておけ」

「自分勝手よね」彼女がため息をつく。「でも、現実的。キャロルとオリビアのことを考えてあげなきゃいけないもの」今度のほほえみは引きつっていた。「適者生存って厳しいわね」

そんなこと考えたこともなかったが、セラはやさしい人間だから。撃たれたこともないだろう。そこがちがう。

「そうそう、訊きたいことがあったの。電気を使わずにタンクからガソリンを汲み上げる方法、知らない？　オンラインで検索するつもりだったんだけど……ほら、こんなことになる前にね……でも、忙しくてそれどころじゃなくなって」

「吸い上げポンプの要領でやればいい。車のタンクからガソリンを吸い出すのとおなじだ。ガソリンを提供する気になったら知らせてくれ。なにか考えるから」

「ありがとう。あなたなら知ってると思ってた」

こっちの経歴も経験もなにも知らないのに、彼女は信頼してくれている。いともやすやすと。胸に強烈なパンチを食らった気がした。分隊の兵士たちが、おなじように信頼してくれていたから。彼の指示に従い、彼ならなにをすべきかわかっていると信じてくれた。たいていは任務を遂行し、部下たちを無事に連れ帰ったが、死傷者が出なかったわけではなかった。死者の数が増えるにしたがい、その重さを背負いきれなくなった。馬鹿ばかしい命令、指揮官たちの無能ぶり、彼の部下たちの命によって支払われたコスト、そういうものに圧し潰され、抜け殻になった。

去りたくなった。階段に並んで座ってオーロラを眺めた夜と同様、不意に感情的限界を超えたのがわかった。人と距離を置き、しばらく一人にならなければ——一か月かそこらは。それでもすぐに席を立たなかった。そこにいつづけたのはセラのせいだ。ここに来たのは自分の決断だ。彼女とおしゃべりするのも自分で決めたこと。グラスにわずかに残った紅茶を飲み干したのは、不意に席を立てば彼女が気を悪くすると思ったからだ。

「そろそろ戻らないと。リビングストン夫妻のことを気にかけてくれる人がいるのがわかってよかった」そう言って立ち上がった。

彼女もそれに倣った。「わたしに任せて。知らせてくれてありがとう」彼女が網戸のほうへ動いた拍子に、腕が彼の腹を擦った。彼女は触れたことにうろたえたのか、ピタッと立ち止まった。頭のてっぺんが顎に触れるか触れないか、それぐらい彼女は小柄だ。網戸の取っ手に伸ばした手がわずかに震えている。その手首は彼の手首の半分もない。

セラが見あげた。見開いた茶色の目はやさしく、でもちょっと警戒していた。彼の胸のうちを感じ取ったように。

彼女にはそっと触れなきゃいけない、と思った。彼女の中に入ってイチモツを締めつけられたい、とも思った。絶頂に達したとき悲鳴をあげさせたい、とも。そんな妄想を隠し切れないとわかり、表情が変わるのが自分でもわかった。きつく激しくなった。

「きみから離れないと」やさしく言った。「いますぐ」

犬のリードをつかんで階段をおりる彼を、セラは引き止めなかった。後ろは振り返らない。

9

セラは椅子に腰をおろし、ベンと若い犬が視界から消えるまで見送っていた。体の震えはおさまらない。ずっと眺めていたかった。目を離せなかった。広い肩や背中のライン、筋肉質の長い脚のゆったりと流れるような動き。できることなら呼び戻し、ちかくにいて熱い男の肌の匂いを嗅ぎ、手を触れたかった。

なに考えてるの。あのままでいたらどうなっていたか、わからないふりはできない。わかっているから。うぶな女ではないけれど、男性の顔にあれほど猛々(たけだけ)しい渇望の表情が浮かぶのを見たことはなかった。

きみから離れないと。

離れないと……どうなってたの？

キスしていた？　キスだけですむはずないでしょ？　ない。それなのに、彼はまた殻の中に引っ込んでしまい、なにもはじまらないうちに歩み去っていった。

不安に苛(さいな)まれる。立ち去ったのは彼女と関わりを持ちたくなかったからだとしたら？

拒絶せざるをえないようなことを、彼女から言い出すのではないかと不安になったとか？　いまになって屈辱感に頬が熱くなった。彼の表情を読み違えたのかもしれない。うぶでないからといって、読み違えないわけではない。男の中に欲望の炎を燃え上がらせたことがないくせに、不意になにかが変化して、ベン・ジャーニガンのような男性をその気にさせたと思うなんて、おかしいでしょ？

セックス、そうよ。男は後腐れのないセックスを求める。彼女みたいななんの取り柄もない女を求めるのはどうして？　男に不自由していると思われた？　要求ばかり多い女だと思って、それで逃げ出したの？　後腐れのないセックスはしたことがない。そんなお手軽な女だと思われるのは心外だから。いつだって本能的に自分を守り、できるだけ目立たないようにしてきた。

紅茶のグラスを片付けて家に入り、毎朝溜めておく食器洗い用の冷たい水でグラスを洗った。家事をすると少し気持ちが落ち着き、ベンとのことをぐずぐず考えるのをやめることができた。彼のほうで関心を持っているなら戻ってくるだろう。関心を持っていないなら、そのことを受け入れ、先に進むだけだ。

翌朝、セラはキャロルの家に向かっていた。午前九時の放送を聴くのが日課になっていたからだ。たまに早めに行って朝食を一緒にすることもある。インスタントコーヒーとピーナッツバターを塗ったリンゴといった粗末な朝食だ。朝早いとお腹がすかないし、なにか口にするたび、冬が来るころにはこういうものを口にできなくなるんだろうな、と思うから食欲が失せる。

　セラが玄関を入るなり、キャロルが眉を吊り上げて言った。「きのうの午後、ベン・ジャーニガンが前を通っていったけど、彼に会ったの？」

「会ったわよ」自分でカップとインスタントコーヒーを出し、粉を入れてお湯を注ぎ混ぜる。オーロラの夜のことはキャロルに言っていなかったし、言うつもりもなかった。並んでオーロラを眺めたことに意味はないのかもしれないけれど、そっと胸にしまっておきたかった。まして、ミスター・ホットボディがどうのとキャロルの意見を聞きたくなかった。

「ちょうどポーチに出ていたから」

「彼はどこへ行くつもりなのって思ったわよ」キャロルがからかい気味に言った。「しばらくして来た道を戻っていったけどね」

　あなたの家に行く途中だったのね、とキャロルはほのめかしているが、セラは知らん顔をとおした。たしかに彼はやってきたけれど、別の理由があった。「リビングストン夫妻のことで話があって来たの。コーヴモントのちかくに住むお年寄り。様子を見てやってくれって。ご夫婦のこと、知ってるでしょ？」

「もちろん。ジムとメアリー・アリス。彼はどうして知ってるのかしら？　誰とも付き合いがないと思ってた」

「さあ、どうしてかしら。それでね、メアリー・アリスが二種類の薬を使っていて、それが切れたら代用品を探す手助けが必要なんですって。ラジオ放送が終わったら訪ねていって、彼女がなにを服んでいるか訊いてみるつもり。ボールディン夫妻ならそのあたり詳しいでしょ」パットとヘレン・ボールディンはハーバリストで、野外料理パーティーではじめて会った。

セラからベンについておもしろい話が聞けないものだから、キャロルはがっかりした顔でかたわらのノートを取り上げ、リビングストン夫妻について日付入りでメモした。こうしておけば、忘れることも見落とすこともない。

オリビアが二階からおりてきて、朝食の中身に顔をしかめた。きょうのメニューはインスタントのオートミールと、ドライプルーンだった。オートミールはひと袋を三人――か四人――で分ける。バーブも朝食はあまり食べないが、残ったオートミールは取っておいて、お湯をかけてお昼に食べる。「パンが食べたい」と、オリビア。出来合いのパンはとっくになくなったが、材料はあるので焼くことはできる。それをしないのは、冬に備えるためだった。

「あすの朝はビスケットパンを作ってあげるわよ」バーブが言う。「もうじき暖炉に火を熾すことになるから、そうしたらパンをときどき焼きましょ」ほほえんだのは昔を思い出したからだろう。「母が鉄のフライパンでパンを焼いてくれたのを思い出すわ。暖炉でね。あたしも二度ほど作ったことがあるけど、母ほどうまく焼けない。それでも試してみるわね」

「ありがとう！」オリビアが笑顔で屈んで頬にキスすると、バーブはポッと赤くなった。彼女はときおり淋しそうにしていた。キャロルとは親友同士だが、バーブには家族がおらず、いまは自宅から離れて居候暮らしだ。オリビアのさりげない仕草が、彼女は思いのほか嬉しかったのだろう。必要とされていると実感できたにちがいない。

　バターを何と交換するか考えてみること、とセラは頭の中にメモした。牛を飼っている人たちが、搾乳し攪拌してミルクやバターを作り、物々交換していた。こんなふうに忙しくしていればベンのことを考えずにすむ。

　朝食が終わると――オリビアは我慢して食べていたが――ラジオを持って家を出てハイウェイに通じる道を行き、やがて広場に着いた。朝の放送に耳をかたむけるようになってこれで九日目だった。わずかな時間でも〝外の世界〟とつながることが、みんなにとって命綱だった。当たり前のことがこの先数か月は当たり前につづいていくことが、みんなに生きる希望を与えるのだ。ごく一部の地方であっても、文明がまだ存在していれば、いつか再建できるし拡大できる。ラジオから流れるのは悪いニュースばかりだが、これでもましなほうかもしれない。この先事態は悪化するばかりだろう。ノックスヴィルやほかの都市で起きていることは、ここにいる人たちにはどうしようもないが、それでもつながってはいる。そのつながりを維持していかなければ。

最初の数日に耳にしたのは、横行する略奪と、病院や老人介護施設で停電のため多くの人が亡くなったというニュースばかりだった。それらが沈静化しても、別の問題が起きてくる。汚水処理にごみ処理の問題だ。

田舎に住んでいてよかった、とセラは思った。ノックスヴィルでさえこんな状態なら、ニューヨークやシカゴのような大都会は冬になったらどうなるのだろう？　狩りも魚釣りもできず、食料供給は停電になって最初の数日間で滞ったはずだ。

前日のニュースはひどかった。ノックスヴィルでも食べ物が底をつき、暴動や略奪が激しさを増していた。暴動を起こせば食料が魔法のように空から降ってくるとでも思っているのだろうか。自暴自棄になった人たちが食べ物を探して街をうろつき、戸締まりが緩い家を見つけては押し入っていた。

なにより恐ろしいのは、ニュースで取り上げられない事件がほかにもたくさんあることだ。電話もインターネットも警察の逮捕記録もないから、ラジオのアナウンサーは人づてに聞いたことを流しているだけだ。警官の多くは家で家族を守らざるをえず、ノックスヴィル警察は空っぽ。暴徒を抑える者も、盗人を追いかける者も、不法侵入の捜査をする者もいない。

前日のことだ。アナウンサーのロバート・ケラー本人が、局の駐車場で起きた乱闘にパニックをきたしていた。震える声でニュースを読み上げ、発電機がいずれ動かなくなるし燃料も尽きかけている、と言っていた。ほかのラジオ局はすでに閉鎖していた。発電機を動かす燃料がなくなったか、技術スタッフが逃げ出したか――それとも、燃料を盗まれたか。ケラーはよく持ちこたえているが、苦しい思いをしているのはわかる。ストレスが声に出ており、それが日に日に強くなっていた。

ラジオをもう聴かないほうがいいのかもしれない。悪いニュースを耳にして精神的にまいることもないのだから。でも、ほかの人たちはセラの意見に賛同しないだろう。毎朝、集まって一緒に耳をかたむけずにいられないのだ。いついつまでに送電線が復旧します、というニュースを聞き逃したらどうする？　知っておくべき重大事件が発生していたらどうする――もっとも、そういうニュースがノックスヴィルのラジオ局に届くかどうか疑問だけれど。

ほかにも心配の種はいっぱいあった。いまのところ渓谷の住人たちはうまくやっているが、それは天候が安定していて、備蓄がまだ底をついていないからだ。創意工夫して手元にあるものでなんとかしのいでいる。セラ自身は息を詰めるようにして暮らしていた。この状態がいつまでもつづくはずがない。いずれ病人やけが人が出るだろうし、喧嘩（けんか）も起きるだろう――それが人間の性（さが）なのだから。

オリビアは友だちに呼ばれ、「はい、これ」とラジオをキャロルに渡して仲間のほうへ走っていった。子供たちにとって、放送を聴くより友だちとのおしゃべりのほうが大事だ。

九時一分前、キャロルがラジオをつけた。いまではみんなが腕時計を頼りにしているが、はたしてそれが正確な時刻を指しているのかわからない。キャロルは二日前に、自分の腕時計の時刻をラジオの時報に合わせていたが、それでも誤差があるから早めにラジオをつけるようにしていた。

ラジオのまわりに集まった人たちは、小声でおしゃべりしながら雑音に耳を澄ました。一分経過、さらに一分。不安のつぶやきが漏れる。まわりを見まわす人、隣同士で目を合わせる人。セラはマイク・キルゴアと目が合い、そこに不安を読み取った。

聞こえるのは雑音だけだ。

なにかにぶつけた拍子にダイアルが動いたかもしれないので、キャロルが微調整した。

雑音。

ラジオを取り囲む人たちは、はかない希望にしがみつく。キャロルはダイアルを回し、別のラジオ局を探した。どんなに弱い電波でも拾えないものかと。なにも聞こえなかった。

不安の声が大きくなった。バーブが嘆きのため息をつき、口を手で押さえた。オリビアの仲間の一人が泣き出し、オリビアが慰めているが、当人もいまにも泣き出しそうだ。

セラは失望を顔に出すまいとしたが、ついに角を曲がった、それも悪い方向へ、と思わざるをえなかった。ラジオ局がいずれ放送できなくなるのはわかっていたが、ついきのう、あと二、三日は大丈夫とアナウンサーが言っていたのに。燃料の残量を読み違えたの？それとも、ラジオ局が襲撃された？

アナウンサー自身が音を上げて局に出てこなかった？　いずれにせよ知るすべはない。「さて、これまでね」キャロルがきっぱり言ってラジオを切った。「悪いニュースでも聴けなくなると残念なんて、思ってもいなかったけど。ああ、あのクソ薄いインスタントコーヒーでも飲まないとやってられない」

ちかづいてきたマイクに、セラは言った。「安全確保をどうするか、検討する必要があるわね」

キャロルとバーブが驚いて彼女を見る。まわりの人たちもおしゃべりをやめて耳をかたむけた。「どうして？」と、バーブ。

「ノックスヴィルを出た人たちのことがあるでしょ」セラは言った。「たいていはインターステート沿いに南へ向かうでしょうけれど、なかにはこっちに来る人たちもいる。みんな自暴自棄になってるのよ」自暴自棄だろうとたちが悪かろうと、結果はおなじだ。渓谷にやってくる人たちは食料や寝場所、武器や貯蔵品、盗める物、交換できる物はなんでも手に入れようとする。「ここにはまだ当分やっていけるだけの物がある。わたしたちとまわりの人たちが使う分はね。でも、おおぜいの人が押し寄せてきて奪っていったら、一週間と持たなくなる。身ぐるみ剥がされるか、その場で殺されるかもしれない」

「そのとおりだ」マイクが言う。「もっと前に気づいて対策を練っておくべきだった」

「ここにどんな人たちがやってくるの？」バーブは怯えている。彼女だけではない。若い人たちが困惑してまわりを見まわす。人の群れがいまにもハイウェイから押し寄せてくると思ったのだろう。その一方、軍隊経験のある人たちは同意してうなずいた。

「どんな人たちだって」と、マイク。「観光客が毎日のようにハイウェイを通っていったじゃないか。都会の連中はもう都会にはいられないとわかっている。常識のある連中なら別の都市に行ってもだめだとわかるから、ここみたいな小さなコミュニティを目指すだろう。自給自足できるコミュニティをな。田舎の人間は銃と畑を持っているからな。連中の目当てはそれだ」

セラは気づかなかったが、テッド・パーソンズが来ていて、いまや会話の中心にしゃしゃり出た。「略奪者や悪党は少数にすぎない。ふつうの人たちが大挙して都市を離れてやってくる。そういう人たちは役にたつ。おおぜいで集まっていれば安全だ。悪党が狙うのは数で圧倒できる孤立した人たちだ。おおぜいが集まっているところじゃなく」

「資源に限りがあるんだから、そうも言ってられんだろう」マイクが言った。

「そうよ、おおぜいの人間に家や食料を提供できるわけがない」キャロルが声をあげた。

「いまの季節、菜園はなにも産み出さないもの。新鮮な野菜を収穫するには来年の春を待たないと……つまり、あと八か月はいまある以上の穀物は手に入らないってこと。ここにいる人たちの取り分を少なくする以外、これ以上人を受け入れることはできないわね」

彼女のまわりから賛同の声があがった。テッドは憤懣やるかたないという顔だ。「だが、人が多くなればそれだけ人手が増えるってことだ。薪を割るにしても狩りをするにしても」

「それだって、その人たちが斧や銃弾を持ってくればの話でしょ」セラは小声で言った。「そうじゃないと、ここにある道具を使うことになる。人助けをしたいのは山々だけれど、冬を無事に越すためには、いまある物をしっかり守っていかないと」

テッドに嫌な顔をされても、セラは気にしなかった。反論するならそれだけの根拠を示してほしい、それだけだ。いまある備蓄はそれでなくても乏しいのだから、統一戦線が破られたら冬を越せるかどうかわからない。

ベンがここにいてくれたら、と願わずにいられなかった。彼ならどうすべきかわかる。でも、わざわざ警告しに来てくれたり、リビングストン夫妻の様子を見にきてセラをびっくりさせたりしたものの、この数週間、誰も彼を見かけていなかった。一緒にやらないか、というマイクの申し出も突っぱねたし。彼はコーヴ・マウンテンで何不自由なく暮らしていて、誰の助けも必要としない。彼の備蓄を奪おうと思ったら、まず急な山道を登ってゆき、彼と戦わなければならない。街のチンピラだって弱い獲物を狙う。彼や彼のショットガンを見れば怖気づいて近寄らないだろう。

だが、ここの住人で軍隊経験があるのは彼一人ではなかった。まわりに集まっている人のなかにも、女性二人を含め何人かいた。ほかには森林警備隊員が一人、元警官が一人、それに子供のころから山で狩りをしていた人はおおぜいいる。渓谷の住人たちは無力ではないし、知恵もある。

キャロルがいつも持ち歩いているノートを取り出した。「それじゃ、みんな、名前を言ってちょうだい、書き留めるから。見張るのはハイウェイ沿いに来る人たち。馬に乗るか歩くかしてパトロールをはじめられる人、手をあげて。見張るのはハイウェイ沿いに来る人たち。ノックスヴィルに通じる山越えのあたらしいパークウェイも、そのうち火種になりそうよね。当分は様子を見るしかないけど」

セラはその意見に賛成だった。あたらしいパークウェイは何年もほったらかしにされ、やっと工事が再開されたと思ったら今度のことが起き、あらたな弱点を提供することになった。ここを見張るには、半日交代で人員が最低二人は必要だが、そううまくいくだろうか。

セラに薪割りを約束してくれたトレイ・フォスターが手をあげた。「おれは軍隊にいたからパトロールに志願する。だけど、パトロールをやれば狩りはできんし、薪割りもできん。家族に不自由をさせることになる」

マイクが言った。「有効な解決策は、パトロール・チームに食料という形で代価を払うことだな。それに、みんなが薪割りをやる。シカを仕留めたら、その一部も代価に上乗せする」

「食料を提供できない者だっているだろう！」テッドが慌てた顔で言った。充分な食料を確保しておかなかったのだろう、とセラは思った。

「だったら、パトロール・チームに入ればいい」マイクが言った。セラとおなじことを考えたにちがいない。

テッドはぎょっとしたが、それでも「わかった」と言い、すぐに嬉しそうな顔になった。仲間に入れてもらえただけでなく、重要な役目を果たすことになるのだから。どうやら彼を手なずけるポイントがそこだ。忙しくさせておいて、自尊心をくすぐる。

キャロルが名前を書き留めた。トレイにテッド、それにマイク。「ほかにいないの」大声を出す。「渓谷の安全を守ってやろうって人は前に出て。やりたがらなかったって、ママや奥さんに告げ口するわよ」

ワッと笑い声が起こり、男性たちが出てきはじめた。そう多くはなかった。二十数人というところだが、ハイウェイのパトロールを交代でやるには充分な人数だ。いずれは外から持ち込まれる騒ぎをおさめる役割も担うことになるだろうが、第一歩は踏み出した。

10

十月下旬は例年なら観光シーズンで、道は渋滞しレストランは満席になる。紅葉がはじまり――常緑樹の緑の中に赤や黄色やオレンジ色がちらほら混じる――お祭りが開催され、涼しくなってほっとできる。セラの店も渓谷のどの店も、十月下旬から十一月初旬にかけては、一年でいちばん忙しい時期だった。

今年はちがう。貴重なガソリンをとっておこうとみなが運転しなくなり、ハイウェイを走る車はめったに見かけなくなった。移動手段は徒歩か自転車だが、医院や歯科医院の予約は守られず、外食も映画を観に行くこともなくなった。まだ発展途上段階のパトロール・チームはもっぱら馬を使っていた。みながみな馬に乗れるわけではなく、乗れない人は習うか歩くかだ。乗りはじめの二週間ばかりは、尻と膝の内側が擦れてヒリヒリしっぱなしだが。

南部人は社交的だ。群れたがる。十月も終わりにちかづくと、午後に近隣の住民たちが集まるのが慣例となった。天気のよい日はそれが夕暮れまでつづく。べつに計画をたてたわけではなく自然とそうなった。長い一日の労働が終わり、何人かが道端に集まったのがはじまりだった。二週間もすると、渓谷のあちこちでささやかな集まりが開かれるようになった。食べ物のこと、発電のこと、夜が暗くてかなわないこと、いろんなことをおしゃべりしあう。日が短くなると、乾電池やロウソクを長持ちさせようと睡眠パターンを変えていった。暗くなったらベッドに潜り込み、日が昇るまで眠る――眠ろうとする。だが、夜が長くなるにつれ、それが難しくなっていったのだ。

子供の話、映画や本や編み物の話もする。ふつうでなくなった世界で、ふつうのことに触れていたいからだ。

食べ物と水があれば生き延びられるわけでもない。人には仲間が必要だ。連帯意識が必要だ。ここではもともと連帯意識があったが、いまは日増しに強くなっていた。前の週のことだった。通りのはずれに住む少年がギターを持ち出してカントリーソングを奏で、みなが彼を囲んで演奏に聴き入った。上手ではないが、聴いていられないほど下手でもなかった。セラはとくにカントリーミュージックが好きではなかったが、ギターの音色に魅了された。音楽を聴くこと自体、何年ぶりかのような気がした。音楽には猛々(たけだけ)しい心をも鎮める力があるという。彼女の心は猛々しくないが、それでも安らぎを覚えた。それに、彼女はひとりぼっちではない。みんなで音楽を楽しんでいた。

ハロウィーンの夜はとくに美しかった。満天の星に夜気が心地よい。誰かが焚き火台(ファイヤーピット)を持ち出して火を焚いた。肌寒くはなかったが、火を眺めていると心が慰められる。折り畳みのローンチェアやキャンプチェアに座る人、地面に毛布を敷いて座る人。少年に倣ってマイク・キルゴアもギターを持ってきた。素人ミュージシャン二人はかわるがわる、ときには一緒にギターを奏でた。タイミングが微妙にずれたが、誰も気にしなかった。知っている曲が奏でられると、何小節か声を合わせる人もいた。

その晩は、三十人ほどが道の真ん中に集まっていた。オリビアと泊まりにやってきていた友だちは毛布の上に膝を抱えて座り、ギター弾きの若者に熱い視線を送った。少年のほうがオリビアよりひとつ年下のはずだが、近所に頃合いの男の子はいないし、ホルモンの働きには逆らえない。

セラはキャロルやバーブと並んで、道の真ん中に出したキャンプチェアに座っていた。寒がりのバーブは火のそばだ。セラは脚を伸ばしてくつろぎの時間を満喫した。めったにないことだもの。

過ぎた一か月を〝緊張の連続〟と表現するのは控えめすぎる。こんなことになるとは想像もしていなかったが、それは集まった人たちもおなじだ。それでも最善を尽くしている。いまでは多少のことではおたおたしなくなったし、自分の判断を疑うこともなくなった。夜を徹して瓶詰めした野菜や、必死で買い集めた食料のおかげで、なんとか食いつないでいる。

あたらしい日常の中に古い日常がときおり顔を出す。日曜礼拝が再開して一週間、ちかくの教会は誰にでも門戸を開き、牧師のお説教は宗派を問わぬものになっていた。「神は神です」お説教の冒頭で牧師は言った。「ほかのことは人それぞれの好みに合うようにやっていけばよろしい。わたしはもっぱら神のパートに集中します。議論をしたければ、駐車場でどうぞ」

どっと笑いが起きた。みんな、また礼拝に出られることがただありがたかった。いろんなことが起きたし、これからもなにが起きるかわからないけれど、音楽がいまこの時を美しく彩ってくれる。セラは気持ちが楽になってほっと息をついた。音楽に身をゆだねていると、あすのことで思い煩うなんて馬鹿ばかしくなった。

キャロルがにやりとして椅子の袖を叩くと、ぱっと立ち上がった。人垣を縫って真ん中まで行くと、マイクになにか言った。彼もにやりとして言葉を返した。キャロルは満足げな表情で、二人のギタリストのあいだに立った。

オリビアが小声でたしなめる。「おばあちゃん、やめて!」両手で顔を覆うのは、身近な大人に恥ずかしい思いをさせられたティーンエージャーの、恐怖を表す仕草だ。祖母がなにをするつもりか、オリビアにはわかっている。セラもわかっていたが、オリビアとちがって、おばの歌を楽しむ余裕があった。

キャロルはジャニス・ジョプリンではないが、なかなかの美声の持ち主だし、はにかみなんて持ち合わせていない。『クライ・ベイビー』は十八番のひとつで、歌い出しから見事なものだった。マイクはこの歌を知っていた。少なくとも一部を知っていたし、少年もソロのフレーズを必死で追ったが、キャロルの声が前に出るように音量を抑えて弾いていた。年配の人たちは喜んで一緒に歌いだした。

バーブがセラにささやいた。「あなたのおばさんって、老ヒッピーね」と、にっこりした。

「そうね」セラはもう一度オリビアを見る。まだ両手に顔を埋めたままだった。穴があったら入りたい気分だろう。友だちのほうはにこにこ顔で、歌の気まぐれなリズムに足で合わせようとしていた。

これこそがコミュニティだ、とセラは思った。おばがジャニスばりに声を張りあげる。人と人とが支え合い、長い一日の終わりに集まって一緒の時間を楽しんでいる。それぞれが家にこもってテレビを観たり、コンピュータゲームをやったり、本を読んだりするよりずっといい。

つぎは焚き火を囲んで語り合うのだろう。それなら付き合える――むろん聴くほうだ。語り役ではなく。人前でなにかすると思っただけで恐怖に竦むもの。

思いはいつしかベンに向かった。山の上でひとりぼっち、話し相手は名前もつけていない犬だけ。彼のことや、ばつの悪い思いをしたことなんて考えたくなかったけれど、どんなに忙しくしていても、なにをしていても、思いが勝手にそっちへ向かった。リビングストン夫妻の件で訪ねてきて以来、彼の姿を見ていなかった。避けられているにちがいないと思うとよけいに傷つく。にもかかわらず、気まぐれな思いや抑えきれぬ思慕が、彼女に不意打ちを食らわす。

彼を心配するなんて無駄なこと。彼の孤独に胸を痛めるなんて、虚しいばかりだ。一人でなんでもできる人だし、ひとり暮らしは望んでしているのだ。でも、もしけがをしたり、病気になったら？　彼だってスーパーマンじゃないし、弱いところがあるはずだ。もし――。

無駄、無駄。時間とエネルギーの無駄遣い。誰も必要としないと、彼自身が明言していたじゃないの。セラを必要としていない。

『クライ・ベイビー』を歌い終わってもキャロルは席に戻らず、人差し指を曲げてオリビアとセラを呼んだ。二人とも頭を振った。セラのほうが激しく。

「あたしがつぎに何を歌いたいかわかってるでしょ」キャロルがすごいことを言う。「それに、二人とも歌詞を最後まで知ってるじゃないの」

オリビアの友だちが肘で脇腹を突いて言った。「行きなよ。歌えるじゃん、聞いたことあるもん！」オリビアはしぶしぶ立ち上がり、キャロルと並んだ。セラは動かなかった。気後れで胃が痛い。オリビアが声に出さずに助けを求める。お願い！　まわりの人たちが立ち上がれとセラを励ました。人前で歌うよりよほどまわりの注意を引いていた。意固地になればなるほど物笑いの種になるから、仕方なく立ち上がった。バーブもクスクス笑いながら加わった。

キャロルの家のリビングルームで、『メルセデス・ベンツ』を何度歌っただろう？　子供のころは、この歌が入っているレコードを、キャロルがレコードプレーヤーにかけてくれた。それがカセットテープになり、いまではＣＤだ。家のどこかに８トラックテープがまだあるはずだ。『メルセデス・ベンツ』はキャロルのいちばんのお気に入りで、家族はもとより来客にも歌うことを強要してきた。

キャロルのリードで四人がアカペラで歌い出すと、年配の人たちも元気に声を合わせた。この歌のほうが『クライ・ベイビー』よりずっとやさしいからだ。若い人たち――オリビアを除く三十歳以下の人たち――は面食らったものの、楽しんでいた。

声の大きい小さいはあるし、歌のうまい下手もあるけれど、みんなで笑いながら合唱した。音楽には日ごろの憂さを束の間だが忘れさせる力がある。短い曲なのであっという間におしまいになった。

セラとオリビア、それに息が切れたキャロルも席に戻った。

バーブはそのまま残って、がらっと趣向のちがう歌を歌いはじめた。キャロルとちがい、彼女はジョプリンのファンではない。好きなのはフォークソングだ。ジョーン・バエズあたり。バーブは驚くほどうまかった。ゆったりとしたやさしい歌声に、おしゃべりがパタッとやんだ。キャロルの賑やかなジョプリンのあとだけに、バーブの豊かな声が夜空に瞬く星や穏やかな夜気、秋と焚き火の匂いと溶け合って、みんなの心に沁みわたった。魔法の瞬間だった。電気が復旧したあとも、長いこと記憶に残りつづけるだろう、とセラは思った。

セラが住む町から音楽が聞こえてきて、ベンはびっくりした。遠くまで聞こえるほどの音量ではなかったが、夜の静寂は音をよく伝える。犬が耳をピンと立て少し跳ねたが、ベンのかたわらから離れることはなかった。目的地へは通りを行かず裏手にまわった。

セラの家は片側に大木が並んでいるので、誰にも見られることなく裏庭を通り、マイラ・ロードが見渡せる場所まで来ることができた。暗いし距離があるから、向こうからは見えないはずだが、火明かりに照らされて集まった人たちはよく見えた。あれはセラのおばさんか？　歌ってる？　まるで発情期の猫じゃないか。小さくてもパワフルな肺からめいっぱい空気を絞り出し、だみ声を張りあげている。セラの手がすいているときに出直してこようと思ったら、キャロルがオリビアとセラを手招きし、三人で一緒に……こりゃあ、見逃す手はない。家の横手の壁にもたれ、聴く態勢を整えた。

三人ともプロの歌手ではないが、みょうちきりんな歌を楽しそうに歌っている。満面の笑みを浮かべ、たがいを見交わし。ベンの視線はセラに釘づけだった。彼女は歌に合わせて体を揺らしていた。ほんの少し。おばほどばか陽気にではないが、あの尻が揺れて……よせ、そっち方面に向かう必要はない。彼がやるべきことは、なにも今夜でなくてよかった。それを言うなら、べつにやらなくてもいいことだ。ここに来る必要なんてなかったんだから。

だが、歩み去らなかった。どういうわけか犬もかたわらに座り、聴き惚れているようだ。

歌はあっという間に終わり、セラは席に戻った。ここからだと彼女がよく見えないが、場所を変えてまで見ることはない。見たいのは山々だが。キャロルの家に居候している老女だけ残って、別の歌を歌い出した。もっとゆったりとした曲だ。悪くない。

焚き火を囲んで歌うとは。まさかの光景だった。

やさしい歌が終わると、別のが進み出て讃美歌を歌った。何人かが声を合わせたから、よく知られている讃美歌なんだろう。それほどひどくはない。音をはずすのもいれば、しゃがれ声のもいるが、上手な歌い手の声と混ざり合うと……悪くなくなる。

ベンは動かなかった。深い闇に包まれていると、やがて焚き火を囲む集まりは散会となり、セラがこっちへ向かってきた。彼女は昼間は家族とすごすが、夜は自宅に戻って寝る。一人で。自分は安全だと思っている。ここの連中はみんなそうだ。

安全な人間などいない。彼は知っている。彼らのなかにも知っている者はいるはずなのに、どうして笑ったり歌ったりできるんだ？　危機的状況なんだぞ。ピクニックやってる場合か？

それでも……心のどこかで、彼らの無知が羨ましかった。みんなで集まって憂さ晴らしできることが羨ましかった。大丈夫、すべてうまくいくと思えたらどんなにいいだろう。ベンにはそれができなかった。

懐中電灯で足元を照らしながら、セラはいま玄関に着くところだ。ベンは家の横手から出ていく。彼女が驚く。心底驚いたらしく、飛び上がりそうになった。

「よしてよ！」彼女が胸に手を当ててきつい言い方をした。「いつからそこにいたの？」

ベンはほほえんだ、ほんの少し。「だいぶ前から」

セラが頬を染めた。自分でもわかっている。「お聞き苦しいものを聴かせちゃったわね」

「なかなかよかった」

セラが首をかしげて睨(にら)んだ。「あなたも一緒に歌えばよかったのに。バリトンはいつだって歓迎よ」

「おれは歌わない」

「そんなこと……」

「ぜったいに」

セラが笑い、玄関ポーチへと向かった。「さあ、入って。それで、どんなご用かしら？」

彼女はわかっていない。いや、わかっているのかもしれない。頭がクラクラするほど惹(ひ)かれるこの感覚は一方通行ではないはずだ。馬鹿みたいだが。馬鹿と言えば、磁気嵐が吹き荒れる最中に、道の真ん中に集まって暢気(のんき)に歌うのも馬鹿ばかしい。

彼女とまた並んで座るつもりはなかった。見果てぬ夢を見る気もなかった。それなのに、ここにいて、つまり……。

ベンは肩からバックパックをおろし、メインコンパートメントのジッパーを開いた。

「余分なソーラーライトがあったんで、使うかもしれないと思って」

彼女が振り返る。「余分な？」

彼女が持っていないことに気づいたし、ベンはたくさん持っているから、それで、なんだよ、そんなふうに見つめるなよ。「使わないなら……」

「そんなこと言ってない！」彼女はほほえんで彼のほうに引き返してきた。

ベンはバックパックを下に置き、強力なソーラーライトを二個取り出した。セラのことだから、一個渡せば、それをおばにあげるにきまっている。二個あれば、それぞれの家で使える。ベンがソーラーライト本体を棒に取りつけるあいだ、セラが懐中電灯で手元を照らしてくれた。本体を棒に取りつけたままだと、長すぎてバックパックにおさまりきらなかったのだ。「朝になったらこの棒を地面に刺しておけば光を取り込む。夜になって回収する」本体の底にあるスイッチを指さした。

ライトを彼女に渡す。どちらも相手に触れないようことのほか慎重だった。「すばらしいわ。曇りの日でも大丈夫なの？」

「ある程度は。晴れの日ほどの明るさは期待できない。それでも、なにかの役にはたつだろう」ベンはもう一個も組み立て、家の横手の壁に立てかけた。

「一個をキャロルにあげてもかまわないかしら。とても便利だから」

そう言うと思った。

沈黙がつづいて気まずくなった二人を救ったのは犬だった。セラの足元でヒョコヒョコ足踏みしたものだから、セラは晴れやかな笑みを浮かべ、ソーラーライトをかたわらに置いた。屈み込んで、いい子だね、と言いながら耳の後ろを掻いてやる。

羨ましい奴め。

その両手でこっちに触ってくれ。お返しに触ってやるから。そのためにわざわざここまでやってきて、ソーラーライトを二個差し出したんだ。これで点数を稼げたか？　使える奴だと思ってくれたか？　あほくさ。ナニがこっちの方向を指すものだから、ついつい従ってしまった。

「ドッグ」ぶっきらぼうに言い、踵を返してセラから離れた。「行くぞ」

「あの、ありがとう」彼女がはっきりしない小声で言った。

「どういたしまして」ぼそっと言う。犬が横に並んだが、彼は振り返らなかった。

日が経つにつれ、電気のない生活が当たり前になっていった。部屋に入ったとき、無造作に電気のスイッチに手を伸ばすこともなくなった。十月は雨の少ない時期だが、それでも多少は降ったので、間に合わせの雨水槽に水が溜まり、小川に水汲みに行くのが一日おきですんだ。

ベンがくれたソーラーライトはほんとうに便利で、キャロルも気に入ってくれた。大事なロウソクの節約になるのだから、おおいにありがたい。セラにとって、このささやかな贈り物はもっと別の意味が、二人だけの……もう、思いすごしにきまってる。

毎晩、ライトを家に持って入るたびにベンのことを思った。彼がこれをくれたのには、なにか意味があるの？　昼間のあいだは生き延びることに一所懸命だけれど、日が暮れてライトのスイッチをつけると、セラの思いは別のほうへ向かった。

キャロルは、ソーラーライトを啓示的な真実の贈り物とみなしたが、セラはそこまで思えなかった。キャロルはなんといっても……キャロルだから。

みんなが体重を減らしているのは、食べる物に事欠いているわけではなく、重労働に見合うだけの食事をとっていないからだ。冬に備えて食料をとっておかねばならない。バーブがごくたまに焼くビスケットやパンブレッドが——小麦粉もコーンミールも貴重品だ——いまでは当たり前のものではなく、ご馳走だった。十月の末に朝が冷え込むと思ったらもう十一月だ。暖炉の匂いと煙が渓谷の風物詩となったが、その年の冬は気まぐれで、半袖でも大丈夫なほどあたたかな日が何日かつづいた。そういう日は戸外の仕事がはかどった。

トレイ・フォスターにあまり負担をかけたくなかったので、彼が持ってきてくれる薪を けちけち使った。少しでも助けになるように、森を歩いて焚きつけ用の小枝や薪になる枝を集めた。それらを持っていったブルーシートでくるんで、引っ張って帰り、キャロルの家に半分届ける。ときどきオリビアが手伝ってくれた。あり余るエネルギーを発散しないとやりきれないのだろう。友だちと会っているようだが、それぞれ家の手伝いがあるから頻繁には会えない。

「学校が恋しい」森で薪を集めているときに、オリビアがぽつりと漏らした。

「わかるわ」セラは手を止め、背中を伸ばした。だいぶ集めたし、腰を屈めての作業だからコリコリに凝っていた。「待ってよ」セラはオリビアを見ながら思った。どうして考えつかなかったんだろう。誰も考えなかったなんて。「教会が再開したんだもの、学校だって再開できないわけがない」

オリビアが目を輝かせる。「つまり、小学校の校舎でってこと？」

「いいえ、校舎の暖房まで手がまわらない。暖房できる場所じゃないと。生徒は何人ぐらい集まるかしらね？　遠くから通ってくるのは無理だろうから」百年前の子供たちは何キロも歩いて学校へ通ったが、いまの子にそれをやれと言うのは無理がある。雨や雪の日に、数キロの通学路へと子供を送り出すことに、親がなんのためらいも持たなかった百年前とは時代がちがう。だが、停電が一年以上つづくとなると、そう甘いことも言っていられなくなる。

「五十人ぐらいかな」

かなりの人数だ。小学校にはその四倍の数の子供が通っていたが、それには幼稚園児と遠くから通っていた子供も含まれる。

「渓谷に住む人のなかには、教えた経験のある人がいるはずよ」セラは言った。キャロルならそういうことに詳しい。「それはともかく、教科書は家に置いてるんでしょ？　必要なのは学ぶ場所と、勉強を見てくれる大人」

それだけの人数の子供たちに食事を出すのは無理だから、弁当持参にしないと。いくつかのクラスに分け、教えてくれるボランティアを募り、教室として使う場所の暖房をどうするか考えるのは大仕事だ。いちばんいいのは個人の家を使わせてもらうことだ。薪を余分に使わなくてすむ。緊急事態にはそれに応じた緊急対策を、だ。とりあえずはそうやって、ちゃんとした環境を整えるのはそれから先のことだ。

「ありがとう」オリビアがセラにハグした。「なにか考えてくれると思ってた」

焚きつけや薪をくるんだブルーシートを、二人で引っ張ってキャロルの家に戻り、裏口から一メートルほどの場所に半分を積み上げた。濡れないようにカバーをかけると、セラは残りを引っ張って自宅に戻り、おなじ作業を繰り返した。

仕事は単純なものになっていた。ガソリンの納入に棚卸し、銀行取引明細に税金の手続きをする必要がない。食べて、洗濯して、肌寒い日には火を熾す。水を汲んだり薪を集めたりするのでよく歩くようになった。薬の件でボールディン夫妻を訪ね、血圧を下げるのにどんなハーブをどのように使えばいいか、メアリー・アリス・リビングストンに教えてくれるよう頼んだ。週に一度はキャロルと一緒に店に出て、マイクをはじめパトロール・チームのメンバーと打ち合わせをした。メンバーのなかに休みが欲しい人はいないか、なにか変わったことはないか、みんなで話し合うのだ。テッド・パーソンズはいつも発言が多かったが、自分の役割をちゃんと果たしてくれているから、以前ほど気に障ることもなかった。彼とキャロルはぜったいに友だちにはなれないが、いがみ合ってもいなかった。

うまくやっている。渓谷の住人たちは寄り添い、助け合っていた。年配の人たちも、繕い物やキルト作りで貢献し、食料を運んでくれる人たちにいろいろな形でお返しをしていた。年配の女性たちには、暖炉でスープを煮る以外にも、電気を使わない食事作りの知恵がある。親が仕事をするあいだ、子守をしてくれるのも彼女たちだ。物々交換にはとくにルールはなく、それぞれができる範囲でやっていたが、それで支障はきたさなかったし、パトロール・チームのメンバーたちに渡す分もなんとか確保できていた。ただし面倒を起こしたのが一人いた。タウンゼンド地区のはずれに住む男で、合成麻薬メタドンに手を染め、家はゴミ溜め状態で妻を叩いたあげく、隣家に向かって発砲したのだ。パトロール・チームの元軍人二人が男を取り押さえて縛り上げ、頭が冷えるまで納屋に放り込んでおいた。そうする以外に手立てはなかったのだ。渓谷に刑務所はなく、囚人を引き取って食わせてやるような奇特な人間はいない。

男が麻薬の常習者だったらと思うと、セラは気が気でなかった。メタドンをどこで手に入れたのかわからないが、妻に暴力をふるうことがつづけば、狩りに出た誰かが〝誤って〟彼の頭に銃弾をぶち込まないとも限らない。この小さなコミュニティで、人殺しなんて起きてほしくないが、週に一度のパトロール・チームの集まりに出ていれば、なにが起きてもおかしくないと思うようになる。これまでどおり比較的平和な日々がつづいてくれるのを祈るだけだ。

その翌日、彼女は嫌な予感に襲われた。いつ、誰が、どんな目に遭うかはわからないが、なにか悪いことが起きるにちがいないと思ったのだ。まさか自分の家族の身に災難が降りかかるとは思っていなかったけれど。

「セラ！　セラ！」

道でマイクと立ち話しているときだった。マイラ・ロードのはずれに住む老夫婦の様子を見に行った帰りで、トレイ・フォスターにもっと薪割りをしてもらうために、パトロールのボランティアをまた募集しようと話していたのだ。トレイには家族の分だけでなく、自分では薪を割れないお年寄りの分も作ってもらわねばならない。そこへオリビアの甲高い叫び声がして、二人一緒に振り返った。

なにか悪いことが起きたのだ。

オリビアがポニーテールを揺らしながら道の真ん中を走ってくる。ちかくまで来て、泣いているのがわかった。

キャロル。キャロルの身になにかあったにちがいない。オリビアがこれほど動揺しているのだから。

「おばあちゃんが、落っこちた」オリビアは立ち止まり、息を喘がせながらなんとか言った。

「落っこちた？」セラの心臓が止まりそうになる。キャロルの歳だと、転倒は命取りになる――とりわけ救急車を呼ぶことも、病院に担ぎ込むこともできないいまは。

「階段から」オリビアは膝に手をついて大きく息をついた。彼女が息を喘がせているのは走ったせいではなく、祖母を失うのではないかとうろたえているからだ。短い人生で多くの人を失ってきた。すすり泣きながら言う。「バーブが言うには、脚を折ってるって」

セラは走り出した。マイクも並んだ。走りながら気持ちを抑えようとした。腰の骨でなくてよかった。折れてないかもしれない。捻挫しただけかも。感情的になりがちなバーブが、過剰反応をしたのだろう。

捻挫でありますように。捻挫でありますように。捻挫ならいいというわけではない。こういう状況では、骨折より捻挫のほうが治るのに長くかかることもある。

階段を駆けあがって玄関に跳び込む。マイクがあとにつづき、僅差でオリビアがつづいた。階段の下におかしな姿勢で横たわっているキャロルを見たとたん、セラの心臓が止まりかけた。キャロルは目を閉じ、青ざめている。バーブがかたわらにうずくまっていた。

セラが近寄ると、キャロルは片手をつき、うめいた。それから「チクショウ！」と言った。そのひと言を聞いて、セラの全身を安堵の波がめぐった。キャロルは意識があるうえに、怒っている。いい兆候だ。

バーブが顔をあげた。ふだんなら慌てふためく人が驚くほど冷静だ。「あなたが来てくれて助かったわ、マイク。彼女を動かすのに手が必要だもの」

「どういうこと？」セラは膝をついた。「痛むの？」キャロルを動かして大丈夫だろうか？ そうであってほしい。ほかにどうする？ 脚が治るまでここに寝かせておく？

キャロルは目を開けてセラを見た。まなざしからも、口を引き結んだ表情からも、痛みがひどいのがわかる。「階段の上でバランスを失った。クロゼットから冬物を出して、虫干ししようと思ってね。じきに必要になるでしょ。じきに雪が降るから準備をしとかなきゃ」言うことがややまとまりを欠いている。「バカタレ！ 自分で自分がいやになる。階段から落ちるなんて、そこまで耄碌(もうろく)――」痛みに顔を歪(ゆが)めた。「もうじき七十になるけど、骨の一本も折ったことなかった。それがよりによってこんなときに、そう言いたいんでしょ？」

「どうすればいい？」オリビアが泣きそうな声で言った。「どうしよう、どうしよう！」

マイクがキャロルのかたわらにしゃがみ込み、オリビアに言った。「彼女なら大丈夫だからね。おれの見立てじゃ脚の骨が折れているとしても、単純骨折だ。救急救命士を呼んで調べてもらうが、おれの見立てどおりだと思うよ」

セラはヒステリーを起こしかけていたが、なんとかこらえた。これぐらいですんでよかったと思えばいい。うろたえてはならない。キャロルの骨は折れているかもしれないけれど、複雑骨折ではなかった。十一月にしてはあたたかいから、キャロルはジーンズやスウェットパンツではなくカプリパンツを穿(は)いていた。骨が外に突き出していたり、皮膚が破れていたら、きっとパニックになっていた。複雑骨折は手術しないと大変なことになるからだ。

この事態を収拾するのは自分の役目だ、とセラは思った。

「彼女をソファに移したいんだけど、マイク、どうすればいちばんいいと思う？　キルトにくるんで持ち上げるのがいい？　吊(つ)り包帯みたいにして」

「そんな必要ない」マイクは言い、キャロルの肩の下に腕を差し込んで起き上がらせた。

バーブがソファに毛布を広げ、枕を用意した。セラとマイクが両側から支え、オリビアが背後から服を引っ張り、三人がかりでキャロルを立たせた。

キャロルは立ち上がると、左足に体重をかけ、右足を持ち上げた。膝から下がすでに腫れあがり、あざになっていた。あまりいい兆候ではない。それから三人で彼女を支え、なんとかソファまで移動すると、キャロルをそっとソファに寝かせた。いずれは何人かの手を借りてキャロルをベッドルームに移動させることになるが、とりあえずはこれで手当ができる。

ソファに寝かせられると、キャロルはうめき、また目を閉じた。

バーブが頭に枕を当ててやり、膝の下にも枕をあてがった。「脚を固定してあげておく必要があるわ」

「前にやってあげたことあるの？」セラは尋ねた。

バーブはため息をつき、キャロルの右足の下に別の枕をあてがった。「ええ、ハロルドがキャンプ旅行で脚を折ったことがあったのよ。ひどいもんだったから、どっちにとってもトラウマになった。でも、結果オーライだったわ。氷があったらねえ。腫れがひくから」

癒しの天使がいてくれたらと願うようなものだ。氷はひとかけらだってない。でも、冷たい水ならある。小川から汲んでくる水は氷のように冷たいのだから。「オリビア、タオルを濡らしてきて。冷たい水で冷やせばいいから。ほかには、バーブ？」

「脚を固定する副木。最低でも二か月は当てておかないと」

キャロルがぱっと目を開け、起き上がろうとしたものの、できなかった。うめいて背中を戻し、手を脇腹に当てた。肋骨も折れているの？　それもまた心配だ。「二か月？　冗談でしょ」目を閉じる。「脚がとんでもなく痛い。体中痛いけど、脚がいちばん痛い」手を側頭部に当てたとたん、鋭く息を吸い込んだ。「やだ、頭も打ったみたい。血が出ていない？」みなに見えるように頭を動かした。

「出てない」と、オリビア。「いいことなのよね？」まだ泣きそうだ。

つぎはオリビアの番だ。キャロルはとりあえず落ち着いたから、つぎはオリビアを安心させてやらないと。いたわってやる必要がある。「大丈夫、おばあちゃんはよくなるわよ。いつもどおり癇癪を起こしているでしょ。それはとっても好ましい兆候よ」

「あたしがここにいないみたいな言い方、やめてちょうだい」

バーブがセラの腕に手をやった。「去年、手術を受けたときにもらった鎮静剤がまだ残ってるわ」急いで階段に向かったが、階段の下まで行くと歩を緩め、慎重にのぼっていった。

オリビアは床に腰をおろし、キャロルのお腹にそっと頭を休めた。「きっとよくなるよ」キャロルがその頭を撫でる。セラはそのとき彼女の腕に擦り傷があるのに気づいた。たいした傷ではないが、手当てしないと。キャロルはそうとうひどい落ち方をしたのだ。大きなけがは骨折だけですんだのだから、運がよかった。

マイクが言った。「テリーを呼んでくる」テリー・モリスは消防団の救急救命士だ。「すぐに戻るから」そう言って出ていった。

「あたしなら大丈夫だからね」オリビアの頭を撫でるうちに、キャロルの声からとげとげしさが消えた。「落ちた自分にむかついた(ピスト・オフ)だけ」

オリビアの前で〝小便(ピスト)〟なんて言葉を使うのだから、大丈夫とは言えないだろう。

バーブが階段をゆっくりとおりてきた。医療を受けられないいまは、誰もが気をつけなければならない。バーブはキッチンに寄って水のグラスを持ってくると、キャロルに薬を一錠渡した。キャロルは頭をあげて薬を口に入れ、水を飲んだ。

セラが言う。「オリビア、濡れタオルを持ってきて、それから乾いたタオルも。脚の下に敷けば毛布を濡らさずにすむから」オリビアは急いで取りにいった。

それで、つぎはなにをすればいい？　副木に使えそうなものは？　近所に松葉杖(づえ)を持っている人がいそうだし、ミセス・アームストロングのところには、母親が同居していたとき使っていたポータブルトイレがまだあるはず。身も蓋(ふた)もない話だが、下(シモ)の問題は切実だ。

いろんなことに思いをめぐらせていると、キャロルが言った。「あなたにあとを任せるからね」

「あとを任せるって？」ここに越してこいと言ってるの？　いい考えではある。最初の数日はここにいるべきだろう。痛がる人の看病を、バーブとオリビアだけに押しつけられない。

「すべてをよ」キャロルが弱々しい声で言う。「あたしは選挙で選ばれたわけだし、あなたは補佐役にすぎない。それはわかっているけど、あたしはこんなだから、あしたも来週も集会に出られないでしょ」

セラがとっさに反論する前に、キャロルがつづけた。「脚がほんとうに痛いんだもの。オリビアにはこういう姿を見せたくない。でも、バーブの鎮静剤をしばらく服むことになるから、頭がぼうっとすると思うのよね」頭の傷にそっと触れる。「どの程度のけがかわからないけど、階段から転げ落ちて気を失ってたのよ。だから、しばらくはまともな判断ができないと思うの」

セラは考える前に言った。「ほかの誰かに――」そこで言葉を切り、避けられない事態に腹を括るしかないのかと思った。

「ウェアーズ・ヴァレーをテディに任せていいと思うの？」キャロルが詰め寄る。

いいえ、思わない。

「権力の座を虎視眈々と狙っているような人よ」

その地位になんらかの権力が付随しているような言い方だが、それよりは住人の〝面倒をみる〟という感じだ。それでも彼はやりたがるだろう。「いまだけよ」セラは言った。「おばさんのことだから、すぐに復帰するわよ」

「あら、そうは思わない」キャロルは顔をしかめて目を閉じ、怒りの「クソッ！」を小声で言ったところに、オリビアが戻ってきた。

テリー・モリスがやってきて、キャロルの脚を触診した。膝から下の骨が二本とも折れているが、単純骨折で、折れた部分がずれてはいない、という診断だった。だが、脚を固定する必要がある。テリーは短い板二本を副木にして、オリビアが提供した古いTシャツ何枚かを裂いて副木を縛った。ソファからベッドへと移されるあいだ、キャロルは悪態を吐き散らした。もっぱら自分自身に。ふだんの彼女は孫の手本になるべく、孫の前では言葉に気をつけているが、激しい痛みのせいで自分を抑えるのが間に合わなかった。もっとも、彼女が口にしたような言葉を、オリビアはほかでさんざん耳にしている。ただ、祖母が口にするのを聞いたことがなかっただけだ。

キャロルがベッドに落ち着くと、セラはマイクやテリーについて玄関を出た。当分、キャロルの代役を務めると話しておいたほうがいいだろう。

バーブの鎮静剤が効いてきたせいで頭がぼんやりしていたが、キャロルの思考力は健在だった。セラが出ていきドアが閉まる音を聞いたあと、オリビアとバーブの手を取った。

「二人には心配かけたくないの。たしかに痛いし、この痛みは当分つづくだろうと思う。それは嘘じゃない。でも、あたしなら大丈夫」ワインを飲みすぎたときみたいに頭がくらくらしていた。ワインを飲まないいまはそういうこともなくなった。彼女は酒に弱い。オリビアもそうだろうから、酒には充分に気をつけてほしかった。

「でも、おばあちゃん――」

キャロルはオリビアの手をぎゅっと握って無理に笑ってみせた。「嘘じゃないわよ、あたしなら大丈夫、じきに治るわよ」

キャロルはつぎにバーブと視線を合わせた。「そこでね、あなたたちに言っておきたいの。コミュニティの組織をまとめる役割は、最初からセラが担うべきだった。あたしは歳だし、すぐカッとなるしね、それに実際のところ、いいアイディアはみんな彼女が出したものなの。彼女にはちょっと背中を押してくれる人が必要なだけ。セラがそばにいるときには、あたし、大げさにあれができない、これが無理って言うけど、どうか心配しないでちょうだい」

「おばあちゃんったら！」オリビアが呆れた顔をした。「セラに嘘をつけって言うの？」

「嘘じゃないわよ。大げさにするだけ」と、キャロル。

「階段から転がり落ちて最初に考えたのが、セラに望まないことをやらせるのに、けがを利用しようってことだったの？」バーブが尋ねた。

「まさか、ちがうわよ。二番目か三番目に考えたこと」この危機的状態が彼女に教えてくれたことのひとつが、逆境を糧としろ、ということだった。いまやろうとしているのがそれだ。「四番目だったかも」

「あなたの小鳥に巣立ちさせるってことね」バーブはわかってくれたらしく、にやにやして目をくるっと回した。

鎮静剤が効いてきて、キャロルは目を閉じた。世界が回りはじめたからだ。つぎは半錠にしておこう。効き目は充分だし、長く持たせられる。

「セラは自分で思っているよりずっと強いし、そう、ちょっと押してやる必要がある」これからの数週間は綱渡りになりそうだ。自分を実際よりも弱々しく見せながらも、セラを心配させすぎてはならない。セラが期待どおりにやれないようなら、骨折が治りしだい現役復帰すればいい。

でも、セラが能力をちゃんと発揮して、自分もまわりの人たちも納得させられたら――願ってもないことで、脚を折った甲斐(かい)があるというものだ。

11

　ジム・リビングストンは寝苦しい夜をすごしていた。眠れないのは仕方ない。ただ、悶々(もんもん)として寝返りを打つたび、メアリー・アリスを起こしたのではないかと心配になる。太陽嵐のせいで発電所がダウンして以来ずっと、彼は眠れなかったが、妻は毎晩ぐっすり眠っていた。昔からそうだ。嵐が吹き荒れようが、心配事があろうが眠れる。そんな彼女も、一人息子のダニーが亡くなった直後は眠れぬ夜をすごしていた。二人とも胸が張り裂け、まんじりともせずに朝を迎えた。メアリー・アリスを動揺させないように、泣きたくなるとベッドを抜け出した。だが、彼女はわかっていたようで、ベッドに戻った彼をいつも以上にしっかりと抱きしめてくれたものだ。

　子供とはそういうものだ。生まれたとき、親の心の一部を持ってゆき、二度と返してくれない。亡くなって三十年以上経(た)っても、彼はいまだに息子が恋しくてたまらなかった。独身のままで逝った息子、子供を持つことなく逝った息子がかわいそうでならない。亡くなったとき、まだ二十代だった。ジムと妻は二人きりだ。愛し、守り、甘やかしてやれる嫁も孫もいない。親戚はほとんど亡くなり、残っているのは縁の薄い者たちばかりで、名前も知らないし、訪ねてこられても親戚だとはわからないだろう。古い友人たちも亡くなってしまった。親しく行き来できる親戚や友だちがいないので、メアリー・アリスは淋しい思いをしている。

彼女がベン・ジャーニガンにあれほど惹かれているのは、ダニーのせいではないかと思ったこともあった。ダニーも軍隊にいた。ダニーとベン・ジャーニガンはまるで似ていないし、ジャーニガンのことは誰も知らないようだが、ひとつたしかなのは、彼が骨の髄まで軍人だということだ。歩き方にそれが出ている。歩幅が広く、足底でしっかり地面を踏みしめ、背筋がぴしっと伸びている。それに、〝舐めたら承知しないぜ〟と言っている目。ジムもダニーも進んで入隊し、ほかの人たちの安全と安心のために喜んで自分を捧げた。ダニーの場合は命まで捧げてしまった。ジャーニガンは生き残ったが、死者を連れ歩いている。

メアリー・アリスにはそこまで見えていない。軍人あがりだとは思っているようだが。ひと目で彼を好きになり、初対面でディナーに誘った。メアリー・アリスは誰にでも親切だが、それにしても度が過ぎる。先週、ジャーニガンが立ち寄ったときの彼女の嬉しそうな顔ときたら。おまえの好きなようにしていい、と彼が言ったら、メアリー・アリスのことだから、ジャーニガンにこっちに引っ越してきてくれと頼むだろう。年寄り二人のところになんて、ジャーニガンが越してくるわけがない。

ジムはまた寝返りを打った。そういえば、ジャネットから聞いたのだが、きのう、キャロル・アレンが脚を折ったそうだ。困ったことになった。キャロルのけがのこともだが、彼女はコミュニティリーダーに選ばれたし、彼女には人を動かす力がある。ありていに言えば、有無を言わせずに人を動かすのだが。誰が彼女の代わりを務めるのだろう。姪のセラはやさしい人だが、自分から前に出るタイプではない。ほかの誰かがあたらしいリーダーになるのだろう――。

コトン。

凍りついた。音に意識が向かい、全身の筋肉が張り詰めた。眠っていたら、その音に気づかなかっただろう。電気がついていたら――熱や空気がめぐる音、冷蔵庫のうなりやおかしな音、メアリー・アリスに直してと頼まれながら何か月も放っておいた音がしていたはずだから――その音に気づかなかっただろう。だが、停電しているからなんの音もせず、灯りもついていない。だから聞こえたのだ。動悸が激しくなり、彼は警戒態勢に入った。

そっとベッドから出ると、ベッドサイドの引き出しからピストルと懐中電灯を取り出した。ベッドの足元を回ってドアまで行き、懐中電灯をつけて光を下に向け、手をかぶせて光をさえぎった。家の中がこれほど暗くなければ、そもそも灯りは必要ないのだが、それでも、侵入者より優位な立場にある。この家に住んで四十年、隅から隅まで知り尽くしている。

灯りはごく弱く、彼はできるだけ静かに動いたつもりだったが、メアリー・アリスが目を覚まして起き上がった。彼は即座に「シーッ」と言い、妻がその声で彼だとわかってくれることを願った。家の中にいる何者かに声が聞こえて、起きていることがばれないことを願った。

彼は手を妻のほうに向けて、じっとしていろ、と合図し、口に指を立てた。

彼女はちゃんと聞いたためしがない。それにいつだって人の言うとおりにしたためしがない。まったく。彼女は静かにベッドを抜け出し、彼の背後にぴたりとついた。下の廊下からコトンという音がまた聞こえると、彼女がそっとベンの背中に手を当てた。

ベッドルームのドアは開けっぱなしだった。二人暮らしなのだから、閉める理由がない。停電になる前だったら911に通報し、ドアを閉めて鍵をかけ、メアリー・アリスを連れてバスルームにこもり、鍵をかけて、警察が到着するのを待っただろう。彼は八十だ。ピストルを持ってはいるが、実際に撃ったことは数えるほどしかなかった。身を守るために持っていてよかったと思うが――誰を撃つんだ？　撃とうなんて思ったことはなかった。

また音がした。やわらかなコトンという音、引き出しをそっと閉める音のようだ。音のする方向から、侵入者はキッチンにいるらしい。食料はむろんそこにある。空腹のあまり人の家に押し入った人間を撃ちたくはなかった、だが――食料は乏しい。人にくれてやるほどない。食料を盗まれたら、友だちや隣人に頼らねばならず、彼らだって蓄えはそう多くない。いまある食料を失うことは、生きるか死ぬかの問題だ。

怖がらせて追い出す、それだけだ。家には人がいて武器を持っているとわかれば、侵入者は逃げ出すはずだ。

裸足(はだし)だから冷たいタイルで足音をたてることなく短い廊下を進んだ。メアリー・アリスがぴたりとついてくる。キッチンからまた音がした。どうやら別の引き出しを開け閉めしたのだろう。声をあげて怖がらせようかと思った。だが、侵入者がすでに食料を袋詰めしており、それを持って逃げ出したら？　侵入者も武器を持っていて、狭い廊下に出てきたら？　こっちが格好の的になる。だから、キッチンの入り口まで行って、大声を張りあげた。「動くな！」懐中電灯を掲げ、驚く侵入者の顔に光を当てた。

浮かび上がったのは中年男、見たことのない顔だ。驚いて裏口に走ると思った。ところが、侵入者は飛びかかってきた。ウェストバンドからピストルを抜く。だが、ジムはすでにピストルを構えていたし、メアリー・アリスがすぐ後ろにいる。妻を守らなければ。それは考えというより本能だった。本能に突き動かされ、侵入者の手のピストルを目にするより前に引き金を引いた。

侵入者も発砲したが腕をあげる途中だったので、弾はそれて左の壁に当たった。メアリー・アリスが悲鳴をあげる。ジムはもう一発撃った。

侵入者が倒れざまに椅子をひっくり返し、それがゴミ箱に当たった。

メアリー・アリスは両手で口を覆いながら悲鳴をあげつづけた。ジムは振り返って彼女を抱いた。驚いたことに自分の体がひどく震えている。腕の中の妻よりも激しい震え方だった。ピストルを落としてしまう前にカウンターにそっと置いた。それからまた妻を抱き寄せ、二人して震えつづけた。

セラはその晩、キャロルの家に泊まって看病をつづけた。バーブに任せるのは申し訳なかったからだ。彼女の部屋は二階だから、キャロルの様子を見に何度も階段をのぼったりおりたりしなければならない。それに、キャロルがなにか馬鹿なこと——一人でベッドから出ようとするとか——をしでかそうとしたら、オリビアには止められない。だから、セラがキャロルの部屋の床に即席の寝床を作って寝ることにした。

キャロルが反対しないわけがない。すごい剣幕で何度も。セラは言い返した。「もしわたしが脚を折って寝ついたら、おばさんはどうする?」

キャロルが睨(にら)む。なんだかおかしな表情だった。鎮静剤でぼうっとなっているので、酸っぱい野生リンゴを食べたみたいな顔になった。セラは笑いを嚙(か)み殺して灯りを消し、寝床に横になった。キャロルのヨガマットの上に寝袋を置き、キルトを半分に折って敷いた寝床は、まずまず快適だった。枕もあるし。暖炉の熱が伝わってくるようにドアは開けてある。何度も起きることになるだろうが、眠れるときに眠っておこう。

寝返りを打つと楽になった。うとうとしかかったとき、キャロルが言った。「あたしは一人で大丈夫なのに。ベッドから出てバスルームに行けないことぐらいわかってる。そんな床の上で眠れるわけないじゃないの――」

「眠りかけたらおばさんがしゃべるんだもの」セラはきっぱりと釘を刺した。「シーッ」

ベッドから押し殺したうめき声が聞こえた。そのうち寝息がゆっくり、深くなった。ストレスの多い一日だったから、セラも眠りに落ちた。むろんぐっすりは眠れなかった。夜中に三度起きて、暖炉に薪を足した。キャロルに手を貸して、ベッドの横に置いたポータブルトイレを使わせた。キャロルが寝苦しそうにするので、鎮静剤をもう一錠服ませた。

よく眠れないので夜明け前に起き出し、暖炉で湯を沸かしてコーヒーを淹れた。急いで着替えるとテーブルについて、子供たちを教える教室の設置についてメモを書いた。二、三週間もすればキャロルの脚の痛みが引くだろうから、教室のひとつをここに置けばいい。なにかしていればキャロルの気が紛れるし、子供たちもキャロルの手足になって助けてくれるだろう。一挙両得だ。

インスタントコーヒーを半分ほど飲んだところに、玄関から重たい足音が聞こえた。ぎょっとして玄関に飛び出した。訪問者が玄関のドアを叩いてキャロルを起こしてしまう前に、「どなた?」とセラから声をかけ、ドアに耳を押し当て、声をあげまいと口に手を当てた。

「マイクだ」

すぐに鍵を開けて彼を招き入れた。彼の表情は険しく、慌てて着たらしく服が歪んでいた。

セラは口に指を当て、話し声でキャロルを起こしてしまわないように、ベッドルームのドアを閉めに行った。「なにがあったの？」なにかあったにちがいない。それも悪いことが。

「二時間ほど前、リビングストン夫妻の家に何者かが押し入った。ジムがそいつを撃ち殺した」

「まあ、なんてこと」ショックでいてもたってもいられない。キャロルはむろん出かけられないから、セラが行かねばならない。マイクもそう思っているのが表情からわかった。

彼の分のインスタントコーヒーを淹れ――彼がほっとした顔をする――二階にあがってオリビアを起こした。

「緊急事態が発生して、わたしはマイクと出かけなきゃならないの」寝ぼけ眼の少女に小声で言った。「服を着替えて下にいてちょうだい。おばあちゃんの声が聞こえるように。なんならわたしの寝床で寝てもいいから」

「わかった」オリビアはあくびをし、ベッドを出た。セラはすぐに階段をおりた。マイクは暖炉で背中をあたためながらコーヒーを飲んでいた。

「リビングストン夫妻にけがはなかったの？」セラは靴とコートを身に着けた。

「ああ。だが、ひどくショックを受けている」

「何者なの？」

「名前はフィル・ミラード。ナッシュヴィルから来たらしい。運転免許証を持ってた」

ナッシュヴィルまで三百キロ以上ある。押し入られたこともだが、侵入者がインターステートをまっすぐ南下せず、わざわざ渓谷にやってきたことが恐ろしい。どうしてここへ？　なにが目的だったの？　いまとなってはわからないが、そのことが気になる。

オリビアがあくびしながら階段をおりてきた。パジャマにジャケットを羽織っている。セラは彼女に言った。「いつごろ帰れるかわからない。三時間前に、おばあちゃんには鎮静剤を一錠服ませたから、当分眠っているはず」

「わかった」オリビアが祖母の部屋にそっと入っていくのを見届け、セラはマイクと玄関を出た。オリビアが寝ぼけていてなにも尋ねなかったのが救いだ。セラ自身、疑問が頭に渦巻き、返事どころではなかったからだ。マイクが語ってくれたおおまかなこと以外なにも伝えられず、家族を不安にさせたくはない。

夜明け前の戸外は気温が低く吐く息が白く見える。懐中電灯で足元を照らしながら急ぎ足になる。「ジムは女房を隣の家に連れていき、隣の家の住人がパトロール・チームに連絡した」マイクが言う。「誰か一人をセヴィアヴィルにやって、保安官事務所に人がいるかどうか確認させようか」

「人がいたとしても、来てくれるかどうか」郡のパトカーを最後に見てから何週間も経つし、それまでもめったに見かけなかった。

「死体を引き取ってもらえる――」マイクの言葉が先細りになった。それが無理なことだと気づいたのだとわかる。保安官事務所にできることはなにもないのだから、こっちでなんとかするしかないのだ。法執行機関はどこも機能しておらず、捜査をする人間もいない。遺族に知らせようもなかった。

「彼の身分証を残しておいて、写真を撮り、事件のあらましを記録し、ここに彼を埋葬する」セラは無力感を覚えながら言った。彼らにできるのは、死者のために祈りを捧げることぐらいだ。

マイクがうなずいた。セラの意見を指示と受け止めている。そう気づいてセラは愕然（がくぜん）とした。セラがキャロルの後釜になったと、疑いもなく思っているのだ。キャロルがきのう、そのことを口にした場に、彼はいなかったのに、いともすんなりそういう結論に達しているなんて。まわりの人たちは、セラが自分で思っている以上に彼女に信頼を寄せているということだ。

これはじっくり考えてみる必要がある――あとで。いまはこの重大事に対処しなければならない。

リビングストン夫妻の家のまわりには、たくさんの懐中電灯と狩猟用ランタンの光が動きまわっていた。庭も通りも人でいっぱいだった。近隣の住人がすべて集まっているようだ。パトロール・チームのメンバーも何人かいた。

「それじゃ、片付けてしまいましょう」セラはマイクにささやき、気持ちを引き締めてリビングストン夫妻の家に入った。中はやはり人がいっぱいで、リビングルームに何人かいたが、大半はキッチンに集まっていた。

「こっちだ」誰かがキッチンを指さしたので、セラとマイクは戸棚沿いや小さなテーブルを囲む人の輪に入った。死体は床の真ん中に向こう向きの無様な格好で横たわっていた。椅子とゴミ箱が倒れたままだ。死の臭いが充満し、セラは口呼吸に切り替えた。

シンクに寄りかかっていたトレイ・フォスターが彼女に気づき、まっすぐ立って言った。

「なにも動かしちゃいない。こいつのピストルはあっちに転がっている。誰も触っていない。こいつの撃ち損ねた弾が壁に埋まってる」

みんなテレビドラマで警察の捜査手順を観（み）て知っているから、犯罪に使われた武器には誰も手を触れなかった。こんなときでなければ、セラはにっこりしていただろう。だがいまは、死体を見ないようにし、彼女を囲む人たちが指示を待っていることに意識を向けた。

「わたしたちにできることはあまりないわね」セラは言った。「ここにスマホを持ってる人いない？　いないの？　だったら、持ってる人を探してこの男の写真を撮ってちょうだい。壁の銃痕の写真も。カメラがあればそれに越したことないけど。わたしはジムとメアリー・アリスに話を聞いて、事件の詳細を書き留めておくわ」ほかにやるべきことはないだろうか。誰か一人ぐらい、率先して代わりを務めてくれる人がいないの？　いなかった。

「この男の指紋を採れないかしら？　何かの役にたつのかわからないけれど、採っておいて損はないと思う」

数人が肩をすくめた。数年前に森林警備隊を辞めた男が言った。「索引カードと、鉛筆かインクの黒鉛があればなんとか」

女性の一人が言う。「メアリー・アリスが書類を捨てるときに、個人情報を黒く塗りつぶすのに使ってたロール状のやつ。どこにしまってあるのか、彼女に訊いてくるわね」女性は人込みを掻き分け、出ていった。

「ほかにあるかしら？　彼を埋葬すること以外に」セラはぐるっと見まわした。

「ほかに考えつかないな」マイクが言う。「それでいいと思う」

セラとマイクは死体に目をやった。「盗みに入ってそこに住む老夫婦を殺そうとするような奴のために、貴重な木材で棺桶を作るのは気が進まないが、穴にそのまま放り込むのはいけない気がするから、作ってやるとしよう。棺桶に防水加工は施せないから、水を汚染しない場所に埋めないとな」

マイクの現実的な見方にセラは目をぱちくりさせた。だが、短期、長期にかかわらず、難局を切り抜けるためには現実的になる必要がある。

「写真と指紋のほうをあなたがやってくれたら、わたしはジムとメアリー・アリスから話を聞いてくるわ」

隣家を訪ねると、ジムとメアリー・アリスはリビングルームで一枚のキルトに二人でくるまっていた。どちらも裸足、ジムはパジャマ、メアリー・アリスはナイトガウン姿だった。この家に暖炉はない。どうやって暖をとっているのか心配になる。この一件が片付いたら尋ねてみよう、とセラは頭の中にメモした。

まわりにいる人からペンと紙を借りると、セラは夫婦のかたわらに座った。

「おれは刑務所に入るのか?」ジムが声を震わせた。

「まさか、いいえ」セラは即答した。「あなたは自分と奥さんを守るために、すべきことをしただけです」ほかのとき、ほかの場所でなら、彼の心配は杞憂に終わるだろうが、いまここではそうはいかない。彼の正当性を立証してくれるものはないのだから。

メアリー・アリスがわっと泣き出し、夫にしがみついた。「ああ、よかった、よかったこと」何度も言った。

セラはほかに思いついたことがあり、その一方でこれが最後の思いつきでありますようにと願った。立ち上がり、キッチンに集まっている女性たちのもとへ行った。キャンプストーブでコーヒーポットをあたためている。セラは声をひそめた。「お隣から死体を運び出したあと、誰かキッチンを掃除してくれませんか。メアリー・アリスにはとても無理だもの」

「あたしがやる」一人が言った。「ジャネット・シーホーン。ここに住んでるの。二人のためならなんだってやるわよ。ほんとうにいい人たちだもの」

チャンスは向こうからやってくる……。「お目にかかれて嬉しいわ、ジャネット。あの、この家の暖房はどうしているの？」

ジャネットは顔をしかめた。「どうもしてない。おなじ通りに住む友人が、冬になったら移ってこいって言ってくれてるの。ガスストーブも暖炉もあるから。でも、すでに親戚が移ってきてるからすし詰め状態なのよ。いまのところは、たくさん着込んで、毛布にくるまってるわ。だから家にいるときは、あまり動かなくなるわね」

「それも手ね」ここだけの問題ではない。渓谷には暖炉のない家がいくらでもある。だったら……火鉢は？　本で読んだことがある。グリルも火鉢の一種だが、炭を燃やすので一酸化炭素中毒の恐れがある。耐火性の容器に網を置いて薪を燃やせないだろうか。それならどこの家でも使える。

だがその前に、動揺している老夫婦と男の死体をなんとかしないと。ジムとメアリー・アリスのところに戻り、彼らの話をすべて書き留め、いくつか質問を挟む以外、もっぱら聞き役に徹した。セラは捜査官ではないし、質問の仕方もわからない。それより、彼らに話をさせることで気持ちを落ち着かせたかった。「まさか自分が人殺しになろうとは」ジムが宙を見つめながら言った。「思ったこともない。息子のダニーは兵隊だった——亡くなったんだがね——入隊するとき、おれは心配したよ。誰かに向かって引き金を引くことになるんじゃないかってね。そのことを一度だけ口にした。すると息子は言ったよ。父さん、やるべきことをやるだけだよ」

「あなたもそうですよ」セラは彼の手に手を重ね、なんと弱々しいのだろう、と思った。かつてこの手は大きく力強かったのだろうが、いまは骨が触れるほど細い。「やるべきことをやったんです。メアリー・アリスを守った」

夫の肩にもたれていたメアリー・アリスが顔をあげた。「そうよ」

ここでほかにやることがないと思ったので、セラはリビングストン夫妻の家に戻った。日が昇り、枯れた草に降りた霜を輝かせていた。トレイが指紋を採ってくれたことを、マイクから聞いた。数人の女性が漂白剤を使ってキッチンの掃除をしていた。当分のあいだ、リビングストン夫妻はここにいても落ち着かないだろうから、しばらく友人か隣人の家に厄介になるのも手だが、なんといってもここは彼らのわが家だ。

ここにも暖炉がなかった。

「できることはやったわね」セラは言った。「きょう一日は、近所の人たちが二人の面倒を見てくれるでしょう」

この事件のおかげで、頭の中のやるべきことリストのトップに躍り出たのがガソリンの分配だった。渓谷には陶工の一人ぐらいはいるだろうから、ガソリンを使って陶器の火鉢を作る窯に火を熾せばいい。陶工がいなければいないでなんとかしよう。暖房がなければ冬を越せない。それに、劣化する前にガソリンを使う必要がある。よそ者が渓谷に入り込んできているから、パトロールを強化する必要があり、車を使えれば効率があがるだろう。侵入者は死んだ男一人ということはないだろうし、略奪目的で来る者も、そのためには手段を選ばない者だっているだろう。

パトロール・チームのメンバーのうち、きょうが当番だった人以外は家でそろそろ起き出すころだから、この事件のことはまだ知らない。「あまり時間がないのはわかってるけど、パトロール・チームのメンバーに知らせてほしいの。きょうの集会にかならず出るようにって」セラは言った。「いつもの打ち合わせのあとで、話しておきたいことがあるから。大事なことなの」

マイクはうなずき、尋ねた。「なにを企ててるんだ?」

「いまはまだ言えない。みんなが集まったところで言いたいの」彼がまたしても指示に従ったので、セラは不思議に思わずにいられなかった。わたしがリーダーであることに、どうして誰も疑いを持たないの？　みんなに車で来るよう言おうと思った。その場で給油できるからだが、まだ貯蔵タンクからガソリンを汲み上げるポンプの手配がついていないので言うのはやめた。二度手間になったらガソリンの無駄になる。ガソリンの汲み上げができるようになってから来てもらえばいい。一度に一歩。セラはそう自分に言い聞かせた。一度に一歩。そうすればつまずいて顔から突っ伏すこともない。

12

ベンは曙光（しょこう）とともに目覚め、犬の散歩に出かけ、戻るとコーヒーを淹（い）れ、一人と一匹の朝食を用意した。朝の空には雲ひとつなく、大気は冷えびえとしていた。土にも茂みや落ち葉にも霜が降っていた。

きょうは特別な任務があった。

前日の午後、薪（まき）の山を調べたところ、冬を越せるだけの量があるのはほぼ確実だったが、余分に作っておくのもよかろうと思った。冬が長引いた場合、いま薪を割っておけば乾かす時間がとれる。〝ほぼ確実〟では充分と言えないのだ。電気が数か月以内に復旧するとは思えないし、来年中に復旧するかどうかも怪しい。そのときが来てみないとわからないのだから、それまでは、ずっと停電のままだと思って準備を怠らないことだ。つまり、薪割りをずっとつづけるということだ。

チェーンソーに備蓄したガソリンを少々入れ、ジャケットと手袋と安全眼鏡、それにブーツで身支度を整えた。木を伐（き）るときはけっして油断しないが、慎重な人間だって災難に見舞われる。一人暮らしには特別な警戒と慎重さが必要だ。足を滑らせてけがをしたら、手当てを受けられるかどうかは運任せということになる――それだって送電線が切れる前の話だ。いまや救急車も呼べない。

余分の薪を作るならヒッコリーにかぎる。高密度だから長く燃える。ただし、高密度だから伐るのも割るのも難しい。カエデやオークは主力選手で、ヒッコリーは肉を焼いたり燻製にしたりするときの特別な控え選手だ。ゆっくりと燻るヒッコリーの煙が、肉に香りをまとわせる。

ヒッコリーを見つけるのは難しくないが、手ごろな大きさで、いい場所にあるヒッコリーを見つけるには歩きまわらねばならない。伐り倒した木が別の木に引っかかって宙吊りになったら、いつ誰の頭の上に落ちてくるかわからない。一キロほど歩いてようやく、持っているチェーンソーで伐ることができそうな頃合いの大きさの木が見つかった。正確に伐れば障害物のない場所へと倒れていくだろう。

作業に取りかかる前にジャケットを脱いで脇に放った。体に密着していない服はチェーンソーとの相性がよろしくない。まず倒す方向に受け口を切り、反対側に回って追い口を切った。

切るのをやめようと思った矢先、宇宙全般にはびこる〝よくないこともたまに起きるさ〟法則が作動した。

どういうわけか、彼が構えの姿勢をとる前に木が倒れはじめ、それもねじれながら倒れたものだから、割れた幹の根元が彼のほうに向かってきた。とっさにわが身をかばった。チェーンソーを片側に放ると同時に、状態をひねりながら反対側に身を躍らせたので、木は肩の後ろを掠って倒れた。まともに受けていたら木は彼の胸を直撃し、胸骨が潰れていただろう。チェーンソーは彼が手を放したとたんにブレーキがかかるようになっているが、それでもギザギザの刃の上に倒れ込むのはご免だから、傾斜のある林床に倒れて転がり、大きな岩にぶつかって止まった。

「クソッタレ！」なんとか立ち上がり、服や肌についた落ち葉と小枝と泥を払った。体を動かしたり回したりして、各部位が正常に動くことを確認した。肩の後ろだけはラバに蹴られたような感じだ。ボディーアーマーで守られた胸に銃弾を浴びるほどではないが、ひどいことに変わりはない。チェーンソーを回収しに行く。チェーンソーはチェーンを上にして茂みに寄っかかっていた。チェーンの泥を落とす必要はない。スイッチを押すと息を吹き返した。

スイッチを切り、状態を調べる。木は彼をひどい目に遭わせたが、きれいに倒れているので作業に戻れる。背中を熱いものが流れ落ちる感触があるから、木に擦られて皮膚が破れたのだろう。だが、たいしたことはない。もっとひどいけがを負いながら戦闘を続行したこともある。もっとも腹はたっていた。木に対しても、自分自身に対しても。なにかまずいことをしたのなら、それがなんだったのか知りたい。そうすれば二度としないですむ。頭の中で反芻してみたが、思い当たる節はなかった。いつもとちがうことはしていない。

丁寧に枝を払う作業を午前中いっぱいつづけた。肩は痛み、流れた血を吸ったシャツが背中にへばりついたが、どちらも無視した。枝払いが終わると、胃袋はなにか食わせろと言い、頭は犬を外に出してやれと言った。太い幹を切り分けるのは午後にしよう。

家に戻り、犬を用足しのため外に出した。犬は用を足すと駆け戻ってきて、入れてくれと吠えた。猟犬だろうとなかろうと、子犬は家の中が好きだ。人といるのが好きだ。ベンはシチューを食べ、シャワーを浴びようと服を脱いだ。作業で汗をかいているばかりか、背中から血がまだ出ていた。バスルームの鏡に背中を向け、肩越しにけがの具合を見る。

血が広がっているのではっきりとは言えないが、傷口から察するに、木が掠った衝撃で皮膚が割れたようだ。周囲が腫れてあざになり、血が出ている。一、二針縫ったほうがよさそうだが、渓谷まで出かけていって、縫ってくれる人を探す気はない。このままにすれば醜い傷跡が残りそうだが、治ることは治る。

シャワーを浴びた。短く切り上げたが、それでもお湯が心地よかった。むろん出血はひどくなった。バスルームの戸棚からガーゼを取り出し、何重にも折って抗生物質の軟膏をつけ、何度かはずしたのちに傷口を覆う場所に当てることができた。つぎにガーゼがぴったり貼りつくように背中をドア枠に押し当てた。これでよし。応急処置は終わった。家中に血を撒き散らすことはなくなった。

フランネルのシャツと洗い立てのジーンズに着替え、血を吸った服をバスタブに入れて水を流して吸わせた。それからコーヒーを淹れ、しばらく座って読書した。けがはしたが、午前の作業は満足のいくものだった。

セラは深く息を吸い込んだ。店には六、七十人が集まっていた。知っている顔もいるが、初対面の人もいる。パトロール・チームのメンバーは全員揃っていた。心強い。人前で話すことは苦手だ。子供のころは教室で発表するのが苦痛の種だった。でも、これはパフォーマンスではない。得意技を見せる場ではなく、話し合う場だ。いまなにがどうなっているか、みんな知りたがっている。

「ご存じの方もおられるでしょうが、きのう、キャロルが階段から落ちて脚を折りました。彼女が歩けるようになるまで、わたしが代理を務め――」

「ちょっと待ってくれ」予想どおり、口を挟んだのはテッドだった。「あんたは選ばれていない。立候補してもいない。この仕事に関心を持っている人間を差し置いて、なんであんたが代理を務めるんだ?」

「頼むから、テディ、静かにしててくれ」トレイがつぶやくと、テッドがじろりと睨んだ。クスクス笑いが起きたのは、テディ・ルーズベルトに引っかけたと気づいた人がいるからだ。

「テッドだ」テッドがきっぱり言う。

セラの動悸が激しくなり、頬が燃えた。できるものならここから出ていきたいけれど、気を引き締めて言った。「キャロルに頼まれたからです。それに、わたしなら彼女と日に何度も、毎日話ができます」

「だからってあんたが代理を務める理由には――」

「おれはいいと思う」マイクがテッドを睨む。「あの晩に小学校で開かれた集会で、あんたはちかくにいなかったから聞いてなかったんだろうが、キャロルが述べたおおかたのアイディアは、セラが彼女に耳打ちしたものだった。けさ早く、リビングストン夫妻の家が押し入られた事件をうまく処理したのもセラだ」

人びとがいっせいに声をあげた。なにがあったんだ、リビングストン夫妻はどうなった、保安官には連絡したのか、等々。するとテッドがまた口を挟んだ。「リビングストン夫妻の一件はここに来るまで知らなかった。どうしてすぐに知らせに来てくれなかったんだ？」

「誰もわざわざコーヴ・マウンテンを登っていきたいとは思わなかったからだろ」マイクが苦々しげに言った。「いいかい、テッド、パトロール・チームのメンバー全員を叩き起こすわけにもいかんだろう。眠らせておいてやりたかった。あんたが来たってできることはなにもなかったんだし」

キャロルとリビングストン夫妻についていくつかの意見や質問が口にされたが、それもやがておさまり、テッドもそれ以上なにも言わなかった。いちおう引っ込んだものの、憤懣やるかたないという顔をしていた。

セラが手をあげると、意外なことにおしゃべりがやんだ。「キャロルなら大丈夫です。単純骨折なので。でも、歩けるようになるのに八週間ぐらいかかりそうです。リビングストン夫妻にけがはありませんでした。保安官に連絡をとるすべがないので、できることをやりました。あきらかな正当防衛と思われます。侵入者は武器を携帯しており、夫婦に発砲したので、ジムも撃ち返し、その弾が命中したわけです。侵入者はナッシュヴィルから来たようです。運転免許証を保管してあり、死体の写真と指紋を採りました。ジムの署名入りの書面があります。死体は埋葬しました。以上がわたしたちにできる最善の処理です」

それから三十分ほど、おなじような質問が繰り返された。なかには細かなことにこだわる人がいて、説明を求めた。たとえば、ジムはどんな物音で目を覚ましたのか、とか。

セラは〝助けて〟と〝いいかげんにして〟の表情をマイクに向けたが、ほほえみと親指を立てた〝よくやった〟が返ってきただけだった。たいした役にたたない。

そこで、セラはきっぱりと言った。「先に進めましょう。二つばかり伝えたいことがあります。ひとつ目、渓谷に焼き物を作ってる人、いませんか？　あと、窯はありますか？タウンゼンドに陶工が住んでいることは知っていますが、もっとちかくの人のほうがいいので。渓谷には暖炉のない家に住んでいる人がおおぜいいて、熱源を必要としています。網をのせた陶器の火鉢があれば、熱源になるし、料理にも使えます」

考え込む人、顎を撫でる人、意見を言う人、いろいろだった。一人の女性が言った。

「モナ・クラウセンに話してみる。ドッグウッドに住んでる人。前に陶器を焼いてたと思うの。お母さんのほうだったかもしれないけど。どっちにしたって、窯のことは知ってると思うのよ」

「ありがとう。ほかにろくろを回せる人、いないかしら？　べつに美しいものじゃなくていいんです、機能的であれば」

「うちの子供たちがやってたな。夏休みの聖書学校で」

どっと笑いが起きた。セラは発言の主の男性を指さして言った。「よかった、おたくの子供たちを貸してちょうだい」半分冗談だ。

それから、何人かが議題にあげた事柄を、セラはノートに書き留めた。調べて結果を伝えなければならない。集会はいつもの流れになった。これから何が必要になるか、それぞれの住宅街でなにがあったか、長期的に見て何が必要になるのか、といったことだが、最後の議題はあまり活発な議論にならなかった。どれほど準備をしようと、何が起きるか誰にもわからないからだ。日々のことなら対処できるが、一月にはどうなっているかとなると、不安ばかりが先にたつ。

ここで話し合われたことはすべてキャロルに伝えるつもりだが、どんな言葉が返ってくるか容易に想像がつく。それでも、キャロルに疎外感を抱かせたくない。本人は否定するだろうが、目立ちたがり屋だから——たとえばひときわ目を引くピンクのハイライトとか。セラはもうひとつメモした。そのハイライトを勢いづかせてくれる美容師を見つけること。おばの気分があがるように。

底冷えする店から人びとが引きはじめた。日向はいまでも十五度ぐらいまであがるが、熱源がないので、店内は外より十度は低い気がする。十一月の終わりごろには、耐えられない寒さになるだろう。セラはため息をつき、またメモをとった。灯油ヒーターをもうひとつ見つけるか、集会のたびに誰かに持ってきてもらうこと。もっと寒くなったときのためにとっておいたヒーターがあるはずだ。それがだめなら、火鉢を作ってくれる人を探すしかない。あるいは、別の場所に集まるか。

窓の外には、居残って立ち話をする人たちがいた。停電してからの二か月で、おおぜいの人たちに出会い、顔見知りになったけれど、集会のたびにあたらしい顔ぶれが増えるのは、みんな誰かとおしゃべりをしたいから来ているのだろう。たいていがウェアーズ・ヴァレーの住人だが、もっと遠くから数キロの道のりを歩いてやってくる人もいた。自分たちが忘れられていないか、食料配給にちゃんと含まれているか確かめたいのだ。時勢に乗り遅れてはならないと思っている。いま人びとの手元にあるのは、蓄えておいたものか、狩ったものか釣ったもの、それに物々交換で得たものだ。

セラの指示どおり、パトロール・チームのメンバーは居残っていた。「どうしたんだ?」マイクが尋ねる。

「リビングストン夫妻のことがあった以上、パトロールを強化するべきなんじゃないか?」テッドが言った。悪くないアイディアだ。

「そうね」セラはうなずいた。嫌な人間だからといって、提案がすべて悪いわけではない。まあ、彼は嫌な人間だけれど。セラの同意を得られて一人、悦にいっている。「でも、それはあなたたち次第だわ。自分たちの限界がわかっているだろうから。それとはべつに話したいことがあるの」フーッと息を吐く。「太陽嵐がくるっていう警報が出されたときに、わたしはガソリンの販売を停止したの」

全員が黙り込んだ。腑に落ちた表情が浮かぶ。「なんてこった」トレイが言う。「おれたち、黄金の山の上にいるんじゃないか」

「そこまでは言えないでしょ。黄金にはタイムリミットがないもの。エタノール混合ガソリンだから、長く保存しておくと劣化するの。だから、まだ使えるうちに分配しようと思って。ガソリンがいちばん必要になるのは一月と二月だろうけど、そのころまで劣化せずに持つかどうか。ひとつの大きな賭けよね。いまなら、オクタン価は下がっていてもまだ充分使えるわ」

ひと息つき、考えをまとめる。「あなたたちの車を満タンにして、発電機を動かして、チェーンソーでもっと木を伐ることができる。みんなが暖をとって、熱いシャワーを浴びて、電気を使わずに料理できる。このちかくに窯があればガソリンで火を熾して火鉢を作れる。そうすれば、暖炉のない家の住人たちに熱源を提供できるわ。以上がわたしの提案。ほかに使い方がある人はそうすればいい。全部を仕切るつもりなんてないもの」

予想どおりテッドが怒りの声をあげた。「あんたはこれまでずっと、タンクにガソリンがあるのに知らん顔して――」

「必要になるまでとっておいたの。ええ」棘のある口調ではなかったが、内心ではかなりカッカしていた。余分なエネルギーを持っていかれるけど……それでも頭にくる。〝コミュニティのリーダー〟の仕事が有給なら、それともなんらかの特権があるなら、彼の不愉快な態度にも意味があるのだろうが、実際はちがう。彼女がやっているのは、ひたすらリストを作り、目の上のたんこぶの相手をして、人びとの愚痴に耳をかたむけることだった。自分の資源をどう活用しようが、テッドに文句を言われる筋合いはない。

「いつ氷点下の気温になってもおかしくない」と、マイク。「よくぞいままで我慢してくれたものだ。いまがまさに潮時だ」

「一万ガロン入るタンクが二つ、レギュラーとハイオク。オフシーズンは四日おき、ピーク時には三日おきに配送される。最後の配送から二日経っていたから、タンクにはそれぞれ五千ガロンは残っていると思う。吸い上げポンプの操作の仕方、知ってる人いない？」

ベンに頼んであるけれど、配給するとき彼がその場にいるかどうかわからないので、ほかにできる人を見つけておかないと。

「車からガソリンを吸い出したことはあるけど、これだけでかいのはちょっとなあ」と、トレイ。「たいていの男はやったことあると思うぜ。原理はおなじだろ。あしたまでになにか考えとく」

「プロパンの発電機にはガソリンは使えないけど、ガソリンで動かすやつを持っている家は多いからな」と、ほかのメンバーが言った。

「みんなに知らせて」セラは言う。「劣化するので、いつまでもしまい込んでおけない。みんなに使ってもらえばそれに越したことはないわ。ガソリンが必要な人は、あした、車で来て給油するか、ドラム缶を持ってくるよう言ってちょうだい」

「ひとつ提案」と、トレイ。「あんた次第なんだが、あんたのガソリンだからね。でも、あんたはガソリン代を払っている。それをおれたちがただでもらったら、電気が復旧したときに、あんたが損をすることになる」

「みんな現金の持ち合わせがない――」

テッドだ。やっぱりね。頭に血がのぼる。指ピストルで彼を撃ってやろうかと思った。いままでしたこともないけれど。激しい衝動に抗(あらが)って両手を握りしめる。でも、いつかきっと……まあ、たぶん。これは問題だ。絶え間ないストレスは、彼女を疲弊させるか、鍛え上げるか。どっちに転ぶか自分でもわからなかった。

トレイが片手をあげた。「わかってる。まあ聞いてくれ。車に給油する以外に一回五ガロン入りドラム缶いっぱいとし、誰にいくら渡したか書き留めておく。それで、停電した当時の価格を適用する。電気が復旧したら、ガソリン代をあんたに支払う。それでいいんじゃないか。あんたは数千ドル相当のガソリンをただでくれてやる必要はないからな」

セラはそこまで考えていなかったが、彼の言うとおりだ。劣化する前にガソリンを使うことばかりに頭が向いていた。損得よりも、みんなが冬を越せることのほうが大事だ。小さなタンクのピュアガソリンは自分のため、いざというときのために取っておくつもりで、なんだか後ろめたいが、守ってやるべき人間が三人いるのだから仕方がない。

空っぽの店を見まわす――完全に空っぽだった。戸棚も冷蔵庫も剥(む)き出しで、クラッカー一枚、スパム一缶残っていない。きれいさっぱり何もなかった。あらたに仕入れないとならないが、いっぺんにというわけにはいかないだろう。商品が出回るのには時間がかかる。精製所に石油を送るパイプラインが動くのはいつになるか、誰にもわからない。来年の春までは、生きることが戦いだ。

「わたしからは以上よ。ガソリンのことをみんなに知らせてね。ガソリンを配給するのにえこひいきはしないから――ガソリンを燃やす窯を持っている人にはよけいに渡すかも。でも、みんなのためになることだし、冬のあいだに誰かの命を救うことになるかもしれない。あすの朝の九時から。トレイが吸い上げポンプを動かしてくれれば、タンクが空になるまで分配するわ。あなたたちは車で来て列の先頭に並んでね。テッドが言ったとおり、パトロールを強化すべきだと思うから。渓谷によからぬ人たちが入ってこないように見張る人たちを、もっと集めないとね」

そこで散会となった。マイクだけがあとに残った。「タンクを閉じたのは賢い選択だった」

「賢いというより怖かったの」

「みんなそうさ。それでも、あんたは賢い選択をした」彼は腕を組み、両手を脇に挟んで暖をとりながら窓の外に目をやった。駐車場にはまだ残っている人がいた。パトロール・チームのメンバーたちが、人びとにガソリンのことを伝えている。彼女が見ているうちに、人びとの表情がみるみる明るくなった。ささやかな贅沢を味わえると思ったのだろう。それこそが、ガソリンが提供してくれるものだ。熱、清潔さ、移動手段、日々のやりくりからの束の間の解放、それに、手早く薪を増やす手段。火は生活そのものだ。

「ケイズ・コーヴの近道のそばに住んでるビル・ハニーが、けさ、薪を割ってて危うく指を切り落とすところだった。近所に引退した獣医が住んでて、指を縫い合わせてくれた。命に別状はないが、指は曲がらなくなるだろう。リトル・ラウンド・トップでは、インフルエンザらしいのが二人いる」

医療チームはここにはいない。いまのところ、医療はやれる者がなんとかやっている状況だ。ハーバリストができる範囲でやり、消防団の救急救命士と二人の看護師がそれを手伝っている。組織だった活動は行われていない。そもそも組織化する必要があるのかどうか、セラにはわからなかった。

「インフルエンザ？　早すぎるんじゃない？」ありえないことだ。今年はインフルエンザに罹（かか）らずにすむと思っていた。外部の人間と接触していないし、ウォルマートやクローガーのカートの汚れたハンドルに触れていないのだから。

マイクは肩をすくめた。「おれはそう聞いてる。疑ってはいるけどな。風邪だろう、たぶん、だが、わざわざ調べに行く気はない」窓の外を見て顔をしかめた。しかめ面の原因はなんだろうと、セラも外に目をやった。

「どうしたの？」

「テッドがローレンス・ディートリックと話をしてる。あんたはえこひいきしないって言ったけど、大事なガソリンがあんなクソ野郎に行くのは見たくない。だが、奴には子供が二人いるから、まあ、しょうがないか」

ほかの人たちから離れた場所にいる二人の男を、セラは観察した。テッドは全身で、おれは偉いんだ、みんな従え、と言っている。少なくとも本人はそう思っているのだろう。ローレンス・ディートリックのほうはなんとなく見覚えがあった。名前に聞き覚えがあるのかも。引き締まった体つきの若者で、残忍な感じのハンサムだ。ここにガソリンを入れに来たことがあるのかもしれない。でも、疲れているからどうでもいい。昼寝をしたいがそうもいかない。やることが山ほどあり、セラは責任という雪崩(なだれ)に圧(お)し潰されそうだった。

セラ・ゴードンが数千ガロンのガソリンを隠していたことが、テッドは気に食わなかったが、ガソリン分配のことを知らせてみんなが興奮するのを見たり、質問に答えたりするのは楽しかった。話を聞いた連中は、彼の手柄だと思ったようだ。ここの連中からずいぶんと虚仮(こけ)にされてきたが、それがいまは尊敬のまなざしを向けられている。

パトロール・チームのメンバーを列の先頭に並ばせるという彼女の意見には賛成だ。車を満タンにしたら、メレディスを行きたいところに連れていってやれる。長時間歩くのは妻の体によくない。体重が減ってきた――大幅にではないし、みんなそうだが、彼にとっては心配の種だった。妻の具合が悪くなったら、すぐに車で救急救命士のところに連れていってやりたい。本人は大丈夫だと言い張っているが、妻のことが心配でたまらない。

「よお、テッド」

物思いに耽って(ふけ)いたので、声をかけられてちょっとびっくりした。さっき話をした若者がそこにいて、頭を倒して言った。「あっちに行こうぜ。ほかの奴らのいない場所で、二人きりで話がしたい」

テッドは断ろうとしたが、なにかおもしろい話が聞けるかもしれないと思い直した。駐車場のはずれまで歩いた。ここなら立ち聞きされる心配はない。

「申し訳ないが、あんたの名前を知らない」

「ローレンス」男は手を差し出し、短い握手をした。「ローレンス・ディートリック」

ディートリックは険しい表情で彼を見た。痩せて、ひげも髪も伸び放題だ。もっとも、最近じゃみなそうだが。むろん、テッドはちがった。身だしなみに気を配っているのはメレディスのためであり、自分の店に出ていたころから見た目が大事だと思っているからでもある。彼のような地位にある人間にとって大事なことだ。

「友だちはあんたをラリーって呼ぶのか？」

男の目つきが鋭くなった。「あんたはテディって呼ばれてるんだろ？」

一本取られた。ディートリックは店の中にいて、フォスターとのやり取りを耳にしたのだろう。「おれになんの用だ、ローレンス？」

「パトロール・チームのことでおれに考えがある」

「集会で言えばよかったじゃないか」

ディートリックが手で払う仕草をした。「聞き入れてもらえるならな。ゴードンと減らず口のおば、二人ともほかの人間より自分たちのほうが偉いと思ってる。何でもわかってるつもりになっていやがる」

たしかにそうだ。キャロル・アレンは自信満々、自分のことで腹いっぱいだろう。姪は奥に引っ込んでるのかと思ったらしゃしゃり出てきて、おばとおなじボス風を吹かすようになった。

「それで、あんたの考えとは？」

「パトロールなんて時間の無駄だって思ってる。いまのままじゃな。おれといとこも最初は志願した。メンバーときたらドジばかり、自分のケツの穴と地面の穴の区別もつかない奴らだ。威張りくさって歩きまわってるだけじゃないか。リビングストンの家に男が押し入るのを阻止したか？　いや、ジジイが自分でなんとかした。おれたちのパトロール・チームが必要だっておれは思う——第二パトロールとでも呼ぶか。だけど、それを率いる賢い奴がいない。あんたならできると思ってね。軍隊みたいなのをまとめあげるのに、あんたは向いてるって思う。渓谷を支配して、みんなにやるべきことをやらせる力が、あんたにはある」

テッドは戸惑った。すでにパトロール・チームのメンバーだし、ローレンス・ディートリックみたいな連中とは関わらないほうがいい。そうは言っても渓谷の住人たちは、テッドをないがしろにしている。彼の意見を聞こうとしないし、彼の経営手腕を生かそうともしない。セラ・ゴードンに任しておいたんじゃ事態は悪くなるばかりだ。みんなが自分から言い出すのを待っているだけだ。物と時間と労力を、みんなが進んで提供するのを待っているだけだ。手元にある物を抱え込むのが人間だ。みんなで持ち寄ってみんなで使うなんてこと、誰がやるもんか。

「選択肢を検討するのは悪くないな」テッドは言った。

「よし。あすの午後、おれの友だちに会ってくれ。あんたの家はどうだ？」

テッドがとっさに思ったのは、メレディスをこのことから遠ざけておきたい、ということだった。「いや、あんな山の上まで登ってくるのは大変だ。おれがおりていく。銀行の横の広場で、昼食後に。二時ごろはどうだ？」

ローレンスはうなずいた。「じゃ、あした」小さく手を振り、歩み去った。

軍隊……みたいなの。テッドは武者震いを止められなかった。しかも、指揮官になることを望まれている。この渓谷を支配下におさめ、物事を正しい方向に導くのだ。

13

ローレンス・ディートリックのことが引っかかっていた。マイクが手を振って帰っていき、セラは戸締まりをした。盗まれるものはなにもないけれど、子供や通りがかりの人に店を荒らされたくない。人間って何をやるかわからない。ストレスだらけのいまはとくにそうだ。

店から十歩も離れないうちに、十センチヒールのロングブーツを履いた大柄なブロンド女がつかつかとちかづいてきて、吐き捨てるように言った。「みんなが困ってるっていうのに、二か月ものあいだ、あんたはガソリンの上に胡坐（あぐら）をかいてたわけ？」

なんなの？

女に見覚えはない。女がいまにも殴りかかってきそうなので、セラは一歩さがった。騒ぎはご免だ。ヒールでお尻を蹴飛ばされかねない。「寒くなるいまのほうが利用価値があると思った」できるだけ冷静に言った。内心の動揺は見せない。それに、もちろん怒りも。

「人がなにを必要としてるか、あんたに決める権利があるの？」

指先が脈打ち、顔の皮膚がピンと張るのがわかった。セラはゆっくりとポケットからペンを取り出し、手帳を開いた。「悪いけど、あなたの名前、知らないんで」

「カーレット・ブロワードだけど」女が答える。手帳を見る女の顔には好戦的な表情が浮かんでいる。それに、疑いも。「なんで？」

セラは手帳をめくった。名前を見た覚えがない。やっぱり、カーレット・ブロワードはもとより、ブロワード姓は一人として手帳に記されていなかった。白紙のページに戻り、カーレットの名前を書き留めた。「チェックしただけ」

「チェックするって何を？　あんたがガソリンをひとり占めしてることと、何の関係があるのさ」

残っていた人びとがこっちを見て、ジリジリとちかづいてくる。これはあきらかな侮辱だ。うんざりなのはもとより。ほんとうに、心底うんざりしていた。「ボランティアのリストにあなたの名前が載っていないかチェックしたのよ」

皮肉がきいたようだ。女は赤くなった。「小さい子供が二人いるのよ」恨みがましい言い方だ。「子供をほっぽらかしにしてボランティアでもないでしょ」

「連れてくればいいのよ。なにができるか、人に頼んでこっちに伝えてもらうこともできるでしょ」

「うちのことで手いっぱいよ。意地の悪いこと言うんじゃないわよ。それとガソリンとなんの関係があるの？　質問に答えなさいよ」

　怒り心頭、息ができない。めったに怒らないのでどうすればいいのかわからない。脳がぶち切れたせいで、体が反応した。一歩前に出て距離を縮め、顎を引いて女を睨（にら）みつける。

「あなたが言ってるのは、わたしのガソリンのことよね。わたしがお金を払って買ったガソリンのこと、そうなんでしょ？　あのガソリンがどうしたって？　太陽嵐が襲ってくるって警告が出たとき、売り払ってしまうこともできたけどそうしなかったのは、渓谷の住人たちが冬を越すのに役立つだろうと思ったから」

　見物人の一人がつぶやいた。「いいぞ」

　なにがいいんだかわからない。こんなに怒ったのは生まれてはじめてだから。考えるより前に体が動いていた。さらに一歩、女に詰め寄ると臭いがした。女の肌のツンとする臭い、汚れた服の嫌な臭い。全身の筋肉が震えているのは、恐怖のせいでもストレスのせいでもない。なんとか自分を抑えようとしたせいだ。女に向かってわめき散らしたかった。顔を殴ってやりたかった。生まれてから一度も人を殴ったことがないセラが。「あしたの朝、わたしのガソリンを手に入れるために列に並ぶつもり？　わたしをさんざん侮辱しておいて？」

　驚いたことに、カーレット・ブロワードが後じさった。「ほかの人たちとおなじ、あたしにだって権利はあるんだから」ぶつぶつとつぶやく。

「そうかしら？」セラはさらに一歩出ると、言葉を吐き出した。「あなたに権利があるって？　他人のためにわざわざ木を伐ってくれた人たちとおなじに？　夜も寝ずにパトロールをやって、ほかのみんなの安全を守ってくれている人たちとおなじに？　食べる物に不自由しているお年寄りに、食料を分けてあげている人たちとおなじに？　コミュニティのために、あなたはどんな貢献をした？　なにかしたの？　文句を言うことはべつにして」

鼻先でせせら笑う声に、カーレットは真っ赤になった。「なにもそこまで言わなくたって」歯を剥き出してうなり、今度は二歩さがった。

「そうね、そうよね。だったら、わたしのガソリンを受け取らなくたっていいわよね。どうぞご自由に」

「きょうのこと、あたしが忘れると思ったら大間違いだからね、クソッタレのヒステリー女！」カーレットは肩越しに言い放つと、スタスタと去っていった。

「ご忠告、ありがとう！」セラは荒い息をつきながら、彼女の後ろ姿を睨んだ。喉の奥でうなり、声を殺して言った。「クソッ！」カーレットに聞こえる声で叫んだ。「カーレット！」

カーレットが振り返る。「うるさい！」

セラは歯ぎしりしながら、忍耐力の残骸にしがみついた。「あした、車で来なさいよ。子供も連れて。ガソリンを入れるのを止めたりしない」二人の子供に免じて入れさせてあげる。

　カーレットが立ち止まった。ぶすっとした顔は変わらない。「ドラム缶にも入れてもらえるの？」

「ええ、あれば持ってきて」

　カーレットは小さくうなずき、去っていった。

「ああ、もう、いやだ」セラはつぶやいて目を閉じた。体は震え、息は荒い。どうしてだか泣き出したかった。その一方で、ピョンピョン飛び跳ねて絶叫したかった。人と対立することに慣れていない。闘い方も知らない。でも、自分より体重で二十キロは上回っていそうな女を相手に、顔をひっぱたき髪を毟る女の喧嘩をする覚悟はできていた。

　ご近所のナンシー・ミーダーがそばに来て腕を回した。「よくやったわよ」セラをハグしてほほえんだ。「気分がスカッとしたわ」

　セラは驚いた。「喧嘩を見るのが好きなの？」暴力を見ると吐き気がするたちだ。

「だって、テレビはつかないし、娯楽っていったらほかにないじゃない」ナンシーがのけぞってワハハハと笑った。まわりにいた人たちも笑ってうなずいた。

「それに、いじめには立ち向かわないと、どんどん悪い方向に向かうでしょ」ナンシーがセラの肩をギュッとつかんだ。「帰って昼寝でもしたら。疲れた顔してるわよ。ゆうべは、ずっとキャロルに付き添ってたんでしょ？」

セラはうなずいた。「そうね、おばの様子を見に戻らないと。バーブとオリビアがいてくれるけど――」

「わかってる。キャロルは手がかかるから。そうそう――今夜はあたしが泊まってあげるから、あなたは休むといい。それでどう？」

なんとかなる、と言おうとしてやめた。お隣同士助け合わないと。それに、少しは眠っておかないと、キャロルやほかの人たちの役にたてない。「助かるわ」ほんとうにそうだ。「よし、決まった。今夜、夕食の後片付けが終わってから伺うわね。それじゃまた」

セラはキャロルの家の前を素通りした。みんな話を聞こうと待ち構えているだろうけれど、いまは話す気になれないし、なにより横になりたかった。上掛けを頭からかぶってたっぷり昼寝をしたい。無理だとわかっていたが、せめて一人になりたかった。自分を取り戻す時間が必要だった。

落ち葉を踏みしめながら歩いた。吹き飛ばして走る車がないから、落ち葉は散り積もり路面を覆い尽くしていた。CMEのせいで、文明は二百年分後退した。セラはなんとか対処してきた。考えて計画を練って組織化してきた。一日の終わりに、成果があったと満足できることもあれば、まだまだ足りないと思うこともある。

マイク・キルゴアは岩のようにどっしりしているが、リーダーではない。必要なときに彼女を支えてくれる。どっちにしようか迷っているときに、助言を与えてくれる。それはトレイ・フォスターもおなじだ。能力はあるが、リーダーではない。キャロルがその任に就いたけれど、そもそもやりたくなかったのだ。そしていま、おばはけがをして、セラの助けにはなってくれない。

家に帰ると薪を足し、キルトにくるまってソファに横になった。疲れた頭がぐるぐる回っている。

家の中は冷え冷えとして静かだった。静寂にも夜の闇にも慣れている。外はまだ日が照っているが、暗い室内にいると、洞窟の中にいるような孤立した感じがする。

リビングストン夫妻に起きたのは特別な事件ではない。これからさらに部外者が増えてくるだろう。友好的な人もいれば、そうでない人も――恐ろしいのは〝そうでない〟ほうの人たちだ。そういう事態に自分なら対処できると思うなんて、世間知らずもいいところだ。いままで自分がリーダーになるなんて思ってもいなかった。キャロルは思っていただろう。でも、キャロルにだってどうしたらいいのかわかっていない。なぜなら、これまでの経験がなんの役にも立たない事態だからだ。このあらたな展開について、おばの意見を求めるのは酷だ。おばには休養が必要だ。それに、鎮静剤でぼうっとなっている頭でまともな助言ができるわけない。

キャロル。ジム・リビングストン。テッドが示す敵意。カーレット・ブロワードにいちゃもんをつけられたこと。いろんなことが一度に起こって、セラはもういっぱいいっぱいだった。

これまで人の助けを求めたことはなかった。大きな問題を抱えているときに、一度も人を頼ったことはない。無口だし、内気すぎるから。自分の問題は自分で処理してきた。アダムとの離婚。仕事。店をはじめたころに借金をせざるをえなくなったことを、キャロルにも言わなかった。なるべく早く借金を返そうと、生活費を削り遮二無二頑張った。それ以来、経済的なトラブルを抱えたことはないが、最初のころの彼女の奮闘を誰も知らない。

離婚で深く傷ついたことも、誰も知らない。離婚の痛手をずっと引きずっていることも。アダムを取り戻したいとは思わない――いまさら元の鞘には戻りっこない――けれど、結婚に失敗して傷ついたことに変わりはなかった。アダムを満足させられなかったことに、セラは傷ついた。飽き足らない、と彼に思われていたことに傷ついた。

カウンセリングは受けなかった。キャロルや友人たちに、心のうちを吐露したこともない。自分の失敗を人のせいにするより、沈黙のうちに傷も恐れも心に溜め込んだ。

でも、いまのこの状況はセラの手に余った。判断を間違えればほかの人たちを傷つけることになる。今度ばかりは助けを外に求めるべきだ。渓谷の外からやってくる脅威に対し、経験に基づいた助言ができるのは、セラが知っているかぎり一人しかいない。

14

車を出すなら、行き先を告げずにキャロルの家の前を素通りできない。走っている車は目につく。ありがたいことに、キャロルは眠っており、バーブとオリビアは余計な質問をしなかった。

コーヴ・マウンテンを歩いて登るつもりはなかった。ベンなら喜んでそうするだろうが――停電からこのかた、最低でも三回は往復しているはずだが――セラにそれは無理だった。昼を過ぎており、暗くなる前に戻ってきたかった。

ベンに会うと思うとドキドキする。あれから一か月だ。ポーチで一緒に紅茶を飲んで、彼のあの目つきは、まるで、その……なんと言ったらいいのかわからないけれど、彼はその気になっている、と思った。でも、あとから思い直した。きっと、セラのほうから言い寄られるんじゃないかと警戒したのだろう、と。生まれてから一度も男性に言い寄ったことがない。でも、彼はそんなこと知らないのだから。男性がその気になっているのか、警戒しているのか、ちがいがわからないのも、われながらどうかと思う。

彼がソーラーライトを二つもくれたあの晩からだって、だいぶ日が経った。彼は、セラを見ていたくないというように、さっさといなくなった。彼の目つきの意味を、完全に誤解しているのだろうか。そうとは思いたくないけれど、あくまでもこっちの願望にすぎないのかもしれない。

彼に強く惹かれているのに、彼の家を訪ねるのはよくないことだ。惹かれている相手には無防備になる。申し出を断られたらひどく傷つくだろう。それがセラ個人に対する拒絶ではないとしても。自己防衛本能が、引き返せ、と叫んでいた。

義務感から彼女は進みつづけた。

彼が必要だ。彼の協力が必要だ。ウェアーズ・ヴァレーのみんなが彼を必要としている。彼の経験と頭脳、戦術的な考え方、専門的な意見。

ベンの言うことなら、テッドも耳をかたむけるだろう。多少でも分別のある人間なら、ベンから〝危険〟を感じ取るだろう。こいつに楯突いたら痛い目に遭うと思うだろう。たとえテッドが耳をかたむけなくても、ほかの人たちは耳をかたむけるはずだ。危険のオーラを感じ取って。

道の真ん中に大きな岩が置かれている、とマイクが言ってたことを思い出し、方向転換できるだけの余裕がある場所で車を停めた。ここからだとかなり歩くことになるけれど、曲がりくねった細い道をバックでおりるよりはましだ。

道の両側にそそり立つ大木のせいで日差しがさえぎられ、夕方のような暗さだ。グレート・スモーキー・マウンテンのちかくで育ったから、謎めいた山々はつねに意識していた。でも、実際に山を登るのはまったく別の経験だった。山々の長い歴史、人を寄せつけない雰囲気、ここにいると、人間は自然の慈悲にすがって生きていることがよくわかる。

車から降りると気温のちがいに驚かされた。大木に囲まれたここと、日の当たる渓谷とでは、ゆうに十度はちがうだろう。あたりを見まわし、茂みの中でなにかが動く物音がしないか耳を澄ました。不安を抱かせるような音はしなかった。

ベン以外の人の気配がしなくても、車をロックして鍵をポケットに入れ、急な道を登りはじめた。道はどんどん狭くなり、舗装道路がつきて二本の轍のある砂利道になった。草が生えているのは、以前から登ってくる人がいなかった証拠だ。ベンもめったにおりていかなかったのだろう。

傾斜がきつすぎて、四十メートルほど登っただけで息が切れ、脚が痛くなった。筋肉の緊張をやわらげるため、ジグザグに登っていくことにした。船がジグザグ航行で風上に向かうのとおなじだ。風と言えば、木立を縫って風が吹いていた。樹冠がやさしく揺れ、森の豊かな香りがセラを包む。

立ち止まってしばらくじっとしていた。彼女の中のなにかが山の振動に呼応する。もっと時間に余裕があったら。カメラを持っていたら目が捉えたものを記録できるのに。でも、いま感じているものはカメラでは捉えきれない。

さらに百メートルほど登ると道はカーブし、マイクが言っていた大きな岩が見えた。効果的な安全対策だ。岩を迂回するだけの道幅はない。通れるのはベンの車みたいな車体を高くした改造車だけだ。岩は、彼女がここにやってきたことが間違いではなかった証拠だ。どうすれば戦術的に優位にたてるか、ベンなら教えてくれるだろう。

もうひとつカーブを曲がると不意に家が現れた。こんなところになぜと思わせるほど平坦な土地に家は建っており、家の横にベンのトラックが駐まっていた。左手が崖で山はさらにつづいている。右手には渓谷が広がっていた。ああ、すばらしい。セラは畏怖の念に打たれゆっくりと立ち止まった。広いポーチが家をぐるっと取り囲み、渓谷を見晴らせる場所にロッキングチェアが置いてあった。思わず息を呑む景観だ。彼はあそこに座り、眼下の世界を眺めているのだろう。自分が参加することのない世界を、一人この高みから。

こげ茶の羽目板を横に張った平屋の家だ。とくに夏のあいだは木々の葉が生い茂るから、渓谷からは見えない。丸木小屋ではない。これは……マリンスタイル？　窓が丸いのは舷窓を真似たのだろうか。カントリー風で、ミッドセンチュリー風で、マリン風。ようするにスタイルなんてない家だ。機能重視の家、ベン・ジャーニガンにぴったりだ。

煙突から煙が立ち昇っているので、彼はいるのだろう。これだけの運動量とエネルギーを費やしたあげく、彼が不在だったら目も当てられない。再度勇気を奮い起こせるかどうかわからない。トラックが駐まっていて、煙突から煙があがっていても、彼がいるとは限らないことにハッと気づいた。狩りに出かけているかもしれないし——。

ドアが開き、彼がポーチに出てきた。

ジーンズにブーツ、フランネルのシャツは羽織っているだけで、まくり上げた袖から太い腕が覗いていた。それに二日分のひげ。その姿を見たとたん内臓がよじれ、心臓が痛いほど高鳴る。ドッキンドッキンドッキン。犬が彼の横をすり抜け、ポーチを走りおりてやってきた。彼女のまわりを跳ね躍りながら歓喜の吠え声をあげる。ベンは平然と犬を眺め、頭を振った。「困った奴だ」でも、口調から苛立ちは感じられない。犬のはちきれんばかりの若さを受け止めての発言だ。

表情を取り繕おうと、セラはしゃがんで犬の頭を撫でた。犬は大喜びで体を脚に絡みつかせる。

マイクを迎えたときとちがって、ベンはショットガンを持っていなかった。つまり、プライバシーを侵害したかどで、セラを撃つ気はないらしい。見込みがありそうだけれど、彼は歓迎の表情を浮かべていない。それでも、彼は二度、セラの自宅にやってきて、彼女の紅茶を飲んでいるのだから、〝見つけ次第銃撃〟の段階は過ぎたと思っていいはずだ。歓迎されたかったけれど、とりあえず〝許容される〟あたりでよしとしよう。そこに立つ彼は大きくて威圧感満点だ。厳しい顔は無表情で読めない。〝許容〟は楽観的すぎたかも。

「何かあったのか?」彼が不意に尋ねた。

むろん何かなければこんなところまでわざわざ来ない――何もないことなんてある?いつだって何か起きている。彼女の手に余ることばかりで、いっぱいいっぱいだ。さあ、どこからはじめる?

大きく息を吸い込んでポーチへと向かい、やる気が萎む前になんとかたどりついた。動悸が激しく胃がねじれているので、声がうまく出ない。彼を見あげながら思った。皮膚の下でうごめく絶望感が見える?

彼が横にずれて言った。「入れ」

入りたいけど、入りたくなかった。ここに来たわけを話し、取り乱して恥ずかしい思いをする前に立ち去りたい。そりゃあ、彼がどんな暮らし方をしているのか興味があるけれど、生来の用心深さと防衛本能が、距離をとれ、と叫んでいた。距離はイコール安全、安全はイコール……なに? 死んだように生きること?

階段をあがった。それだけでも心の葛藤がどれほどのものか、本人以外にはわからないことだ。犬がかたわらをすり抜けて家の中に走り込み、セラがドアにたどりつく前に、靴を咥えて尻尾をパタパタ振りながら目の前に立った。

神経がすり減っているのに、犬がベンの靴を齧っていると思ったら笑みがこぼれた。

「靴をあげたの?」

「あげたわけじゃないし、こいつの物になってるわけでもない。どうせ古い靴だし。どけ、ドッグ」

犬はどいた。ベンが背中に手を添えて彼女を中に入れた。軽く触れただけなのに、服をとおして肌が燃え、手が離れたあともヒリヒリしていた。足が止まりそうになったが、なんとか動かしつづけた——それもほんの数歩だった。今度は驚きに足が止まった。

室内は想像していたのとまるでちがっていた。なんとなくみすぼらしい部屋を想像していたのだけれど、ちがった。実用的、質実剛健、でもみすぼらしくはなかった。広々とした部屋に、キッチンとダイニングとリビングのスペースが配置されている。床は幅広の板で、食事をするテーブルの下には平織りのラグが敷かれ、革張りのソファと革張りのリクライニングチェアが二脚、コーヒーテーブル、エンドテーブル、ランプが二つ置かれたリビングエリアにもラグが敷いてあった。壁はパインウォールだろうと思っていたが、飾り気のないベージュに塗られたドライウォールだった。装飾品の類（たぐい）はいっさいなし。ベン・ジャーニガンがなにか飾っているほうが驚く。壁に絵は掛かっていない。いろんな武器が並ぶガンラックを装飾と呼ぶなら、そこに彼の工夫が窺（うかが）えるくらいだ。ストーブで薪（まき）を燃やしているので、室内は心地よいあたたかさだった。少なくとも彼女の家よりあたたかかった。

オイルランプが二つ、分厚いカーテンは日差しを入れるために開けてある。カーテンの分厚さが、夜は熱が逃げるのを防いでくれるだろう。

「コーヒーを飲むか？」彼が尋ねた。

ふだんはコーヒーは朝に飲むだけだけれど、あたたかい飲み物はありがたいし、両手が塞がるから助かる。「ええ、いただきます」彼が指したテーブルの椅子に座る。

「コーヒーはどうやって飲む？」

「ああ……ブラックで」いまはそうしている。

彼はインスタントコーヒーのマグ二個を持ってやってくると、一個を彼女の前に置き、向かい合った椅子に座った。それから待った。何かあったのか、とすでに尋ねているのだから、繰り返す必要はないと思っているのだ。

セラはひとまず深呼吸した。たくさんの重荷を背負っているから、順番に話さないと支離滅裂になるだろう。

「ひとつ目。きのう、キャロルが階段から落ちて脚を折った。二か月は動けないので、わたしが代わりにリーダーを務めることになったの。テッド・パーソンズ以外になりてがいないし、誰も彼になってほしいとは思っていない。だから、わたしが身代わりになるしかなかった。

二つ目。けさの三時ごろ、リビングストン夫妻の家に何者かが押し入った。ジムとメアリー・アリスが物音を聞いて起き出し、それから――」唾を呑み込み、話をつづけた。

「――相手が襲いかかってきたので、ジムは撃ったの。二発。撃ち殺したの。ジムとメアリー・アリスは無事だったけれど、取り乱していたわ。男がナッシュヴィルからやってきたことは運転免許証でわかった。事件のあらましや男の身元をできる範囲で記録し、埋葬した」

ベンが体を硬くした。グリーンの目が凶暴になったが、リビングストン夫妻は無事だった、と聞いて力を抜いた。

「三つ目はきょうの集会でのこと。タンクのガソリンを分配するとみんなに告げたの。トレイ・フォスターが吸い上げポンプを作ってくれるから、あすの朝九時から分配することにしたの。ガソリンを入れたかったらどうぞ」

彼がうなずく。

カーレット・ブロワードとの一件は持ち出さなかった。気が動転したけれど、長い目で見ればたいしたことではない。

「ナッシュヴィルから男がやってきたのは、はじまりにすぎないと思うの。あの男がここまでやってきたってことは、ほかにもやってくるってことでしょ。わたしにはどうすればいいのかわからないし、誰も決断を下したがらない。パトロール・チームはあるけど、彼らの目を盗んでこっそり入ってくるのは難しいことじゃない」

彼がまたうなずき、平然と言ってのけた。「これから面倒なことになる。覚悟しておけ」

わかっている。だから来たのだ。「どれぐらいの人たちがやってくるか見当がつかない――」

「おおぜいだ。都市で最初の一か月を生き延びた連中の多くが南へと移動している。おれは無線でニュースを拾ってるんだ。大気の状態が安定してきたので、全米各地のニュースを聴くことができる」

人びとがニュースを送り出していることがはたしていいことなのかどうか、セラにはわからなかった。文明が一部戻ってきたということだから。でも、〝最初の一か月を生き延びた〟というのが気になる。

「そんなにひどいの?」

「大都市では大惨事だ。賢い連中はすぐに逃げ出した」彼はセラの様子を窺っている。厳しい目つきで。「細かなことまでは聞きたくないよな」

ええ、聞きたくない。ベンがひどいと言うなら、耳を塞ぎたくなるひどさなのだろう。

「北部の豪雪地帯に住む人たちが移動したら……テッド・パーソンズ、さっき話したリーダーになりたがった人、彼は、そういう人たちを迎え入れるべきだ、人数が多いほうが安全だからって――」

彼の眉が吊り上がった。「馬鹿くさい」一刀両断だ。「備蓄分を持っていかれるから、共倒れ素性のわからない人たちを受け入れるのは危険だ。備蓄分を持っていかれるから、共倒れになりかねない。最初の冬がもっとも厳しいだろう。つぎの冬まで停電がつづいても、夏のあいだに作物を育てて収穫できるからいまより楽だ。

「どうすればいいの？」

「先に発砲して、あとから検討する。それがおれのやり方だ」

情け容赦ない助言に息が止まった。リビングストン家で起きた撃ち合いを、セラは頭のどこかで拒絶していた。暴力に訴えるのは意に沿わない。

「武器は持ってるんだろうな？」彼が言い、眉を吊り上げた。持っていないなんて考えられないと言いたいのだ。

「ええ。キャロルもわたしも二二口径のライフルを持っている。彼女は〝ならず者の銃〟って呼んでるけど」

彼は表情を変えなかった。リス撃ちに使うようなライフルごときで、感銘を受けるわけがない。「渓谷には狩りをする人がたくさんいるわ。護身のためにもっとちゃんとしたライフルを持っている」

セラは悩んでいた。問題は弾薬だ。狩りをするのに充分な弾薬はあるが、渓谷を守ることが先決だ。よそ者に襲われて死ねば、狩りどころではなくなる。渓谷は守ったとしても、狩りができなければ家族を養えない……解決策があるのかないのか、セラにはわからない。ベンならわかるはずだ。あたたかなマグを両手で包み、思い切って言ってみた。「ほんの誰かに会って――」

二時間でいいから渓谷の集会に出て、助言してもらえないかしら。パトロール・チームの

「断る」終わりまで言わせてもらえなかった。彼はまったく関心を示さない。数年前から

ここに住んでいるのに、彼には自分のコミュニティという意識はないし、渓谷の誰とも交

わりを持っていなかった。唯一言葉を交わしたのは、リビングストン夫妻とセラだ――そ

れに、マイク・キルゴアが頼みに来たときもおなじ返事をしていた。

彼がいいと言ってくれるのを、自分がどれほど望んでいたか、セラはいまさらながら気

づいた。よく知りもしないことに首を突っ込んで、間違いを犯したらどうしよう。肝心な

ことを考慮せずに決断を下し、誰かがけがしたり、死ぬようなことになったらどうしよう。

それが怖くてたまらなかった。だから、彼の助けが必要だ……でも、彼は何か必要として

いる？ 何も。ここには危機を乗り越えるためのものがすべて揃っている。対価として差

し出すものが何もない以上、懇願するだけだ。

ひとつの考え、ひとつの悟りが爆弾となって体内で爆発した。彼が必要としているもの

を、セラは何ひとつ持っていない。でも、欲しがっているものなら？

口にする勇気がある？ 思い切って何かをやったことがない人間が？

自分のことはよくわかっている。渓谷のために自分を犠牲にするなんて考えるほど馬鹿

ではない。ベンが欲しい。それはありのままの真実だ。こんなふうに相手を欲しいと思う

なんて、想像すらしたことがなかった。一か八かの賭けをしたこともない。彼女の人生は安全牌を引くことで成り立っていた。押しつけず、求めず、関心を引かない。彼に関心を持たれていると思う。でも、男女の駆け引きにはまるで疎く、役にたちそうな経験を重ねてこなかった。

ミスコンテストで優勝するようなタイプではないが、魅力はあるつもりだ。彼が肉感的なタイプを好むなら話はべつだけど。男なんて心の奥底では女なら誰だっていいと思ってるのよ、とキャロルは言っているが、その説が間違っていることをアダムが証明してくれた。彼にとってセラは物足りなかったのだから。

でも、あれはアダムだったから。ベンはちがう。まるで属している種がちがうみたいに、男として二人は正反対だ。もしベンが〝イエス〟と言ってくれれば、セラは望みのもの、つまり彼が手に入るし、渓谷は彼の軍隊で培った経験を手に入れることができる。

頼んでみるか……挑戦と危険から身を引き、うつむいて黙って立ち去るか。これまでとおなじだ。手を伸ばして欲しい物をつかみ取ったことが、セラにはなかった。

一度も試してみたことがない。

唇が麻痺したみたい。耳がガンガン鳴っている。挑戦なんて身に余るし、危険は自分とは無縁のことだ。とても無理。プレッシャーに圧し潰されそうだ。でも、このままおめおめと引きさがったんじゃ、女がすたる。これは尻込みしてやめたスキー旅行とはちがう。

これはベンにつながるチャンスだ。なにがなんでもこのチャンスをものにしたかった。

自分の声が遠くから聞こえる気がした。低くちょっと震える声。「わたしたちを助けてくれたら、あなたと寝てもいいわ」

彼の表情はまったく動かなかった。言葉が二人のあいだでわだかまる……ほんとうにそうなの？　口に出して言ったの？　頭の中でつぶやいただけなんじゃないの？

彼が言った。「どっちがよけいに侮辱されたことになるんだ……きみかおれか」そこでひと呼吸置く。「断る」

やっぱり。たったひと言が、破壊的な威力を持っていた。

麻痺しているのは唇だけではなくなった。全身の感覚が麻痺した。天は二つに割れないし、床に穴があいて彼女を呑み込んでもくれない。どれほど願おうとも。そこに座ったまま、彼の視線と屈辱に晒（さら）され、苦痛と拒絶に粉々になりながらなんとか呼吸しようとしていた。

はたして心臓は脈打っているのだろうか。

なんとか足を踏ん張った。どうやったのか自分でもよくわからない。これからなんとかして階段をおりて、急な道をくだっていかなければならない。あなたならできる、と自分に言い聞かせた。どこを探せばそんな力が出てくるのかわからないけれど、なんとかしなければならない。

でも、できなかった。言い残したことがあるのに、立ち去るなんてできない。誰にでも自分を売り渡す女だと彼に思われたままここを去れば、もっともっと後悔することになる。粉々になったプライドの残ったかけらを掻き集め、セラは言った。「渓谷の人たちのためだけじゃないの。わたしは、あんな……申し出……誰にでもするわけじゃない。あなただから。だって……だって、わたし、思ったから、感じたから……」よろっとなり、気を引き締めた。「わたし……あなたに惹かれているから」終わった。これ以上は無理だ。震える声で「ごめんなさい」と言うと踵を返した。

　階段を一歩もおりないうちに、強い手で腕をつかまれ引き止められた。彼女の中のすべてが、引き止められることを拒絶した。心が砕け散る前に逃げ出したい、彼の視線から逃れたい。彼に見られたくなかった、知られたくなかった。なすすべもなく腕をつかまれたままだ。彼が放してくれないかぎり、腕を振りほどくことはできない。それはわかっていたけれど、なんとか振りほどこうとした。無駄でもそうした。

「そういうことなら」うなり声にちかかった。彼が動いた気配はしなかったのに、いま、彼は背後に立っていて、言葉の響きが、セラの剥き出しの神経の先っぽを撫でた。「ちがってくるな」

　やみくもに頭を振った。彼が言うことはすべて哀れみに聞こえる。そんなの耐えられなかった。「いいえ。ちがわない」もう一度腕を引っ張る。

「いや、ちがう。教えてやる」

彼は腕を放したけれど、セラのウェストを両手でつかんで自分のほうへ向き直させた。彼に顔を見られたくなかった。打ちひしがれた姿を晒したくなかった。急いで下を向くと、額を彼の胸に休める格好になった。石鹸の匂い、男の匂い、熱い肌の匂いがした。鼓動が聞こえる。くぐもっているけれど、力強く安定した鼓動が誘いかける。頬を押し当ててごらん。そうすれば聞くだけでなく、感じることもできるよ。誘惑に抗う。心がズタズタだから、耐えることしかできない。

ゆっくりと、慎重に、彼が抱き寄せてくれた。

熱を間近に感じる。胸とお腹を感じる。あたたかな肉に包まれた隆起する鉄のようだ。大きな両手が尻のほうへと滑ってゆく。筋肉質な長い腿を感じる。太くて硬いものがお腹に押し当てられ、彼の両手が尻をつかんで前後に揺すり太くて硬いものに擦りつける。最初は拒絶で、つぎはこれで痛めつけるなんて、気持ちを掻き乱すなんて。セラは頭を振った。「わたし――やめて。意味がわからない」

彼の左手が尻から離れ、髪をつかんでぐいっと引っ張り、顔を仰向けさせた。鋭いグリーンの瞳に浮かぶ表情に幻惑される。忍び寄ってきたオオカミの貪欲な視線に凍りつくウサギみたいだ。

「これならわかるだろう」彼がキスした――こんなキスは生まれてはじめてだ。彼女を貪り、虜にして、ほかのキスを頭から消し去ろうとするキス、あまりにも激しくて、あざが残りそうなキスだった。彼の唇は固く引き締まり、舌は気がつくと口の中に入ってきていた。彼が食らいつく。深く入り込もうと彼女の顔をのけぞらせる。彼女の服を剥ぎ取って壁にぐいぐい押しつけたい、そんな感じのキスだった。

彼の味わい……ああ、彼の味わいときたら。

彼女の中の小さな部分では、彼を押しのけて不満をぶちまけたいと思っていた。断る、と言ったくせに。そのひと言でズタズタにされた。それがいまは二度と離さないと言わんばかりにキスしている。押したり引いたりする男女の駆け引きに慣れていないから、ただうろたえるばかりで、いっそ彼を殴ってやりたい。

そうする代わりに腕を回し、シャツをつかんで握りしめ、キスを返した。内なる飢えと熱情のありったけを込めて、両手の下に感じる強さを楽しみながら。でも足りなかった。シャツを握っていた手を放して背中に指を埋め、身悶えした。満たされるためには、二人とも裸になって、彼の下になり、虚しさに疼くところへと彼を迎え入れなければ。

手が濡れている。ベタベタする。

不快な感覚が意識にのぼり、なんだかおかしいと気づくまでに間があった。彼がようやく顔をあげたので、セラは息をついて見あげた。ぼんやりと親指と人差し指を擦り合わせた。彼がもう一度顔をさげてきたとき、セラは眉をひそめて言った。「待って」

セラの気がそれたことに気づいて、彼がハッとなる。首をかしげ、聞き慣れない音がするのかと耳を澄ました。犬はハーハー言いながら、テーブルの下に寝そべっている。危険を察知した様子はなかった。ベンは彼女に視線を戻した。「なんだ？　なにか聞こえたのか？」

「いいえ」彼の体に回していた腕をほどき、手についた赤いしみを不思議そうに見つめた。

「これはなに？」

彼はその手を見てほっとした顔をした。「血だ。それもおれの血。たいしたことじゃない、ちょっと切っただけだが、また出血したにちがいない」

彼女は口をポカンと開けた。「冗談でしょ」

「なにが？」

「また出血したのに、たいしたことじゃないですって？　さあ、背中を見せて」

彼が例の無表情になる。なんであれ人に指図されてやるような人間じゃない、と言っている表情。セラは理解した。大騒ぎされたくないのはわかる。でも……でも――二人があんなふうに通い合ったあとだから、内心震えていた。できればほかのことに意識を向けたかった。

「あなたはわたしにキスした」きっぱり言う。「だからわたしには権利がある。気に食わなかったらごめんなさいね。さあ、向こうを向いて」

無表情からおもしろがっているような、それにちかい表情へと変化した。「キスがきみに権利を与えたのか?」

「そうよ」あんなふうにキスされたことはなかった。でも、細胞レベルでわかったのだ。ベンとのあいだに起きたことは、彼女の想像をはるかに超えるものだってことが。こんなに強く出るのもはじめてだけれど、大変なことが立てつづけに起きた二十四時間だったから、生まれてはじめてのことをやるのが習慣になってしまったようだ。居心地のよいゾーンからはみ出しているのにまだ機能していられるなんて、愉快だし、恐ろしい。でも、それがなに? このままいくしかない。「シャツを脱いで――」指で丸を描く。それから、彼がやることを眺めるうち、息をするのを忘れた。

15

黒い眉を吊り上げたものの、彼はシャツのボタンをはずしはじめた。ボタンがひとつはずれるごとに見える範囲が広がる。胸、お腹、また息をするのを忘れた。胸の真ん中を占める菱形の濃い胸毛、それは胸全体にもうっすらと生えていて、だんだんに狭まりお腹へとつづいてゆく。両手をあてがって撫でてみたい。でも、彼の瞳が欲望に燃えているので、ここで彼に触れれば背中の傷はほったらかしになってしまう。

彼はシャツを椅子の背に掛け、後ろ向きになった。セラは小さく息を呑む。傷口はガーゼで覆われてはいるが、血で真っ赤だ。ガーゼは七センチ四方の小さなもので、まわりの皮膚は変色していた。傷口そのものは小さいみたいだが、当たったときの衝撃はかなりのものだったのだろう。手を伸ばしてガーゼをそっと摘む。まわりはすぐに剥がれたが、中心部はくっついて離れない。

「なにがあったの？」セラは傷口をよく見ようと顔をちかづけた。

「薪にする木を伐っていたら、急に倒れてきておれに当たった。たいしたことない。縫う必要もないぐらいだ」

「でも、出血してるわ」

「手が届かなくて止血パウダーをつけられなかった」

「それでガーゼが血を吸って傷口にへばりついたのね。お湯で濡らさないと。救急箱はどこ?」彼の言うとおり、傷そのものはたいしたことなさそうだ。そうでなければ、こんなふうに動きまわれないだろう。でも、傷口にしっかり包帯を巻く必要がある。

「バスルーム」彼が長い間を置いてから言った。余計なことはするな、あのキスはそんな御大層なもんじゃない、と言おうかどうか逡巡したせいだろう。セラは無理に自分を奮い立たせた。さもないと彼の手当てをしないままここを去ることになる。

「案内して」息詰まる瞬間だ。

彼はしばらく動かなかった。心の中で「ええい、どうとでもなれ」とつぶやくのが、セラには手に取るようにわかった。ベッドルームの奥のバスルームへと、彼はセラを案内した。セラはすぐ後ろをついて歩き、立ち止まってまわりを見まわすようなことはしなかった。早く手当てしないと彼の気が変わってしまう。彼の人に対する忍耐の泉はとても浅いから。それでもさっと視線を配った。ベッドルームもリビングとおなじ印象を受けた。飾り気がなく機能的。置かれたラグも飾りというより実用的だ。足元をあたたかくしておくため。ベッドにはダークグリーンの毛布が掛かっている。ベッドカバーも枕もなし。

バスルームもほぼおなじで、セラが思っていたより広かった。ダブルシンク、バスタブ、ガラスのドアで仕切られたシャワールーム。石鹸の匂いがして、湿気が残っている。その二つが同時に存在する場面にはこのところお目にかかっていなかったので、セラは立ち止まり眉根を寄せた。シャワールームのドアは開いたままで、床が濡れている。それだけではない。ラックに掛かったタオルは使ったばかりのようだ。

「おたくの……その、シャワーはいまも使えるの？」リビングエリアでは薪ストーブが燃えているけれど、バスルームは予想以上にあたたかい。彼女の家のバスルームよりはるかにあたたかい。

「重力を利用したシステムと水を沸かすソーラーパネル」

お湯。ため息を呑み込む。テレビを観られないのも、買い物に行けないのも辛い。エアコンが使えないのも。でも、いちばん辛いのは熱いシャワーを浴びられないことだ。

彼はかっこいい救急箱を取り出して洗面台に置き、トイレの蓋をさげて後ろ向きに座った。「止血パウダーをつけてくれるだけでいい」

セラはどしっとした黒い救急箱の口を開け、中身をあらためた。抗菌シートと抗生物質の軟膏、止血パウダー、絆創膏を取り出した。使い捨ての手袋を探したが見つからないので頭の中で肩をすくめた。ためらいながらもお湯の栓をひねる。お湯が出るなんて奇跡の範疇に思われたからだ。お湯が流れ出した。

「わあ、すごい」小さく言い、石鹸で手を洗った。

「なにが？」

「お湯が出ること」手がきれいになると拭く手間を省き、ガーゼパッドを二枚取り出し、一枚にお湯を吸わせ、背中の傷を覆う真っ赤なガーゼに押し当てた。もう一枚をその下にあてがい、血の流れを止めた。ガーゼにお湯が染み込んだところでそっと剥がす。へばりついた部分が少し剥がれ、傷口から血が溢れた。

「さっさと剥がして終わらせてくれ」彼が肩越しに言う。

それがいちばんいいのだろう。どっちにしても血は流れるのだから。パッドは血を吸い込んでおり、これ以上濡らせない。顔をしかめながらガーゼの上側を持ってぐいっと引っ張った。剥がれたガーゼを即座に傷口に戻し、ギュッと押した。

「止血パウダーをつけろ」

「振りかければいいの？」

「それだけじゃない」彼が前屈みになった。「振りかけたら指で叩きつける」

袋を破り、白い粉末を傷口に振りかけ、出血がひどい部分に粉を集めると、彼に言われたように叩きつけた。数秒で止血がはじまり、三十秒ほどで血が止まった。

傷口のまわりを拭き、血が完全に止まったのを確かめてからそっと粉をぬぐい取った。皮膚はギザギザに裂け、まわりは腫れてあざになっている。「氷があればいいのに」セラはそこで口ごもる。「あるの?」

「いまはない」

必要なら作れる、という口調だった。「ないものがあるの?」

「衛生テレビ、エアコン、インターネット」

「その三つはわたしも恋しいわ」セラは小さく言い、抗菌シートで傷口を拭いた。「でも、蛇口から出る水のほうがもっと恋しい」ギザギザの傷口をたんねんに見る。「一、二針縫ったほうがいいと思う」

「縫ってくれる人間を探しに行くほど切羽詰まっちゃいない。きみがやってくれるならべつだ。救急箱に縫合糸が入ってる」

「やってもいいわよ」自信なく傷口を見る。「でも、一度もやったことないの」彼の肌に針を突き刺すだけの度胸が自分にあるとは思えなかった。でも、それを言うなら、三か月前までは、いまやっていることが自分にできるとは思っていなかった。だから、ベンが望むなら、縫合することもできるだろう。

「バタフライ型絆創膏を貼ってくれるだけでいい」

それで大丈夫とは思えなかったけれど、抗菌シートで傷口を丁寧に拭いてから抗生物質の軟膏を塗った。彼にとってこれがはじめてのけがでないことは、見ればわかった。ウエストラインの左側に星の形にすぼまった白い傷跡がある。左肩から背骨を斜めに横切って右の肋骨まで、長く細い傷跡が走っている。いまの傷口のちょっと上、右肩には筋肉を抉られたような小さな深い傷跡があった。皮膚の破れ具合から見て、この傷も痕が残るだろう。

軍隊のことはよく知らないが、彼が長く従軍していたことや、彼の体が戦士のそれだということはわかる。苦痛に強いこと、自己犠牲、それに鋼の精神がなによりの証だ。これらの傷跡は戦場で受けたのだろう。まあ、自動車事故の可能性もないことはない。だいぶ低いけれど。彼が孤独を好むのは、生まれつきの性質というより経験からきたものだろう。そう思ったらかわいそうでたまらなくなった。傷跡を撫でたい衝動に駆られたが思いとどまった。彼はいやがるにきまっている。どんな傷を負おうと、それは彼の過去に属することで、共有できるものではない。

できるだけそっと傷口を寄せて、何か所かにバタフライ型絆創膏を貼り、上から厚いガーゼを当ててテープで固定した。「わたしは医者じゃないけど、テレビでさんざん観たし、オリビアのけがの手当てもずいぶんやってきた。だから言うわね。一週間は木を伐らないこと、傷口を濡らさないこと」

彼が肩越しにちらっと見る。今度ばかりは確実に言える。彼はおもしろがっている。

「どうやってシャワーを浴びたらいい？」

「ああ……そうね、二日間はシャワー禁止。きつい肉体労働をしなければ、それほど汚れないし、汗もかかないでしょ？」出したものを片付ける。「でも、気をつけてね。感染の兆候が出たら見逃さないで。渓谷におりてきたら、わたしがなんとかするから。よく効く湿布を作ってくれるハーバリストのカップルがいるの」

「はい、わかりました」彼は立ち上がって向き直った。顔の前に、ワオ、彼の胸がある。馬鹿なことをやりだす前に、セラは顔を背けた。なんとか落ち着きを取り戻したところなんだから。でも、セラの申し出に対し、彼がいともかんたんに〝断る〟と言ったことを忘れてはいなかった。

彼がまたウェストを両手でつかんだ。親指でお臍の両側を撫でる。さりげないけれどゾクゾクする感触に、乳首が硬くなりヴァギナがキュッと縮まった。彼に体を投げ出し触れ合いたかった。彼が触れてくることに驚いている自分がいる。思わず両手を彼の腕に当てていたものの、その驚きがセラを押しとどめていた。「あすの朝、店に行って集まった連中と話をする」彼がつぶやいた。鋭いグリーンの目が彼女の唇から胸へとさがっていった。「おれたちがいつセックスをやるにしても、取引の一部ではないからな。わかっているよな？」

セラは無言でうなずいた。〝いつセックスをやるにしても〟って、既成事実ってこと？

そう。

セラは受け入れた。望んでいる。問題は〝いつ〟の部分。

「そろそろ戻らないと」その〝いつ〟がいまだったらいいのに。無理だとわかってはいるけれど。キャロルの様子を見て、夕食の支度をしなければ。ナンシーが泊まりに来てくれるから助かっている。セラはもうエネルギーが尽きかけていた。暖炉の前のソファでキルトにくるまって眠りたい。ゆうべの睡眠不足を取り返したかった。

彼がシャワーのほうに首を倒した。「帰る前にシャワーを浴びていかないか?」

セラは口をあんぐり開けて彼を見あげた。あたらしい車を買ってやるとか、誘いかけるようなことを言ったわけではない。シャワー！　この二か月、小川から汲んできた水を暖炉であたためて体を拭くのがせいいっぱいだった。髪を洗うのがまたひと仕事で、暖炉の前に座って乾くまでじっとしていないといけない。なんとか清潔に保ってきたが、熱いお湯のシャワーなんて、究極の贅沢だ。

彼がほぼ笑っている──完全な笑顔ではないけれど、かなりちかい。「きみの顔を見ればわかるな。答えがイエスだって。バスタオルとウォッシュタオルはそこ」彼がリネンクロゼットを指さした。「しゃれた香りの石鹸もシャンプーもないが──」

「かまうもんですか！」彼女は早口に言い、シャツの裾に手をやった。そこで手を止め、顔を赤らめる。彼の前で裸になる前に両手をおろす。

「どうぞごゆっくり」彼が出ていきドアを閉めた。

大急ぎで服を脱ぐ。脱ぐというより剥ぎ取る感じだ。シャワー！　熱いシャワーを浴びられるなんて！

ベンはシャツを羽織ると犬と一緒に家を出た。裸の女――それもただの女ではない、セラ――がシャワーを浴びている家にいたら、自分がなにをするかわからなかったからだ。物静かでやさしいセラ、炎のようなキスを返してきたセラ、いまだにタマが疼いている。彼女の反応だけではない。厄介だが重傷ではない肩の傷を見たときの心配そうな表情、手当てをしてくれたときのやさしい触れ方。これまでのけがはすべて戦場か陸軍病院で診てもらったが、いずれの場合もやさしい扱いは受けなかった。彼女は傷を治療したのではなく、彼の面倒をみてくれたのだ。戦闘部隊の一部である兵士として以外に、自分自身として面倒をみてもらったことなどたぶん一度もなかった。

事態は思わぬ展開となった。ドライヴウェイを登ってくる彼女を見た瞬間から、事態は急展開を見せた。

クソッ。彼女は肝っ玉が据わっている。男のタマのほうは、そのうち立派なことを証明してみせるとして、彼女は欲しいものを手に入れるためならなんだってやる。それも自分のためではなく、まわりの奴らのために。彼女がなにを差し出したのか、奴らが知ることはないし、そもそも彼女の自己犠牲に値しない連中だ。

自己犠牲？　いや、自己犠牲でも代価でもない。彼女が望むようにやってやるつもりだ。

余計な紐はついていない。そのあとでなにが起きようと、それは二人が望んだことだ。

町の連中、コミュニティの連中とは断じて関わりになりたくなかった。まあ、ウェアーズ・ヴァレーは町というほど大きくない。町だろうとなんだろうと、連中とは関わりになりたくなかった。ところが、いまや関わり合っていて、連中は助けを必要としている。もっとも、あの老夫婦、リビングストン夫妻のことは心配だった。あんなことがあれば精神的にまいって当然だ。乗り越えるためには、自宅でまた心安らかにすごせるようになるためには人の助けが必要だ。

彼は犬に目をやった。まわりで飛び跳ね、何にでも鼻をつけて匂いを嗅ぎまくる。責任をとることも、犬の相手をすることも望んでやってきたわけではないが、いまは慣れた。ひざまずき、耳の後ろを掻いてやる。彼が腿を叩くと、ひょろっとした若犬はすっ飛んできて嬉しそうに体をくねらした。ひざまずき、耳の後ろを掻いてやる。「おまえがいなくなると寂しいぜ、ボーイ。だけど、おれよりもっとおまえを必要としている老夫婦がいるんだ」そう言ってはじめて、自分が犬を必要としていたことに気づいた。「思い切り甘やかしてもらったら、幸せになれると思わないか？　あんまり狩りはできなくなるけど、ものすごく大事にされるぞ」リビングストン夫妻に犬を飼う気はないかもしれない。マウンテン・カーは番犬になるから、安心して家で暮らせるんじゃないか。まずは二人の気持ちを訊いてみないと。

まいった、そうなると二人のために狩りをしなきゃならない。二人に犬を養ってもらうために。人と関わるとこれだから困る。まるでクモの巣に絡まれた感じだ。もがけばもがくほど糸が絡みつく。

その糸の一本が、いまシャワーを浴びている。犬を撫でながら思いはセラへと戻っていった。シャワーを浴びたらどうかと言ったときの彼女の表情ときたら、まさに値千金――興奮ものだった。顔に浮かんだのは喜び、驚き、渇望、やさしい茶色い目が熱望していた。シャワーを。

ナニが目覚めた。またしても。そろそろと立ち上がり、ナニがのびのびできるよう隙間を与えてやる。今度ばかりは立ち去るわけにいかない。彼女にああいう表情でこっちを見てほしかった。感情のままに振る舞ってほしかった。

家のほうを見る。彼の中のハンターの本能が目覚めた。シャワールームに裸の女がいる。できれば一緒にシャワーを浴びたい。

16

ベンは犬を連れ、セラを車まで送ってくれた。ショットガンを担ぎ、視線を周囲に配る。いま彼は武装し、油断なく警戒している。セラのほうは、ここにやってきたとき、登ることにせいいっぱいで、まわりの景色を見ている余裕はなかった。パトロール・チームのメンバーたちは彼から学ぶことがいっぱいあるだろう。でも、セラだって学ぶべきだ。渓谷の安全を守るのは、みんなの責任なのだから。

気分爽快だった。毎晩、石鹸(せっけん)で体を洗ってはいたけれど、降り注ぐお湯を体に浴びる気分ときたら、ただもうすばらしかった。セラはいま彼の石鹸とシャンプーの匂いに包まれている。香りがついていないふつうの石鹸とシャンプーで、それもよかった。暖炉の前に座り、手櫛(てぐし)で髪を乾かした。ずっとそうしていたかったけれど、責任ある仕事が待っていると思うと落ち着かなかった。

車のそばまで来たのでポケットからリモコンを取り出し、ドアのロックを解除した。彼に申し訳ない気分だった。「トイレも使わせてもらったわ」声に恥じらいが出た。喜びも。

「わかってる。聞こえた。流さなかったら、そっちのほうが驚きだ」彼がセラを横目でちらっと見た。あきらかにおもしろがっている。「水を流すのがふつうだ」

思わず彼の腕に拳骨を食わせ、自分のしたことに気づいて手を口に当てた。顔が火照る。

「ごめんなさい」手を口に当てたまま言う。「そんなつもりじゃ——わたし……」言葉が尻すぼまりになる。たったいま彼を殴っておいて、わたし、殴っていない、と言うのも変だ。

「戯れに人を叩いたこと?」彼はセラを見下ろし、ウェストに腕を絡めて引き寄せた。

「叩いたとも言えない。ほとんど感じなかった。つまり、おれは感情を傷つけられたから、きみは埋め合わせをしなきゃならない」

彼の感情が……傷ついた? きょとんとした。それから、目の前がパーッと開けた。つまり、彼はふざけている。ふざけるですって! ベン・ジャーニガンが! 全身がフワーッとあたたかくなり、顔に笑顔の花が開いた。「これで気分がよくなるかしら?」彼にキスする。そんなことをしながらも、彼に抱き寄せられていることにも、自分が彼にキスしていることにも面食らっていた。きょう一日でなにもかも変わった。想像もしなかったことが、現実になっているのだもの。

「なるな」彼が言い、あとを引き継いだ。

もう長いこと男性に惹かれることがなかった。自分の中に情熱が眠っていることを忘れていた。ちょっと触っただけで彼に火をつけることができるなんて。ジーンズの中の太く硬いものが、それを証明している。しぶしぶではあっても、彼は求めてくれていたのだといまならわかる。セラが彼に惹かれていたように、彼もセラに強く惹かれていたのだ。そう思うとゾクゾクする。じきに彼とセックスすることになるだろう――一週間以内には無理だろうけれど。キャロルの面倒をみなきゃならないから。でも、そう先のことではない。アダムと別れてから、セックスとは無縁だった。自信が砕け散ったせいで、デートでさえ避けてきた。でも、もうじきベッドをともにすることになる男性に比べると、アダムはバービーのボーイフレンド、ケン人形みたいなものだ。それも男のしるしを持たないケンだ。

彼がセラを自分のほうに向かせて車のボンネットに乗せ、脚のあいだに立った。自然な感じだ。もう何か月も……一時間じゃなくて……こういうことをやってきた二人みたいに自然な感じだ。彼が硬いものをあそこに押しつけて前後に擦ったものだから、セラの息が荒くなった。

「ああ」息が途切れがちになる。彼のうなじに指を埋める。

彼が喉の奥で低くうなり、セラから離れた。失望の波に洗われたけれど、それは彼の顔を見るまでだった。服の上から触れ合っただけなのに、彼はいきそうになっている。それがわかり、嬉しさにボーッとなった。彼をその気にさせられることが嬉しかった。うつむいて彼の肩に頬を寄せた。目の前に首筋が見える。熱い男の匂いに包まれて、興奮と喜びが湧き上がる。

「そろそろ帰ったほうがいい」彼の声は低く掠れていた。

「そうね」やることが山ほどあるし、考えることも山ほどある。山を登ってきたときは運命に立ち向かう気分だったけれど、二人のあいだにあんなことがあったいまは、学校をずる休みしたときみたいに気持ちが浮き立っていた。ベン・ジャーニガンとセックスすることになる。ちかいうちに。渓谷の現状は変わらない。緊張と困難と迫り来る危険で予断を許さない。でもその一方で、みんなが人間らしさを失うことなく、脈々とつづいてきた日常を生きている。それはすごいことだ。性的に惹かれること、ホルモンとフェロモンで頭がクラクラすることは……こういうときだからこそ釣り合いをとるために必要だと思う。

彼がボンネットからおろしてくれて、運転席のドアを開けてくれた。「あすの朝早く、店のほうに行く。九時はじまりだって言ったよな。でも、みんな夜明けとともに列に並ぶだろう」

「全員に分けられるだけのガソリンがあることを願うわ」

「少しでもなにもないよりはいい。みんなに行きわたるようにうまく分配しなきゃな」

心残りだけれど彼から離れ、暖炉のない家のための、暖をとり料理するための火鉢作りのアイディアを彼に語った。陶器を焼く陶工と窯が見つかりさえすれば、実現できる。彼がうなずいた。「いいアイディアだ。工芸品がこれだけ出回っているのだから、陶工の一人ぐらいいるだろう。火鉢ができたら、下に耐火レンガかスレートを敷くといい。あるいは砂場みたいなのを作るか。床が燃えないように」

「考えることがまた増えたわ」セラはため息をついた。「どんな解決策にも問題のひとつ、二つはあるものなのよね」

「それが世の習いだ」彼がもう一度キスした。まるでどんなチャンスも逃さないみたいに。望むところではあるけれど。

　車を方向転換して山をくだるあいだ、事態が複雑化していくことに思いが向かった。ろくろを回す女性がいると教えてくれた人がいたけれど、あれはどうなっただろう。きょうはあまりにもいろんなことがありすぎて、聞いたはずの陶工の名前を思い出せなくても、当たってみると言ってくれた人の名前は憶えている。なによりもまず、その人に尋ねてみないと。

　キャロルの家に寄るつもりだったが、髪がまだ濡れているし、一人でいても顔が火照ることを考えて素通りした。なぜ髪が濡れているのか説明する気はなかった。ベンの家でシャワーを浴びたなんて誰にも知られたくないし、ベンだって、家にすばらしく熱いお湯の出るシャワーがあることを、誰にも知られたくないだろう。家に戻ると暖炉に火を熾し、火にあたりながら髪を乾かした。ああ、頭のてっぺんから足の先まで清潔って、なんて気持ちがいいんだろう――こんなささいなことで、人間って幸せになれるのだ。乾いた髪を後ろでまとめてヘアクリップで留めた。最近はいつもこうしていた。

キャロルの家まで歩き、声もかけずに玄関を入った。「患者さんの具合は?」バーブに尋ねる。

「聞こえてるわよ!」キャロルが部屋から怒鳴った。機嫌が悪そうだ。

「町中に聞こえるわよ」セラは言い返し、起きているのがわかったのでキャロルの部屋に入った。

「あ〜あ」キャロルが落ち着きなく寝返りを打つ。熱はなさそうでよかったけれど、気分がよさそうでもない。二十四時間が過ぎて、打ったところが青あざになっていた。顎の部分もゆうべは赤らんでいるだけだったのに、いまはひどい有様だ。「脚は痛いし、肋骨は痛いし、頭は痛いし。もううんざり。退屈でたまらない。リビングルームに移動したい」

「残念だわね。ポータブルトイレまでなら移動できるけど、それ以上は無理。本でも読んだら?」

キャロルが睨む。「本ならあるわよ、ありがと。あなた、いつから暴君になったの? 権力は人を駄目にする」

セラは吹き出し、屈み込んでおばの額にキスした。「あなたがわたしを後釜に据えたんでしょ。だから、わたしが暴君になったのはおばさんのせい」

おばは痛がっているし、鎮静剤が効いているし、苛立っているが、観察眼に曇りはないようだ。目を細めてセラを見た。「なんだかちがう。何かでハイになってるみたい。マリファナでも吸った？」

「ひどい一日だったのよ」セラは言う。「マリファナでも吸いたいって、二回ぐらい思った。吸い方を知っていればね。バーブかオリビアから聞いてるでしょ。リビングストン夫妻の家であった事件」

「何者かが押し入ったって、バーブが言ってた。ジムとメアリー・アリスは無事なんでしょ」また目を細める。「そうじゃないの？　どっちかがけがをしたとか？」

セラは椅子を引いてきてキャロルと向かい合わせに座った。「そのことなら、二人とも無事よ。でも、男が銃を持っていて、ジムが撃ち殺したの」

キャロルがハッと息を呑んだ。「まあ、なんてこと」

「できる範囲で処理したわ」セラは事細かに説明した。「写真を撮り、トレイが苦労して指紋も採り、セラが事情聴取してジムに署名してもらった。「ほかにやるべきことがあったとしても、どうやったらいいのかわからない。セヴィアヴィルに人をやって保安官を連れてくるにしたって、そもそも保安官事務所に人がいるかどうかもわからない。ほかにも問題があるのよ。渓谷の住人の多くが暖炉のない家に住んでるってこと。灯油ヒーターでなんとかなっている人もいるだろうけど、もっと寒くなるころには灯油がなくなっているだろうしね」

「いつ寒くなってもおかしくない」

「そうなの。実行可能な解決策が陶製の火鉢。渓谷に窯があるとしてね。陶器を焼いていた人を知ってるって女性がいてね」

「モナ・クラウセンが焼いてたわよ。あたしの記憶に間違いなければ」

「そう、その名前！　ずっと思い出そうとしていたの。その女性がその名前を言ってた。調べてくれるって」

「小さな窯を持ってたわよ。彼女とお母さんが陶器を作って、土産物屋で売ってた」

「だったら、いまも窯を持っているか、持っている人を知っていますようにって祈るわ。タンクに残っているガソリンのことを、パトロール・チームのメンバーに話したの。トレイ・フォスターが吸い上げポンプを作ってくれることになって、あすの朝九時から、五ガロン単位で分配することにしたわ」そこで言葉を切る。「小さいほうのタンクのことは言ってないの。わたし、間違ってる？」

「あたしだって言わないわよ。あなたが間違ってるなら、あたしも間違ってる」キャロルはまた寝返りを打ち顔をしかめた。肋骨が抗議の声をあげたらしい。

「やっぱり後ろめたいけど、おばさんやオリビアのことを考えれば――」

「家族は家族」

「パトロール・チームのメンバーが渓谷の人たちに知らせてくれる」ため息が出た。「テッド・パーソンズのことは気にするまいと思ってたけど、わたしの言うことなすことけちをつけるんだもの。マイクとトレイがいなかったら、さっさと帰ってきてたわ」

「いくらそうしたいと思っても、あなたは居つづけるわよ」キャロルがセラの手をやさしく叩いた。「あたしにはわかる。自分ではわからなくてもね」

「テッドは自分を偉いと思いたいのよね。タイヤ販売店ではボスだったわけだから。でも、ここではよそ者で、なにを言っても誰も耳をかたむけてくれない。彼が立ち話をしてた男、マイクに訊いたらディートリックだって――わたしは知らなかった――それから、テッドはすっかりいい気になってガソリンのことをみんなに話していたわ。まるで自分のガソリンみたいな顔をして」

「あたしが知ってるディートリックは、タウンゼンド地区のはずれに住んでる一家だけだけど。ローレンスとゾーイ。二人してメタドンに手を染めている。あたしは二人のこと、まるっきり信用していないわよ」

どこで名前が出たか、セラはそのとき思い出した。はじめての集会を開いたとき、キャロルが言っていたのだ。ゾーイ・ディートリックには老人たちの世話は任せられない、薬をくすねるから、って。ディートリック夫妻はかならずガソリンをもらいに来るだろう。そのガソリンでどこか、そう、麻薬取引が盛んな場所へ移ってくれればいいのだけれど。ノックスヴィルはそう遠くないから、ガソリン二ガロンもあれば行ける。

問題は、ガソリンをとっておこうと給油ポンプを閉じたガソリンスタンドの店主が、セラ以外にもたくさんいるだろうということだ。国中で、オクタン価が落ちて使い物にならなくなる前にガソリンが売りに出されるはずで、ここ当分は、ガソリンを手に入れた人びとが移動をはじめるだろう。都市部より田舎のほうが生き残れるチャンスが高いことぐらい、馬鹿でもわかる。しかも、もとから住んでいる人たちのものを盗んでも生き残ろうとするだろう。

「よそ者が渓谷に入り込んでくるのが心配だわ」セラは言った。「現にやってきた人がいるんだから、これからもっと増えるでしょうね。車に給油すれば、パトロール・チームのメンバーはもっと広い範囲を監視できる。しばらくのあいだだけだけど。でも、それ以外にどんな策を講じればいいのかわからない」そこで黙り込んだ。「それで、ベン・ジャーニガンに会いに行ったの」

痛みを抱え、薬で頭がぼうっとしていても、キャロルは飛びついてきた。目がキラキラしている。「会いに行った？　それでどうなった？　おもしろいことになった？」

「彼はわたしを撃たなかった。おばさんが言いたいのがそういうことなら。わたしの話に耳をかたむけてくれたわ」意志の力を総動員して話すことに意識を向けたので、真っ赤にならずにすんだ。「彼はジムとメアリー・アリスに弱いみたいだから、二人になにがあったか知れば、協力することに関心を持ってくれるかもって思ったの。あすの朝、店に来てくれるって。ガソリンをもらいにみんなが集まっているから、パトロール・チームのメン

バーと話ができるでしょ。一歩前進って感じ。ああ――それと、カーレット・ブロワード
がつっかかってきた」セラは小さくほほえんだ。というよりニヤニヤした。勝利の笑みだ。
「それで、わたしが勝った。勝ったと思う。彼女、ガソリンをひとり占めするなんてひど
いじゃないかって、喧嘩を売ってきたのよ。こっちはテッドにけちつけられてうんざりし
ていたので、応戦したくもなるでしょ」
「カーレット・ブロワード、知らないわね。でも、よくやった。ひっぱたいてやった
の？」
「そんな、まさか。あの体格でのしかかってこられたら、わたし、ぺちゃんこになってる
わ」
「あっ！　誰だかわかった。首にタトゥーがなかった？　ああ、あの女ならやりそうだ
わ」
　セラを後任にするとあれだけ大騒ぎしておいて、何にでも首を突っ込まないといられな
いのは相変わらずだ。退屈していなくても、まわりで起きることはなんでも知っておきた
いのだろう。だからセラはおしゃべりに付き合い、キャロルがうつらうつらしはじめた頃
合いを見てそっと部屋を出た。
　日が落ちるのが早くなり、すでに外は暗かった。バーブとオリビアは暖炉で野菜スープ
をあたため直していた。パンを焼く匂いに唾が湧いた。かんたんな夕食だったが、重労働

その日の出来事を話した。それに加えて、ナンシー・ミーダーが泊まりに来てくれることも伝えた。

「あたし一人でなんとかなるのに」バーブが言う。「交代でやれば大丈夫よ」

「あなたには昼の仕事があるでしょ」セラは言った。それに、料理はすべてバーブがやっていた。オリビアが手伝っているけれど、責任者はバーブだ。「いつもならわたしが泊まり込むんだけど、きょうはいろいろあったし、夜明け前から動きまわっていたから」

「あしたはもっと楽になるとは限らないでしょうしね、ナンシーか誰かが泊まってくれるなら、任せるとしましょうか」バーブはそう言うと、キャロルの分のスープをよそい、皿にパンをのせた。「いまの状態がずっとつづくわけじゃないしね。脇腹の痛みがやわらげば、家の中を歩きまわれるようになるだろうし、鎮静剤も必要なくなる。あたしはあと一週間って踏んでる」

「あたしも手伝うよ。二階で寝るのも、おばあちゃんの部屋で寝るのも変わんないもの」と、オリビア。

「まあそうね」なにもセラがキャロルに夜どおし付き添わなくてもよかったような気がしてきた。オリビアには看病の経験がないが、頭のいい子だし、祖母を愛しているし、看病の基本は難しいことではない。人に任せる、一人で背負いこまない。必要なら助けを求めること、とセラは自分に言い聞かせた。自分を奮い立たせてベンに会いに行ったことが、よい結果を生んだのだから。思い出したら顔が火照ってきた。全身が熱くなってきた。気恥ずかしいからではない。〝いつセックスをやるにしても〟……息が喉に引っかかる。意識が砕ける。

ナンシーが泊まりに来てくれることになってほんとうによかった。きょう、ベンとのあいだにあったことを、この先に起きるであろうことを、一人であれこれ考えて想像する時間が持てるもの。〝この先〟がごくちかいうちであればいい。二人のこれからについて、彼がちゃんと手順を踏みたいと思っているのは理解できるけれど、一足飛びに進んだとしてもセラはかまわなかった。

でも、待つことがいちばんなのだろう。男女の関係にはやはり臆病になる。ベンとそうなりたいと心の底から思っていても、男性と親密になるには心の準備が必要だ。心の半分は、抑えきれないほどの思慕と興奮で張り裂けそうだけれど、残りの半分で不安を感じているのはたしかだった。どうしていいかわからない。この体を彼が気に入らなかったら？女性としてあるべきものは揃っているとはいえ、際立ったものはひとつもない。彼は危険なセックスが好みかもしれない。じつはおかしな趣味があるかもしれないし。危険なセックスも特殊なプレイも、自分にできるとは思えない。だとすると、アダムがそうだったように、彼もあっという間にセラに飽きるだろう。

でも、彼とキスしただけであそこまで舞い上がったことは事実だ。アダムとのセックスだってあんなに舞い上がらなかった。だから、自分を低く見積もるのはやめよう。ベンとだったら自分の限界を軽々と超せるかもしれない。

「なんだか変だよ」オリビアがこっちを見て言った。

セラは慌てて現実に戻り、言った。「わたし、おかしい？　だったらそれは、二十個のボールをいっぺんに放り上げて、扱えるのはたった一個、そんな気分だから」

「ボール一個じゃジャグリングはできないよ。ただ投げてるだけ」

「わたしの言いたいのはそれ。ジャグリングの仕方がわからない」フーッと息を吐く。「うちに帰って寝るわ」

そうした。ただ、ベッドに入る手間を省き、毛布にくるまってソファに丸くなり、暖炉の火の番をした。これまでめったに暖炉に火を熾さなかったのに、いまでは火を眺めることがいちばんの安らぎになっている。

ぐっすり眠ったので、何時間も眠った気分で目覚めたが、暖炉の火が消えていないところを見るとそう長い時間は経っていない。寝ぼけ眼で起き上がり、薪を足し、電池式時計を見て――十時二十四分――ソファに戻った。二度寝をする代わりに、暖炉の火を眺めながらその日一日の出来事を思い返した。長い一日だった。ベンのことを思い、あの強烈ですばらしいキスと先の約束を今一度なぞりたかった。でも、そうする代わりにいろんなことをクヨクヨ悩んだ。

不安でしょうがないのに、原因をこれだと特定できない。心配の種がありすぎる。すでに起きてしまったことで、いまさら変えようのないこととか。あすのガソリン分配のこともあるが、そっちは手伝ってくれる人がおおぜいいるし、ベンも顔を出すと約束してくれたから、パトロールのことは任せれば大丈夫だ。

でも……ガソリンをめぐって騒動が起きたら？　需要が供給を上回ったら？　もらい損ねた人たちは怒りだすだろう。避けるすべはない。ガソリンを産み出せないし、タンクに補給することもできない。パトロール・チームのメンバーが車を満タンにしたあと、一人五ガロンずつ分配するつもりで、来た人全員に行き渡るかどうかはやってみないとわからない。ほかに、窯探しの問題もある。モナ・クラウセンが窯を持っているかどうか、早めにわかると助かる。できれば、タンクが空になる前に。

これらはやるべきことで、心配事ではない。ガソリンを提供すれば、渓谷の暮らしは楽になるだろう。短期間ではあっても。

ガソリンは液体の金だ。

ガソリンはいまや値がつけられないほど貴重だ。自分で使うにしろ売るにしろ、ガソリンを手に入れるためなら、人はなんでもやるだろう。お金より貴重だ。いまやお金で食料は買えないし、暖もとれない。

テッドがローレンス・ディートリックと話をしていた場面が脳裏に浮かんだ。キャロルが言うには、ディートリックはメタドンに手を染めているそうだ。作っているのか、売っているのか、使っているのか、キャロルもそこまでは知らないそうだが、メタドンは死を意味する。メタドン依存者は手に入れるためならなんだって盗む。

そして、セラはガソリンを持っている。

ローレンス・ディートリックや彼の仲間は、あすの朝、セラがタンクを空にするつもりだと知っている。彼女がみんなに知らせるように頼んだのだから。ガソリンを盗むなら、みんなが列を作る前、つまり今夜しかない。早い人は夜明け前から並ぶだろう。そうなったら盗むチャンスは失われる。ガソリンを盗むなら……いまだ。

毛布を跳ねのけ、立ち上がった。誰にもガソリンを盗ませない。

暖炉の火に灰をかぶせ、たくさん重ね着した。必要と思われるものを揃える。水のボトル、たぶんかび臭いグラノーラバー、二二口径ライフル。弾薬ひと箱をコートのポケットに突っ込んだ。警報が出た日に買い揃えたキャンプ用品の中から、使い捨てカイロ二袋といちばん強力な懐中電灯を取り出し、家を出た。二十メートルほど進んだところで立ち止まった。

いったいなにをやってるの？

そんな思いが頭の中に響きわたった。歩みが遅くなる。踵（きびす）を返した。車で行けるのに、なんで歩くの？　ＳＵＶが店の前に駐まっていれば、ガソリン泥棒に対する抑止力になるにちがいない。

すべて妄想かもしれない。ありもしない脅威を作り出しているのかもしれない。そもそもが、肝っ玉と才覚と驚くほどの勇気で、悪者に立ち向かう威勢のいいヒロインって柄じゃない。家族と渓谷の住人たちを守ることに最善を尽くしているだけだ。それだってやりたくてやっているのではない。共通の利益を守ることを、みんなから期待されているから仕方なくやっているのだ。

そのために底冷えのする店で不安な夜をすごさなきゃならないのなら、そうするまでだ。運がよければ何事もなく朝を迎えられるだろう。だいたいが心配しすぎなのだから。心配しすぎるせいで自分から危険に飛び込むというのも、皮肉な話だ。彼女が抱えるジレンマだ。

マイク・キルゴアの家に寄って、なにをするつもりか話しておこうか。一緒に見張り番をしてくれるかも……でも、マイクをはじめパトロール・チームのメンバーは、ただでさえ長時間働いているうえ、早朝にセラを迎えに来たのがマイクだったから、セラよりもっと寝不足だろう。ガソリンの供給が脅威に晒されているのが事実なら、むろん彼を起こすし、ほかのメンバーにも動員をかける。でも、いまのセラは推測で動いているにすぎなかった。

たとえ推測であっても、誰にも知らせず自分一人で店に出向くのは愚か者のやることだ。渓谷の住人たちは、乾電池やランプ用のオイルを節約するため、早く寝る癖がついている。キャロルの家も真っ暗だったが、ナンシー・ミーダーはすぐに起きてくるだろう。

セラがドアをノックすると、やはり一分もしないうちにナンシーの声がした。「どなた？」

「セラです」

ナンシーがドアを開け、セラのＳＵＶに気づいた。「なにかあったの？」

「いいえ、なにもないわ。今夜は店ですごすつもりなので、そのことを知らせておこうと思って」

ナンシーは眠たそうにセラを見つめた。「どうしてそんなことするの？」

「ガソリンを盗むとしたら、今夜が狙い目だから。あすになったらチャンスがなくなるでしょ」

「でも――あなた一人じゃ無理よ！　危険すぎる！」

「思いすごしかもしれないから。わたしの車が駐まっているのを見たら、盗むのを思いとどまるだろうし」

「あるいは」ナンシーがきつい声で言った。「あなたの考えどおりだとして、ガソリンが手に入るなら人を傷つけたってかまわないと思うかもしれない」

そんなふうに言われると気持ちが揺れる。でも、気を引き締めて言った。「ライフルを持ってきたから大丈夫」

ナンシーは黙ってセラを見つめ、腕を叩いた。「気をつけてね」

「ええ」

店に着くとゆっくり周囲を流し、ヘッドライトで暗がりを照らして不審車をチェックした。いなくてほっとした。最初は店の入り口に駐めたが、思い直してタンクを守る位置に変えた。タンクにちかづきたかったら、まず彼女の車を押しのけなければならない。

空っぽの店に入るたび、いつも軽いショックを受ける。生活の糧である店がいまや不毛の地だ。電気が復旧したら……どうなるの？　一足飛びに日常が戻ってくるわけではない。製造業が徐々に生産量を伸ばし、食料生産もはじまり、社会情勢は少しずつ改善されてゆく。物資の流通も最初のうちは滞りがちだろう。銀行はどうなる？　クレジット決済は？ベンのおかげで手元に現金があるけれど、それで何が買えるだろう。

いまのところ、店が生活の糧に戻る見込みはない。春になると、家庭菜園で種蒔きがはじまる。ポテトチップスを買う代わりに、野菜を育てて保存する。セラに売るものがあるとすれば、ガソリンと小麦粉や塩、コショウ、砂糖のような主要食料、それにスパイスぐらいだ。それも手に入ればだ。

ため息まじりに懐中電灯で店内を照らし、貯蔵室と冷蔵庫とトイレを見てまわった。空っぽだ。ドアに鍵はかけなかった。鍵を開けようともたもたせずに、さっと出られるようにしておく必要がある。鍵を回す音は夜の静寂に響きわたる。駐車場に誰かいれば警戒するだろう。

不意打ちが唯一の戦略だ。

ライフルと弾薬の箱をカウンターに置き、懐中電灯を消して奥の椅子に腰をおろした。満ちた月が充分な明かりを提供してくれるから、なにか来ても見分けがつく。ここからだと駐車場が見渡せ、道路のほうからちかづいてくる人がいればわかる。

店内は凍えるほど寒かったが、めいっぱい重ね着して靴下も二枚穿(は)き、ダウンコートを羽織っているから、窮屈だけれど惨めではなかった。それもあと数時間の辛抱だ。人びとが列を作りはじめ、タンクから離れた場所で焚(た)き火し、火にあたりながらおしゃべりすれば、ガソリンを盗もうなんて不埒(ふらち)な者のつけ入る隙はなくなる。

ベンがそばにいてくれたらと思う。愛を交わすのに適した場所とは言えないけれど、彼がそばにいてくれたらそれだけで幸せだ。おしゃべりをしなくたって、赤いオーロラの夜にそうしたように並んで座っているだけでいい。彼の味わいや感触を思い出したら笑みがこぼれ、会いたくてため息が漏(も)れた。

誰もいない駐車場から、目の前に黒々と聳(そび)え立つコーヴ・マウンテンへと視線を転じた。灯(あか)りがないからベンの家はあそこと指させないが、だいたいの場所はわかる。彼はいま、自分のシャワーと自分の犬、それにソーラーパネルとストーブで燃える自分の薪、ほかにもいろんなものと一緒にあそこにいるのだ。彼をここに呼べないなら、わたしがあっちに行きたい、とセラは思った。そのほうがずっと居心地がいい。

いま何時？　服を着替え、キャロルの家に寄ってここに来てから、三十分と経っていないだろう。二十分ぐらい。だとするとまだ十一時前だ。つまり、あと七時間もここで頑張らなければいけない。寒くて暗い中、じっと座っているのは退屈だけれど、それはいいことだ。つまり、何事もないということだから。

いつセックスをやるにしても……。

二人が交わした言葉が頭の中をぐるぐる回る。それに、彼の腕や、いつも穿いているジーンズに包まれた見事なお尻、バランスのよい男らしい顔を鮮明に思い出した。思わず唾を呑み込む。映画スターやミュージシャンや知ってる男性と、空想の世界で遊んだことはなかった。脳がそういう方向に働かない質だ。ただ、彼のことを思うあいだだけは、寒さを感じないし目を覚ましていられる。

正面の窓の左隅で光がチラチラ動くのを目が捉えた。セラはさっと立ち上がってライフルを取り上げた。構えはしない。持っていると安心だから。店に誰かちかづいてくる。

一秒後、満月のおかげでやってくる人の姿かたちがわかった。

オリビアがドアを開けて入ってきた。懐中電灯の弱い光が床を照らす。

「いったい何考えてるの?」セラは言い、ライフルを置いた。誰に対してもめったにきつい声は出さないが、ヒヤリとさせられたのだからしょうがない。女の子だとわからなかったら? パニックをきたし、むやみに発砲していたら? パニックをきたすタイプではないけれど、大切なオリビアが相手だから、いろんな可能性を考えてしまう。

ブーツに重いコートにと、オリビアもセラと同様、着膨れていた。肩からキャロルのライフルをさげ、小さなトートバッグを二つ持っていた。

「まさか一人で行くなんて思ってもいなかった」オリビアがセラの質問に答えて言った。

「ナンシーがよく許可したわね――」

「彼女は知らない。裏口から出たから。でも、ベッドの上にメモを残してきたから、行く先はわかってるはずだよ。おばちゃんの車の音がしたから、それで話に耳を澄ましたの。ベッドに戻ろうと思ったけど、おばちゃんが一人だってことが心配だからさ、着替えて、ここに来た」

「家に戻りなさい」

「おばちゃんが戻るならね」意地を張るつもりなのが、セラには口調でわかった。オリビアは店の奥から椅子を持ってきて、セラの椅子と並べた。ライフルをカウンターに置き、トートバッグを床に置いた。すでに弱くなった電池を節約するため懐中電灯を消した。

セラは自問自答していた。自分とおなじことをやったオリビアを叱れる? この二か月で、この子はすっかり大人びてきた。だからこう言うだけにした。「あなたになにかあったら困るもの」

「おばちゃんになにかあっても困る」オリビアが言い返した。これでは話にならない。どちらもしばらく黙っていた。オリビアがやおらコートの左ポケットからガサガサいわせて何か取り出し、セラに差し出した。月明かりが射しているから何だかわかった。ピーナッツバター・カップスが二つ。オリビアの大好物だ。ひとつをセラにくれるという。

「隠しておいたの」と、オリビア。「なんかあったときのために」

「チョコがどうしても必要になったときのために」

「いまがそうだと思う」

セラは笑い、チョコを受け取って包みを開き、鼻にちかづけて懐かしい香りを吸い込んでから少し齧った。

「ツナよりまし、だよね?」オリビアの声から笑いを聞き取る。

二人ともチョコをじっくり味わった。「ホットチョコレートを作って持ってこられたらよかったんだけど」オリビアが言う。「でも、ナンシーに聞こえちゃうから、代わりに水を持ってきた」

「わたしもよ」

これでよしとしよう、とセラは思った。オリビアはライフルの扱い方を知っている。といっても、セラと同様まったくの素人だけれど。家に武器がある以上は安全に扱えるようにしておかないと、とキャロルが教えたのだ。

水を飲み、しばらく黙って座っていた。いまのところ静かなものだ。夜明けまでこうであってほしい。オリビアがいてくれて助かる。長い一日だったから、ずっと起きていられる自信がないから。オリビアがいてくれれば、うっかり寝入っても大丈夫だ。キャロルが知ったら大騒ぎするだろうが、心のうちでは孫を誇りに思うだろう。

しばらくしてセラは尋ねた。「まだ隠してるチョコがあるんじゃない？」

オリビアがため息をつく。「ううん、これで最後。ガレージにバーベキュー・チップスがしまい込んであるかも」

セラは笑った。ストレスの溜まる一日のあとに、まだ笑えるのはいい。自分がなぜこんなふうに進んで立ち上がって必要なことをやっているのか、オリビアが教えてくれた気がする。なぜ自分から前線に身を置くのか、家族や友人や近隣の人たちが必要としているガソリンを、こうやって寝ずの番をしてまでなぜ守ろうとするのか。「ひとつ分けてくれてありがとう」

「どういたしまして。いろんなことがあったんだから、ピーナッツバター・カップスを食べる権利がおばちゃんにはあるよ。もっといっぱいあればよかったたね」

「そうね」

しばらくおしゃべりがつづいた。キャロルの骨折のこと、存在感を増しているバーブのこと。オリビアが大人だったら、セラはベンのことを話していたかもしれない。シャワーを使わせてもらったことや、〝いつセックスをやるにしても〟と言われてじれったい思いをしていること。でも、ライフルが扱えるといってもオリビアはまだ子供だ。それに、自分の――枯渇した――性生活を吹聴する趣味はセラにはない。親友にも打ち明けないもの。秘密主義なのだ。内気で、秘密主義。誰にも言わないことや思いがいろいろある。自分だけの秘密。

セラはウトウトしはじめた。頭が垂れる。オリビアもだったが、長くはつづかない。椅子に座ったままでは熟睡するのは至難の業だから。ときどきおしゃべりで眠気を払った。天気や将来のこと、近所の人たちの噂、たわいもないことだが、どちらもなにも言わない長い沈黙がときおり訪れた。

手足が冷たくなってきた。使い捨てカイロを取り出して揉み、一個ずつポケットに入れ、残りをオリビアに渡した。手袋を脱いでぬくもりを実感する。小さな熱源だけれど手があたたまると、それが全身に行きわたる気がした。また眠くなる。

水を飲んで眠気を払い、立ち上がって歩きまわった。オリビアは椅子をカウンターのほうに引きずってゆき、カウンターの上で腕を組んで顔を休ませた。オリビアは眠らせておいて、セラはコートのポケットに両手を突っ込んだまま窓辺に立ち、冷たい闇を眺めた。

最初はガラスに映った月影だった。素早い動きがセラの視線を捉えた。首をかしげて道路に目を凝らす。つぎにエンジンの音が聞こえた。いまではめったに耳にしない音にアドレナリンが噴出して全身を駆けめぐった。

「オリビア！」切迫した声をあげる。ライトを消してハイウェイをやってくるなんて、ろくな連中ではない。

「なあに？」オリビアがボソボソ言う。

「誰かやってくる」

セラはカウンターからライフルを取り上げ、ドアの脇に立って窓の外に視線を戻した。オリビアが隣にやってきた。キャロルのライフルを銃口を下に向けて持っている。「なにも見えないよ」

「聞こえない？」

エンジン音が大きくなる――それもひとつではない、いくつか。ますますよくない。

「まさか」オリビアがうろたえた声を出す。セラもうろたえていた。ガソリンを盗まれるかもしれないと思ってここに来たのに、複数の人間が車のヘッドライトを消して――こっそり――ちかづいてくる現実に直面すると、胃がキュッと縮まった。なによりも恐ろしいのは、オリビアの身になにか起きることだ。

「カウンターの陰に隠れて」セラは命令した。

「いやよ」オリビアの声は震えていたが、その場を動かない。「一緒にいる」

　セラはドアを開け、閉じないようロックした。まずい処置かもしれないが、防御戦略なんて知らないし、ガラス越しに撃ち込まれたくなかった。彼女の車があるし、ドアが開いていれば誰かいると相手に思わせることができる。そのまま素通りしてくれるかもしれない。

「行列に並ぼうとやってきた人たちかもしれない」オリビアが期待を込めて言った。

「ヘッドライトを消して？」

「だよね」

　車は五台。ピックアップトラック三台に古い年式の車が二台、ゆっくりと視界に入ってきた。店のちかくで停まる。

17

夕食後、ベンはソファで少し眠った。犬はかたわらのラグの上だ。目が覚めてからどうも落ち着かない。肩が痛むせいもあるだろうが、それよりはセラにやさしく触られたせいだ。女に関心が向くのはほんとうに久しぶりだし、セラほど心惹かれる女には出会ったことすらない。きょうの午後、彼女をものにしようと思えばできた。それをしなかったせいで、気でもふれたかとイチモツが吠えまくった。たしかにイチモツの言い分には一理ある。ただ――なにかの代償として彼女を組み敷きたくなかった。思いはそのことに戻る。彼としては、二人とも望んだからそうなりたかった。直感的な判断は正しかった。だから、後悔はしない。

ランプをつけ、ソファにまた横になってしばらく本を読んだが、頭は冴えるし胸騒ぎがするし、このままベッドに入る気にもなれなかった。しばらくして犬が頭をあげ、クンクンいった。ベンは犬を外に出してやり、自分の縄張りに臭いづけさせてやった。やがて犬は戻ってきて眠った。ベンは眠れない。コーヒーを淹れ――これでますます眠れなくなるが、どうせ眠れないんだからかまわない――ポーチに出て暗い渓谷を見下ろした。月は明るく、大気は冷たいが凍えるほどではない。息が白く見える。

月明かりに渓谷を通過する道が銀色のリボンのように見えた。ノックスヴィルから来るバイパスも見える。戦略をどう立てるか考えてみた。外部の人間はどの道をやってくるか、効果的に阻止するにはどうすればいいか。みながみな諦めて引き返しはしないだろう。コミュニティに貢献できる人間は歓迎する。四六時中パトロールする必要はないが、戦略的な場所に歩哨(ほしょう)を配置する必要はある。それに、わかりやすい合図を決め、組織化を徹底する。そして、効率化のために指揮系統を一本化する――つまり、軍隊の組織に倣うのだ。積極的に関わるのはご免だから、セラに約束したように、パトロール・チームのメンバーにやり方を教え、あとは彼らに任せるつもりだ。

それができれば。

現実はそう甘くない。あすの朝、流砂に足を踏み入れ、二度と抜け出せなくなるのがおちだ。渓谷の連中が自衛できるよう手を貸すという考えは、なんとも魅力的だから困る。友人や部下たちの命を奪った政治的判断のせいで心身ともに疲弊したが、彼は骨の髄まで軍人であり、きっと水を得た魚の気分を味わえるだろう。人里離れた場所で仙人みたいな暮らしをしていても、軍隊で身につけた知識と経験を、彼らの自衛対策に役立てることはできる。

そればかりではない。セラは孤立していないことを受け入れなければならない。彼女には面倒をみなきゃならない人たちがいる。家族だけでなく隣人たち、コミュニティ全体。いくらそうしたくても、彼女をここに置いて孤立させることはできない。彼女に惹かれているかぎり、渓谷の人たちと関わらざるをえない。それがいつまでつづくのか——。

ライフルの鋭く軽い銃声が渓谷に響きわたった。

長年の訓練の賜物(たまもの)で、二二口径ライフルの銃声だと聞き分ける前に体が動いていた。山はいろいろな音に溢(あふ)れているし、ここの連中はたいてい二二口径ライフルを持っているが、彼の本能は前方右手、セラの店のあたりから聞こえたと告げていた。

彼が家に入ると、犬が警戒して吠えた。ラックから狩猟用ライフルを取り、カートリッジの箱とケースに入ったままのモスバーグのショットガン、それにトラックの鍵をつかむ。家に入って七秒後にはポーチを駆けおり、十秒後にはトラックに乗り、十二秒後にはアクセルをふかしてドライヴウェイを走りおりていた。

ポーチからトラックに向かうあいだにさらに銃声を聞いた。二二口径ライフルに特徴的な銃声だ。それと、もっと口径が大きなライフルの低い銃声も。

「クソッ！」

彼の落ち度だ。介入することに同意した瞬間から戦略的に考えるべきだったのに、感情の壁の中でぬくぬくとひと晩をすごそうとした。そうすることが大事であるかのように。

ガソリンには計り知れない価値があるとセラに言ったのは彼自身だった。あすの朝、ガソリンを分配するとセラがみんなに伝えたことを、彼は知っていた。論理的に考えれば、ガソリンをひとり占めしたければチャンスは今夜しかない。あすの朝になれば、渓谷の住人たちが店に並ぶ。

二二口径の銃声はセラのライフルのものにちがいない。つまり、彼女はベンの先を読んで、ガソリンを守ろうとしているのだ。

ああ、頼むから、彼女が一人きりじゃありませんように。

車両数台がゆっくりとちかづいてきた。それがセラに見えるのだから、車に乗っている連中からも彼女の車が見えているはずだ。店のドアが開いているのも見えるかもしれない。セラが息を詰めて見守るうち、黒っぽいピックアップトラックが、駐車場の縁の砂利を踏みしだいて店にちかづいてきた。トラックに何人乗っているのかわからないが、荷台に人がいるのが見えた気がした。トラックが停まった。荷台から黒っぽい人影が降りてくる。すべての車が停まった。運転手が降りてきて、荷台や後部座席からドラム缶を取り出す。体つきから全員が男だとわかるが、分厚いコートに野球帽やフードをかぶっているので、顔まではわからなかった。

数えたところ全部で六人――ほかにもいるかもしれない。

くぐもった声が聞こえた。セラのSUVを見ているようだ。かたわらでオリビアが浅い息を吸い込んだ。セラは手を伸ばし、勇気づけるように腕を叩いた。タンクの前に邪魔な車が駐まっているから、もしかしたら諦めてくれるかも……SUVをどかすことができなければ。

三人の男がSUVにちかづいていく。

どうしよう、判断を間違えた？　でも、なにもしないよりはいいし、自分で決めたことだ。ライフルを構え、誰にも当たらないよう空に向かって撃った。

いっせいに地面に突っ伏す。男たちは隠れる場所を探し、やみくもに四方八方へと散った。

一発の銃弾で肝をつぶし、店に武装したガードマンがいると気づいて、彼らが逃げ出してくれることを願った。いまのところ闇はセラの味方だ。店の中に何人いるのか、彼らにはわからない。わかっているのは、襲撃が予想されていたということだ。

銃声がとどろき、店の窓ガラスが砕けた。

パニックが大きなインクの染みみたいに全身に広がってゆく。オリビアが悲鳴をあげた。足元にオリビアが血を流して倒れているのを覚悟し、振り返ってひざまずく。ところが、オリビアはドアの横にしゃがんでこっちを見あげていた。闇の中で彼女の顔は白い染みだ。

「奥へ！」セラは店の奥に隠れていろ、とオリビアに命じた。また銃声。ガラスが砕けて降り注ぐ。顔と手、数か所に痛みを覚えた。オリビアは命令に従わず前に出ると、ライフルを構えて撃った。二発。

クソッ！　クソッ！　ここには銃弾から身を隠すものがないし、オリビアは撃ち返している。逃げないと、いますぐ逃げないと。「裏口から！」セラはなおも言った。車まで行けないが、裏口からなら逃げ出せる。オリビアのコートの襟をつかんで引っ張った。

オリビアは今度は協力的だった。ライフルを手に這って進む。セラもそうした。そのとき、目の前を二つの人影が通りすぎ、店の横手へと消えた。いまさら走っても遅い。裏口を出たとたんに捕まる――でも、裏口のドアは頑丈なデッドボルトでロックしてあるから、正面から入ってこられることだけ心配すればいい。

「遅かった」セラは息をはずませ、誰も飛び込んでこないよう開いたドアから発砲した。さらに銃声。窓ガラスはすべてなくなり、ガラスのドアもスチールの枠だけになった。

こっちが有利な点はひとつだけ、月明かりの下にいる男たちの姿が見えることだ。だが、セラとオリビアは闇に呑み込まれて外からは見えない。恐怖に沈み込みそうになる。オリビアの身になにかあったらと思うと。オリビアを守るために最後まで撃ちつづけるつもりだ。どうしてオリビアを帰さなかったんだろう。しつこく何度でも言って帰すべきだった。彼女の身になにかあったら、キャロルの心は粉々になる。

「カウンターの奥に隠れて！」ヘビーメタルではなく木製だから、たいした弾除けにはならないが、なにもないよりはましだ。セラはオリビアとドアのあいだにいて、ガラスの破片が散らばる床を這い進んだ。

誰か耳にしているだろう。ぜったいに聞こえているはず。真夜中でも銃声は人を目覚めさせる。前夜にリビングストン夫妻の家であんなことがあったのだから、みんな敏感になっている。誰か来てくれる。早く来てよ！

ピックアップトラックの荷台の縁に乗っかるライフルの銃身が、月明かりでキラリと光る。駐車場の左端だ。セラは素早く狙って撃ち、しゃがんだ。すぐに撃ち返され、カウンターが砕けた。オリビアがびっくり箱の人形みたいにパッと立ち上がって撃ち、しゃがんだ。「仕留めたと思う」彼女の声は甲高く、悲鳴にちかかった。

「よくやった！」人を撃ったオリビアを褒めるなんてどういうこと、とあとになって思うにちがいない。そしてたぶん取り乱す。でもいまは、生き延びることに忙しくて、支離滅裂なことしか考えられない。

「冷蔵庫に隠れて！」

少なくとも金属製だ。中からロックはできないが、木よりは頑丈だ。

そのとき、動きが目に留まった。セラのSUVを二人がかりで押している。左側のピックアップトラックの男が銃撃でセラたちの注意を引きつけているあいだに、あんなことをしていたのだ。セラは銃身を移動させて撃った。

あんたたち、馬鹿じゃないの！　渓谷中の人が目を覚まして、こっちに向かってくるって思わなかったの？　ガソリンを盗む唯一のチャンスはそっとやってきて、誰にも気づかれずにそっと逃げることだったのに、そのチャンスは永遠に失われたわよ。ガソリンを盗まれてなるものか、一オンスだってやらない。

もう一度撃つと、左の窓の残っていたガラスが砕け散った。ああ、だめ！　自分の車を撃ったらどうするの？　撃つのをやめたのはほんの一瞬で、頭の中で肩をすくめるとまた引き金を引いた。襲撃者たちを撃退できず、オリビアもろともやられてしまったら、目撃者はいなくなるじゃないの。ＳＵＶを穴だらけにしたって、こいつらをタンクにちかづけない。

駐車場に停まった車の背後に光が見え、一瞬にして消えた。また見えた。別の車がやってきたの？　それとも月光のいたずら？　見たいと思っているから見えた？

考えている暇はなかった。視界の端に動きを捉えた。オリビアにも見えたにちがいない。どちらも発砲した。

外で誰かが叫んでいる。緊迫した声だが、耳鳴りがして言葉が聞き取れなかった。男たちが四方八方に逃げる。ドアが開き、男たちが跳び込み、車とトラックがいっせいに動き出す。まるで猟犬に追われるジャックウサギだ。あっという間に駐車場は空っぽになった。

「いなくなった」セラはぼんやりしていた。声だけは大きかった。

「なに？」尋ねるオリビアも大声だ。

「いなくなった！」

ガラスが割れ落ちた窓から外を眺める。青白い月光がガラスの破片を輝かせる。まるで水面のように。ヘッドライトが闇に穴を穿つ。あちらでもこちらでも。ようやく、人びとが助けに来てくれた――それとも見物に来たのか、結果はおなじだ。

セラはカウンターにライフルをそっと置き、オリビアからライフルを受け取ってそれも並べた。オリビアの体に腕を回して抱き寄せると、震えている。気にすることはない。セラも震えているのだから。

「けがしてない？」大きな声で尋ねた。

「平気。おばちゃんは？」

「してないと思う。ええ」オリビアを抱き寄せたままだ。小さな切り傷はいくつかありそうだけれど、分厚いコートが守ってくれたから大事にはいたらなかった。撃たれることに比べたら、切り傷なんてたいしたことない。

「やったね」オリビアが言う。声は細かったが、得意なのがわかる。「あたしたちで追っ払ったね」

「やったわ」追っ払ったのは応援に来た車だろうが、そんな細かいことは気にしない。

「女の子は勇敢、男の子は腰抜け」オリビアは言い、わっと泣き出した。

セラは慰めの言葉をかけながら、一緒に外に出た。耳鳴りをやわらげようと口を大きく開いた。オリビアから手を離し、両手で耳を押さえると少しはましになった。二二口径ライフルの銃声はたいしたことなかったが、ほかのライフルの銃声がすごかった。焦げた火薬の匂いがあたりに充満し、煙が宙に浮かんでいた。

一台の車がやってくる。セラは相手から見えるようヘッドライトの光の中に進み出て、手を振った。車が停まり、マイク・キルゴアが跳び出してきて言った。「銃声を聞いた」

「男が数人、ガソリンを盗もうとしたの」セラは先を言い淀んだ。この……十五分ぐらい？――に起きたことがあまりに現実離れしているから、うまく言葉にならない。「オリビアと二人で寝ずの番をしてたの、店の中で。二二口径ライフルを持ってきてた」

マイクが店の惨状を目の当たりにして息を呑んだ。オリビアが目をゴシゴシぬぐっている。

「撃ってきたのか？」

店の窓がすべて吹き飛んでいるのだから、見ればわかるでしょうに、とセラは思った。返事をしなかったのは、ほかにも車がやってきたからだ。ほかのより大きな車が一台、反対車線を走ってほかの車を追い越してゆく。みんなおなじ方向に走っているのだから、どの車線を走ろうとかまわない。十台以上が猛スピードでやってきた。セラはオリビアをかばって店のほうへ後退した。銃撃を生き延びたのに、車に轢かれたんじゃたまらない。

銃撃！

非現実感に打ちのめされる。オリビアと一緒に泣こうか、それとも……座ろうか。そう。座らないと。

座ってもいいわよね？「脚がガクガクする」オリビアに言った。「座りましょう」

「ここに？」オリビアが目をパチクリさせ、手であたりを示した。

「そうよ、いけない？」

砂やゴミや駐車場から吹き寄せられた落ち葉で汚れた冷たい舗道に、二人並んで腰をおろした。マイクの車のヘッドライトに、空の薬莢が鈍く光っている。オリビアはセラの肩に寄りかかり、子供みたいに顔を埋めた。セラは彼女をきつく抱きしめ、無傷でここにいられることを感謝した。店のほうは無傷とはとうてい言えないけれど。

車の一団がやってくる。先頭を切るひときわ大きなトラックがタイヤをきしらせて急停車し、前のめりの車体がもとに戻るよりも早くベンが跳び出してきた。手に大きなライフルを握り、ちかづいてくる姿は大きくて獰猛だった。ヘッドライトのまぶしい光を背に、駐車場を大股でやってくる。ほかの人たちがすっかり霞むほど、そのまなざしは強烈だった。

セラの全身にエネルギーが満ち溢れ、あたふたと立ち上がった。その瞬間、彼以外の何も目に入らなかった。かたわらでオリビアも立ち上がった。びっくり箱の人形みたいなセラとベンの動きを不審に思っているのだろうけれど、それでも目を大きく見開いてベンを見つめた。

彼がそばに来た。手を触れていないのに、間近に立っているので彼の熱が押し寄せてきた――体が反応しているせいかもしれない。彼のそばにいると全身がカッと火照るから。彼の瞳の色までは見えないけれど、猛々しい表情は見て取れる。「血が出ている」彼が無表情に言った。

「そう？」セラのほうは驚いた声だった。

指先でそっと彼女の顔に触れ、刺されでもしたかのようにパッと手をおろした。

「ガラスで切ったの」オリビアが助け舟を出してくれた。「窓を狙って撃ってきたから」

ベンはただひと言発した。「誰が？」

セラは唾を呑み込んだ。もしここで、襲ってきた男たちのうちの一人の名前でも口にすれば、ベンは彼らを追い詰めて、自分のやり方で始末するにちがいない。「わからない。わたしが見たところ六人いた。でも、見覚えのない人ばかりだった。全員がフードか野球帽をかぶっていたし……暗かったから。あっという間の出来事だった」

そのときは、あっという間ではなかった。一秒一秒が引き延ばされて、糖蜜の中を歩いているような感覚だった。

かたわらでオリビアが頭を振った。「あたしも見覚えがない」彼女は顔をめぐらし、遅れてやってきた人たちを眺めた。車がつぎからつぎへと駐車場に入ってくる。道の真ん中に駐める人もいるのは、通過する車に気を遣う必要がないとわかっているからだ。

「おおかたタウンゼンドに住むメタドンでイカれた連中だろう」マイクがかたわらに来て言った。「あんたがガソリンを持っていることは知れわたっただろうから」

セラは無理に意識をベンからそらした。「わたしもそう思った。だからここに来たの。盗もうとする人がいるんじゃないかと思って。メタドンでイカれた連中に限らず。できるだけ多くのガソリンを手に入れたいと思うふつうの人たちだっておおぜいいるだろうから」

ベンが喉の奥で音をたてた。うなり声だろう。セラのまわりには、うなり声を発する人なんて一人もいなかった。警戒するよりも体があたたかくなる。その場に立っているだけでせいいっぱいだから、彼のほうに一歩で寄りかかり、腕を回して胸に顔をもたせかけるなんてできるはずがなかった。

いまはなによりもそうしたいのに。

「トラックに救急箱を積んでる」彼が言い、トラックに戻っていった。まわりを取り囲んでいた人たちがさあっと二つに分かれ、距離を取った。マイクはその後ろ姿を眺め、眉を吊り上げてセラに視線を戻した。

「ああ、もっと早く来ていれば」彼が恥じ入る体で言った。「ごめんな。それにしたって、クソ、あっ、悔しいじゃないか。ところでベン・ジャーニガンがここで何してるんだ？」

若いオリビアの手前、彼はすんでのところで〝クソッタレ〟と言うのを回避した。十代の子供たちが船乗り並みの悪態を吐くことは知っているだろうに。オリビアだって友だちと一緒のときはそれなりに汚い言葉も口にする。でも、マイクは昔気質の南部男だから、行儀作法にうるさい。

「さあ、わたしにもわからない。でも、きのう、彼の家を訪ねて、パトロールのやり方について助言してくれないかって頼んだの。そしたら、朝になったら訪ねていくって言ってくれて……もう朝なんじゃない？」もう何時間も経った気がする。最初のうちは退屈しながら、あとになって恐怖のうちに時間が過ぎたから、きっと夜明けは間近だ。

「そろそろ一時ってとこだ」マイクが言った。

まだそんな時間？　驚いた。夜明けまで数時間ある。

「東部標準時間、それとも夏時間で？」オリビアもきょとんとしている。

マイクは口をぽかんと開けてオリビアを見た。頼りない顔でセラに視線を移す。「さあな。きょうは何日だ？　いつ時刻が変更されたんだ？」

シュールな会話だ。セラは、世の中のネジがほんの少し緩んだような気がした。それとも、ショックに対処する自然な反応なんだろうか。「さあね」どうでもいいことなんじゃない？　どこかに行く予定もないし、飛行機に乗ることも守るべき約束もない。

「英国標準時だと〇五四七だ」ベンが言った。ちょうど戻ってきて二人のやりとりを耳にしたのだ。救急箱を置いて蓋(ふた)を開ける。

マイクがうなずいた。「それだと、おれたちの時刻で一二四七だな」マイクが言うと、オリビアはうなずいた。ベンが袋を破って抗菌シートを取り出すのを、オリビアが目を丸くして見つめる。それからベンは、セラの顔を照らすヘッドライトをさえぎらない位置に立つと、丁寧に血をぬぐった。

彼を見あげる。彼におなじことをしてあげたのがほんの十二時間前だ。でも、飛んできたガラスの破片でできた傷より、彼の背中の傷のほうがずっとひどい。セラの顔は少しズキズキするだけだ。ベンの表情から判断すれば、いまにも死にそうってことになる。それぐらい彼は獰猛な顔をしている――抑えてはいるが、獰猛だ。ベンは彼女を痛がらせまいと細心の注意を払っているから時間がかかった。自分でやったほうが早いのに、とセラは思った。

トレイ・フォスター、ハーレー・ジョンソン、ボブ・テレルをはじめ十数人が集まり、小声で話をしていた。口ぶりからも、損害を蒙(こうむ)った店とセラを見る目つきからも怒っているのがわかった。店内に商品はなくとも、彼らの店が襲撃されたのだ。他人事ではない。それに、こうなることを予測できなかったこと、セラやオリビア――まだ子供だ！――を、文字どおり銃弾が飛来する真っただ中に置いたことに申し訳なさも感じているのだろう。

マイクが彼らの輪に加わったので、ベンとセラは二人きりになった。オリビアという監視付きで。

「きみがけがしたのはおれのせいだ」ベンが声をひそめて言った。「考えが至らなかった自分が情けない。ろくでなしはガソリンを狙いに来るにきまってるんだ。今夜しかチャンスはないんだから」

「まさかほんとうにやる人がいるとは思ってなかった」セラは言い、頬の小さな傷の手当てがしやすいよう顔を上向けた。「タンクの前に車を駐めたから、大丈夫だと思ったわ。ここに人がいますよっていう合図になると思った」

「ガソリンは危険を冒してでも手に入れる価値がある」

彼が頬に触れたので、セラは驚いて顔をそらした。「痛っ！」

「ガラスの破片が残ってる。じっとして」彼は屈み込み、救急箱から長いピンセットを取り出し、慣れた手つきでガラスの破片を摘んで抜いた。彼はあらたに流れ出た血をぬぐって傷口を押さえた。

信じられない出来事の連続だったこの晩、セラがいちばん信じられなかったのが、彼に触れられただけで、ズタズタの神経が鎮まり、体の震えが止まり、いまにもパニックに襲われそうな感覚が消え去ったことだ。不思議なことに、ベンは、セラがけがしたことで自分を責めながらも、無謀なことをやってとセラを責めなかった。

セラ自身は無謀なことをやったと思っていたし、二度とあんなことはやらないつもりだが、なんとか切り抜けた。パニックをきたさずにすみ、オリビアも無事だった。この事件で学んだことがある。武装した男たちと対峙することがあったら、もっと大きなライフルともっといい隠れ場所を用意する。予想よりひどい目に遭ったけれど、死なずにすんだ。ああ、でも、二度とこんな目に遭いたくない。

出血がつづきそうな深い傷二か所に、彼は小さな絆創膏を貼ってくれた。「ほかには？」

「手だけ。でも、自分で手当てできる」

「見せてみろ」

セラが出した右手を、彼は左手でつかんでそっと傷口を消毒し、血をぬぐった。傷は浅く、出血は止まっていた。

「おばちゃん、大丈夫なの？」オリビアが心配そうにうろうろしながら小声で尋ねた。

「大丈夫だ」ベンは言い、しゃがんで出したものを救急箱にしまい、蓋を閉じた。「小さな切り傷だけだ」オリビアを見あげる。「きみはどうなんだ？」

「あたしはけがしてない。おばちゃんがかばってくれたから」オリビアがそろそろとちかづいてきて、心配そうにセラを覗き込んだ。二人とも無事なことを確かめようとするように。「おばあちゃんが知ったら、鼻血ドバーッの大騒ぎ」

ベンの口が引きつった。笑ったのでもほほえんだのでもないが、目の端にわずかなしわが寄った。セラはオリビアの言葉遣いをたしなめようと思ってやめた。こっちを殺すつもりの男たちと、この子はわずか十五歳にして銃で渡り合ったのだから、言葉遣いぐらいで目くじらを立てることはない。だからセラは言った。「わたしもそう思う」

ベンが傷の手当てを終えると、ほかの人たちがまわりに集まってきた。「奴らの車は見たのか？」トレイが尋ねる。

「色とかはわからないわ。車が二台とピックアップトラックが三台。暗かったからほかにもいたかもしれないけれど、わたしが数えたかぎりでは六人。こっちに向かってくる車のヘッドライトを見て、散っていった。彼らはヘッドライトをつけていなかった」

「きみが撃った弾が当たったと思うか？」ベンの声がまたきつくなった。「あるいは車体に」

「トラック一台か二台には弾が当たったと思うけど、人間のほうは……わからない」

「あたし、撃ったよ」と、オリビア。「人を撃ったと思う」声が震える。涙をこらえている。

「ありえるな」ベンが言った。オリビアの言葉を丸ごと信じたのだ。まわりを囲む男たちに顔を向ける。「懐中電灯で地面に血痕が残ってないか調べてくれないか。セラ、車はどのあたりに停まっていた？」

「駐車場を囲むように」セラは手であたり一帯を指した。

数人がトラックから懐中電灯を取ってきた。スポットライトを持っている者もいて、高く掲げ地面を照らした。ほかの人たちは車に戻りバックさせ、セラが示した場所を空けた。ベンはしばらく黙って見てから振り返った。「ライトを消して走っている車とすれ違わなかったが」

「ハイウェイをはずれて脇道を行ったんだろう」ハーレー・ジョンソンが言う。「脇道を知っているということは、地元の奴らってことになる」

「血痕が見つかった」トレイが声をあげた。駐車場の端の、店と対面するあたりに立ち、地面を見ている。ベンとほかの男たちが向かっていった。セラはオリビアとその場に残った。オリビアの手を握る。ほんの一時間前には、人を撃ったり傷つけたりしたのではないかと、ひどく動揺していたけれど、彼女とオリビアだって銃弾を浴びていたかもしれないのだ。襲撃者たちの動きの速さを考えれば、彼らが受けた傷が致命傷になったとは考えにくい。残念だ。

そう思うのは、セラ自身の中にも残忍性が眠っているということだろう。

ベンたちが戻ってきた。ベンが輪の真ん中に立って男たちを見まわした。巧(たく)まずしてリーダーになっている。重労働をこなし、家族を養うために狩りをし、進んで危険に身を晒(さら)すタフな男たちが、ためらうことなくベンに従おうとしている。彼が力を貸してくれることを最初から望んでいたのだから、彼の話に耳をかたむけないわけがなかった。

「すべての車を調べる必要がある。セラが言ったように、銃弾を浴びた男が二人以上いる可能性がある。負傷者が一人いるのはわかっている。そのことをみんなに伝えて、今夜、負傷した男を炙り出すんだ。狩りでけがをしたと言っているかもしれない」ベンが厳しい表情で男たちを見まわした。「細かなことを見落とさないように。今後は外部からの脅威が増すだろうが、いま現在、最大の脅威はこの渓谷の住人のなかにいる」

18

誰も家に帰らなかった。トレイが即席の吸い上げポンプを取り出し、試してみた。うまくいかない。

「家に部品がある」ベンが珍妙な装置を見て言った。「取ってくる」

四十五分後、彼は必要な部品と犬を連れて戻ってきた。犬がトラックから飛び降りると、ハンターたちから「いい面構えの犬だ」と声があがった。オリビアは「ワァ！　犬だ！」と叫び、敷石に座って、元気いっぱいの犬を撫で回した。

「どこで手に入れた？」トレイがベンに尋ねた。セラの記憶に間違いなければ、トレイは猟犬を飼っていたことがある。

「数週間前に迷い込んできた。腹をすかせて、道に迷って。こいつをリビングストン夫妻にあげようかと思ってる。きのう、あんなことがあったから、家に二人だけは不安だろうが、こいつがいれば安心できる」

きのう？　ジムが侵入者を撃ったのはきのうなの？　セラは犬を見ながら込み上げてく

る涙をこらえた。ベンは頑固に名前をつけていないが、犬と気持ちを通じ合わせているのは見ればわかる。この子をリビングストン夫妻にあげるのは辛いだろう。これまでに多くのものを失ってきたにちがいなく、いままた犬を失うのは身を切られる思いにちがいない。セラには直感でわかった。

ベンがこっちをちらっと見た。彼女がいることを確認するように。それからトレイと一緒にポンプの手直しをはじめた。セラは機械に詳しくないから、遠巻きに眺めているのがいちばんと判断した。こんなに疲れていなければ、箒を取り出して店内のガラスの破片を片付けるのだが、アドレナリンの噴出がおさまったいまは頭がぼんやりして、やる気が起きなかった。オリビアもおなじだろう。セラはかたわらに腰をおろし、しばらく一緒に犬と遊んでから、元気を奮い立たせて言った。「家まで送っていこうか?」

「まだいい」オリビアはちょっと考えてから言った。「おばちゃんが帰るときに一緒に帰る」

セラはやさしく笑った。「臆病者。でも、気持ちはよくわかるわ」

二時間ほどトンカチやったのち、ベンがセラに、車を移動させてくれ、と言った。そう言われてはじめて、車の損傷具合をチェックしていなかったことに気づいた。でも、オリビアのかたわらでぼうっとしていたのだから仕方がない。立ち上がって車のほうへ歩いた。

意外にも車は動いた。エンジンをかけ、ドアを開けたまま前進させ、ベンの「そこでいい」の声で停止させた。ほんの一メートルほど移動しただけだ。

「どうかした?」身を乗り出して彼を見る。

「きみのガソリンだ。きみが最初に入れろ」

おなじことを考えていたが、疲れていてうっかりした。それから燃料メーターを見て頭を振った。「あのときに満タンにして、ほとんど動かしてなかった」この二か月、バッテリーがあがらないようにときどきエンジンをかけたが、実際に走らせたのはベンに会いにコーヴ・マウンテンに行ったときがはじめてだった。それに、小さなタンクには使っていないピュアガソリンがある。でも、当面はそのことは秘密だ。

「わかった」彼が手を振ったので、セラは車を移動させた。パトロール・チームのメンバーたちも事情はおなじだったが、五ガロン入りのドラム缶を持ってきていた。ベンとトレイが大きいほうのタンクの蓋を開け、しばらくするとガソリンが吸い上げられた。誰がどれだけ給油したか、セラに代わってマイクがノートに書き留めてくれた。

今夜は発電機を動かせる。渓谷の住人たちはさぞ嬉しいだろう。井戸のある家では水を汲んで熱いシャワーを浴びることができる——きっと近所の人たちにも浴びさせてあげるだろう。シャワーを使わせてもらった人たちは、お礼になにか持ってくるはずだ。停電では、貯水タンクから水を汲みあげられないため、水道は止まったままだった。暖炉のない家では、発電機を動かして暖をとるだろう。それで思い出したが、火鉢作りをはじめないと。

やることはいっぱいあるのに、疲れすぎていて……。

「誰か来るよ」オリビアが伸び上がって道路のほうを見た。ぼんやりした声だ。眠たいのだろう、セラの肩にもたれかかった。

「おおぜいやってくるわ」セラは言った。オリビアが見たのは列の先頭の人の懐中電灯だったのだ。みんなおなじことを考えたのだろう。懐中電灯の列は絶えることなくつづいた。歩いてやってくる人たちは、プラスチック製のドラム缶を持ってきていた。とても九時まで待てないのだ。あれだけの騒ぎがあったから、どうせ二度寝はできない、だったらガソリンをもらってこよう、と思ったのだろう。

車で一番乗りをしたのは、テッド・パーソンズとほかにパトロール・チームのメンバー二人だった。テッドは車を降りるとあたりを見まわし、驚いた顔をした。みんな、ガソリンを節約するためすぐにエンジンを切ったが、スポットライトや懐中電灯が現場を照らし出していたから、なにが起きたのか見ればわかる。テッドは自分の懐中電灯で店を照らし、窓ガラスがすっかりなくなっているのを知った。

「なんてことだ。なにがあったんだ?」

「ガソリンを盗もうとした者がいたんだ」マイクが言う。「セラとオリビアが寝ずの番をしていて、ガソリンを守った。だが、店はあのとおり、かなりやられた」

給油ポンプのそばに並んで座るセラとオリビアに、テッドが言った。「いつのことだ?」

「たぶん四時間か五時間前。ところで、いま何時なの？」

テッドは返事をしなかった。頭を振ってあたりを見まわし、セラとオリビアに視線を戻した。なにか言いかけたがやめ、マイクに向かって言った。「あんたたちはどうしてここにいるんだ？　どうしてわかった？」

「銃声を聞いた」と、マイク。

「おれもだ」と、トレイ。

「おれは、家の前を車が通ったので目が覚めた」ハーレー・ジョンソンが言った。「最近じゃめったに耳にしない音だからな。起きておもてに出て耳を澄ました。家に入ろうかと思ったとき、銃声を聞いた。急いで着替えてすっ飛んできた」

「あんたたちはおれにパトロールしてほしくないのか？」テッドが吠える。「重大なことが起きているのに、誰も知らせに来なかったのはこれで二度目だ」

「あんたは遠くに住んでるからな」マイクが言う。声を荒らげまいと抑えている。「それに、ここに来るまで何が起きたのかわからなかった。電話が通じないからな。ここに来た連中はみんな、銃声を聞いて調べに来たんだ。誰にも知らせてない。あんたを仲間外れにしたわけじゃないんだ。もっとも、おれたちが着いたときには、ガソリン泥棒は逃げたあとだった」

「だが、あんたはまだここにいて見張りをつづけている。おれの家に誰かをよこしてもよかったじゃないか」

「そうだな。だが、おれたちは見張りをつづけているわけじゃないんだ」マイクはため息をつき、セラに助け舟を求めた。

セラもため息をついて立ち上がった。コミュニティのリーダーであるのだから、知らん顔はできない。「みんなが集まったんだから――」

「みんなが集まっていないから問題なんだ！」テッドが大声を出した。

「言葉の綾よ」こらえて、と自分に言い聞かせたが、いつものようにはいかなかった。

「どうせここにいるんだから、トレイが作った吸い上げポンプがうまく働くかどうか試してみようってことになったの。でも、うまく働かなかった。そこでベンが部品を取りに戻って、それでうまく動くようになったの」テッドが気持ちを切り替えてくれることを願ってセラはつづけた。「あなたも車を動かして給油したらどう。朝まで待つ必要はないから」

セラの期待どおりになったかに思えたが、テッドはまわりを見まわして言った。「ほかの連中はどうなんだ。おれが列の先頭ってわけじゃないようだが」

「ここにいるほぼ全員の車はすでに満タンだった、わたしのも含めて」

「ほぼ？」

「満タンにした人もなかにはいるし、ドラム缶のほうを満タンにした人もいる」

自分がいないところで、みんながいい思いをした、とテッドは思っているのだろう。

「おれを待っててくれて感謝するよ」テッドが皮肉たっぷりに言った。

「テッド。わたしたちが汲み上げたのはタンクのほんの一部にすぎないのよ。パトロール・チームのメンバーを優先させてるの。あなたもメンバーでしょ。あなたより先に給油したメンバーもいれば、あなたよりあとの人もいる」声は張り詰め、そっけない口調になっていたが、大変な思いをしたんだもの。二晩つづけて大変な思いをして、そのあいだに挟まれたのがストレスの溜まる一日だった。とてもじゃないけれど、彼のご機嫌を取る気にはなれない。

「目覚ましをかけといたからよかった」テッドはないがしろにされたことをまだ根に持っている。「そうじゃなきゃ、おれは列の最後に並ぶ羽目になっていた。あんたはあんたで、おれの番が来る前にガソリンがなくなることを願っただろうさ」

「自分の尺度で人を判断しないでよ」

「人の考え方にまで口を出すとは、あんた何様のつもりだ？　ここの連中がおれをどう思っているかわかってるんだ。おれは歓迎されない人間なんだ。みんなの態度を見りゃわかる」

「そんなことないわ。あなたの協力が必要だもの」

「そりゃそうだろう」皮肉が前よりきつくなった。「自分の手に余るってわかっていながら、あんたがリーダーの地位にしがみついてるのはそのためだ。もっと適した人間がほかにいることも、わかってるんだろ。賢い人間なら、なんとか連絡をとろうとするはずだし、賢い人間なら助言を求め、人の話に耳をかたむける——」

テッドが声を張りあげたので、ベンがこっちを向いて目を細めた。瞬時に事態を把握し、テッドを見据えたままこっちにやってくる。顎を引き締め、ただじゃすまない、と全身が言っている。

セラも顎を突き出した。おおぜいに狙い撃ちされたときは助っ人が欲しかったけれど、テッド・パーソンズなら一人で相手ができる。もううんざりだ。視界に赤い霧がかかり、テッドの口に一発かます自分の姿が脳裏に浮かんだ。実行に移せたらどんなにいいか。でも、口で応酬する。「いいこと、テッド。ガソリンを給油するのはいい、でも、ほかのことは——」そこで言葉を切り、中指をグッと突き出した。よく見ようと彼の目が寄る。

彼が口を開けて、閉じ、また開けた。怒りの息を吸い込む。そこで気づいたようだ。やりたいことをやったり言ったりしたら、まわりの連中が黙っていないことに。だから踵を返して歩み去った。

人に中指を突き立てたことなんて、生まれて一度もなかった。運転しているときだって。振り返ると、オリビアが口をぽかんと開けている。それからにやりとして親指を立てた。おなじ手を使う仕草なのに、意味はまるでちがう。なんてことをしたんだろう。両手に顔を埋める。二十四時間のあいだに二度も怒りを爆発させ、失礼な態度をとってしまった。

ベンが目の前にやってきた。「言ってくれれば、あんな奴、おれがぶっ飛ばしてやる」

彼がそばにいるとまわりに力の場ができて、まわりのすべてが霞んでしまう。二人だけで泡に包まれているようだ。彼はそんなこと感じていないだろう。彼を意識しすぎるからそう感じるだけだ。それでも、彼がそばにいてくれると、これで大丈夫、心配いらないと思える。

「ありがとう、でもその必要はないわ」セラはため息をついた。「彼を気の毒に思う。だって、自分がどうしてまわりの人に好かれないのか、彼はわかっていないんだもの。でも、奥さんはいい人なのよ」

彼は鷹のような目でセラを見て、傷に貼った絆創膏にそっと触れた。「疲れて動けないって顔をしている。家に帰って少し眠ったらどうだ？　こっちはおれたちに任せて。ガソリンの分配が終わったら、パトロール・チームのメンバーと警備組織について話し合おうと思う。あとから報告する」あたりを見まわし、オリビアにもたれて丸くなっている犬を見つけた。「その前に老夫婦に犬を渡してくる」

ここに残るのは自分の務めだ、と彼に言おうとしてやめた。オリビアの疲れた顔を見れば、自分もおなじだとわかる。彼の腕に手をやると、シャツや厚いコート越しに硬い筋肉が触れ、ほっとした。「犬のこと、ほんとうにいいの？　リビングストン夫妻には別の犬を探してあげればいいんじゃない」

ベンはまた犬を見た。後悔にちかい表情がその顔をよぎったが、すぐに打ち消す。「ああ、いいんだ。それに、二度と会えないわけじゃない。いまよりよけいに狩りをして、夫婦に肉を届けるつもりだから。成長期の犬に充分食わしてやってほしいからな」

それに、一人には慣れている。だが、そのことは口にしなかった。

訂正。たしかに一人には慣れているが、ずっと一人というわけにはいかなくなった。ジムとメアリー・アリスに犬を渡しても、夫婦と犬の様子を見にいくつもりだ。それに、気が進まないながらも、彼女と関係を結んでしまい、しかも、大事なものを守るためなら自分は戦えるのだと、彼女は気づいてしまった。そしていまや、ベンは彼女にとってかけがえのない存在だ。

それに、渓谷の男たちは彼を仲間としてすんなり受け入れてくれた。よその郡に移り住む以外に、ここから抜け出す手立てはなさそうだ。移動が難しい現状ではそうもいくまい。

彼は天性の戦略家で、なにが差し迫った脅威か的確に判断できる。

道路にはヘッドライトの長い列ができていた。セラは義務感に駆られ、家に帰ることをためらった。ベンがそのことに気づいた。「決めたことだろ」そう言って彼女の腰に手をあてがった。彼はそんなふうに触れることで、二人の関係を公にしたのだ。疲れていてもそれぐらいわかる。誰も「ああ、二人は友だち同士ね」とは思わない。

でも、彼の友だちになりたい。なんでも言い合える関係になりたいけれど、友情を育むのは難しいし、二人はまだそこまでいってなかった。セラは小さくほほえんで彼を見あげうなずいた。「そうね。でも、申し訳なくて。オリビアを家に送り届けて、できたら発電機を動かし、お湯を沸かすわ」彼の家でシャワーを浴びたけれど、硝煙を浴びたので体がベタベタしていたし、髪も服も臭う。もう一度文明の恩恵に浴しても罰はあたらないだろう。ガソリンはもっと寒くなったときや緊急のときに取っておくべきだろうけれど、いまは緊急事態に分類してもいいと思う。

彼の腕をそっと握ってから店へ戻り、ライフル二挺を持ってオリビアのところへ行った。脚はウェイトを括りつけたみたいに重く、目はチカチカする。「帰りましょう。発電機を動かして、熱いシャワーを浴びるの。井戸のポンプも動かすつもりよ」郡の水道に切り替えるまで、どの家にも井戸があり、水を汲み上げるポンプがあった。停電になってからは、バケツを使って井戸の水を汲むか、小川に汲みに行くかだった。

オリビアが目を輝かせた。「熱いお湯！　嬉しい、撃たれた甲斐があった！」

セラは苦笑した。オリビアの喜びようを見たら、シャワーを浴びられるように手筈を整えてあげざるをえず、横になるのはだいぶ先になりそうだ。

家がちかいから運転する距離が短くて助かった。いまにも瞼が垂れ落ちてきそうだ。ドライヴウェイに車を入れると、窓からランプの明かりが見えた。起きている人がいるということだ。東の空が白みはじめている。夜明けがちかい。

　ポーチの階段をあがりきる前にドアが開き、バーブとナンシーが出てきた。「心配したのよ！　二人とも無事なの？　馬鹿なことして、もう信じられないわよ」バーブが叫んだ。いまにも泣きそうな声だった。それから、手のひらを上に向けて、オリビアとハイタッチした。「二人とも誇りに思うわ。でも、二度とやらないでちょうだい！」バーブはつぎにセラともハイタッチした。

「いまのところやるつもりはないわ」セラはつぶやき、あたたかな家に入った。

　ナンシーが言う。「その顔、どうしたの？」

「ガラスの破片で切ったの。たいしたことない、かすり傷よ」

　コートを脱いで、暖炉で体をあたためた。大騒動のあいだ、キャロルが眠っていたらしいのでほっとしたのも束の間、おばの呼ぶ声がした。「セラ！　オリビア！　ちょっと来なさい！」

　バーブが呆れ顔をする。「彼女はイライラのしっぱなし。事件のことを知ってからずっとあの調子よ」

「どうしてわかったの？」

「リー・キルゴアから聞いたのよ。銃声を聞いてマイクが跳び出していったんだけど、手袋を忘れたんで、彼女が追いかけていったの。それで店の騒音やらライトやらを見たってわけ。マイクに手袋を渡すと、彼女はここに寄って顛末を話してくれたの」

セラは店でリーを見かけなかったが、ぼうっとしていたから目に入らなかったのだろう。

「セラ！」キャロルがまた叫んだ。

「聞こえてるわよ！」セラも叫び返した。今夜は叫んでばかりだ。

ベッドルームがピタッと静かになり、オリビアが目をクルッと回した。「すごいじゃん」聞こえよがしの小さな声で言い、キャロルのベッドルームへ向かった。セラもあとを追う。キャロルをなだめてからでないと、お湯を沸かす作業には取りかかれない。でも、すでに体力の限界にきていた。

「なにがどうなったのか、わたしたちにもよくわかってないのよ」セラは邪険な言い方をし、ベッドルームに入った。

セラの様子を見てキャロルが目をまん丸にした。いつになくセラが不機嫌なのも一因だろう。「けがしたのね」キャロルがつぶやき、口に手を当てた。

「ちょっと切っただけよ。でも、店の窓ガラスは一枚もなくなった」

「おばちゃんったら、ミスター・パーソンズに向かって中指を突き立てたんだよ」オリビアが報告した。

顔がカッと火照る。キャロルの注意がよそに向いてよかったと思うものの、自分の悪い振る舞いが話題にされるのは勘弁してほしかった。「ストレスが溜まってたから」

オリビアはキャロルのかたわらで丸くなり、その肩に頭を休めた。「こっそり抜け出したこと、悪いとは思ってないよ、おばあちゃん。あたしが行かなかったら、おばちゃんは死んでたかもしれないもん。あたしが必要だったの。それに、行かせてって頼んでもオーケーしてくれなかったでしょ」

キャロルは口を開いて、閉じた。二人を叱る以外になにができたか考えているのだろう。だが、現実には、二人とも難しい決断に直面し、なんとかやり抜いた。

「おばさんが動けていたら、わたしたちと行動をともにしていたわよ、きっと」セラは言った。

「そうだわよ」バーブが言った。一緒に入ってきたナンシーはコートを着ている。

「家に戻ってうちの連中になにか食べさせてやらないと」ナンシーが言う。「でも、これだけは言っておきたいと思ってね。誇りに思うわよ、セラ、それにオリビアのことも。二人は、あたしたちのためにガソリンを守ってくれたんだもの。どっちもけがしなくてよかった――たいしたけがじゃなくてね――助けが必要になったらいつでも言ってね」

ナンシーが出ていくと、バーブが言った。「あなたたちはどうかわからないけど、あたしはコーヒー一杯にいつもより多めの朝食を食べるわ。心配するのもカロリーを消耗するんだから」

ベッドに倒れ込む前にやることがあったのを思い出し、セラは言った。「発電機を動かして井戸のポンプにつなぐわね。やり方がわかれば、湯沸かし器も動かしてみる。わたしたちみんな、熱いシャワーを浴びる権利があると思うもの」

「いいわね、シャワーを浴びられて」キャロルが仏頂面をして、副木（そえぎ）を当てて高くあげた脚を見た。

「浴びたいんなら、シャワーの下に椅子を置いてあげるわよ」バーブは動じない。「井戸のポンプの動かし方だけど、あたしに手伝わせてちょうだい。年寄りは慣れたものよ。うちのポンコツは年中故障してね。バケツ二杯の呼び水を注ぐのがコツ」

ポンプの扱いを知っている人がいる。セラは歓声をあげそうになった。試行錯誤を繰り返すことになるだろうと覚悟していたのだ。それではいつまで経（た）っても休息はとれない。

キャロルはみっちりお説教しようと待ち構えていたが、セラの顔の傷を見て、オリビアからこっそり出ていったときの気持ちを聞いたら、どうでもよくなった。それに熱いシャワーときた。テッド・パーソンズに向かって中指を突き立てた件は、あとからセラをからかってやろう。本人も覚悟しているだろう。

まずはお腹（なか）になにか入れたほうがいい、とバーブは言い張った。たしかに、とセラも思った。食事と一杯のコーヒーぐらいでは元気モリモリとはいかなかったが、バーブの助けを借りて、セラはなんとか水を汲み上げることができた。つぎに湯沸かし器を作動させ、ポコポコとお湯が沸く音を聞いて満足感に浸った。オリビアは電灯をつけ、明るい電気の光をうっとり眺めた。「ひと月に一度、やれないかな?」期待を込めてオリビアが言う。

「そうね。約束はできないけど」月に一度やれたらどんなにいいか。でも、先のことはわからない。「二時間ぐらいで戻ってくるわね。ちょっと眠らないと顔から突っ伏しそう」

「わかる」オリビアが言い、あくびした。

数分後、セラはもつれる足で自宅に戻った。暖炉には熾が残っているだけで、家の中は冷えびえとしていた。焚きつけを何本か置いて、火がつくのを目を閉じて待った。そのまうとうとし、気がつくと焚きつけは消えかけていた。さらに何本か加え、今度は起きたままでいて薪をくべた。火が燃え上がるとソファで毛布にくるまり、頭がクッションに触れる前に眠りに落ちた。


そうかんたんに一日は終わらなかった。

ガソリンを分配し、パトロール・チームで計画がたてられ——テッド・パーソンズも参加した。むっつりしていたが、顔は見せた。それだけでいいとしよう、とベンは思ったが、テッドから目をそらさなかった。怨恨を溜め込むとろくな結果をもたらさない。車体に穴のあいた車と負傷した人間を探し出すために、渓谷の住人一人一人を系統だてて調べる計画をメンバーたちに伝えた。捜索に出かけるメンバーを見送っていると、パーソンズにちかづいてくる男がいた。細身の若者で、残忍そうな表情を浮かべている。二人はしばらく話し込んでいた。ベンは若者をじっくり観察し、顔と体格と動きを記憶に刻んだ。

「パーソンズと話しているのは誰だ？」ベンが尋ねると、ハーレー・ジョンソンは振り返り、目を細めて見た。

「ああ。さあ、どうだろう。たぶんディートリックのとこの倅だと思うが」

「あいつの表情が気に食わない」ベンは即断を退けはしない。それで何度も命拾いしてきたからだ。その若者からは卑劣な人間という印象を受けるし、落ち窪んだ頬と目は麻薬との関係を疑わせる。おそらくメタドンだろう。それればかりではない。ボディーランゲージが、テッドに話している件に関してはおれが主導権を握る、と言っていた。

「ディートリックの倅だとしたら、あんたがそう感じるのももっともだ」ハーレーが顔をしかめた。「テッドが話を聞いてるのがどうもな。ディートリック一家は麻薬にどっぷり浸かってるって噂だ」

「そうなると、ガソリンを盗もうとした容疑者リストのトップに躍り出るな」

ベンのにべもない言い方に、ハーレーはテッドたちを不安そうに見た。「たしかに」

「つまり、調べるべき人間リストのトップでもある。いまがいいチャンスだ」

ハーレーは納得してうなずき、マイクとトレイにそのことを話しに行った。二人ともテッドのほうを見ないようにして耳をかたむけ、それぞれの車へと散った。

ガソリンの配給を受ける人はあとを絶たなかったから、二人の動きが注意を引くことはなかった。

ベンはテッドの動きを監視していた。ディートリックは車に戻って列に並んだ。彼が店を襲った一人だとすれば、度胸がいい――だが、麻薬依存者はクスリのためならなんだってやる。ベンは道路に目をやった。車の列は途切れることがなかった。五ガロンの配給を受けた人間が、また列に並んでいる。一度に五ガロンずつ給油しているから、タンクに残っている数千ガロンを空にするには時間がかかるが、渓谷の住人すべてに行き渡らせるにはこれがいちばん公平なやり方だ。

ディートリックが列の先頭にちかづいたので、ベンは給油するのをほかの人間に任せ、じっくり観察することにした。一瞬だが、ディートリックを力でねじ伏せようかと思った。人のいない場所に引っ張っていって力ずくで吐かせるのだ。だが、ここの連中と仲良く暮らしていくなら、節度ある振る舞いを心がけなければ。それがなかなか難しいのだが。この男がセラを撃った奴らの一人だとわかった瞬間にゲームオーバーだ――が、いまはまだ憶測の域を出ない。

ヤクの常用者はたいてい愛想がいい。常用者でないと相手に信じ込ませる必要があるからだが、やりすぎるきらいがある。話す声がでかすぎるとか、笑いすぎるとか。ディートリック――ローレンス・ディートリックという名前だとわかったのは、ガソリンをどれだけ渡したか記録をつけている女に、奴がそう名乗ったからだ――は、そこまで馬鹿じゃなかった。声を抑え、五ガロン受け取って「ありがとう」と言っただけだ。だが、彼が店と駐車場の様子をこっそり窺っているのを、ベンは見逃さなかった。身元がばれるようなものを落とさなかったか、気になっているのだろう。誰も気づかずにその場に残っていたら、あとで取りに戻ってくるつもりだ。

ベンは、記録をつけている女性にちかづき、いままでに何ガロン出たかさりげなく尋ねた。

「まだ計算してないから」女性は言い、ノートをめくった。「すごい量よ。列に二回並んだ人がけっこういるから」

「そうか。タンクが空になるまでつづけよう」ベンはディートリックに聞こえるように言った。盗みに戻ってきてもなにも残っていないことを、教えてやるためだ。セラが家に帰ったあと、ベンは自分のトラックを移動させて、ピュアガソリンの小さなタンクへの進路を塞いだ。同時に灯油の給油ポンプとおぼしきポンプが見えないようにしておいた。給油ポンプを取り払ったほうがいいだろう。疑いを持った人間が余計な詮索をしないように。

ディートリックがいなくなった。おそらくまた列に並ぶつもりだ。列はまだつづいている。この分だと一日がかりになりそうだ。

19

銀行の駐車場に集まった六人の男たちは、ローレンスをはじめとして、見るからに粗野だった。年齢は二十代から四十代のあいだだろうが、清潔な環境で暮らしていないのは一目瞭然だから、何歳なのかよくわからなかった。テッドは、彼らのむさ苦しい外見をできるかぎり無視しようとした。ＣＭＥ直撃以前からこうだったのかもしれないし、それまでは身だしなみのよい立派な若者だったのかもしれない。

いや、それはない。たった数か月でここまで崩れないだろう。けっして立派ではない連中だったにちがいない。もっとも、危機的状況にあれば……。

けさの一件は思い出すたび腸が煮えくり返る。目の前に突き出されたセラ・ゴードンの中指が脳裏にちらつく。よくもあんなこと。しかも、まわりにいた連中は笑いやがった！　彼女のことをではなく、おれのことを。そのことにいちばん傷ついた。侮辱されることに慣れていないし、断じて許せない。

不快感を払い、未来に意識を向けようとした。セラとその仲間たちは彼の真価を認めないが、この連中は認めている——たぶん。セラはパトロールを継続するつもりだ。彼はこの男たちを指揮下におさめる。タイヤショップで従業員たちを指揮下におさめたように。最初のうちはふてぶてしい態度をとる者もいるだろうが、彼の指導でまっとうな人間にしてみせる。そうは言っても、生まれついてのダメ人間はいるものだ。

ローレンスがテッドを彼らに紹介した。このあたらしい組織に入りたがっているのは、ローレンスのいとこに友だち二人、弟と隣人だった。むさ苦しい外見を別にすれば、彼らは愛想がよかったし、テッドを立ててくれそうだ。テッドをリーダーとみなし、必要としてくれている。

テッドの自尊心が膨れ上がる。ここでは真価を認めてもらえる。

若いほうの一人、ローレンスのいとこのパトリックが一歩前に出ようとしてつまずき、顔をしかめた。ジーンズの片方の腿がきつそうなことに、テッドははじめて気づいた。下に包帯を巻いているのか？　顔をしかめたこともだが、目のまわりが青白い……けがをしているのだ。

うっかりけがをすることはいくらでもある。どんなときにけがをするか、例はいくらでも挙げられる——だが、そうやって自分を騙しつづけることはできない。テッドは馬鹿ではなかった。心臓が喉までせり上がった。ガソリンスタンドに盗みに入ろうとしたのはこいつらだ。セラと若い娘のオリビアを撃ったのはこいつらだ。セラの店をめちゃめちゃにしたのは。

テッドはパトリックに、大丈夫か、と尋ねなかった。それよりも、気づいたことを悟られないように意識を集中した。疑いではなく、関心を持っている表情を浮かべた。向こうが話すときには目を合わせた。彼らが組織化の計画を練るあいだ、テッドはさりげなく彼らの車にちかづいた。バンパーに銃痕とおぼしき小さな穴があいているトラックがあったが、気づかぬふりをとおした。

六人とも武装していた。彼らがここにいるのは、自分たちのコミュニティに秩序を行き渡らせたいがためなのに、テッドとおなじく、まわりの住人からないがしろにされていると思っている。テッドはそう信じたかった。だが、テッドの直感が告げていた。こいつらは危険だし、悪意のかたまりだ、と。

彼らはテッドにおもねっている。意見を求めている。だが、テッドは明白な疑問を自分自身にぶつけた。こいつらはおれに何を求めているんだ？　一緒にガソリンを盗むつもりも、女を撃つつもりもないことは、彼らも承知のはずだ。

話をしながら、テッドは彼らの名前を記憶に留めた。彼らの品定めをした。誰がリーダーで、誰が子分かは一目瞭然だった。彼らのうち二人は、クスリでハイになっていた。目を見ればわかる。ローレンスの隣人だというウェズリーは酔っ払いだ。

テッドの思いは千々に乱れた。みんなでこの危機を乗り越えるために自分の組織をどう形作るか、その計画を立てるよりも、いまはこの泥沼からどう這い出すか考えなければならない。こいつらと一緒にやる気はなかった。だからと言って、おれは抜けると言ってそれですむとも思えない。彼らがそれを許すはずがない。

ここで得た情報をどうすればいい？　考えなければ。

「集まる場所が必要だ」ローレンスが言った。「言うなれば司令部だ」電話で連絡をとり合うことはできないので、会って話す必要がある。別の状況で、別のグループを相手にするなら、テッドは自宅を提供していただろう。その場の中心になれるから。だが、それを言い出す前に事情がわかってしまった。そもそも、きょうこうして集まるのに自宅を提供しようと思わなかったのは、こんな連中をメレディスにちかづけたくなかったからだ。彼女のいる家に入れるなんてとんでもない。

こいつらが集まるのにもっと便利な場所、たとえば小学校のそばにしようと言い出しても不自然ではない。そうだ。彼も参加すると思わせておかないと。

話し合いの最中に、酔っ払いのウェズリーがよその町まで聞こえるような大声で言った。

「おれのダチのおふくろが、ピザの店の隣で工芸品の店をやってる。おれが頼めば使わせてくれる。どうせ開店休業だ」

男たちの何人かがうなずき、テッドもそれに倣った。メレディスから離れている場所ならどこでもよかった。

あたらしい司令部に集まる時間を決め――ウェズリーが素面に戻り、友だちの母親に話をつけて鍵を受け取る時間を考え、あさってとした――解散した。

男たちが三々五々出ていくと、ローレンスがやってきてテッドの肩に手を置いた。その手を振り払いたい思いを懸命にこらえた。「パトロール・チームを辞めて、セラ・ゴードンとその取り巻きに、くそくらえ、って言いたい気持ちはわかるけど、いまはやめとけ」

なるほど、そういうことか、とテッドは思った。

「奴らはおれを信用していない。おれたちを信用していない。だけど、あんたのことは信用してるからな」

「それはどうかな」テッドはセラへの恨みを言葉に乗せた。セラと言い争ったことを、ローレンスは人づてに聞いて知っているはずだから、うまくいっているふりをすればかえって怪しまれるだろう。「許せない、あの女――いや、いまのは聞かなかったことにしてくれ」

「そうカッカするなよ。いまの状況を知るのにあんたが頼りなんだからな。食料はますます乏しくなる。弾薬もだ。薬だって乏しくなっている。そこでだ、誰が何を持っていて、どこに隠してるのか、あんたなら調べ出せるとおれは踏んでる」

憤慨して見せるのが得策だろう。「おれにスパイをやれって言うのか」

ローレンスはにやりとした。「重要な情報を集めて教えてくれって言ってるんだ。それをスパイって呼ぶなら呼べばいい。だけど、おれたちが生き延びるための第一歩だと、おれは思ってる。適者生存ってやつだ。仲間をもっと増やさないとな。ここのご立派なコミュニティにも異分子はいるから、あんたがそいつらに働きかける。おれたちの考えに賛同するよう、あんたなら説得できる」

テッドはうなずいたが、ほほえみはしなかった。ポケットに両手を突っ込む。「もうすでに、おれは落ちこぼれだって思われてる。だから考えないとな。あの連中がおれになんでも話してくれるとは思えないから、おれで役にたてるかどうか」そう、これでいい。ローレンスに疑われずにすむ。

「そんなに深く考えるなよ、テッド。おれたちにはあんたが必要だ」

テッドは帰宅の途についた。脚に筋肉がついてきて、家までの上り坂が苦にならなくなっていた。考える前に体が動く。だが、いまはほかに考えるべきことがあった。ローレンスがどんな理由で何を欲しがっているのか、ロケット科学者でなくたってわかる。それによって傷つく人が出る。いま別れた連中は、人を傷つけることをなんとも思っていない。むしろ楽しんでさえいる。

このことを誰かに伝えないと……誰に。マイク・キルゴアはどうだろう。初対面の印象はよくなかった。屈辱的だったとさえ言えるが、マイクならどうすればいいのかわかるだろう。だが、いまはまだ告げない。ローレンスか彼の子分の一人が見張っていないとも限らない。彼らの申し出にテッドがどう反応するか、様子を見ているかもしれない。家に帰っていつもどおりにしているのが最善の方法だ。

彼らが必要としているのはリーダーではない、身代わりだ。裏切り者だ。いま、彼らに背を向けて、彼らの計画をばらそうとするそぶりを見せれば、テッドは非常に危険な立場に立たされる。

セラ・ゴードンが憎い——とくにいまは心底憎かった。だが、彼女が死んでもいいとは思わない。彼女からガソリンを盗んで彼女を撃とうとした連中の仲間になる気はなかった。ローレンスはこれからもおなじことをやるつもりだ。

ベンがトラックから降ろしたとたん、犬はリビングストン夫妻の家のまわりを走って匂いを嗅ぎまわった。そうやって自分をその場に馴染(なじ)ませているのだ。ジムとメアリー・アリスが隣家から出てきた。ベンの予想以上に、二人ともひどく疲れ、打ちひしがれた様子だった。犬がメアリー・アリスに駆け寄る。彼女はひざまずいてやさしく撫(な)でてやった。赤ん坊や動物に示す、女性特有のやさしさだ。

「どうしているかと思って寄ってみた」ベンは言わずもがなのことを言った。それが会話の糸口になればいいと思ってのことだ。

「文句は言えない」ジムが自宅に目をやり、悲しげな表情を浮かべた。その家の住人夫妻が出てきた。女のほうはメアリー・アリスのかたわらに寄り添い、肩をやさしくつかんだ。

「二人とも無事だったんだから」

「どうしても家に戻る気になれなくて」メアリー・アリスはうつむき、犬を撫でつづけた。

「思い出してしまう……」

「すっかりきれいになってるわよ」隣人が言う。「中に入って見てくれれば――」

「それはできないわ。ごめんなさいね。でも、まだ無理なの。お世話になりっぱなしで、どこか別の場所に――」

「メアリー・アリス・リビングストン、そんなこと言ってないわよ！　ただ、あなたに安心してもらいたいだけ」

ベンは先手を打つことにした。これ以上感情の問題を云々してもしょうがない。「おれが犬を連れて中に入り、見まわってくるってのはどうかな？　セラ・ゴードンが店のガソリンをみんなに配っているのは知っているよな？　余っているドラム缶を満タンにしてきたし、ポータブル発電機も持ってきた。あんたたち男二人が手伝ってくれたら、発電機をつないで家の中をあたためることができるんだが」

男二人は即座に話に乗ってきた。ほかに考えることがあれば気が紛れることを、ベンは経験から知っていた。犬を連れて見まわりしたところで何が変わるわけではないが、リビングストン夫妻は感情的になっていて、筋道だった考え方ができない。

メアリー・アリスが顔を輝かせた。「ええ、犬に見まわりをさせてちょうだい。なんて名前なの？」

「まだ名前をつけてないんだ。あなたにつけてもらおうと思って」これほど気が紛れることはないだろう。

彼女は目を見張り、嬉しそうに犬を見た。「わたしが名前をつけるの？　まあ、どうしましょう！　責任重大だわ、そうでしょ、坊や？　いい子ね、ほんとうにいい子」彼女は犬の耳の後ろを掻いてやりながら言った。犬はいかにも気持ちよさそうだ。

ベンは口笛で犬を呼んだ。「鍵はかけてないのか？」

夫妻はギョッとした顔をした。鍵のことまで気がまわらなかったのだろう。「かかってない」隣人が言い、ベンや犬と一緒に中に入った。

特別なことをするわけではなかった。犬に家の中を歩きまわらせて、匂いを嗅がせ、慣れさせる。同時に、彼自身の匂いもつけておく。そうすれば犬は捨てられたと思わない。銃撃戦があったキッチンでは、犬が探検するあいだ、ベンはセラの店で起きた事件について隣人と語り合った。隣人はすでに車を満タンにし、ドラム缶二個にも給油してもらっていた。隣人の話から、メアリー・アリスが精神的にひどい痛手を受けたことがわかった。もう家を安全な場所と思えない。安らげる場を失ってしまった。

犬と吸い上げポンプの部品を取りに戻ったとき、ベンはいろいろと考えた。メアリー・

アリスとジムがまだ自宅に戻れていないことは、そのときには知らなかったが、人がトラウマにどう反応するかは知っている。環境を変えることの大切さも。彼自身、山奥にやってきて一人きりになり、自給自足の体制を整え、自己充足を図った。チームの一員としてすごした日々と、山での暮らしはまったく別物だった。自給自足するための労働は気を紛らわすのにもってこいで、そうやって体を動かしているうち……癒されはじめた。

自分が傷ついていたとは思っていなかった。うんざりしているとは思っていた。人と関わることに耐えられるようになってはじめて、自分がそうとう危ないところまでいっていたことに気づいた。

セラ。彼を洞窟から引きずり出した疑似餌。おなじように、リビングストン夫妻を洞窟から引きずり出す疑似餌が犬だ。おもしろい比較だが、彼女に話すかどうかはわからない。彼女のことで最初に気づいたのは、やさしさだった。そのやさしさが損なわれないように、守ってやりたいと思った。彼女を当惑させるようなことは言うべきじゃない。でも、あんがいおもしろがってくれるかもしれない。いつか話して聞かせよう。

「なに考えてるんだ？」隣人に訊かれ、ベンは現実に引き戻された。

隣人がなにを思ってそんなことを言ったのかわからないので、肩をすくめるだけにした。「発電機をトラックから降ろし、ボイラーに火をつけて家をあたためることを考えていた。こんなに寒い家じゃ暮らせない」

「うちに居てくれていっこうにかまわないんだが、自分たちだけになれる場所が必要だろうし。ただ、メアリー・アリスがここに戻ることを怖がっている。どうしたもんかね？」

「ドッグ」ベンは呼びかけ、おもてに出た。犬がついてくる。

「名前は考えついたかな？」トラックの荷台から発電機を降ろしながら、ベンはメアリー・アリスに尋ねた。

犬はむろん彼女に駆け寄り、耳を掻いてお腹を撫でてくれとねだった。彼女の脚に体を擦りつけるのはせいいっぱいの愛情表現だ。彼女が頬を染めた。「セイジャックはどうかと思って。好きなのよ――テレビで『ホイール・オブ・フォーチュン』をよく観ていたわ」

「セイジャックはいい名前だ」ベンが言う。「どうだろう。こいつの世話をしてみないか？　おれは家を空けることが多くて、でも、犬にはそばにいてくれる人間が必要だ。こいつが家にいれば、誰も忍び込めない。マウンテン・カーはおとなしくて、番犬にぴったりだ」

彼女がパッと顔を輝かせた。それを見てジムは、ベンの意図を理解したようだ。「おれも犬を飼いたいと思ってた。犬はいい。だが、どうやって食わせていくんだ？　自分たちが食っていくのも大変なのに」

「おれが狩りをやる」ベンは引き受けざるをえないと思っていた。「じつはこいつの餌と毛布と皿を持ってきてるんだ。リード代わりのロープも。首輪がボロボロで申し訳ない」

「古いベルトで首輪を作ってやるさ」ジムは言い。犬を見て笑みを浮かべた。ひざまずいて自分の腿を軽く叩(たた)いた。「さあ、セイジャック、このジジイのとこにおいで」

犬は飛び跳ねてジムのところへやってきた。メアリー・アリスもついてくる。

老夫婦が犬との絆(きずな)を結ぶあいだに、ベンと隣人は発電機をつないでヒートポンプを動かした。これでいい。ベンは食料と犬の持ち物——彼の古い靴も——をトラックから降ろして家に運び込んだ。犬は靴を見ると彼を追って家の中に走り込む。ジムがしぶしぶながらあとにつづくと、メアリー・アリスもそうした。彼女がキッチンを不安そうに見たのを、ベンは見逃さなかった。犬が靴に跳びついてブンブン振り回すのを見て、彼女の顔に笑みが広がった。

つぎにベンはトラックから灯油ヒーターと灯油の缶を降ろした。「家の中があたたまったら、あたたかさを維持するためにこのヒーターをつけるといい。セラが火鉢を作るまで、これでしのいでくれ」歩いていける距離に窯さえあれば、セラは火鉢を作るにちがいない。ベンはあたりを見まわした。「これでいい。ほかに寄るところがあるんで、これで失礼する」

ジムが手を差し出した。「お礼の言葉もないよ」そう言ってメアリー・アリスを顎でしゃくった。「えらい違いようだ」

いた。
ベンは節くれだった手を握りながら、自分から人に触れていることになんとなく驚いて
日が傾き、長い一日が終わろうとしている。空腹で疲れていたが、それはなんというこ
ともない。この先百年生きるとしても、真夜中に猛スピードで山をくだったとき感じた恐
怖から立ち直れるとは思えなかった。たかがガソリンのせいでセラが死んだらどうしよう、
もしそんなことになったら、ガソリンを盗む者が出てくることぐらい何で思いつかなかっ
たのか、迂闊な自分が許せないだろう。そんなことを考え恐怖に竦んだのだ。
あのときはっきりとわかった。もしも彼女が無事だったら、ああ、神よ、どうか彼女を
お助けください、人生設計を考え直そう。おそらく生まれてはじめて、ひとりぼっちはい
やだと思った。人生をやり直したいと思った。
あんな玩具みたいなライフルで盗人を撃退したんだから、セラはあっぱれな女だ。心か
ら誇りに思う。しかも、彼女は自分を少しも特別だと思っていない。前に出るより裏方に
徹することを好みながらも、思い切った手を打つ必要があるとわかれば、やるべきことを
きっちりこなす。ベンは彼女を特別だと思っている。
彼女の生死がわからないままずごした恐怖の十分間。肝心なのはそこだ。あんな経験は二度とご免だ。あの
とき、彼の中ですべてが明確になった。何が大事で何が大事でないか、はっきりわかった
のだ。

いま、彼が望んでいるのはセラに会うこと。

いや、それだけではない。だが、彼女を見ているだけで気分はずっとよくなる。

彼女の家に向かう途中、おばさんの黄色い家の前を通ると、セラのホンダが目に留まったのでドライヴウェイに車を入れた。女ばかりの家に足を踏み入れたら、罠にはまった気分になるだろうが、それぐらい耐えなければ。トラックを降りる前に、もしかしたらと思って持ってきた缶詰をコートのポケットに忍ばせた。

トラックを降り、空を見あげた。昼間は晴れていたが、いまは鉛色の雲で覆われており、気温も急降下していた。雪になるだろう。冬になったばかりだからたいした量は降らないだろうが、今夜あたりが季節の変わり目になりそうだ。

玄関をノックする。ドアのガラスの向こうにセラの顔が覗き、ドアが開いた。「どうだった?」セラが疚しそうな顔をする。「店に戻るつもりだったんだけど、寝すごしてしまって。戻ったときには誰もいなかった。窓に板を打ちつけてくれたの誰かしら? ありがとう」

セラは一歩さがってベンを招じ入れ、ドアを閉めた。思ったとおりだ。彼女を見ているだけで、一緒にいるだけで、気分はずっとよくなった。窓に板を打ちつけたのが彼だと即座に結論づける、彼女のそういうところが好きだった。「ボブ・テレルって奴がベニヤ板を寄付してくれたんだ。彼とトレイ・フォスターが手伝ってくれた。まさかきみが戻ってくるとは思わなかった。へとへとだったから」家のぬくもりと、料理の匂いが彼をやさしく包んだ。よくも忘れていられたものだ。女が持っているなにかが、巧まずしてその場の雰囲気をやわらげ、居心地よくしてしまう。

オリビアはソファに座り、好奇心丸出しの顔で二人を眺めていた。背の低い白髪の女が、暖炉の火にかけた鍋を掻き混ぜていた。セラが言う。「オリビアは知ってるわね。バーブ、こちらはベン・ジャーニガン。ベン、友だちのバーブ・フィンリー。だいぶ前からここで暮らしているの」

「誰か来たの?」別の部屋から声がした。

セラは天井を見あげ、言った。「ベン・ジャーニガン」それから目を閉じた。なにかを待つ顔で。

「なんですって? セクシーな肉体美がそこにいるの?」

「鎮静剤でぼうっとしてるの」セラは頬を赤らめてつぶやいた。「シャワーを浴びたんで、いつもより多めに服ませたもんだから。脚を骨折してからこっち、気分は二つなのよ。不適切なことを口走るか、喧嘩腰か」

オリビアがクスクス笑って声をあげた。「おばあちゃん、お行儀悪いよ!」

「悪いもんですか! こんなところに閉じ込められてりゃ、物のひとつも投げつけたくなるわよ。オリビア、あんたは聞かなかったことにしなさい」

「そうする」

「それで……気分はたったいま喧嘩腰へと切り替わった」セラは小さくほほえんだ。「逃げ出したくなるでしょ」

鎮静剤でぼうっとなっているバアさんよりすごいのにお目にかかったことはある……と思う。

「夕食を食べていってね」バーブが彼にほほえみかけた。「たいしたものはないけれど、ビーフシチューとコーンブレッドだけなのよ。でも、たっぷりあるから」

最初の反応は拒絶だった。習慣は一朝一夕に変えられない。つぎに、かたわらにいる女のことを思い出し、言った。「ありがとう、喜んで」コートのポケットから缶詰を取り出す。「これを持ってきたんだ。ベーコンならなんにでも使えるから」

セラは彼の手の中の缶を見つめたまま固まった。バーブは炉端で振り返り、手に持ったスプーンから液体が滴った。オリビアはソファから立ち上がった。「ベーコン」うっとりと言い、彼のそばにやってくると驚いた口調になった。「缶詰のベーコン?」

「ああ。おれはもっぱらこれだ」ヨーダーズのベーコンの缶詰をセラに見せると、彼女はそれが上等なクリスタル製であるかのようにそっと掲げ持った。

「おやまあ、缶詰のベーコンって生まれてはじめて見たわ」バーブがそばに来て覗き込む。

「どんなふうにお料理するの?」

「調理済みだけど、ふつうにカリカリに焼いてもいい」

「そっちで何やってんの？」キャロルが叫んだ。

「彼がベーコンを持ってきてくれたのよ！」バーブが叫び返した。

「ベーコンですって！　なによ！　あたしをここに閉じ込めといて、みんなでベーコンを食べようなんて――」

ベンはため息をついた。バアさんを黙らせるには思い切った行動に出るしかない。セラとの時間を楽しみたいのに、隣の部屋で大騒ぎされるのはかなわなかった。「彼女、ちゃんとしてるかな？」セラに尋ねる。

「服は着てるわよ。あなたが訊きたいのがそのことなら。それ以外のことはわからない」

口角がちょっと持ち上がって小さな笑みが浮かんだ。

ベンは戦闘で学んだことがある。悪い行動でも行動しないよりはまし。騒音の源へ向かって黙って進む。彼がドアをくぐったとたん、ぴたりと静かになった。ベッドに横たわる女は目も口も大きく開いて彼を見つめた。ああ、この女なら会ったことがある。髪の派手な――いまは褪せている――ピンクのハイライトがトレードマークだ。無言のままベッドにちかづき、膝をつき、女を上掛けもろとも抱き上げた。抱えて部屋を出ながら尋ねた。

「どこに置けばいい？」

「こっちに」セラが急いでテーブルから椅子を引き抜いて横向きにし、おばの折れた脚を乗せるための椅子も出した。「ここなら一緒のテーブルで食事できる」ベンは女をそっと椅子に座らせ、セラが椅子にクッションを置くあいだ、折れた脚を支えていた。「これでいい？」セラがおばに尋ね、上掛けでくるんでやった。彼女が動くと長い髪が肩を流れ落ちる。ベンはそれを見ながら、自分の枕の上に髪が広がるさまを想像した。慌てて想像を振り払う。そうしないと、その場に立ったまま勃起しそうだったからだ。

「そうね」女はベンを見つめたまま言い、手を差し出した。「あたしはキャロル・アレン」

「お目にかかれて嬉しいですよ」ベンはその手を握った。「おれはセクシーな肉体美」

彼女はまばたきひとつせずに言った。「あら、あなた、ほかにもいろんな呼び方してたんだけど、知りたい？」

「知らなくていいわよ」セラが言う。

ベンは彼女の言葉を額面どおり受け取った。ちょっと照れてまわりを見まわし、セラが別の椅子を勧めてくれたので腰をおろした。テーブルの鍋つかみの上に、四角く切ったコーンブレッドがフライパンごと置かれた。おつぎがビーフシチューの大きな鍋だ。バーブが鍋をテーブルに置くあいだに、セラとオリビアがテーブルのまわりを移動しながら、五人分のボウルとスプーンとナプキンを並べていった。水のグラスが回される。

かんたんな料理だった。キャロルが短い祈りを唱え、みんながパンとシチューを好きなだけよそった。セラは彼の隣の席だ。彼女はほんの少ししか取らなかった。ほかの人たちが充分に食べられるよう気を使っているのだろう。

そうはさせない。セラが充分に食べられるよう、ベンが気を使った。

最後に食事のテーブルを囲んでおしゃべりしたのがいつだったか思い出せなかった――まだ軍隊にいたころのはずだ。除隊後は、これがはじめてなのはたしかだ。セラが尋ねる。

「ガソリンのことで文句は出なかった?」話しかけられていることに気づくまで間があった。

「出るもんか」列に並んだ人すべてに五ガロンずつ行き渡るまでは二回目の給油をしないことに、文句をつける人間もいたが、嫌なら家に帰ってもらっていっこうにかまわない、ほかの人にその分が行くだけの話だ、とベンが言うと黙り込んだ。給油を受けた量をノートにつけておいて、電気が普及したら代金を払うというやり方にも文句をつける人間がいたが、おなじ返事をするとおさまった。彼の威圧感のせいか、言い返す者もいなかった。ショットガンを背負っていたせいもあるだろう。こっちも相当な威圧感がある。

しかも、ショットガンのケースが背中の傷を擦るので、苛立っていたこともプラスに作用した。なにが幸いするかわからない。

セラがもっと聞きたそうな顔をした。〝さっさと裸になろうぜ〟は、親戚や友人がいる前で取り上げたい話題ではなさそうなので、安全な話題を口にした。「ジムとメアリー・アリスは犬を気に入ってくれた。メアリー・アリスは自宅に戻れずにいたんだが、犬と一緒なら安心できるようだ。彼女がセイジャックと命名した」

「パット・セイジャックにちなんだのね」バーブがにっこりする。「彼女は『ホイール・オブ・フォーチュン』が大好きだもの」

ベンはその番組を観たことがなかったが、たぶんそうなのだろう。

オリビアが悲しそうな顔をした。「犬を人にあげちゃうなんて信じらんない」

「そうだな」またしても、もっと聞きたそうな顔をされた。「彼らのほうが犬を大事にしてくれるし、彼らには守ってくれる犬が必要なんだ。おれが余分に狩りをして、二人と一匹を食わしていくつもりだ」セラをちらっと見る。「火鉢を作るほうは進展があったのか？　リビングストン夫妻には灯油ヒーターを貸してやったが、灯油がなくなるまでの応急措置にすぎない」

「進展があったわよ」答えたのはキャロルだった。折った脚を動かして顔をしかめながらも、目下の話題に集中する。「あなたが家で休んでいたあいだに、モナ・クラウセンが訪ねてきたのよ。窯はあるって。大きな窯じゃないけど、電気式なんで発電機と火をつける燃料が必要だって。火鉢のデザインは単純なもので、基本的にはグリル鍋と変わらないけど、中くらいの大きさの火鉢だと一度に一個しか焼けないそうよ。小さいのでも一度に二個。いくつぐらい必要なの？」

「わからない」と、セラ。「中にくべる炭も必要だしね」

「炭なら作れる。薪を燃やせばいいだけだ」ベンが言った。「おれが発電機を取りつけてやる。火鉢ひとつでも、熱源がない家や、煮炊きする手段を持たない家にとってはおおいに助かるだろう」

なんてこった。きょう一日で話をした人間の数は、この三年間のトータルを上回る。そろそろ不安に苛まれてもいいころだ。木々と土、風と空しかない山の上に引きこもりたい。だが、かたわらにセラがいるかぎり、その選択肢はなくなった。彼女の血肉である憐れみと他人に示す思いやりが、ベンの中でそれなしにすませられないものになりつつあった。

「火鉢は何百台って数になると思うの」その数に圧倒されたのか、セラは目を揉んだ。

「グリルを持っている人はおおぜいいるよ」オリビアが言う。「あとは換気をどうするかってことでしょ。それだって、使うときに窓をほんのちょっと開けておけばいいだけじゃん。みんなそこまで馬鹿じゃないよ」

「理屈のうえではね。実際には、死人が出るかもしれない」セラはそう言いながらもほほえんでいた。「換気が必要なのは火鉢もおなじ。基本はグリルだから」

セラはノートを取り出してページをパラパラとめくった。懸案事項はいくつかある。子供たちのための学校を組織化すること。みんなが——文字どおり全員が——春になったら野菜を植える必要があるから、土を耕して種を蒔く作業を手伝ってくれる人手を必要としている人のリストも作ってあった。彼女が作成したリストの多さときたら、ベンは見ているだけで頭が痛くなってきた。ハーバリストや救急救命士の助けを必要とする病人のリスト。ハーブを採取できる場所のリスト、摘む人間を組織化するためのリスト。採ったハーブを乾燥させる小屋も必要だ。肉を塩漬けしたり燻製にして保存する場所も。それに、バターとミルクを冷温保存する貯蔵小屋も。

これだけのことを考えていて、よくおかしくならないものだ。ここを少しでも住みやすい場所にして、友人や隣人がこの危機を乗り越えられるように、彼女は奮闘努力している。しかもいまになって手を引くことはできないのだ。

「安全確保の問題も、おれたちでなんとかしなくちゃならない」おいおい、いま、〝おれたち〟って言ったよな。「きみを殺そうとした奴らを探し出して、対処する必要がある。さもないと、奴らはこれからもおなじことを繰り返す。パトロール・チームのメンバーが、パトロールしながら車両の割り出しを行い、けがした奴がいないか訊いてまわっている。犯人が見つかるまでは、渓谷の住人全員が危険に晒されるってことだ」

「でも、彼らは失敗したのよ。ガソリンはもうタンクに残っていない」

「だから今度は個人を狙って盗もうとする。それがつぎのステップだ」

セラが顔をしかめた。自分が店で盗人たちを撃退したせいで、個人がつぎのターゲットにされるとわかったからだ。気にするな、と彼女に言ってやりたかった。メタドンで頭がおかしくなった奴らは、いずれにせよ、手に入れたガソリンを使ってもっと小さなターゲットに向かっていく。だが、会話は別の方向へと進んでいた。

食事が終わった。セラとバーブが片付けをはじめ、キャロルは満足そうな顔で、立ち働く彼女たちとおしゃべりをつづけた。ベンは邪魔になるだけだと思い、暖炉に薪を足すことにした。炎に背を向けて立ち、ぬくもりを楽しむ。

しばらくして、オリビアがためらいがちにちかづいてくると、おなじ姿勢で横に並んだ。しばらくの沈黙ののち、オリビアが尋ねた。「軍隊にいたの?」

「海兵隊」

「ああ」また沈黙。「兄が軍隊にいるの。フォート・スチュワート」

「サヴァンナのちかくだな」

オリビアはうなずいた。

「だったら大丈夫。軍の基地には自力発電所があるから安全だよ」

オリビアはもじもじした。「兄は人を撃ったことがあると思う?」

人を撃つことが、彼女を悩ませているのだ。暴力行為についてどう言えば、十代の少女を安心させられるのだろう。ファストフードの店で注文する以外で、最後に十代の少女と言葉を交わしたのは、自分が十代だったころだ。いまの彼には異星人だ。

「戦闘地域に配置されないかぎり、ないと思う」

「配置されていない」オリビアがまた沈黙した。「あなたは?」

「配置されたかって? ああ」

「戦闘地域に?」

「一度ならず」

「だったら、人を撃ったことあるんだ」

「ああ」

「それで、当たった?」

「おれは優秀だったからな」それで彼女が推測してくれればいいが。子供相手に詳細な話をする気にはなれなかった。助け舟を期待してセラを見る。ふつうの人間でも十代の子供の扱いには苦労する。まして彼はだいぶ長いことふつうではなかった。

「あたし、人を撃ったと思うの」オリビアが打ち明けた。

「そりゃよかった。弾の傷は犯人の特定に役立つ」

「あたしが人を殺したとは思わないの?」

「二二口径で? まずない。可能性はなきにしもあらずだが、まずないな」

彼女の話は予想外の方向にずれていった。「だったら、もっと大きな銃を持つべきだと思う?」

もう一度セラを見て、頭の中でメッセージを送った。〝助けてくれ! いますぐ!〟

うまくいった。オリビアは、後片付けをする二人とおしゃべりをはじめたのだ。「おれが思うのは、きみたち二人の代わりにおれがあの場にいたかったたってことだ。きみたちが武装するかどうか、なにで武装するかは、きみときみのお祖母(ばあ)さんが決めることだ」完璧な世界では、戦争なんてないし、十代の少女が彼に武器のことを尋ねたりしない。この世界は完璧ではないし、完璧になるはずもないが、それがわかったからって不満は感じない。

「あなたがいてくれたらよかったのにって、あたしも思う」オリビアが言った。ありがたいことに、彼女はそれ以上なにも言わず、会話は打ち切りとなった。

セラがこっちを見てほほえんだ。やさしいほほえみが、彼の全身を駆けめぐって活性化させた。

20

ベンは抵抗するキャロルをベッドに戻し、みんなにおやすみを言った。コートを羽織り手袋をするセラを待っていてくれて、二人で家を出た。「家まで送っていく」

セラは驚いた顔をした。そういえば前日の午後から、驚くことばかりだった。大丈夫、と断ろうとして思い直した。ガソリンを盗もうとした者たちの正体を彼女は知らないが、向こうは彼女のことを知っているから、復讐を企てるかもしれない。家に一人で帰るのは安全とは言えない。戦略的に考えるのよ、と自分に言い聞かせた。

家まで歩いてほんの一分しかかからない。玄関までベンがついてきた。ポーチの階段をあがろうとしたとき、白いものが落ちてきた。セラは空を見あげ、闇の中から舞い落ちるはかない雪片を見つめた。「雪だわ」意外だった。この二日、いろんなことがあったけれど、まさか雪が降るとは思っていなかった。

十一月の雪は珍しいことではないが、前兆にすぎない。気持ちのうえではまだ秋だから。冬だってその気になっていないだろうし。一月や二月に入ってもあたたかい日はあるけれど、冬の備えはしっかりやっておくべきだ。ふつうの年なら、凍結しないよう水道管に保温材を巻くぐらいだが、今年はいつもより事態が単純であり、複雑だった。

それでも……初雪はいつもちょっぴり魔法がかっている。夜の静寂に深々と降る雪のひとひら。しばらく眺めていた。口元に笑みを浮かべて。自然崇拝信者ではないけれど、移りゆく季節を愛おしむ気持ちはあった。いまこの瞬間を大切にしたい。無意識に手を差し伸べていた。ややあってから彼が慎重に指を絡めてきたときはじめて、ああ、この人はまだ人との付き合いに臆病なんだ、と思った。

でも、彼が手を握ってくれた。手袋をとおして彼の手のひらの熱が伝わってきた。セラが初雪に抱く感情を共有できなくても、彼はちゃんとそこにいてくれた。

「すてきだと思わない？」セラは尋ねた。彼の視線を感じる。

「雪が好きなのか？」

「初雪が好きなの」セラはほほえんだ。「あたらしくて、特別で、あたりがしんと静まり返る。その静寂に耳を澄ますの。でも、あすの朝まで降りつづいたら、厄介だと思うでしょうけど」

暗いからたしかではないけれど、懐中電灯の灯りの中で、彼がほほえんでいるような気がした。どんなに小さな笑みでも、自分のせいで彼がほほえんだと思うと嬉しかった。

「そうだな。きょう、ガソリンを分配していなかったら、みんな歩いて出かけるから問題はなかった。でも、車で出かけるとすると――」

「そうだった」彼女は顔をしかめた。道が悪ければ時間がとられる。ふつうなら、除雪車が出るし、凍結防止の塩も撒かれる。でも、ふつうでなくなったので、除雪は行われない。

「そうなったらそうなったでなんとかなるわ。ここの人たちは雪道の運転に慣れている」

彼は自分から手を離さなかったが、セラのほうから手をおろした。彼が自分の殻に閉じこもる前に触れ合うのはやめたほうがいい。

彼が網戸を開け、二人でポーチに入る。セラがドアの鍵を開けるあいだ、彼は背中に手をあてがったまま懐中電灯を掲げていてくれた。勇気を奮い起こして尋ねる。「寄っていかない？」彼は、ノー、と言えばいい。セラはがっかりするけれど、失望のあまり死ぬことはない。あんなキスをするのだから、彼にそういう気持ちがあるのはわかっているけれど、おおぜいの人と交わってもうたくさんだ、と彼は思っているかもしれない。

「ああ」

ちょっとびっくりして、すごく嬉しかった。いろいろおしゃべりして、ちょっといちゃついたりして。そう思ったら血管の中で血が沸騰しそうになった。セラはそのつもりでいるけれど、玄関を入ると彼が腕に触れて言った。「早すぎるなら、そう言ってくれ」彼の声は掠れ、張り詰めていた。追い返されると思っているのだろうか。

心臓が飛び跳ね、体の中ですべてが停止した。体が彼女の決断を待っているのだ。そうなの？　いま？　彼が何を言っているのかわかっていた。どうしていままで気づかなかったんだろう。わざわざキャロルの家を訪ねてきて――ベーコンのお土産持参で――一緒に食事までしたのよ、ほかにどんな目的があるの？　安全対策を練ることもだけれど、彼にとって人付き合いは大きな一歩だ。

心臓が激しく鳴り響く。〝早すぎる〟って何が？　もう何年も前から、彼に惹かれていた。デートをしたことも、伝統的でロマンチックなあれこれもなかったけれど、二人がいまいる世界では、ベーコンの缶詰は、箱入りチョコレートや豪華なディナー以上の価値がある。熱いシャワーは映画を上回るし、傷の手当てはそれこそプライスレスだ。それだけではない。このあたらしい世界では、命そのものが前よりずっと貴重になっている。たいていの人はそこまで考えていないだろうが、あすはどうなるかわからないのだ。

「いいえ」セラは静かに言って彼の腕にもたれかかった。「早すぎないわ」命はちゃんとつかんでいないと、手から滑り落ちてしまう。きょう、セラは死ぬところだった。彼と結ばれる機会をつかまないうちに。彼の申し出を受けるだけだ。

玄関を入り、ドアに鍵がかかったことを確認した。彼は立ち止まり、用心深い動物のようにあたりを見まわし、周囲になにがあるのか観察した。セラは彼のコートを脱がせ、ドア脇のラックに掛けた。彼は暖炉の前に屈んで、消えた火を熾し直していた。リビングとキッチンがひとつづきになった居間は寒かった。それほど広くなくても壁がない分なかなかあたたまらない。オイルランプ二つに火を灯す。やわらかな光が居心地のよい部屋を照らしてぬくもりを添える。

自分の顔とおなじぐらい馴染んだわが家だが、彼の目にはどう映っているのだろう。彼の家のほうが広くて殺風景だ。ここには贅沢なものはないが、家具はみな使い勝手がいい。床にはすてきなラグ、いまは使えないかわいいランプ、写真と本、装飾品の数々。ここは女の家だ。細々しすぎて、彼は息が詰まるかもしれない。

彼が暖炉の前で立ち上がった。長身で広い肩幅の彼がいると、ほかのものがみんな小さく感じる。彼を見ているだけで息が苦しくなる。その大きさと力強さに衝撃を受ける。それでも彼に倣ってコートを脱ぎ、彼のコートと並べて掛けた。そんなありふれた行為が特別な意味をもち、セラは並んで掛かる二人のコートをしげしげと見つめた。

息をしないと。

それが思ったより難しかった。彼の姿に圧倒され、これから二人のあいだに起きることを考えただけでぼうっとしてきた。離婚以来、誰とも親密な関係になったことがなかった。心が傷ついていたし、ほかの人と会おうとするだけで不安が募った。そしていま、彼がここにいる。生まれてはじめて出会うタイプの男性が。

彼の前で裸になる……でも、彼も裸になるわけで、それはものすごく魅力的なこと、無防備になってもそれでもかまわないと思えるほど魅力的なことだ。

彼は暖炉の炎をじっと見つめている。セラは思いをまとめ、不安を抑え込み、そこで思った。彼も不安を感じているのだろうか――セックスそのものにではなく、感情的に結びつくことに。肩のあたりが緊張している。緊張をほぐしてあげるにはどうしたらいいのだろう。せめて、緊張と折り合いをつける時間を与えてあげたい。「なにか飲みます？」あ、馬鹿なことを訊いてしまった。飲み物といっても選択肢は限られている。「たいていキャロルのところで食事しているの。でも、コーヒーは少しだけどあるわ。それに、ホットチョコレート」

彼は振り返り、ちょっと首をかしげた。目がおもしろがっている。「コーヒーはどれぐらいあるんだ？」

「そうたくさんはないの。二、三杯分」

「だったらホットチョコレートにしよう。コーヒーはあすの朝にとっておこう」

セラは行間を読んで、分析した……つまり、彼はここでひと晩すごすつもりなのね。期待に全身の筋肉が震え出した。

「おれに出ていってほしいならべつだが。その、終わったあとで」

彼は人の心を読んだの？　それとも、表情を読んだだけ？　表情のはずはない。だって、喜びに顔が輝いているはずだから。その場合、そんな質問はしないだろう。「いいえ」なんとか言った。「出ていってほしくない」

キッチンで鋳鉄製の小さなポットに水を汲み、暖炉に持っていった。彼がポットを受け取り、炭の上に置いて灰が入らないように蓋をした。「発電機はあるんだろ？　おれが動かしてやる。家をあたためよう」

「あるにはあるんだけど、いまはキャロルの家にあるの。おばとオリビアのほうが必要とするだろうと思って。ここには寝に帰るだけだから」一人になりたいときもここに戻る。なんといってもわが家だから、おばの家よりくつろげる。たとえ電気がつかなくても。

「きょうは発電機と湯沸かし器を動かしたりと大変な一日だったわ。バーブが手伝ってくれて、井戸のポンプも使えるようになったのよ。みんなが熱いシャワーを浴びた」セラはほほえんだ。「わたしは二日つづけてシャワーを浴びて、甘やかされてる気分」

「撃たれたことは除いて、だろ？」彼が言い、セラの腰に腕を回して抱き寄せた。セラは嬉しくて体をあずけた。ずっと胸に秘めていた恋心が思いがけず成就するなんて、なんだか不思議な気がする。ベンのような人が、自分みたいな女に惹かれるのはどうして？　それもだけれど、自分がどうしようもなく彼に惹かれるのも驚きだった。二人はなにからなにまで逆なのに――でも、肌が合う。ほかのことはどうでもよくなる。彼に触れてほしい、お返しに彼に触れたかった。

「現実感がないのよ」思いを口にした。顔を合わせてよりも、こうやって暖炉の火を見つめながら話すほうが言葉が出やすい。「あまりにも非日常的すぎて。わたしたちの心に根をおろすのは、日常の細々したことなんだろうと思う」

「現実に起きたことだ」彼が険しい声で言い、腰に回した腕に力を入れた。「しばらくするとそれが日常になる。相手が武器を持っていないかつねに探るようになり、戦っていないほうがおかしいと思うようになる」彼が黙り込んだ。必要以上にしゃべりすぎたと思ったのか、自分の言葉に驚いたのか。

彼がいま言ったことは、これまで見たこと、してきたことの上っ面をなぞっただけなのだろう。彼はそういう生活をしてきた。戦いに身を置くのがどういうことか、セラには想像がつかない――それでも、きっとあすからは、そういう気持ちで生活しなければならないのだ。生きることは戦いになる。

沈黙がつづいた。体を寄せ合い、暖炉の火を見つめながらそれぞれの思いに浸った。

「ベッドルームはどこ？」ベンが尋ねた。

彼は懐中電灯を持って廊下に消えた。セラは暖炉の前で面食らっていた。どうして一人で行ったの？　好奇心に駆られあとを追った。廊下に出ると、彼はちょうどベッドルームから出てきたところだった。マットレスと上掛けとをいっしょくたに抱えている。彼はマットレスの大きさに苦戦したものの、なんとかドアを抜けて廊下に出てきた。重さ自体は苦にならないようだ。

彼が両手を使えるように、セラは懐中電灯を受け取った。「いったい――？」

「こっちのほうがあたたかいだろ」

それはそうだ。彼女の寒さ対策は、タオルを暖炉であたため、急いでベッドに入ってタオルが冷めないうちに足をくるむことだ。本格的な冬がきたら、タオル一枚ではとてもあたたまらないから、暖炉であたためた石をタオルでくるんでベッドの足元に入れる、古くからのやり方に切り替えるつもりだった。あるいは、炉端のソファで寝るか。

「コーヒーテーブルをどかしてくれ」彼が言い、マットレスを抱えてセラの前を通った。

あるいは、ベッドを居間に移動させるか。彼の現実的な解決策を見て、思わず笑いそうになった。コーヒーテーブルを動かし、ソファを五十センチほど動かした。彼は暖炉の前にマットレスを置いた。セラはベッドルームから枕を取ってきた。彼はマットレスと平行になるようにソファの位置を調整していた。なるほど、もたれかかれるように。

二人ともブーツを脱ぎ、マットレスに座って枕を背中に当てソファに寄りかかった。すごく居心地がいいのは、彼が隣にいるせいだろうか。背中を抱かれ、肩に頭を休めてもたれかかった。胸に手を当てると力強く安定した鼓動が伝わってきた。

彼といるとこんなにもくつろげるなんて、驚きだ。アダムとデートしていたころは、彼に嫌われるようなことを言ったりやったりしやしないかと、ずっと不安で自意識過剰だった。ベンが相手だと、ただ触れるだけ、触れられるだけで湧き上がる歓び（よろこび）が不安を消し去ってくれる。彼にキスされてすべてが変わった。彼の興奮が伝わってきただけでなく、飢餓感も感じられた。彼が求めているのは、女としてだけでなく、人間としてのわたしだ、と知って世界がガラッと変わった。

　彼が顎で髪を擦(こす)った。「おれは結婚したことがない」

　それは興味深いことだ。彼の男らしさは女を引き寄せる磁石だから、いままで独身だったなんてびっくりだ。これまでずっと孤独に暮らしてきたわけではないと思っていたが、あるいはそうだったのかも。彼の肩に頭をもたせて見あげると、引き締まった顔の上で火影がチラチラ躍っていた。「どうして？　キャロルがあなたのこと、〝見事なお尻のキン肉マン〟って呼ぶのにはちゃんとした理由があるのよ」

　彼は、鼻を鳴らすような笑いのような音をたて、セラは全身があたたかくなるのを感じた。「〝セクシーな肉体美〟じゃないのか？」

「おばにはいろんな呼び方のリストがあるのよ。おばは体の中でクーガーを飼ってるの」

「なるほど、爪痕が残ってないか調べてみないと」彼の顔におもしろがる表情が浮かんで、消えた。「おれは軍隊にいた——海兵隊にいて、何度も海外に派遣された。国にいるあいだも、なかなかうまくいかなかった。制服姿の男とデートしたがる女はいくらでもいるが、一年の半分は地球の反対側にいる男と付き合うのは、並大抵のことじゃない。おれはべつにかまわなかった。特に心を惹かれる女はいなかったし」

「除隊したあとはどうなの？」

彼は身じろぎしなかったが、彼の心が引くのを感じ取り、セラは感情の壁にぶち当たった気がした。「誰もいなかったの？」ここで立ち止まってほしくないから重ねて尋ねた。「いなかった」ちょっと間があって、彼がセラを見つめた。「まったく」そこで咳払いする。「前もって謝っておいたほうがいいな、なぜなら――一緒にベッドインする前に、プレッシャーを取り除く時間をとりたいと思ってたんだが、いろいろあってこれ以上待てなくなった」

彼に話をさせることに意識を向けていたので、彼の言ったことの意味を理解するのに時間がかかった。彼女の中で一度にいろんな反応が起こった。驚き、笑い、彼がそこまで考えてくれたことへの感謝。ぬくもりが全身に広がり、セラは彼のほうを向いて腕を回し、抱き寄せた。「わたし――そうね。わたしにとっても、ほんとうに久しぶりなの。離婚してから、五年ちかくになる」

彼がセラの顔を覗き込む。「どうして彼を捨てたんだ？」

「捨ててないわ」彼がそういう結論に達したことにちょっと驚いた。「彼がわたしを捨てたの」

ベンは体を引いて顔をしかめた。「そいつはなんなんだ、頭のネジが緩んでるのか？」気のきいた返事をしたい自分がいた。アダムとは求めるものがちがったの――それはほんとうだ――とか。でも、この二日は厳しい試練の連続で、もし彼が、自分の望むような女じゃなかった、と去っていくとしたら、いまわかったほうがいい。「離婚が成立して以来、彼に会っていないし噂も聞いていないから、いまどうなっているのか知らないけれど、離婚したときには、ネジは緩んでいなかった。彼にとってわたしは物足りない女だったの」ほら、言ってしまった。でも、屈辱を覚えはしなかった。なにか感じているとしたら、そう……怒っている——ほんの少し、なぜなら、アダムのことなんてもうどうでもいいから。「彼は興奮すること、おもしろいことをやりたがった。でも、わたしはいつだって臆病だった」

「その興奮することだが、どんなことだ?」

「そんなたいしたことじゃないわ。スキーとか。アフリカや南アメリカに旅行するとか。パラセーリング、スキューバダイビング。たいして危険じゃないってわかってはいたけれど、すごく不安になって、どうしてもできなかった」セラはため息をついた。

「きみは彼を信用してなかったんだ」

「わたしが——なんですって?」困惑し、眉をひそめ、彼を見あげた。

「おれは危険なことをさんざんやってきた。死ぬかもしれないということを。生き延びられたのは必死になったからだ。死にたくないから必死になる。あるいは、チームへの信頼感があったから。きみは彼を信じていなかった。きみが彼を守ろうとするように、彼はきみを守ってくれるとは思えなかった。ところで、そのクソ野郎の名前は?」

「アダム」アダムをクソ野郎と思ったことはなかったし、二人の関係をそういう観点から見たことはなかった。もし自分が危険な目に遭ったら、彼は助けてくれるかどうか。スキューバダイビングに行ったとして、自分のエアタンクが故障したら、アダムはそれに気づいて酸素を分けてくれただろうか？　かなり疑問だ。セラの思いや願いに、彼はまったく無頓着だったから。気分が悪いのか、疲れているのか、そういうことに気を配ってくれたことはなかった。彼なら酸素を分けたはずと思いたいが、ぜったいにそうしてくれたとは言えない。

「アダム・ゴードン？」

「いいえ、わたしは旧姓に戻ったの」ポットの湯が沸く音がしたので、火掻き棒を使って火からおろした。ホットチョコレートを作り、あたたかなカップを両手で持ってもとの場所に落ち着いた。根源的な欲求が満たされる感じ。雪の降る日に飲むホットチョコレートは、いつだって深い満足を与えてくれる。暖炉の前で彼にぴたりとくっついて座っていることも、おなじように欲求を満たしてくれる。その奥で期待感がグツグツと燃えてきて吹きこぼれるときを待っていたが、いまのセラにはゆっくりなアプローチが似合っていた。彼を欲しいけれど、彼とおしゃべりもしたかった。何が彼をこれほどユニークにしたのか、詳しく知りたかった。

「わたしはずっと臆病だった」ホットチョコレートを飲みながら炎を眺める。「人生に自分から挑んでいく人もいるけれど、わたしは後ろに控えているタイプだと思う」

彼が鼻を鳴らした。「へえ、後ろに控えるタイプの人間が、欲しいものを手に入れるためにおれと寝てもいいなんて言うかな。男たちを相手に銃撃戦を繰り広げるかな」

火明かりが顔の赤らみを隠してくれるとは思ったけれど、彼の肩に顔を埋めた。銃撃戦は——さっきも言ったように非現実的で、すでに遠くの出来事になっていた。彼と寝てもいいと言ったことは、もっと身近で個人的なことだ。

彼はホットチョコレートを置き、セラの背中を撫でた。「そのことだが。きみはこうなることを望んでいるんだな？　おれはこれを取引だと思っていない。それでいいんだな？　先に延ばすことはできるが——いま考えてもクソ忌々しいったらない。きみが撃たれたなんて」彼の口調が激しくなった。「あんなこと、二度とするなよ、いいな？　寿命が二十年は縮んだんだからな」

こんなにやさしいことを言ってくれる人、いままでいなかった、と思う自分はどこか変なんだろうか。彼に抱きつく。「約束します。二度と撃たれないようにするって」

セラの喉に手をあてがい、親指で顎を上向かせ、唇にあたたかなキスをした。キスはあっという間に熱く深いものになる。舌が舌に絡み、喉にあてがった手がうなじへと回って髪をつかんだ。ホットチョコレートのカップをつかむ指が滑り、セラは慌ててつかみ直した。喉の奥で低く笑って、彼が唇を離した。「こぼすなよ」

「だったらキスしないで」彼の笑い声が好きだ。ほんものの笑い声ではない、喉の奥に引っかかる音だけれど、目じりのしわと持ち上がった口角を加えれば立派な笑い声になる。ホットチョコレートはおいしいけれど邪魔だ。無駄にするよりはと飲み干して、カップを横に置いた。「さあ。問題解決」

彼もカップに手を伸ばし、まるでウィスキーを呷るように呷った。

さあ。

「きみの裸を見たい」

感情が剥き出しの声に、セラは震えた。願いはおなじだった。セラも彼の裸を見たかった。その思いが強すぎて、自分から服を脱ごうか、彼の服を脱がせようか決めかねた。おなじことでしょ？　ようするに二人とも服を脱げばいいだけだ。彼の腿にまたがると首に両腕を回し、持てるだけの情火を唇に乗せてキスした。彼をその気にさせるのにそれで充分だった。

激しいキスにぼうっとなりながら、彼の手がいろんなところを動きまわるのを感じた。乳房を包み、ジーンズのファスナーをおろし、下着の中を、腿の付け根を探索する。太い指を押し込まれて息を呑み、もう一本加わると喉を鳴らした。貫かれて膝立ちになり、歓びの寄せ波に洗われる。ああ、ああ、長いことなかったし、こんなのはじめて。こんなにすばらしくて、痛いほどの絶頂を迎えたことはなかったから、彼を迎え入れる前に果ててしまいそうだ。そんなのいやだった。すべて経験し尽くしたかった。彼の重み、彼の突き……すべてを。すべて欲しかった。

彼のシャツのボタンをはずす。彼がセラのシャツを頭から脱がせた。マットレスの上に転がる。ジーンズを押しさげ、気がつくと仰向けになっていた。ジーンズは足首に引っかかったままだ。覆いかぶさってくる彼の肩が火明かりに輝く。「コンドームは九つある」彼が掠れ声で言った。「全部で。なくなったらどうするか、きみが決めてくれ」

つまり、彼を追い払うか、妊娠の危険を冒すか。彼の赤ちゃんを産むと考えたら心臓が跳ね上がった。いいえ、決めるまでもない。自分がなにを欲しいかわかっている。でも、いまは彼に伝えるときではない。いくら彼女が望んでも、そうなるとは限らないのだから。これは二人で決めることだ。いまは、これでいい、これで充分。彼の胸から肩へ両手を滑らせ、顎を包み、親指で唇をなぞり、上体を起こしてキスした。

彼は決断を待たなかった。やることをやる、それだけだ。残りの服を脱ぎ、彼女の服を脱がせ、コートのポケットからコンドームを取り出して装着し、彼女の脚を開かせて体を重ねた。

セラは息を呑んだ。彼の重みが、押しつけられる体の硬さが誇らしかった。上に乗ったままで彼が言う。息遣いが荒い。「一気にいってしまいそうだ。きみはまだ準備が――」

ため息まじりに応える。「いいえ、できてる。急いで」腿で彼の腰を挟み、腰を浮かせて迎え入れる。彼が腿のあいだの襞を掻き分け、太いペニスを押しつけるとゆっくりと沈めていった。

めまぐるしい感覚に圧倒されて息が止まった。唇には彼の味わい、乳房を擦る強い胸毛、両腿で挟む彼の腰、押し開かれる感覚の鋭さ、彼が深く沈むにつれ圧力がかかる。奪い、奪われて、彼の中で溺れた。息を喘がせると、もっと奪おうと腰が自然にあがって、喘ぎは細くなり息も絶えだえのすすり泣きになった。彼の感触を知りたくて手を伸ばし、手のひらに包み込んで指でペニスの根元を擦った。彼がうなり、短く激しいひと突き、さらに、もっと。手が邪魔になるので離し、代わりに肋骨に指を埋め、彼の動きに合わせて体を擦りつけた。

行為そのものが息を呑むほど官能的だった。彼は官能的だ。セラは生まれてはじめて睦み合う官能を知り、自由になった。鋭い感覚の波に洗われ内側の筋肉がギュッと縮んだ。力を得て中心へと縮んでいった。女の原始的な叫びが迸り出た。いきそう。脚と腕で彼に絡みつき背中を弓なりにすると、さらなる荒々しい叫びが闇を、静かな部屋を満たした。彼が高く深く、ぶつけてくる。喉の奥から掠れた声をあげ、セラの腕の中でのけぞる。全身の筋肉が強張り、突くのをやめた。彼にやめてほしくなかった。彼にもおなじように感じてほしかった。彼がギリギリと擦りつけ、細かく震え、さらに深くまで突いた。

彼の体から強張りがゆっくりとほどけてゆき、セラに体重をあずけた。動きはぎくしゃくして、いつもの力強い優雅さに欠けていた。息が荒いのはセラもおなじで、肌が汗で光っていた。心臓が肋骨を叩いている。もしいま家が崩れ落ちても、起き上がって服を着るエネルギーが残っているか心もとない。いまはただ、彼の下で横になっていたかった。

しばらくすると、彼がやっとのことで体を離し、コンドームを捨てに行った。彼の体の熱を奪われて、体が冷たくなる。暖炉の前にいるのに。毛布をかぶる。彼が戻ってきたので、無言で毛布を持ち上げると、彼が隣に滑り込んで抱き寄せてくれたので、肩に頭を休めた。「足が冷たい」彼が眠そうにつぶやく。「おれの足に重ねろ」

あんなことをしたあとなのに、体の一部が冷たいのはなぜだろう。でも、足がほんとうに冷たかった。彼の首に腕を絡ませて寄り添い、足を彼の脚にくっつけた。身も心も満たされ、すっかり満足して眠りに落ちた。

どれぐらい経ったのだろう、彼が起き上がって薪を足した。戻ってくると仰向けに寝て、彼女を自分の上に乗せた。

コンドームが二つ減った。

朝までに、残り四つになった。

21

「もっと大きな銃が必要だわ」

　なにを藪(やぶ)から棒に。ベンは目をむいた。窓から曙光(しょこう)が射しているが、ベンはもっと前に目を覚まし、彼女をこうして抱いて、急いで起きないでいい満足感に浸っていた。ベッドでいつまでもグズグズするのは性に合わない。さっと起きてなにかする……いままではそうだった。いまはちがう。セラとベッドでグズグズする以上に有効な時間の使い方があるだろうか。

　火明かりに彼女の姿が見える。天井を見つめ口を尖(とが)らせて考え込んでいる。いまの意見から想像するに、世界平和を考えているのではないらしい。胸の奥で馴染(なじ)みのない感覚が湧き起こり、喉までせりあがってきて、彼は笑った。ほんものの笑いだ。最後に笑ったのがいつだったか、思い出せない。「オリビアもおなじことを言った」あのときもだが、いまもびっくりした。

「前からそう思ってたんだけど、忘れていたの。でも——運がよかったのよね、だって、銃の数では向こうが勝っていた。あんなこと、二度とご免だわ。だけど、ガソリンを盗もうとした犯人が見つかっても、わたしたちが面倒に巻き込まれることは、これから何度もあるでしょう。頻繁にではなくても、よそからいろんな人がやってきて、わたしたちの物を奪おうとするわ。だから、もっと大きな銃が必要なの」彼女は尖らせた口を左右に動かした。「物々交換で手に入れられる」

「銃弾を忘れるな。銃弾がなけりゃ、どんなに強力な武器だって無用の長物だ」セラが枕代わりにしている腕を曲げて抱き寄せ、彼女の髪にキスした。「だが、心配はいらない。おれがきみを守る」自宅に兵器庫がある。戦争が勃発しないかぎり、持ち出すつもりのない武器が隠してある。合法的に手に入れた武器ではないので隠してあるのだ。セラには擲弾発射機は必要ないだろう。必要なのは鹿撃ちライフル――それに射撃練習だ。それも猛練習。彼が店を襲撃するとしたら、人を傷つける〝かもしれない〟ということはない。駐車場中に死体が転がる。

セラの腹を手で擦り、こんなふうに自由に触れられることが不思議だった。望めば、もっといやらしい触り方もできる。三日前まで、〝鎖国〟の方針をきっぱりと――たいていは――守っていたのに、セラが自宅に訪ねてきたとたん、ころっと方針転換してしまった。いまは裸で並んで横たわり、日が昇るにつれ明るくなる部屋を眺め、どちらも起きて活動する気はなかった。この瞬間をたとえひとときでも終わらせたくないからだ。

彼女が伸びをしてあくびした。どういうわけかその動きに、彼の手が乳房まで滑りあがり――すると彼女が言う。「ベーコン」

「ああ……わかった」

「バーブはいまごろ料理をはじめている。朝食の時間がすごく早いの。きょうはパンケーキを焼く日なのよ。きのうの夜、後片付けをしてたときそう言ってた。パンケーキとベーコン」セラはため息をついた。いまにも涎を垂らしそうだ。つぎに、見たこともないほど真剣な顔で彼を見つめた。「ベーコン、食べたい」

ベンは頭の中で自分の頭を引っぱたいた。「きみのためにベーコンの缶詰を持ってきてたんだ。すっかり忘れてた。トラックに置いたままだ」

セラが毛布をかぶったまま起き上がった。興奮の表情だ。「あるの？ ここでベーコンを食べられるの？」

いつまでも毛布にくるまってこうしていたい妄想に別れのキスをした。もっとも、毛布はいまや彼女の腰に巻きつき、かわいらしい乳房が剥き出しで、寒さに乳首がツンと立っていた。妄想には、彼女の上に戻って、そうすぐにはできそうにないことをやるのも含まれていた。起き上がって服を着た。「取ってくる」ゆうべ、忘れずに持ってきていたら、いまも彼女と横になっていたのに。忘れるととんだしっぺ返しを受けるという見本だ。

残念なことに、彼女も起きて服を着た。裸で怠惰にすごすのはお終いということだ。ほんとうは裸ですごす怠惰な時間が好きだったとは、いまのいままで気づかなかった。セラのおかげで、いろんなことを考え直すようになった。いままで考えたこともないことを、考えるようになった。

　玄関でふと足と止め、二人の関係における変わりやすい要素について考えてみた。自分は当然だと思っていても、彼女はそうは思わないこととか。渓谷の人たちは上品ぶらないし、彼を家に泊めたからといってセラを避けたりしないだろうが、噂になって彼女が恥ずかしい思いをするかもしれない。「トラックのエンジンをかけて、窓の除霜をしておこうか？　おれがここに泊まったとわからないように」

　彼女はコーヒーを淹れる手を止め、口をあんぐり開けて彼を見つめた。見つめ返す視線は揺るがなかったが、彼女の返事を待って無意識に身構えていた。彼女が二人の関係を隠しておきたいのだとしても、それは用心深いからにほかならない。そのことについては一考の余地があるが、返事を待つうち腸がギュッと縮んだ。

「それは」彼女が慎重に言葉を選ぶので、腸がますます縮む。「あなたにとって火遊びにすぎないから？」

　その問いなら答えはかんたんだ。「いや。まったくちがう」

　セラの口元にゆっくりと晴れがましい笑みが浮かんだ。「わたしにとってもちがうわ。窓なんてほっといていい」コーヒーを量ってパーコレーターに入れる作業に戻った。

体の強張(こわば)りがほぐれ、肩の重荷が取り払われた。ベンは気がつくと笑いながらトラックに向かっていた。ブーツの下で薄く積もった雪がザクザクいい、寒風が服の中まで入ってきたが、雲の切れ間が目に入った。雪はやみそうだ。習慣で動きがないかあたりを見まわしたが、朝が早いから動くものは小鳥だけだった。薪(まき)の煙の匂いが懐かしく、細胞レベルの記憶を蘇(よみがえ)らせる。通気口ができるずっと前、何千年も前から、人間は焚(た)き火のまわりに集まってきたのだ。

トラックのロックを解除してベーコンの缶詰を取り出した。朝食はベーコンとコーヒーだけだが、それで充分だった。

ところが、朝食は期待以上だった。セラが水だけでできるパンケーキミックスを発掘したのだ。バターの代わりは、戸棚に眠っていたバター風味のパンケーキ・シロップだ。重たい鋳鉄製フライパンの中でベーコンがジュージューいい、彼がマットレスと格闘してベッドルームに戻すあいだに、セラは暖炉で慎重にパンケーキを焼いた。

テーブルと四脚の椅子があるのに、炉端であぐらをかいて食事した。尻を乗せるラグがあるし、手を伸ばせば届くところにパーコレーターがある。床にべったり座るより親密感が湧いて幸せな気分になる。そんなたわけたことを考える自分に、ベンは少々面食らっていた。

食べ終わると、セラは湯を沸かして皿を洗い、体を拭く湯も沸かした。彼の肩の絆創膏(ばんそうこう)

を剥がして傷口を消毒し、絆創膏を貼り直してくれた。「大丈夫みたいよ。赤い筋とか浮き出していない」

　傷は痛むがズキズキするほどではなかったから、大丈夫だと思ってはいた。セラが大騒ぎするのがこそばゆく、悪い気はしなかった。ずっと一人で生きてきたし、自分の面倒は自分でみられるから、彼女に世話を焼かれることが物珍しく、ジーンときた。なに考えてるんだ、と顔をしかめる。シャツを着ながら彼女を眺める――スッピンで髪は後ろに梳かしつけただけ、ジーンズに分厚い靴下にスウェットシャツ。これほど女を欲しいと思ったことはなかったし、これほどの満足感を覚えたこともなかった。一度目はあっという間だったが、そのあとは切迫感が薄らいだので、時間をかけて過程を楽しむことができた。彼女がなにに歓ぶかよく観察し、ゆっくりの抜き差しを味わった。五回目のあとは、さすがにもう一度やったら生きていられるかどうかと思った――なのに、彼女の上に、中にいたいと思うのだった。

　すべてが変わった。彼女がいるからひとりぼっちじゃない。一人になりたいと思わない。しかも、一人になれなくてもパニックをきたさなかった。なんてこった。

　見られていることに気づき、セラが頬をピンクに染めた。「なに？」無意識にスウェットシャツの裾を摘んでさげた。ゆうべ、裸で睦み合い、体の隅々まで見せ合った仲なのに。

　詩人の柄ではない。気のきいた台詞など言えるわけがない。せいぜい頑張ってでてきた言葉がこれだった。「きみは甘い」

「わたしが——なんですって？」髪を掻き上げ、頬のピンクが濃くなった。

「甘い。きみは甘い。発電機をおばさんちに持っていってやった。ほかの人がたくさん食べられるように、きみは遠慮して少ししか食べなかった。おれの背中に絆創膏を貼ってくれた」ああ、詩らしくなってきた。もじもじと体重を移す。「甘いでいいのかどうか。甘いっていったら食べ物のことになるけど——」彼は口ごもり、それからゆっくりと男そのものの笑みを浮かべた。「そうだ、きみのどこが甘いか実際に知っている」

彼女の頬のピンクが赤へと変わり、両手で頬を叩いた。元亭主のナニはいい仕事をしなかったようだ。彼女のためにも、彼女に対しても、彼女と一緒にも。だとしたら自業自得だ。ベンはぜったいにそんな間違いは犯さない。

彼女のウェストに両手を添えて引き寄せた。すぐにもたれかかってくる。世界広しといえども、ここ以上に自分がいたい場所はないと言いたげに、頭を肩にもたせて腕を首に回してきた。最高だ。やることがいろいろあるから、一日中ここでこうしていられないが、あと二時間ぐらいはこうしていよう。それぐらいならやるべきことを後回しにしたって罰は当たらない。

いま、二人に必要なのはこれだけだ。

「ねえ、テッド。夜のあいだに雪が積もったわよ」メレディスはキッチンで朝食の支度をしていた——卵もワッフルもないが、いまのところ食事に事欠くことはなかった。テッドは備蓄食料に目を光らせてきた。狩りはできないので、メレディスに獣の肉を食べさせることはできない。釣りをしようかと思ったが、知識がないのでそれもできない。パトロール・チームのメンバーになった理由のひとつが、提供する労働の代価として食料を分けてもらえることだった。彼女がキッチンの窓のカーテンを開けて外を眺めている。

テッドはリビングルームの窓から外を見て、もっとよく見ようとポーチに出た。寒かったが、オハイオの冬の寒さに比べればなんということはない。ここらあたりで七センチの積雪、渓谷はもっと少ないだろう。冬のあいだもここですごすことが多かったから、たいして寒くないことはわかっていた——だが、それは電気が通っていたからだ。家の中はあたたかかったし、セヴィアヴィルやピジョン・フォージやガトリンバーグに出かければ、観光客相手のレストランはいくらでもあったからだ。食料雑貨店で買い物をし、車を満タンにして好きなときに自宅に戻ることができたからだ。今年の冬はまったくちがう。

あれこれ考えるうちに考えることに疲れたが、きのうのことを頭から追い出すことはできなかった。気持ちが二つに引き裂かれていた——いや、そうではない、なにをやるべきかわかっていた。心は決まっている。ローレンスと仲間たち以上に彼を苦しめているのは、渓谷の住人たちが彼をどう思うかということだった。嫌われるのはなんとか我慢できる。

どうってことなかった。だが、軽蔑されるのは、締め出され、嘲られるのは――。セラ・ゴードンが――みんなの見ている前であの仕打ちはどうしても許せない。きまりの悪い思いをさせたうえに、下品な仕草で彼を貶(おとし)めた。

「できたわよ」メレディスの声がして、ポーチに何分も立っていたことに気づいた。テネシーの冬はオハイオの冬とは比べものにならないとはいえ、コートを羽織らずに外にいれば寒い。

彼が震えているのを見て、メレディスは、しょうがないわね、と言いたげな声を出し、熱々の紅茶のカップを手渡してくれた。二人とも紅茶は好きだ。コーヒーもまだ残っているが、飽きないようにと、彼女は毎日ちがうものを用意してくれた。あたためたアップルサイダーのときもあり、お世辞にもおいしいとは言えなかったが、口には出さなかった。きょうの朝食は、トーストしたフラットブレッドにピーナッツバターとジャムが塗ってある。

彼女の手を軽く叩いて、テッドはテーブルについた。「うまそうだ」いつもの台詞だ。メレディスは料理上手だが、たとえ上手でなくても、わざわざ作ってくれるのだから褒めることは忘れない。彼女がほほえむ。なんて愛らしいのだろう、と彼は思った。そこで、彼女が薄化粧をし、髪を結っていることに気づいた。まるで仕事に出かけるみたいに。

数年前に心臓発作を起こしてから、彼女は理学療法助手の仕事を一時的にセーブしたものの、テッドの反対を押し切って徐々に時間を増やしていた。だが、二年前、また仕事をセーブするようになった。二人とも年だし定年も迫っているから、そろそろのんびりしようとこの山小屋で休暇をすごすようになった。ところがCMEが起きて、ここに留まることになった。「きれいだよ」テッドは指を回して自分の頭を指し、目つきで髪型とメイクの両方を示した。「出かける予定でもあるのかい？」

「キャロル・アレンが脚を折ってから数日が過ぎたので、穏やかなセラピーをはじめたらどうかと思って。彼女がどこに住んでいるか、ご存じよね？」

パトロールをしているから知っていたが、メレディスには、あんな癇癪持ちの不愉快な女どもと交わってほしくなかった。「面倒をみてくれる人はまわりにおおぜいいるさ」

質問には答えず、なんとか彼女の気をそらそうとした。

「そのなかに訓練を受けた理学療法助手はいるのかしら？」

テッドの中で苛立ちが膨れ上がった。メレディスの澄んだ目を見ればわかる。すっかりその気になっているから、なにを言っても無駄だ。セラ・ゴードンが、みんなの見ている前で、彼に中指を突き立てたことは話していなかった。恥をかいたことや、自分が軽く見られていることを、妻に知られたくなかったからだ。

「さあ、どうかな」ぼそっと言う。

「でも、わたしは理学療法助手ですからね」メレディスは言い、彼の手を軽く叩いて頬にキスした。「紅茶をもう一杯いかが？　お湯はまだ熱いままだわ」

話題は変わったが、余計なことは言わないほうがいい。メレディスが人助けしたがるのは、隣人のためだけでなく、自分たちのためでもある。彼女の専門知識は食料や生活必需品と交換できる。だから、キャロル・アレンの家を訪ねれば、帰りがけに新鮮な卵か牛乳、スープの缶詰を持たせてもらえると踏んでいるのだ。渓谷では物々交換がすっかり定着していた。

どうせマイク・キルゴアに会いに行くなら、メレディスを車に乗せアレンの家で降ろしてやろう、とテッドは心を決めた。

ベッドに括りつけられるのはいいかげんうんざりだ、とキャロルは思った。上掛けの下の不実な塊である自分の脚を睨みつけた。悪態をつくのをやめないと、オリビアをおもしろがらせるだけだ、でも……クソッ！

退屈で頭が変になる。三日が過ぎて痛みも引いてきたというのに、いまだにベッドから出られない。こうなったのも自分のせいだ。すべて自分が悪い。セラをコミュニティのリーダーにしておくために、けがを実際以上にひどく見せることを思いついたのは自分だ。セラはリーダーがすっかり板についてきたばかりか、あれだけ嫌がったことをケロッと忘れている。〝超ホットホット〟の登場で、彼女は変わったのだろう。そうでなきゃ、女性ホルモンの異常とか。いいえ、それはありえない。

つらつら考えるに、じっとしているかぎり不快感がないのはいい兆候だ。肋骨はまだ痛む。そうでなければ、松葉杖をついて歩きまわれるのに。ただし、セラがそばにいないときだけ。でも、肋骨が痛むので歩きまわれない。〝超ホットホット〟がリビングルームまで運んでくれないかぎり、ベッドルームに閉じ込められっぱなしだ。でも……正直に言って、このお婆さんを抱えて行ったり来たりするのは、それほど大変じゃないはずだ。年取ってるかもしれないけど、死体じゃないんだから。

けさ、セラは朝食を食べに来なかった。いつもじゃないけど、たいてい食べに来る。キャロルはにんまりした。彼女の目は節穴じゃない。あの大男が姪を見る目はふつうじゃないし、お土産にベーコンまで持ってきた。このごろじゃ、それは結婚の申し込みに匹敵する。セラにとって喜ばしいことだ。本人はなにも言わなかったけれど、アダムとの離婚で心がズタズタに傷つき、結婚は二度とご免だと思っていたことぐらい、馬鹿でもわかる。ベン・ジャーニガンみたいに、彼女だけを見つめてくれる人と一緒になるのはいいことだ。ベンに比べたらアダムはカスみたいなもんだから。

ため息が出る。コミュニティのリーダーをセラに譲って満足してはいるが、家のこともしないとならない。冬支度をして、電気が復旧するまでの食料の手配もしなければ。裏庭に太陽熱を利用して苗を育てる冷床を作ろうかと思っている。春が来る前に、そこでレタスとブロッコリーを育てる。ハーブを摘む手伝いもしたいし、野草をサラダにして食べるだけでなく、どんな効能があるのか勉強したかった。薪のこともある……まあ、自分で薪を割るつもりはないが、薪を積んでおく場所は自分で決めないと。家にちかい場所で、でもちかすぎると木についている虫が家に入ってくるから、兼ね合いが難しい。ようするに、こっちが世話をしてやらなきゃいけない人たちの世話になって、ベッドにじっと寝てなんていられないってことだ。まったく困ったものだ。

自分で自分を苦境に追い込み、悪いのは自分だから誰にも文句をぶつけられない。セラがいるときには、大げさに痛がり、混乱しているふりをしているけれど、それにも限度がある。そろそろくだらない作戦は放棄したら？　多少は役にたったんだから。期待どおり、セラはリーダーとしての責任を立派に果たしているし、そのうえにコーヴ・マウンテンに住む〝超ホットホット〟を巻き込むことにも成功した。

〝ミスター・鋼のお尻〟をちゃんと名前で呼ぶべきかも。彼はじきにただの訪問客でも、危機から救い出してくれるただの隣人でもなくなり、家族になるだろうから。想像してみてよ！　捕らぬ狸（たぬき）の皮算用かもしれないけど、でも、たぶん読みは当たっている。

ベン・ジャーニガンがなにを考えているのかまったくわからないが、彼は欲しいものを手に入れるためなら躊躇（ちゅうちょ）しないタイプだ。それに、馬鹿じゃないから、セラのほんとうの良さがわかっているにちがいない。

彼が関心を持っているのはたしかだ。パトロール・チームの相談役になったたし、ソーラーライトを持ってきてくれたし、ゆうべなんか一緒に夕食を食べた。それに、ベーコンのお土産！　あれこそ愛だ。

おたがいに惹（ひ）かれ合っているけど、実際に行動に出たの？　二人を結びつけるためにできることってある？

ない。恋のキューピットをやってる時間はない。やり方はわかっているけど、たぶんその必要はない。成り行きに任せるのがいちばん。たいていそれでうまくいく。

玄関のドアが開いて閉じた。キャロルは慌てて枕に頭をつけ、軽く目を閉じた。セラかもしれないから、弱々しく見せないと。セラは一日に何度か顔を見せる。ほかにやることはいくらでもあるだろうに。だが、キャロルが聞いたのはバーブの声と、つづいて聞き慣れない声だった。

退屈しきっているから、起き上がってドアの隙間からこっそり覗（のぞ）いてみようかと思った。いまではベッドから出て、一人でポータブルトイレを使うことができる。手の届くところに松葉杖も置いてある――折った脚に体重をかけないようにするためには、松葉杖が必要だ。いまは動かないでおこう。いまできないことのひとつ、たぶんしばらくはできないことのひとつが、素早く動くことだから。

バーブがドアから顔を覗かせ、やさしく声をかけてきた。「キャロル？　お客さまが見えてるんだけど、会えそう？」

お客さまが誰かわからないから、低くうなった。きのうからバーブの鎮静剤を服むのをやめていた。痛みはときどきぶり返すけど、いつ起きるかわからない緊急事態のために取っておかないと。服まなくったって、ボーッとしているふりができないわけじゃない。

「お客さま？　あたしに？　なんて親切な……」バーブの背後に立つ見知らぬ女性を見て言葉を失った。あらまあ。誰だっけ？　顔に見覚えがあるような、でも――。

バーブがベッドの脇まで来ると、見知らぬ女性もついてきた。五十代半ばあたり。ふっくらと魅力的で、バーブよりやや背が高い。少し白髪の交じった明るい茶色の髪は後ろに流し、きれいなお団子にしている。お団子とポニーテールは災害時の定番スタイルだ。

「キャロル、こちらはメレディス・パーソンズよ」

パーソンズ？　あのテディの？　やめてよ。だから見覚えがあったんだ、バーベキュー・パーティーで会った――テディは紹介してくれなかったけど。それもそのはず、自分こそ適任だと思っていた仕事をかっさらっていった女に、誰が女房を紹介するもんですか。

「理学療法士（フィジカル・セラピスト）をしてたんですって、それで――」

「PTAです」メレディスが訂正し、二人に笑いかけた。「〝A〟はアシスタントのA。PTになるための特別訓練は受けてないけれど、なにも知らないよりはましでしょ」

キャロルが目を見開く。あたしを動けなくさせるために、テッドが女房をよこした？

まあ、いまだってたいして動けるわけじゃないけど。

「あたしなら大丈夫」キャロルは言った。「バーブとオリビアがちゃんと面倒をみてくれてるから」

「そうでしょうとも」メレディスがやさしい声で言う。「でも、ちょっと見せてもらっても害にはならないでしょ？」

そうなの？　やさしい声と親切そうなブルーの目が食わせ物なんじゃないの？

メレディスが上掛けをめくってキャロルの脚を晒した。足首まであるゆるゆるのパジャマのズボンを穿いててよかった。布地がやわらかいから選んだのであって、鮮やかな黄色のアヒル柄だからじゃない。アヒル柄はきまりが悪いけど、それよりもっと大きな問題がある。

よいほうも悪いほうも、両脚とも晒しものだ。二枚の細い板を、オリビアの小さすぎるTシャツで縛って副木にしてある。原始的だけど、ちゃんと機能していた。

「単純骨折だったってバーブから聞いたわ。それに、いい状態だわ。赤みも腫れも出ていない。ちゃんと養生しているみたいね。でも、脚をもうちょっと高くあげたほうがいいわ」メレディスはつぎにバーブに向かって言った。「ダンベルはないかしら？　二キロ以下でいいの。上半身を鍛える運動をいまからはじめたいので」

「けがしたのは脚だけど。たるんだ腕じゃなくて」キャロルがむっつりと言った。丁寧な言葉遣いをする気分じゃない。

メレディスは気分を害することもなかった。患者が意固地になっても気にならないのだろう。「腕と肩にできるだけ筋肉をつけておかないと。根幹も鍛えましょうね。ベッドに寝たきりだと、あっという間に筋肉が衰えるのよ。松葉杖を使うのに筋肉が必要でしょ」

まいった。この女、痛いところを突いてくる。「ガレージにあたしが使ってたダンベルがあるわよ」キャロルが言い、助けて、と訴えかける目でバーブを見た。「埃まみれのトレッドミルの奥」トレッドミルはCMEのずっと前から埃まみれだった。ダンベルも。

バーブはうなずいた。にやにやして、楽しんでるんじゃないの、きっとそう。バーブが出ていくと、キャロルは敵と二人きりになった。

キャロルは気を引き締めた。目撃者がいないのだから、どんな苦痛を味わわされるかわかったもんじゃない。ところが、メレディスは落ち着いたものだった。ベッドの足元に移動すると、アンクルポンプとやらいうエクササイズのやり方を教えはじめた。つま先をあげて、伸ばして。

バーブが二キロのダンベルを持って戻ってくると、それじゃ、と言って部屋を出ていった。

さあ、これからが拷問本番……。

でも、拷問はなかった。メレディスはプロだった。足首のエクササイズをもうちょっとやってから、かんたんなダンベル体操に移った。それから、折った脚に体重をかけないようにしてベッドから出るやり方や、松葉杖を使って歩くやり方を教えてくれた。もっとも、キャロルの肋骨の痛みが引くまでは、松葉杖で動ける範囲は限られる。メレディスはポータブルトイレがあるのを見て喜んだが、キャロルはちっとも嬉しくない。使うのは自分なんだから。

ベッドに戻ったときには、疲れてぐったりしていた。リハビリを楽だと思うのは、やったことのない人間だ。折れた脚に枕を重ねてあてがうと、メレディスはベッド脇に椅子を持ってきて座った。

「これぐらいですんで運がいいわ」

「そうは思えない」キャロルはぼそっと言った。息が切れていることも心配だった。セラにリーダー役を引き受けさせるために大げさに振る舞ってきたのに、こうなると痛がるふりもできないじゃないの。

「そりゃ怖くもなるわよね。二か月前なら軽いけがですんだものが、いまは命を脅かすことにもなりうるんだから。状況が悪くなると人も変わってゆく、それも怖いわ」メレディスの目を見れば、やさしくて辛抱強い人だとわかる。あんな男と結婚していることを考えると、驚くべきことだ。

「それについちゃ、異論はない」キャロルは言い、枕にもたれて体の力を抜いた。まだ昼前だけれど、昼寝をしなきゃ身がもたない。

メレディスもくつろいでいる。「テッドはわたしをここに来させたがらなかったの」

そうでしょうとも。

「あなたが階段から落ちたことをもっと前に知っていたら、すぐに駆けつけたのに」そこでほほえむ。「テッドは知っていたのかもしれないけれど、わたしには話したくなかったのね」

意に反して、キャロルはテッド・パーソンズの女房を好きになった。まさかと思っていたけど。「彼とはいいはじまり方をしなかった」キャロルは正直に言った。「あたしがけがをして、彼はいい気味だと思ったでしょうね」

「あら、そんなことないわ」メレディスが強い口調で夫の弁護をした。「テッドが扱いにくいのはわかっているわ。自分のやり方がいちばんだと思っている人だから。自分のものを守るためにずっと闘ってきたんだもの。でも、わざと人を傷つけるようなことはしない。あなただろうと誰だろうと、人が痛がる姿は見たくないのよ」

さあ、どうかしら、とキャロルは半信半疑だった。

「あなたの姪ごさんと主人がうまくやっていけるといいんだけど。主人ったら、きのうはガソリンをめぐって何かあったらしく、ひどく興奮して帰ってきたわ。ゆうべは一睡もしていないと思うの」

キャロルはなにも言わなかった。この人は欠点も含めてテッドをよくわかっているらしい。

メレディスがため息をついた。「たしかに難しい人だもの。彼は、認めてもらいたいのよね。彼の育ちも関係しているの、里親に育てられたから。大事にされたことがないのね。手に入れたものはなにがなんでも守ろうとする。自分を馬鹿にする人間には、徹底的に嫌な態度をとらずにいられないの。わたしに対しては過保護でね。ずっとそうだったわ。十年前にわたしが心臓発作を起こしてからは、いっそうひどくなったの」

キャロルはわずかに身を起こした。「心臓発作を起こしたの？」

メレディスは、心配ない、と手を振った。「ええ、でもたいしたことなかったのよ」

「心臓発作っていえば、大変なことじゃないの」

「ピンピンしてるわ。主治医のお墨付き。でも、テッドは信じようとしなかった。なんの前触れもなくつぎの発作が起きるんじゃないかって、いつもわたしを見張っているのよ。ほら、彼はすごく過保護だから、必要以上にね。彼がこんなじゃ、電気が復旧するまで、わたしは家から一歩も出られない。きょうだって、ここに来ることをやめさせようとしたのよ。でも、言い争いになったら負けるって、彼はわかっているんだけどね」小さく笑った。「秘訣(ひけつ)はね、彼をちょっと甘やかしてあげるの。それで折れるわ。わたしの気が変わらないとわかったら、車で送ってくれた。どっちにしても、彼はこっちに来る予定だったの。マイクなんとかって人と会うらしい」

「マイク・キルゴア？」

「ええ、その人。いつもは歩いておりるんだけど、きょうは車を出してくれたの。わたしを歩かせたくなくて」また笑った。「歩いておりるのはいいけど、帰りがね。その点に関して、彼は正しかったわ」

へえ。テッドにもいいところはあるんだ。妻を愛している。

「いまも鎮静剤を服んでいるの？」メレディスが急に話題を変えた。「バーブから聞いたわ。彼女が服み残した薬をあなたが服んでいるって」

「きのうからやめてる」

メレディスはうなずいた。「いいことだわ。今度来るときにはワインを持ってくるわね。訓練が終わってから栓を抜きましょう」目がキラリと光って、いたずらっぽい笑みが浮かんだ。

ワイン。鎮静剤よりずっといい！　キャロルは呑兵衛（のんべえ）ではないので家にボトルを置いていなかったが、これからは……。

枕に寄りかかってにんまりした。「メレディス。あたしたち、いい友だちになれそうね」

22

テッドは妻をキャロル・アレンの家に降ろし――妻に押し切られてあとで後悔すると思ったが、親切心は彼が愛する妻の美点のひとつだ――マイラ・ロードをゆっくりと進んだ。目的地まで急いで行くことはないし、道に雪が残っているから慎重運転に越したことはない。気が進まなかった。ほかに選択肢はないのだが、自分が馬鹿だったとキルゴアに打ち明けるのは容易ではない。

キルゴアの家はすぐにわかった。〝キルゴア水道工事屋〟のロゴ入りのトラックがドライヴウェイに駐まっていた。山でマイクに会ったとき乗っていたトラックだ。

敷石に車を寄せ、エンジンを切り、しばらく時間を潰した。避けられないことを先延ばしにしたのだ。キルゴアの家は簡素なブルーグレイの牧場風で、そこそこの広さの庭がある。ポーチには二脚のロッキングチェアに挟まれて小さなテーブルが置かれ、陶土の植木鉢がのっている。植木は枯れたままだ。こんなことにならなければ、植木もちゃんと手入れされていただろうに。コーヒーかアイスティーのカップ、あるいはビールのグラスを置くのに頃合いのテーブルだ。いまはそんな余裕もない。

地面に残る雪に郷愁を覚えたが、オハイオではなくこっちにいられてよかった。雪だるまを作れるほどの雪はないが、雪礫(ゆきつぶて)の二つ、三つは作れる。うっすら積もった雪は美しい。冬にこっちに来るのが楽しみで、雪に閉じ込められてみたいと思ったものだ。オハイオでは雪がたくさん降るが、ここの山々や渓谷の雪ほど美しくはなかった。

自分がなにをすべきかわかっているからといって、気まずい思いがやわらぐわけではない。この二か月、やり方が強引すぎたのかもしれない——生き抜くため、メレディスとともに危機を乗り越えるために。フラストレーションが昂(こう)じて自分の悪い面が出てしまった。だが、それも善意から出たことだ。

地獄への道は善意で敷き詰められている……そうだ。そのとおり。

大きく深呼吸してドアを開けた。ここに座っていてもなにもよくならないのだから、さっさと終わりにしてしまおう。クソッ、これまでしてきたことすべてが悪かったわけじゃないぞ！　それでも、犯した過ち——ローレンスみたいな人間を信用したこと——は、どえらいものだ。

テッドが庭を歩いていくと、マイクが玄関のドアを開けてポーチに出てきた。水道屋の表情から不快感が透けて見えた。無理もない。きのう、セラ・ゴードンとひと悶着(もんちゃく)起こしたのだから。彼女が殺人かなにか起こさないかぎり、渓谷の住人がテッドの側につくことはありえない。マイクはきっと、彼が大騒動を起こすと思っているにちがいない――大騒動は大騒動だが、マイクが思っているのとはちがう。

「キルゴア」テッドは挨拶代わりに言い、ポーチの階段をあがった。

「パーソンズ」マイクもそれに倣った。

テッドは玄関から五十センチ手前で立ち止まり、足を踏ん張って決意をあらたにした。誤りを認めるのはおもしろくない。「重要な情報をつかんだんだが、誰に持っていったらいいのかわからない」

マイクの眉がわずかにあがった。「それで、おれにしたのか？」

いまここで諦め、回れ右して歩み去りたかった。なんならメレディスと二人で山にこもればいい。パトロール・チームに加わらなくたっていいし、別の組織を作ろうというローレンスの合法とはいえない企みに参加する必要もない。ここにだって、よそにだって、自分たちさえなんとか危機を乗り越えられればそれでいい、と思っている連中はいる。彼もそうするだけだ。

だが、いまさら遅かった。ローレンスとメタドンでイカレた仲間たちがやりたい放題をやれば、渓谷の住人たちすべてが危険に晒される。

テッドはため息をつき、マイクの視線を受け止めた。「面倒なことになった」

午前も半ばになったが、ベンはまだいた。仕事もしないでと疚しい気持ちになったが、暖炉の前に座って彼とおしゃべりするのが楽しくて、腰をあげる気になれなかった。彼はおしゃべりではない——彼は目的があって話す。言葉の使い方も効率的で、一日の言葉の割当量が決まっていて使い果たしたくないと思っているようだ。それでもかまわなかった。セラ自身も無口だから、沈黙が苦にならない。彼は黙っていたいと思えばいっさい口をきかないが、それでも一緒にいるだけでセラは幸せだった。

でも、いつまでもこうしてはいられない。バーブとオリビアはキャロルの世話から解放されたいだろうし、ベンもパトロール・チームのメンバーとの打ち合わせがある。それに彼自身にも用事があるだろう。敢えて尋ねなかったが、リビングストン夫妻に食料を届けがてら犬の様子を見てきたいはずだ。

それでも、ぎりぎりまでぐずぐずしていた。ホットチョコレートを作って、マグを置いてテーブルで向かい合った。ホットチョコレートを飲んでいたら不意に妙な感覚に襲われた。二度とここに座ることはないような気がして、わが家にいるのに自分がよそ者のように感じられたのだ。人生が変化し、移動する。なにが起きるのかわからないが、それはいままでとちがうことだ。セラも変わった。唯一の望みは、その変化にベンが含まれていますように、ということだ。

裏口から足音がして、現実に引き戻された。寒いのでカーテンを引いてあるから、誰が訪ねてきたのかわからない。セラが椅子を引いたとき、ベンはすでに立ち上がり、隅に立てかけてあったセラのライフルを手にしていた。

ノックがあり、女の声がした。「セラ！」

セラはカーテンの隙間から覗いた。「マイクの奥さんよ」と、ベンに言い、ドアを開けた。「リー！　なにかあったの？」セラとリーは顔見知りという程度で、行き来はなかった。

リーはドアを入ったとたん、ライフルを持つベンに気づいた。立ち止まり、驚きに目を見開いた。「あら……ええ、でも、病気とかけがじゃないのよ。テッド・パーソンズがさっき訪ねてきて、マイクがあなたにも話を聞いてもらいたいって。大事な話だって、彼は言ってる。あたしは裏で忙しくしてて二人の話は聞こえなかったものだから、それ以上のことはわからないの」

セラはうめき声を呑み込んだ。テッドと関わりたくなかった。とくにいまは。ベンと二人きりで、二人のこれからを考えていたかった。危険が増してゆくばかりで、幸せが希少価値になりかねないこの世界で、ぬくぬくと幸せでいたかった。テッドのことは考えるだけで気分が悪くなる。そのうえ、彼に中指を突き立てたせいで疚しさも感じていた。

そのことで、彼はマイクに文句を言いに行ったのだ。正式に抗議するつもりだろう。もっとも、この状況では〝正式〟という概念が馬鹿ばかしく思えるけれど。セラがどんな罪を犯したと彼は訴えるつもりだろう。〝不穏当な行為〟とか？　それで有罪になって、ボランティアでやっているリーダー職を追われるなら望むところだった。忙しいばっかりの仕事だし、この先どうなるかはわからないけれど、ベンと付き合うことになれば時間も体もそっちに取られる。むろん喜んで取られるつもりだ。だから、リーダー職を退くことに異存はなかった。

そういうことになったら、誰か有能な人があとを引き継げばいい。後釜はテッド・パーソンズではない。キャロルが喜び勇んで返り咲くだろう。

結果を受け入れ(フェイス・ザ・ミュージック)、一歩も引かない(スタンド・ハー・グラウンド)。ほかにこういう場合に使える決まり文句があったろうか。

「行こう」ベンが言い、二人のコートに手を伸ばした。彼はライフルを持ったままだ。

「おれのトラックで行けばいい」

「裏庭を抜けたほうが早いわ」二人してリーと一緒に裏口を出た。よその家の裏庭を横切っても咎(とが)められることはなかった。キルゴアの家の裏庭から、マイク手作りのデッキへと階段をのぼった。家の造りはセラの家とおなじだ。ベンは片手にライフル、もう一方の手でセラの腕を握っていた。融けかけた雪で彼女が足を滑らせないように、という思いやりだ。大きな手の感触と、守られているという安心感がセラは心地よかった。ちらっと見ると、彼は冷ややかで厳しい表情をしていた。テッドに文句を言われる、と彼も思っているのだ。あとはおれが引き受ける、ということだろう。

テッドに良識があるなら、ベンをひと目見れば口を慎むはずだ。

リーが裏口のドアを開けて二人を招じ入れた。そこで目にしたのは予想を裏切るものだった。怒れるテッドと困惑したマイクではなく、薄いコーヒーのカップを手にテーブルを挟んで座る二人だった。リーがそうだったように、二人ともベンが一緒なのを見て驚いたが、それもほんの一瞬だった。ほかに頭を悩ましていることがあるのだ。

「テッドが重要な情報をつかんだ」マイクが切り出し、空いている椅子を勧めた。六人掛けのテーブルなので、リーの場所もあった。彼女はテッドの隣に座り、セラとベンは向かいの椅子に腰をおろした。

「なんなの？」セラは心配もあらわに尋ねた。なにがあったにしろ、きのうのこととは関係ないようだ。どんなにテッドがセラたちを嫌っていようと、来ずにいられないほどの重大事なのだ。

テッドは彼女を見なかった。小さくかぶりを振り、マイクを見た。「きみから話してくれ」

「わかった。ローレンス・ディートリックが噴飯ものの話を持ってテッドにちかづいてきた。いまのやり方が気に入らないから、べつにパトロール・チームを立ち上げるって話だ。ありそうなことだ。住人全員を満足させるなんて無理だからな。だが、きのう集まったときに、テッドはいくつか気づいたことがあった」

マイクはこんなことを話した。けがをして足を引きずっている男がいたこと、車のバンパーに銃痕らしい穴があいていたこと、居合わせた男たちが立派な市民には見えなかったこと、そして――ここが肝心――ディートリックの目当ては、パトロール・チームの動向をテッドにスパイさせ、逐一報告させること。

男たちの一人がけがをしていたと聞き、ベンの表情がますます冷ややかになった。「名前はわかってるのか?」ベンはやわらかな口調でテッドに尋ねた。それを聞いてセラのうなじの毛が逆立った。

テッドは目をそらしたまま六人の名前を言った。いつもながら態度が好戦的だったが、それよりもきまり悪い思いをしているようだ。なぜだかセラにはわからない。別のパトロール・チームに興味があるだろうに。ないほうがおかしい。

六人の名前。偶然の一致ではない。ガソリンを盗もうとし、セラとオリビアを撃ったのも六人だった。そしていま、六人はテッドにスパイをさせようとしている。

「きのうの午後、ハーレーとトレイがローレンスが住むあたりを調べたが、傷のある車は見つからなかった」ベンが言う。「パトリックの家のまわりは、ダレンとキャムが調べた。彼らは容疑者リストのトップにくるが、メタドンで頭がおかしくなっていても、銃痕のある車を隠すぐらいの知恵は働くんだろう。あんたが注意して見ていなかったら、おれたちはいまも知らないままだった。あんたはどう見てるんだ、テッド?」

セラとおなじように、テッドをよく思ってはいないようだが、おおぜいの部下を率いてきた経験から、テッドの気持ちをほぐすすべを知っていた。協力してことに当たらないといけないのだから。

きのうまで、ベンはパトロール・チームのメンバーを一人も知らなかったが、使いものになるかどうかも含め、一人一人の性格まですでに把握しているようだ。軍隊での経験から、人をひと目で評価し、能力を最大限引き出すことができるのだろう。案の定、テッドは背筋を伸ばし、はじめてこっちに顔を向けた。

「ウェズリーは頭がよさそうには見えなかった。それに、午前中からすでに酔っ払っていた。おれが見たのは、バンパーの低い位置にあいた小さな銃痕だ。本人は気づいていないようだったが、仲間内の集まりだから気にもしていなかった。おれも気をつけて見ていたからわかったんで、そうでなきゃ見つけられなかっただろう」

ベンがいてくれて助かった、わたしにはテッドの扱い方がわからない、とセラは思った。そのとき、テーブルの下でベンが彼女の腿に手を置いた。手の感触、その仕草が、きみは一人じゃない、と告げていた。二人ならなんでもできる気がする。セックスはたしかにすばらしいけれど、これはセックス以上だ。魂の奥深くでつながっている。こういう結びつきがあるなんて、思ってもいなかった。

最悪の危機に一人で立ち向かう必要はないのだ。もうひとりぼっちではない。それはベンもおなじ。

彼女とテッドのあいだにはわだかまりがあるが、これほどの大事に個人的な好き嫌いを持ち込んではならない。テッドもおなじ結論に達したようだ。彼はわざわざ訪ねてきて情報を提供しなければならないいわれはなかった。つまり、セラが思っているより立派な人間なのだろう。

「ありがとう」静かに言った。「わざわざ伝えに来てくれて。そうしなきゃならない義理はなかったのに」

テッドはそれでもセラを見ようとしなかったが、わかった、とうなずいた。「あすの午後、集まる約束になっている。土産物屋かなにかに使われていていまは空き家になっている建物。ピザの店のちかく。おれも行くべきか、関わりにならないほうがいいのか」頭を振る。「どうすればいいのかわからない」

「心配するな」ベンが言った。「おれが引き受ける」

テーブルに紙と鉛筆が置かれた。セラとリーとマイクがかんたんな地図を描き、六人の家の位置を書き込んだ。全員が渓谷のタウンゼンド地区に住んでおり、わかる範囲で家族構成も書き出した——こういうことはマイクとリーの独壇場だ。セラは内気だから、彼らほど交際範囲が広くなかった。テッドも役にたった。パトロール・チームの行動範囲などよく知っている。ベンは自分が置かれた環境を把握する能力にすぐれ、戦略的に見ることができる。太陽嵐が起きる前まで、渓谷をくまなくドライヴし、歩きまわっていた。そこに住む人間は知らなくても地形は頭に入っている。

「彼らの家を襲撃することはできない」ベンは椅子にもたれ、鉛筆で地図を叩いた。「家に子供が何人いるのか、どの部屋にいるのかわからないからな」ああいう男たちは命をなんとも思っていないから、家族がいようと反撃してくる。ベンは子供のいる家を銃撃したくなかった。大人には手加減しないが、ろくでもない親のせいで子供たちはただでさえ苦労しているだろう。メタドン常用者は――彼らがメタドンの売買で結びついているとマイクは確信していた――つぎの一服のために生きており、それさえあればあとはどうでもいいのだ。ほかの人間が麻薬を常用したせいで死のうが関係ない。

マイクとテッドがうなずいた。

「集合場所の土産物屋に全員が姿を見せたら、おれたちにとって最高のチャンスだ。付帯的損害を最小限に抑えられる」

「かならず来るさ」と、テッド。「ローレンスの計画ではそうなっている」

ベンが小さくうなずく。「一堂に会するのがいちばん効率的だ。誰かが一軒一軒知らせに回るより」

マイクもテッドも土産物屋については場所しか知らなかったが、リーはそこでよく買い物していたので、間取りやドアと窓の位置、駐車場、まわりの建物や立木の位置まで知っていた。

ベンの計画は単純なものだったが、それでも思わぬ事態が起きないとも限らない。銃と人が絡むとたいていそうだ。マイクとリーには、パトロール・チームの選抜メンバーの家を訪ね、計画に加わるよう説得する役目が与えられた。テッドは疑われないように、パトロール・チームのメンバーとは距離をとること。マイラ・ロードはハイウェイからはずれていて住んでいる人も少ないし、丘があって道が曲がりくねっているので、姿を見られる心配はない。あとを尾けられていれば話はべつだが、車の往来がまったくなかったから、尾けてくる車がいればテッドは気づいたはずだ。ガソリンの配給を受けても、みんな節約モードのままだった。それに、車で動きまわるよりも発電機を動かすほうが大事だ。

計画が固まったので、ベンとセラは歩いて家に戻った。気温があがり、雪はほどんど融けてなくなっていた。午後には跡形もなく消えているだろう。「取ってくるものがあるんで一度家に戻る」彼が言った。「一緒に来るか？」

「ええ」セラは即答した。彼の行くところはどこへでもついていきたかった。「でも、キャロルの様子を見てみないと」

「途中で寄ればいい」彼がセラを見つめる。「防護具をつけていったほうがいいかな？」

「貞操帯をつけていれば、彼女にあそこをつかまれずにすむわよ」セラはほほえんだ。キャロルのばか陽気なところが大好きだった。きょうはベンにどんな呼び名をつけるだろう。〝セクシーな肉体美〟と言われても顔色ひとつ変えなかったんだから、どんな呼び方をされようと大丈夫だろう。

「きみがあいだに入って、おれを守ってくれよ」裏口の階段をあがりながら、彼がセラの尻を叩いた。親しみを込めた仕草に心があたたかくなって融け出しそうだ。

驚いたことに、キャロルはお行儀がよかった。二人を見て顔を輝かせた。メレディス・パーソンズが理学療法助手で、キャロルが体を動かすのを手伝ってくれたのよ、とバーブが教えてくれた。キャロルはベンにウィンクし、両方の親指を立ててみせた。それがなにを意味するのか、二人とも首をかしげた。理学療法か、彼のお尻か、彼がセラと一緒にいることか。

ベンの大型ピックアップトラックは細い山道を苦もなく登ってゆき、車高を高くしてあるのでドライヴウェイの岩もスイスイ通過した。恐れと決意を胸にこの急な道を歩いて登ったのがほんの二日前だったなんて。セラは驚きに打たれた。

家の中は寒かったが、三十六時間留守にしていたのだから、当然暖炉の火は燃え尽きている。ベンはドアを入って立ち止まり、あたりを見まわした。セラにはわかった。ここにいない犬のことを考えているのだ。リビングストン夫妻に犬をあげたのはいいことだが、彼の淋しさは埋めようがないのだろう。彼は黙々とストーブの薪に火をつけた。長い時間火の気がなかったのに、彼の家がセラの家ほど寒くないのは、壁に断熱材が使われているからだろう。

ベッドルームには小さな暖炉があった。ほかのベッドルームにも暖炉があるとしても、セラは驚かないだろう。セラの記憶が正しければ、この家は小さな民宿だった、とキャロルが前に言っていた。だとすれば、各部屋に暖炉があってもおかしくない。彼はベッドルームの暖炉に火を熾し、早く家をあたためるために灯油ヒーターもつけた。

だが、部屋があたたまるまで待たずに、彼は服を脱ぎはじめた。「シャワーを浴びたい」セラを見つめる。口元にゆっくりと笑みが浮かぶ。「手伝ってくれるか？」

手伝った。三十分後、コンドームの残りは三個になった。

肩の絆創膏はむろん濡れたので貼り替えた。傷口はきれいに塞がっていたが、念のためバタフライ型絆創膏を貼っておいた。暖炉の前に屈んで濡れた髪を乾かし、ちょうど乾いたころに無線機が息を吹き返し、男の声が一連のアルファベットと数字を言った。

セラが声の出どころを特定するより前に、ベンは無線の前に座ってマイクをつかみ、自分のアルファベットと数字を告げ、つづけて言った。「声を聞けて嬉しい」

「こっちもだ。原野の暮らしはどうだ？」

「落ち着いたもんだ。なんとかしのいでるよ。トラブルがあったが解決した。おまえはどうなんだ？」

「無事だよ。軍の基地のちかくに住む場所を見つけた。ジェンは進んじゃ止まりの連続で、おれが追いつくのを待っていたが、停電が起きる前に合流することができた。移動があんなに大変だとはな。悪い奴らが狼藉三昧だ」

　セラは外界のニュースに魅了された。ノックスヴィルのラジオ局が放送を停止してからずっと、渓谷で孤立している気分だった。ベンが腕を伸ばして彼女を膝に座らせたので、もたれかかった。

「いいニュースはないのか？　悪いニュースばっかりか？」

「軍隊はちゃんと機能している。保安対策を強化している。小型モジュール原子炉もだ。政府は最小限の機能を果たすのみだ。無能な官僚どもよりペンタゴンのほうが賢いからな。ネットにはつながらないが、基地では通信が可能になりつつある」

「ヨーロッパはどうなんだ？　極東は？」

「ヨーロッパはゴミ溜め状態だ。あっちの政治家はこっちの連中よりもひどい。日本、韓国、中国は協力してやっているが、歩みはのろい。ロシアは中世に逆戻りで、あと百年はこのままだろう。この国にも先見の明のある極小電気会社がいくつかあって、ちゃんと機能しているが、その地域に住む人たちは生活を守るために戦わなきゃならない。ろくでなし連中がやってきて奪い取ろうとするからな」

「都市はどうだ、住めるのか？」

「メーソン＝ディクソン線より北の大都市はすべてだめだ。カリフォルニア州の大都市はサンディエゴを除いて全滅だ。アトランタもだめ。ナッシュヴィルもメンフィスもセントルイスも。ニューオーリンズの住人が停電に気づいているのかどうか、おれにはわからんからなんとも言えない。オマハは予想外に善戦している。デンヴァーはひどい。コロラドスプリングスはそうでもない。わかるだろ？」

　セラにはわからなかったが、尋ねなかった。

「天候は？」

「ひどい。冬まで間があるっていうのにな。とくに中西部がひどい。寒気がこっちにもやってきそうだから準備しているよ」

「死傷者数は？」

「いま現在の推定値だが……ヨーロッパがひどい。生き残っているのは二億人、人口の四分の一だ。アジアでは少なくとも一億人が亡くなった。もっと多いという分析もある。アフリカと南アメリカは温暖な気候のおかげでそれほどの被害は出ていないが、大都会はやられた。オーストラリアとニュージーランドはいまが春だから、ありとあらゆる穀物を栽培している。ここ……北アメリカでは人口の四分の一から三分の一のあいだ。九月からほんの二か月のあいだにだぞ。冬を生き延びられる人間がどれぐらいいるか。それも天候だけの問題じゃないからな」

セラは無線の相手の言葉に打ちのめされ、ベンの肩に頭をあずけた。渓谷ではみんなが必死に働きなんとかやってきたが、それは運に恵まれていたからだと、いま聞いた話からわかった。

「おまえとおまえの家族はいつでも歓迎するよ、憶えておいてくれ」

「事態が好転したら訪ねていくよ。一年ぐらい先だろうが、基地の現状からそう思っているだけだからな。しかも、産業が回復して雇用が回復し、パイプラインが使えるようになるには何年もかかる。菜園で採れた種は保存しておけよ。当分のあいだ自給自足の生活がつづくだろうから」

23

渓谷に戻ってからがてんてこ舞いの忙しさだった。怠惰な朝をすごした罰だ、とセラは思った。彼とすごせた代償ならなんてことはない。嬉々として立ち働いた。

ベンは目を瞠るような武器の数々をトラックに積んでおり、セラをキャロルの家の前で降ろすと、パトロール・チームのメンバーたちに会いに行った。

セラにはひと息入れる間もなかった。キャロルがベッドルームで話し相手をしろと言ってきかない。ベンとのあいだがどうなっているのか、知りたくてたまらないのだろう。オリビアは退屈しきっており、セラが戻ったのをこれ幸いに友だちと長い散歩に出かけた。バーブは料理と掃除とキャロルの世話をすべてやろうとしていた。オリビアが手伝ってくれるとはいっても、荷が重かったろう。それに洗濯もしなくちゃならない。

ああ、もう。電気がないと家事はまさしく肉体労働で、その最たるものが洗濯だった。

「妥協策」セラはバーブに言った。「洗濯のあいだだけ発電機を回し、外に干す。ここで発電機を回すってことは、熱いシャワーの分の燃料が少なくなるってこと。さあ、どっちを選ぶ？」

「自分の体を洗うほうが、服を洗うより楽よ」バーブの理屈は非の打ちどころがなかった。

「決まり」

発電機を回し、洗濯をはじめた――洗濯機はいまや贅沢品で、使うのが楽しかった。セラが洗濯を終えてリビングルームに戻ると、バーブが言った。「けさの朝食、とってもおいしかったわよ。いままで食べたベーコンのうちで最高だった」セラにウィンクする。

「食べそこなって残念だったわね」

頬が火照るのがわかったが、ほほえんで言った。「食べそこなってないわよ。わたしたちもベーコンの朝食だったの」わたしたち。驚くべきことだ。すばらしいことだ。二人でひとつの単位になるってことは。

「なんですって？」キャロルが自室で吠える。

セラは目をくるっと回した。「ベッドルームにいてどうして聞こえるんだろう」

「特殊能力」バーブがにやにやし、夕食の支度に戻った。停電になった当初、バーブはショックと恐怖で竦んでいたけれど、いまはすっかり落ち着いている。料理という特殊能力を備えた彼女がいなかったら、この家ではろくなものを食べられなかっただろう。

「セラ・ゴードン！　いますぐこっちに来て、彼とどうなってるのか話してくれないと、ベッドから這って出てそっちに行くから！」

キャロルならそうするだろう。こうと決めたらなにがなんでもやり抜く人だ。質問攻めにあうのを覚悟して、キャロルの部屋に入る。もっとも、セラの頬は緩みっぱなしだった。ベンとの関係を秘密にするつもりなんてなかったから。椅子に腰をおろしてキャロルの質問に答えようとしたとき、ドアにノックがあり、バーブとナンシーが顔を覗(のぞ)かせた。

「あなたのお知恵を拝借したいの」ナンシーがセラに言った。

それが忙しい一日のはじまりだった。ナンシーは仕事が早かった。すでにモナ・クラウセンと連絡をとり、ワールドブック百科事典に載っていた古い火鉢を参考にしてデザインを決めており、セラの承諾を得ようと訪ねてきたのだ。承諾もなにも、セラはひとつ手間が省けて大助かりだった。ナンシーが帰るころに洗濯が終わっていた。

セラが庭で洗濯物を干していると、キャロルが連絡をつけた幼稚園の先生が、計画中の学校のカリキュラムを作成したいと訪ねてきた。彼女に手伝ってもらって干し終え、キャロルとバーブも交えて四人で検討会を開いた。

つぎに訪ねてきたのは、相談事を山ほど抱えた教区牧師だった。そのブラザー・エイムズは七十代、白いひげが痩せたサンタクロースみたいな人だ。

「結婚を望んでいる人がいるのに、市役所が開いていないから結婚許可証をもらえない。子供が生まれても出生証明書も発行してもらえない――いいですか、渓谷ではこれから七か月後にベビーブームが起きますよ。電気もテレビもつかなければ、ほかに楽しみがないじゃありませんか。この問題にどう対処するつもりですかな？」

セラは唖然とした。〝コミュニティリーダー〟ってこんなことまで責任を持つことになるなんて、考えてもいなかった。結婚や離婚、誕生は法律問題、国の問題だろうに……でも、地方自治体は機能していない。どうしたらいいのだろう。

相手をしなければならない人はブラザー・エイムズだけではない。渓谷にはほかにも教会があり、牧師がいる。誰かが決断をくださなければ。彼をおばの部屋に連れていき、あとは任せたかったけれど、おばは昼寝していた。

あすはあすで、面倒なことが起きそうだし。そっちに時間をかけたいと思っても、そのことは秘密だから口外できない――大きなドラマの真っ最中にも小さなドラマは起きる。人が生まれ、人が死ぬ。結婚する人、離婚する人――こんなときでも、仲たがいして家を出ていく人はいるだろう。自治体が機能していなくても、そういうことは記録に留めておく必要がある。

「ノートでもスクラップブックでもなんでもいいから」セラは言った。「記録をつけておいてください。政治家が首を突っ込んでくる前は、教会の役目だったんですから。結婚式を司るのなら、記録もつけてください。誕生もおなじ。記録に残さないと。両親が望んだら洗礼式を行ってあげてください」

ブラザー・エイムズはほっとした顔をした。「そう言ってもらえてよかった。ほかの教区牧師たちと話し合ってはいるんですよ。われわれがやるのがいちばんよいだろうとね。ただ、従うべきガイドラインが欲しかった。これで意見の一致をみましたな」

それならどうして自分たちでガイドラインを作らないのよ、とセラは思ったが、なんでも政府が決めてくれることに慣れてしまって、自分では決められなくなっているのだろう。ガイドラインを作る権限を与えたからといって、国に逮捕されることはないだろうから、ゴーサインを出してもかまわないはずだ。「すべてがもとの状態に戻るには何年もかかるでしょうけど、そのときになって、いま認められた結婚はすべて無効だとは、政府だって言わないと思いますよ。そんなの馬鹿げているし、世論が認めるはずもないわ。ですから、これまでどおりに粛々と教会の務めを果たしてください。渓谷の住人たちに関するかぎり、わたしが保証しますから。あなたが司る結婚式は、電気が通じていようといまいと合法です」

「あなたに神のお恵みを」ブラザー・エイムズが言った。

つぎに近所の人が訪ねてきて、父親がまた背中を痛めたので、キャロルが世話になっている理学療法士を紹介してくれ、と頼んだ。セラには何のことかわからず途方に暮れていると、それならメレディス・パーソンズのことよ、とバーブが助け舟を出してくれた。謎は解けたが、セラには驚きの展開だった。

そんなふうに忙しく時間がすぎていった。夜中の銃撃戦のあとだけに、みんな情報に飢え、噂話のネタを求めてやってきたのだろう。だが、いちいち時間をとられるし、セラみたいに人付き合いが苦手な人間には難行苦行だった。キャロルが目を覚まし、質問に答えろと食いさがった。オリビアは友だちとすごして元気になって戻ってきた。

暗くなり、バーブがテーブルに夕食を並べても、ベンは戻らなかった。セラが食事のトレイを持ってゆくと、キャロルは顔をしかめた。「ベンはどこ？　テーブルでみんなと一緒に食べたい」

「彼は忙しいの」セラは心配を顔に出さないようにしたが、事情がわかっているだけに不安に駆られる。テッドがマイクに会ったことを、ローレンス・ディートリックが嗅ぎつけたらどうなる？　銃声は遠くまで届く。いまのところ銃声を耳にしていないとはいえ、ついつい窓の外に目をやり、道をやってくるヘッドライトが見えないか探してしまう。彼にそばにいてほしい。一緒にいたい。

ようやく彼が戻ってきた。ヘッドライトが窓を照らし、大型ピックアップトラックがドライヴウェイを入ってくる音がした。セラがポーチに出ると、彼が車を降りてちかづいてきた。階段をのぼり、セラに質問する隙を与えずつぶやいた。「話はあとで」逞しい腕をウェストに回して抱き寄せ、性急なキスをした。

二人で家に入ると、テーブルに彼の席ができていた。キャロルが自室から声をあげた。

「ベン？　手を貸して！」

ベンはセラを見て眉を吊り上げた。「彼女がおれを名前で呼んだ。どういうことだ？」

「あなたに何かしてほしいのよ」

「聞こえてるわよ！」

「地獄耳ね」セラは言い返した。ベンがキャロルを抱えて部屋から出てきた。キャロルは夕食のトレイを慎重に抱えている。ベンはキャロルを椅子におろし、自分の席につくともりもり食べた。まわりでは女性たちのおしゃべりがつづいた。前夜とおなじことの繰り返し、まるでそれが日常になったみたいに。セラとバーブが後片付けをするあいだ、ベンはひと晩もつだけの薪を運び込み、外に干した生乾きの洗濯物まで入れてくれた。オリビアの指示で、彼はそれを古いハンガーラックに掛けた。バーブが自宅の物置から掘り出してきた折り畳み式のラックだ。広げると場所をとるのでなるべく使いたくないが、やむをえないときもある。

キャロルを抱き上げて自室に連れてゆく彼に、セラは思いついて言った。「コーヒーを少し分けてもらって持って帰らないと」

「家から持ってきた」キャロルを抱いたままドアを抜けながら、彼が肩越しに言った。

「よくやった」キャロルが言う。「準備のいい男って好きよ」ひと呼吸置いてつづける。

「ほかにどんな準備をしてきたの？」

「すべてですよ。海兵隊出身だから。準備万端整える」

セラは両手に顔を埋めた。うめくべきか、笑うべきかわからない。オリビアの顔はとても見られなかった。楽しそうに眉を動かすバーブからは逃れようがなかった。

「それって、あなたが口にした中で最高の答えよ、〝かわいいお尻ちゃん〟」

戻ってきた彼は笑っていなかったけれど、瞳は輝いていた。

セラは疲れ果てて足がもつれそうだったが、みんなにおやすみを言ってなんとかトラックまで歩いた。「どんな一日だった？」ベンが助手席のドアを開け、彼女を助手席に乗せながら言った。

「忙しかった」

運転席に乗り込む彼に、セラはかいつまんで話した。まるで長年連れ添った夫婦みたいだ。ブラザー・エイムズの話、結婚問題について思いついた唯一の解決策、彼女と話す必要がある、もしくはおしゃべりしたい人が引きも切らなかったこと。でも、どれも興味をひかれなかったこと。家のドライヴウェイに車が入ったとき、セラはディートリックの件を尋ねた。

彼は特大のダッフルバッグ二個をトラックの荷台から降ろしながら、計画の概要を話してくれた。彼とトレイ、マイク、キャムが、古い土産物屋で集会がはじまる一時間前から所定の場所に隠れて待つ。うまくすれば、流血騒ぎなしに六人を捕まえられる。運が悪ければ流血騒ぎに発展する。流血騒ぎの可能性について、セラが思いをめぐらす前に、話題はリビングストン夫妻と犬に移っていた。

「彼――セイジャック――は幸せそうだった。おれに駆け寄ってきて、おれと一緒に帰りたいそぶりを見せたが、メアリー・アリスが膝をトントンと叩いて呼ぶと、犬はすぐに彼女のそばに戻っていった。すでに溺愛してる」

彼は犬を恋しがっている。口に出さなくてもわかる。家に入る前にギュッと抱きしめてあげた。

その晩も前とおなじだった。彼が暖炉の火を熾し、マットレスを運んできた。ダッフルバッグから見事な武器をいくつも出して並べ、ランプの灯りにかざして点検した。武器が彼のものになって以来、つねに最高の状態にあることをセラは知っていた。でも、彼は周到だし、けっして気を抜かない。

彼が武器の手入れをするあいだ、セラは本を読んでいた。疲れていたけれど、満たされてもいた。時計をちらっと見る。まだ八時半だ。本も瞼も重くなってきたので、ため息をついてソファにもたれかかって目を閉じた。ほんの一分のつもりで。気がつくと彼に抱き上げられていて、時計を見ると九時をまわったところだった。

「いつの間にか眠ってた」

「そんなに疲れているなら、べつに――」

慌てて言う。「冗談よね？」

「むろん冗談だ」

官能的なほほえみにセラの胸がキュンとなった。服を脱がせ合う——前夜のような性急さはなかったが、けっしてのんびりでもなかった。

前戯は激しい愛撫、彼が仰向けに寝てセラを自分の上に乗せる。ためらうことなく彼のモノを握って中へと誘った。彼のまわりで全身がきつく締まってゆくのを感じる。深くにおさまる大きくて熱いものの感触の強烈なこと。接触を強めたくてのけぞると声が出た。大きな両手が乳房を包み込み、親指が乳首を撫でる。つぎに尻をつかんで前後に揺すった。

絶頂のあまりの速さと激しさに驚く。体を絞られる歓びの奥底から叫びが湧き上がって迸った。こんなに叫ぶ女だったなんて……ベンと出会うまで知らなかった。いろいろなものが、彼によって引き出されてゆき、あたらしい場所へと連れ去られる。たとえそれがすべてセラの頭の中にあったものだとしても。

ぐったりと胸に崩れ落ちると、彼が寝返りを打って位置を変え深く突き込む。セラがまた絶頂を迎えるまで、彼は持ちこたえ、低く掠れた声をあげて自らを解き放った。

炉端で毛布にくるまって横になっていることほどすばらしいことが他にあるだろうか。彼の手が剝き出しの背中をゆっくりと撫で上げ、撫でおろす。背筋からお尻へとやさしく。胸に頭を休めて彼の鼓動に耳を澄ましながら、その力強さと命のはかなさを痛いほど感じた。

「心配するな」彼が言い、抱き寄せて頭のてっぺんにキスしてくれた。

「何も言ってない」セラはむきになり、彼を見あげた。

「言わなくてもわかる」

言い返さなかった。そんなことしてなんになる？　それよりこのひとときに、いまに気持ちを向けた。毛布の下は裸で、寒い夜なのにぬくぬくとあたたかくて、肌と肌、脚と脚が絡まりあっている。暖炉の火は勢いをなくし、炎は小さくなってパチパチいっている。それでも充分あたたかい。いまはほかに何もいらない。

いま彼女がここでこうしているのは、世界の終わりとも思える災厄が起きたからだ。しばらくして彼が言った。「きみがその牧師に言ったこと……」

「良識」

「そう」彼が口ごもる。「じきにコンドームがなくなる。おれとしてはやめたくない……これを」彼の手がお尻から腿へと動いていった。

ため息混じりに息を吐いた。「わたしもよ」

「結婚すべきだな」彼の声は掠れていた。「いまは何も言うな。考えてみてくれ。じっくり考えて。おれは──変わるように努力するつもりだが、おれは、一緒に暮らすのに楽な相手じゃない。無性に一人になりたくなる日がある」

セラの体に電流が流れ、片肘をついて上体を起こした。彼を見つめるセラの瞳が火明かりを受けて大きくなる。彼が結婚してくれと言っている。プロポーズしている。心臓が躍り、口が開く。でも、彼が指で封じた。「本気だ。まだなにも言うな。とても大事なことだから、じっくり考えてほしい」

　彼の肩に顔を埋め、溢れそうになるクスクス笑いを噛み殺す。彼が考えつく最悪の事態は、いつか一人になりたいと思うことなの？　それはセラもおなじだった。二人とも別の理由で一人の時間を必要としている。でも、一緒にすごす穏やかな人生のためには、一人の時間が必要なのだと思う。彼が答えを待つつもりなら、それに応えよう。自分から言い出したことであっても、彼には結婚というアイディアに自分を慣らす時間がおそらく必要なのだ。

　結婚。彼と。ええ、もちろん。答えはイエスにきまってるじゃないの。どこまでもイエス。イエス、イエス、イエス。

　黙って並んで横になっていた。彼はと見ると暖炉の炎を見つめていた。遠い目をしている。結婚の申し込みは重大事だけれど、彼の思いはあす起きるかもしれない銃撃戦に向かっているにちがいない。死者が出るかもしれない。渓谷の誰よりも、彼はいろいろ知っている。どんな戦闘になろうとも、彼はやり抜く覚悟だ。

　あす、彼を失うかもしれない。

　前線にいる人を愛することは地獄だ。特別な地獄。二人ですごす二度目の夜が最後の夜になるかもしれない。誇りに思う気持ちに静かな恐怖が混ざり込む。彼の背中に当てた指が硬い筋肉に食い込んだ。

彼の手が腿のあいだに移ってきて、指が探る。「きみの気を紛らわせてやる」

目を閉じて、息をそっと吐き出した。「ええ、そうして」

彼が中に入ってきて動き、このベッド以外の世界を忘れさせてくれた。耳元で彼がささやいた。「もっともっときみを奪い取りたい」

オーガズムにセラの全身が震え、ベンもすぐに達した。

24

ローレンスが設定した集合時間の一時間前、ベンとマイク、トレイ、キャムは空き家になった土産物屋を囲む場所にいた。セラの家から直進距離で一キロ半ほどだが、起伏のある曲がりくねった道なのでもっと距離がある。周囲の状況はリー・キルゴアが語ったとおりで、隠れ場所には不自由しない。地形を利用して歩いてちかづくほうが見つかる恐れは低いが、即座に移動する必要が生じたときを考えれば、車をちかくに駐めておくほうがいい。二つの選択肢を天秤にかけ、車は一キロ先の納屋に隠しておくことにした。

もっと多くの人員を配備することもできたが、計画を知る人間が多くなればそれだけ情報が漏れる確率は高くなる。故意にでもうっかりでも、まずい人間に情報が伝わることもありうる。それに、隠れて待つのが四人以上になると、ばれる危険は倍増する。四人が妥当な人数だ。直感的に信じられると思った三人、それにもう二人をキャロルの家の守りにつけた。

ハーレーとダレンの二人だ。女たちが待つキャロルの家でなにか起きるとは思っていないが、万が一の事態が起きないとは言えない。あいつらは一度、セラを殺しかけた。二度とそんなことはさせない。

安手の山小屋みたいな黒っぽい木造の平屋の正面には隠れ場所がなかった。道路沿いの色褪（あ）せた看板には、アートと工芸品、それに自家製ジャムの宣伝が描いてある。店じまいしてどのぐらいになるのかわからないが、雑草が横手の窓のあたりまで伸びているから相当前だろう。看板も風雨に晒（さら）され、ちかくまで行かないと文字を読めない。彼が選んだ男たちを、店の裏手と両側に配置した。両側にいる二人からは、店の入り口と広い丸木造りのポーチが見えるし、駐車場全体を見渡せる。

集合時間十分前に、ウェズリーともう一人がやってきて店に入った。ベンは誰が誰だかわからないが、マイクは知っている。マイクは店の横を守っているので確かめられないが。全員が携帯用無線電話機を持っているが、使うのは緊急時だけとしていた。これだけちかいと、誰に聞かれるかわからない。

数分後に別の二人がやってきた。一人はあきらかに足を引きずっている。オリビアが――あるいはセラが――けがさせた男、パトリックにちがいない。

集合時間が過ぎてもローレンスは現れなかった。ほかにも一人、来ていない男がいるが、それが誰なのかベンにはわからなかった。消去法でいけばローレンスの弟のジェレミーだろう。

気に食わない。だんだん不安になってきた。この集会の言い出しっぺが来ていないのだから。これはまずい。

テッドが駐車場に入ってきて斜めに車を駐め、しばらくしてドアを開け、出てきた。卑劣なスパイを演じているつもりか。ベンから見ても、青ざめてびくびくしているのがわかった。

テッドの役目は連中を外に誘い出すことだ。集会の終わりを告げるか、ポーチで話し合おうと言うか。連中が出てきたところで、ベンとパトロール・チームのメンバー三人が取り囲み、捕まえる。捕まえたあとどうするかは意見の分かれるところだった。現行の――いまは無効の――法律に従うと、殺せば殺人になる。捕まえるとして、どこにぶち込んでおく？　ウェアーズ・ヴァレーには刑務所がないし、連中をどこに閉じ込めるにしても、少なくとも一年、あるいはそれ以上の期間、彼らに食事とあたたかな場所を提供する責任をコミュニティが負うことになる。法執行機関が機能を回復しなければ、引き渡すことはできないのだから。

ベンに言わせれば二つにひとつだ。処刑か追放か。この男たちは脅威だが、いまのところ処刑するのに正当な理由がない。考えうる最良の解決策は、何人かずつに分けて車に乗せ、別々の場所に連れていって一日分の食事だけを与えて解き放つ。あとは野となれ山となれだ。彼らがほかの誰かに害を及ぼすことになっても、ベンが心配することではない。

ベンが心配すべきなのは、広い世界の片隅のこの場所の安全を維持することだ。

こいつらはセラとオリビアを撃った。いずれにしても追放しなければ。

さらに数分が経過したが、ローレンスもジェレミーも姿を現さなかった。なにか嗅ぎつけたのか？　なんらかの理由で遅れているだけなのか？　二人ともメタドン常用者だから、どこかに寄り道することは十分に考えられる。

待つ身は辛い。待ち伏せ作戦なら何日でも気長に待っていられたが、いまはローレンス・ディートリックを始末したくてウズウズしていた。

建物の中から銃声が響き、静寂を引き裂いた。ベンはパッと立ち上がって建物に突撃した。四人が二手に分かれる。二人は玄関口、二人は裏口だ。

最初に飛び込んだのはベンで、マイクがあとにつづいた。裏口から木を砕く音がした。キャムとトレイが鍵のかかった裏口を突破しようとしているのだ。

カウンターのある店内に集まっていた男四人は、不意を突かれて固まった。四人とも武器を持っていた。一人はライフル、あとの三人はピストルだ。テッドが床に倒れ悶え苦しんでいた。胸の高い位置にできた銃痕から大量の血が流れている。

まずい、とベンは思った。「待て！　やめろ！」パトリックがライフルの銃口をテッドの頭に向け、とどめを刺そうとしていた。

パトリックがライフルをベンとマイクのほうに向けたとき、ベンのショットガンが火を噴いた。クマも倒す散弾だ。パトリックはよろよろっと数歩さがり、空の陳列台に倒れ込み床に落ちた。ほかの三人はゴキブリみたいに散ってゆく。前と後ろから侵入してきた男たち相手にどうしたらいいのかわからないのだ。だが、かんたんにはやられなかった。散りながらも撃ってきた。ベンは誰よりも素早かった。その反応は訓練で研ぎ澄まされた本能によるものだ。ウェズリーが撃った弾はそれ、ベンはその眉間に一発撃ち込んだ。ウェズリーは仰向けに倒れ、床に着く前に息絶えていた。マイクの狙いはベンのほど正確ではなかったが、弾が別の男の腕に命中した。男は悲鳴をあげ横に倒れながらも発砲した。

キャムが撃った弾は大きくそれた。トレイは片膝をつき、マイクに腕を撃たれた男を冷静に狙い撃ちしたが、男が最後に撃った弾がマイクに当たった。マイクがよろめいて倒れる。キャムが男の腕を蹴るとピストルが宙に舞った。

耳鳴りがひどく、硝煙で鼻と目がチクチクする。ベンはマイクのそばにひざまずき、傷の具合を見た。傷口は脇腹の肉のついた部分にあり、化膿（かのう）さえしなければ命に別状はないだろうが、痛みは相当なものだ。「気分はどうだ？」さりげなく尋ね、ポケットからナイフを抜き、マイクのシャツの裾を切り取って止血用のパッドを作った。ズボンのカーゴポケットから止血パウダーを取り出し、傷口に振りかけてからパッドを当てて強く押した。

「ざまあない」マイクがしゃがれ声で言う。

「危ない！」テッドがうめくように叫んだ。ベンは膝をついたまま振り返った。胸に深手を負ったパトリックが、それでも必死に上体を起こしてライフルを構えた。ベンは転がりざまに撃った。パトリックが体を震わせ動かなくなった。だらんとした手からライフルが落ちる。今度は死んだが、ベンは最初に確認しなかった自分を責めた。だから、パトリックが死んだことがわかっていても、ライフルを取り上げた。

三人が死に、三人が負傷した。敵の一人と味方の二人。

動かなくなったテッドの傷をざっと調べる。意識はない。本人にとっては幸いだろう。ベンは彼のシャツを引き裂き、声に出さずに毒づいた。テッドの傷のほうがマイクのよりひどい。ちかくに病院があれば、助かる見込みは五分。初歩的な医療しか望めないいまは、おそらく助からないだろう。傷口から泡状の空気が漏れているのは、肺をやられた証拠だ。

「彼はどうだ?」マイクがなんとか立ち上がろうとしながら尋ねた。

ベンが黙って頭を振り、マイクの痛めていない側の腕を取って立たせてやった。

嫌な予感がしてならない。トレイが銃を向ける負傷した敵のそばに行き、かたわらに膝をついた。「ローレンスはどこだ?」

男は笑い、激しく咳き込んだ。おそらく助からないだろう。止血パウダーも哀れみもかけてやる気にはなれなかった。

マイクがやってきて痛みにうずくまった。「さあ、カイル。ディートリックに忠義立てしてなんになる。なにも考えずにおまえをオオカミの群れに投げ入れた奴だぞ。そもそもここになにしに来たんだ？」

カイルが顔をしかめた。「あんたのことは好きだったよ、マイク、だけど、こんなことになって……なあ、死にたくないんだ。飢え死にしたくない。おれのことなんてなんとも思ってない奴らにあれこれ指図されるなんてごめんだ。誰が従うもんか。ローレンスの計画はよさそうに思えた。ほかの奴らに全部もってかれるなんて真っ平ごめんだ」

マイクは頭を振った。「クスリがなけりゃなにもできないくせして。楽していい思いをしようなんて百年早い。おまえのおふくろを知ってるぞ。さぞがっかりするだろう」

カイルは鼻で笑った。　母親のことを気にかけていたら、ディートリックとつるんだりしなかっただろう。テッドをちらっと見てベンに視線を戻した。「ローレンスは見越してたんだよ。パーソンズが寝返ることをな。で、この二日、奴を見張ってた。自分たちが勝ったと思ってるだろうが、ほんとにそうかな。ローレンスとジェレミーは、いまごろ女たちの面倒をみてやってるさ」また笑い、激しく咳き込み、息が止まった。

ベンはサッと立ち上がる。目を爛々（らんらん）と光らせて。ドアに体当たりし、トラックに向かうあいだずっと悪態を吐きつづけた。

セラ。

キャロルの家のリビングルームで、セラは歩きまわっていた。こんなに長い午後ははじめてだった。待つのは嫌いだ。心配するのはもっと嫌いだ。

ベンが危ない目に遭っている。そう思うと冷たい絶望に駆られた。彼ならうまく対処できる。ほかの誰よりもうまく。それでも心配でたまらなかった。心配しつづけていた。人を愛するとはそういうことだ。しかもセラは、躊躇(ちゅうちょ)せずに難局に飛び込んでいく男を愛してしまった。これまで彼のことを心配する人はいたのだろうか？　彼は心配無用のオーラを発散している。とんでもなくタフで、どんな危機にも対処できて、何も、誰も必要としない。

でも、どんな人にも心配してくれる人は必要だ。セラはベンにとってそういう人だ。これからもずっと。

すべてがうまくいけば、じきに終わる。うまくいかなければ、覚悟する――ベンを失う覚悟ではなく、自分の家族を守る覚悟だ。不安に駆られて家からライフルを持ってきた。自分を不甲斐(ふがい)なく思いたくなかったから。手に持ったまま歩きまわるわけにいかないので、ちかくに置いてある。ライフルが必要になるとは思わなかった。必要になりませんようにと祈ったけれど、もしものことを考えて持ってきた。

メレディスとキャロルとバーブは、キャロルの部屋にいる。キャロルはベッドに座り、メレディスとバーブはダイニングルームから椅子を持っていってベッドの脇に座っていた。小さな紙コップでワインを飲んでいる。飲みすぎないように気をつけて、少しずつ味わっている。何かあったときのために、頭をはっきりさせておかなきゃ、とキャロルが言い張ったからだ。なにかあったときに、三人がどれほど役にたつかは疑問だけれど。その日の朝、キャロルは松葉杖(づえ)をついて簡易トイレまで自力で往復したものの、見られたざまではなかった。

いいま、セラは彼女たちの笑い声を聞いている。笑わないわけないでしょ？　ワインを飲んでるんだもの。小さなコップであっても。おしゃべりのネタは変わってしまったこと、これから変わってゆくであろうこと。バーブはメレディスに暖炉で料理するコツを伝授している。それぞれがいろんな技を持っていて、いまそれを伸ばしていた。

ベンはパトロール・チームのメンバー二人を家の見張り番にたてた。ハーレーが玄関を、ダレンが裏口を守ってくれている。ベンは戦闘経験が豊富だから、物事が計画どおりにいかないことを知っている。ネズミがどっちに走っていくか、誰にもわからない。ガソリンをめぐる銃撃戦のことで、ローレンスはセラを恨んでいるだろう。彼の中でセラは敵だ。もし彼が土産物屋での対決がどんな結果になっても、ローレンスはセラを恨みつづける。もし彼が銃撃戦を逃れ……。

オリビアはソファに座っていた。ベンたちが出かけたあと、オリビアはキャロルの二二口径ライフルを持って歩きまわっていた。思いつめた表情が笑いを誘った。そのうち肩の力が抜け、ライフルを階段のちかくの隅に置いた。まだ十五歳なのにこれが最初のロデオでないなんて、この世界はどうなっているのだろう。オリビアはすでに、一人で危機に対処できることを証明してみせた。

静かだ。きっと何事も起こらなかったのだろう。すべてがうまく運んだから、弾が発射されることもなかったのだろう。集合場所のほうからにしろどこからにしろ、銃声が聞こえたらライフルを手に覚悟を決める。

セラは時計を見てから火が消えかかった暖炉の前に行き、オリビアと並んでソファに座り、一分も経たないうちに立ち上がりまた歩き出した。

何も起きない。自分たちで犯罪組織を作ろうとしている連中を、ベンはうまく始末したのだ。

何も起きない。いまにもベンが玄関のドアをノックし、ちょろいもんだった、と言うだろう。

何も起きない。見つけたばかりなのにベンを奪っていくような残酷な真似を、この宇宙がするはずがない。

セラは自分を落ち着かせようと深呼吸し、暖炉に薪を足し、炎があがるように火掻き棒で炭を突いた。

その瞬間、銃声を聞いた。何発も。オリビアがソファからパッと立ち上がり、ライフルを取りに階段のほうへ向かった。セラも自分のライフルを取りに部屋を横切った。どちらも自分のライフルをつかむ前に、玄関のドアが蹴破られ、ローレンス・ディートリックが入ってきた。

開いたドア越しに、ハーレーの動かない体が見えた。ポーチに血が流れ、ディートリックのブーツも、重たいジャケットの袖と前も血だらけだった。

「レディース」ディートリックが言う。笑いながらセラにライフルを向けた。

血が凍りついたが、なんとか動きつづけた。キャロルの部屋へ行け、と手ぶりで指示すると、オリビアは一瞬ためらったが後ずさりして、部屋に入った。キャロルが叫ぶ。「そっちでなにがあったの?」オリビアが小声で答えると、キャロルは黙った。

ライフルのほうは見なかった。どこにあって、どれぐらいの距離があるかわかっていた。ディートリックよりセラのほうがちかいが、それでも届かない。たとえ届いたとしても、ハンティングライフルを持つディートリックと至近距離で撃ち合って、勝てる見込みはなかった。彼はすでに狙いを定めているのだから。銃弾は壁を貫通する。彼が撃ったら、キャロルの部屋にいる女性たちに当たる可能性があった。ほかの方法があるはずだ。いまはわからなくても、なにかあるはずだ。冷静さを保って生き抜けば、なんとかなる。

ローレンスはセラに銃口を向けたまま裏口に行き、ドアを開けた。ジェレミーが入ってきた。ドアが開いた隙に、動かない靴先がセラの目に飛び込んできた。ダレンもやられた。

死んだのかけがしただけか、靴先だけではわからない。ジェレミーは血を浴びていなかった。

兄の指示を受け、ジェレミーはライフル二挺をセラから離れた場所へ移し、玄関ドアの脇に立てかけた。そのあいだにローレンスは、キャロルの部屋を背にする位置へと移動した。開いたドアの向こうに、ジリジリと前に出てくるメレディスの姿が見えた。その手に持ってるのは、花瓶？　メレディスは肝が据わっているけれど――花瓶？　メレディスと目が合ったので、わずかに首を横に振り、引っ込んでいて、と警告した。たったひとつの誤った動きが命取りになる。

「銃声を聞いたんだろ」ローレンスが言った。「どういうことだろうな？　誰が生き残った？　おまえの味方か、おれのか？　生き残ったのがおれの仲間なら、こういうことになると見越して手を打っておいたおれのおかげだ。そうなるとおまえも一巻の終わりってわけだ。いや、待てよ。最初から終わってたんだ、だってほら、おれはこいつを持ってるけど――」ライフルをちょっとあげて見せる。「――おまえは持ってない。気の毒にな。あいにくだが、おれはパーソンズなんか信じちゃいなかった。信じられればよかったんだがな、そのほうが楽だから。だけど、今回は……今回は楽できなくなった」

彼はライフルをちょっと横に動かして玄関のドアを指し、またセラに向け直した。「クソッタレのジャーニガンが助けに駆けつけるんじゃないか、いまにさ」

セラは弾をかわそうとするように手をあげた。「どうして？」しゃべらせるの。彼にしゃべらせる、しゃべらせつづける。時間を稼がないと。

「だってさ、おまえの顔が吹き飛ぶのを見られるんだぜ。それから奴を仕留めてやる」ローレンスが意地悪くにやりとした。「あいつはなんとかするつもりだった。なるたけ早くにな。おれにはピンときたのさ。また厄介な奴がしゃしゃり出てきたもんだって」

「どうしてこんなことするの？　あなたも友だちもガソリンをもらいに来てたじゃないの。みんなに行き渡るようにするのは大変なの。けっしてかんたんなことじゃないけど、協力し合っていけば、みんなが生き残れる」怒ってはいないし、脅してもいない、むしろ戸惑っているように聞こえるよう口調には気をつけた。

むろん嘘だ。全員が生き残れるわけがない。電気も先端医療も文明の利器もある世界ですら、みんなが生き残れるとは限らない。いまでは、彼らのような存在がますます危険なものになっている。

でも、ベンは生き延びる。たとえ互角の戦いでなくても、彼に賭ける。ローレンスは自分たちが勝ったと思っているが、セラはちがう。ベンはこっちに向かっている。時間稼ぎさえできれば、きっと……。

ディートリックが笑った。「たった五ガロンぽっちのガソリンで魔法が起こせると思ってるのか？　おれたちにはもっと必要なんだよ。ちょっと旅ができるように。行ったら行ったで、戻ってきたいしな」

「旅ですって？」略奪でしょ？

彼がふざけて軽く頭をさげた。「おれたちみたいな人間には缶詰の豆以上のものが必要なんだ。女房のゾーイにはピルが必要だしな。切れるとまるで使いものになんねえ。メアリヴィルに地下でマリファナを栽培してる農場があってね、訪ねてみたい。ウェアーズ・ヴァレーの連中のなかには、とんだお宝を隠し持ってる奴もいるだろうしな。みんながトラウマやらストレスを溜め込んでるんだから、マリファナの取引でひと儲けしてどこが悪い。メタドンだって宝の山だ――それにはガソリンが必要なのに、おまえがすべてぶち壊しやがった。どうして家でおとなしくしてなかったんだ？　暗い店で寝ずの番なんかしないで。おかげで一軒一軒回ってガソリンを集めなきゃならなくなった。けが人が出たとしたら、すべておまえのせいだからな。だけどおまえなんかちっぽけな障害にすぎない。おれはこの混乱を乗り切って、金持ちの仲間入りをしてやるんだ」

「でも、人が死ぬのは――」

「そんなの関係ないね」彼がキャロルの部屋のほうにあとずさり、肩越しに中を覗いた。

何が見える？　中はどうなってる？　メレディスは花瓶を持ったまま？　キャロルはベッドの中で逆上している？　彼のおしゃべりが聞こえているはずだから。オリビアはなにしてるの？　オリビアは何をするかわからない。夜中の銃撃戦に加わったぐらいだもの。背後からディートリックに跳びかかるかもしれない。だが、部屋の中を見たあと、ディートリックはセラのいる部屋の真ん中へ戻ってきた。

「ジェレミー」彼は言い、にやりとした。「そっちの部屋の女たちを始末しろ」

ジェレミーはセラを避けて大回りしていくと、キャロルの部屋を覗き込んだ。「つまり、こいつらを縛り上げるのか？」

「いや、そういうことじゃない」ローレンスが語気を荒らげた。「クーデターを起こしたら、前政権を一掃するんだ。始末しろ」

「だって――」

「腹を裂くなり、撃ち殺すなり、好きにしろ」

セラは恐怖に凍りついた。ジェレミーは真っ青だ。セラの想像ではなくほんとうに。ローレンスの弟ということ以外、彼のことはなにも知らないが、テッドに教えてもらわなかったら、それすら知らなかったのだ。兄の命令には盲目的に従う人間なの？

なにかしなければ。なんでもいいから。どうしよう。やみくもにローレンスに突進してライフルにむしゃぶりつくぐらいしか思い浮かばない。ほんのしばらくでも男二人の意識をそらすことができれば、ほかの人たちは逃げ出せるかもしれない。ドアを閉めて開かないようにバリケードを築くとか――なんでも。

ジェレミーは腕をだらんとさげている。ライフルを持ってはいるが、狙いをつけてはいない。「年寄りや子供を殺すなんてできねえ」

ローレンスが怒りを爆発させて弟に向き直った。「根性なしが、メソメソしてばかりじゃないか。だったらおれがやる！」

計画をたてるには冷静な計算が必要だし、そんな時間はない。セラはやぶれかぶれで跳びかかった。ローレンスに背後からタックルした。相手の腰に肩から当たった。彼はよろっとしたが倒れなかった。脚をつかんで引っ張ると、自分がバランスを失って床に突っ伏した。目の前に血まみれのブーツが迫って吐きそうになった。彼はまたよろっとなったが持ち直した。倒れない。その足首をつかんで引っ張り、自分の両脚を引き寄せて思いきり蹴ると膝の裏に命中した。

彼はうなり、よろめいたが、倒れない。クソッタレ。なんで倒れないのよ。すすり泣きながらもなんとか立ち上がろうとした。

ローレンスが振り返ってセラを突きとばした。思いきり。セラは仰向けにひっくり返って息が止まった。今度は蹴りだ。脇腹を、腿を、悪態を吐きながら彼が蹴る。激しい痛みに呆然となった。それでも戦え、とぼんやりした頭で考えたが、いまできるのは丸くなって腕で頭をかばうことだけだ。

ジェレミーが両手をあげてキャロルの部屋から離れていった。おれは関係ない、と言いたげに。ローレンスの肩越しに、ぼんやりとした動きが見えた。メレディスが花瓶を手に突進し、バーブが――あのバーブが！――キャロルの松葉杖を振り回し、もう一本をオリビアが持っている。

　セラはなんとか転がった。ローレンスの注意を自分に引きつけたい一心だった。貧弱な武器で武装した女性たちに、どうか彼が気づきませんように。ずるずるさがるとソファに背中が当たり、それ以上さがれなくなった。怒りに顔を歪めたローレンスが悪魔となって迫ってくる。セラは目を閉じ、銃声を待った。あるいはまた蹴られるのを。自分を助けることはできなくても、ほかの人たちは助かるかもしれない。ベン。頭の中に彼の名前が響く。

　銃声が耳をつんざいた。

　なにも感じない。どうして――？

　目を開けると、二メートル先で、ローレンスが惨めな塊になっていた。よろけながら膝を突くと、ベンがそばに来て腕を回した。

「けがしたか？」彼の掠れ声がちかかった。ああ、こんなにちかい。

「殺されると思った」ぼんやりと言う。

「けがしてるのか？」

「彼はわたしたちみんな殺そうとした。キャロルとオリビアと、それに――」

「けがしてるのか？」ベンが吠えた。

セラは目をしばたたき、燃えるような美しいグリーンの瞳を見あげた。「いいえ」嘘だ。ローレンスに蹴られた脇腹に火がついているし、脚は感覚がない。でもじきに痛みが襲ってくるのだろう。感覚がないほうがましだ。それでも、死ななかった。撃たれなかった。それは大きなプラスだ。

彼が立つのに手を貸してくれて、そのまま支えてくれた。ありがたい。いまは脚が体重を支えられない。いまは彼から離れるつもりはなかった。いずれにしても。

ローレンスは完全に死んでいる。顔の半分がなくなっているのだから。その光景に吐き気を覚え、ベンの肩に顔を埋めた。丸腰のジェレミーがかたわらに立っていた。真っ青な顔で、トレイの手のライフルを見つめている。おなじように彼を脅している花瓶と松葉杖を見るよりはいいと思ったのだろう。

「ローレンスがジェレミーに、ほかの人たちを殺せって言ったけど、彼はそうしなかった」セラはベンのシャツに向かって言った。ジェレミーをこの場で処刑しそうだから。そうすべきなのかもしれない。彼がほかにどんな悪事を働いたか、セラは知らないのだから。ダレンが負傷したか、死んでいたら。ローレンスがやってきたとき玄関にいたハーレーは、生きているのか死んだのか。いまわかるのは、ジェレミーが兄の命令に従っていたら、ベンとトレイは間に合わなかっただろうということだけだ。

部屋には死の臭いが充満していた。オリビアが泣きながら駆け寄ってきた。ベンはセラを抱く手を離さず、オリビアも一緒に抱き寄せた。

セラは現実的なことを考えようとした。そうやって、目の前に突きつけられた死から気をそらしたかった。もっともいまはぼんやりして、なによりも安堵でいっぱいだ。ベンは生きている。キャロルもオリビアも、バーブもメレディスもみんな生きている。最悪の事態を覚悟して、そうならなかったので、まだ実感が湧かない。

バーブが床の死体を見て息を呑み、言った。「掃除するのにどれだけ時間がかかるか」

キャロルは自室で泣いていた。ヒーヒーとしゃくりあげていた。オリビアが祖母のもとに駆けつけた。「大丈夫だよ、おばあちゃん。終わったんだよ。みんな元気だよ」

〝元気〟とまで言えるかどうか。

パトロール・チームのメンバーや近所の人たちが一人、また一人とやってきた。ベンがセラをテーブルにつかせ、バーブが水を持ってきてくれた。セラはみんなのひそひそ話に耳を澄ました。ダレンは殴られて気絶したが命に別状はなく……でも、ハーレーは死んだ。ローレンスに喉を切り裂かれ、即死だった。

ハーレー……涙が込み上げた。水のグラスを見つめる。いい人だったのに。人助けに骨惜しみしない人だった。ハイウェイで立ち往生する車があれば、停まって声をかけるし、牛の胸肉を燻製にして困っている家族に分け与えていた。

ローレンスが二度死ねるなら、セラは自分の手で八つ裂きにするだろう。

結束バンドで両手を縛られたジェレミーを、男二人が乱暴に連れ出した。どこへ連れていくのかわからないが、セラは気にならなかった。

メレディスが目を大きく見開いてあたりを見まわした。心配そうな表情だ。「テッドはどこ？」

ベンは大きく息を吸い込み、ため息とともに吐き出した。メレディスの肩に手をやる。

「撃たれた」

メレディスは途切れとぎれに息を吸った。涙が頬をゆっくりと伝う。「よくないの？」

「よくない」ベンがためらいがちに言う。「持ちこたえてはいるが――気の毒に」

25

渓谷の住人たちは暴力事件の後始末でてんてこ舞いだった。乗っ取りを計画した六人のうち五人は死んだが、ジェレミーはどうする？　彼はキャロルの家にいた女性たちを殺すことは拒否したが、ダレンの頭を強打している。救急救命士のテリー・モリスによると、ダレンは予断を許さない状態だそうだ。万が一ダレンが亡くなれば、彼は殺人犯だ。ダレンの症状が重い脳震盪（のうしんとう）でいずれ意識が戻ることを、みんなが願っていた。

ハーレーを失ったことが、ベンには大打撃だった。戦闘で多くの部下を失ってはいるが、ハーレーは民間人だ。だからきつい。ここの住人たちと関わり合いになるつもりはなかったのに、いまではどっぷり浸（つ）かっている。ハーレーが好きだった。コミュニティのためなら労を惜しまぬ男だったが、そのために自らの命を引き換えにした。兵士とおなじだ。

法律が存在しない世界に生きるのは大変だ。いや、法律はなければならない。どんな形にせよ。渓谷の住人たちは、いまやベンの住人、ベンが守るべき住人だ。セラもその家族も、コミュニティも、彼が守らねばならない。闇の中、渓谷に向かって車を飛ばしているときに、彼女の店の方角から銃声を聞いたときは生きた心地がしなかったが、裏口のドアを抜けたとたん、床に倒れる彼女の姿と、ライフルで彼女を狙うディートリックが目に飛び込んできたときの気持ちときたら。視界に真っ赤な霧が立ち込め、心臓が止まった。その瞬間の純然たる恐怖はいまだにぬぐいきれない。しかもディートリックは、彼女を蹴ってけがを負わせていたのだ。彼自身も何度か蹴られたことがあるが、残忍極まる行為だ。彼女を膝に抱き上げて、ずっと抱きしめていたかったが、彼女ときたら、じきにショックから立ち直り、静かだが毅然とした態度で指示を出した。

キャロルの家はめちゃくちゃだ。玄関ポーチでハーレーが出血多量で死に、リビングルームにはローレンスの脳みそが飛び散っている。セラは自分の家にキャロルを運ぶよう手配した。近所の女性たち総出でキャロルの家の掃除が終わるまで、女性たちはセラの家で暮らすことになる。カーレットという名のタトゥーのある大女が現れ、男勝りの腕力で家具を動かし、血を吸ったカーペットを取り払い、キャロルたちの身のまわりの品を詰めた重い箱をいくつも、セラの家まで歩いて運んだ。ベンは、彼女をパトロール・チームに勧誘すること、とメモした。

テッドは持ちこたえていたが、見込みはなかった。土産物屋からほどちかい暖炉のある家に彼を運び込み、ベッドに寝かせ、部屋をあたたかくし、傷口に包帯を巻いた。感染予防の抗生物質を提供してくれる人がいたが、テリー・モリスは小さく首を横に振った。薬を無駄にしてはならない。テッドは大量の血を失い、内臓もひどく損傷している。それに、ここには医療施設も治療用の器具もない。

テリーが看病をしやすいように、マイクとダレンもおなじ家に運ばれた。リビングルームに簡易ベッドを入れて即席の病室とし、二人はそこで眠り、不平を言い、妻たちに甘やかされていた。ダレンはときどき意識が戻ることがあり、そのたびにみんなで名前を呼んで目を覚まさせようとした。マイクはそれほど重症ではなかったが、痛みはかなりあるようだ。

夜が明けた。自宅を〝野戦病院〟として使わせてくれた夫婦を含む六人が、書斎で夜を明かした。メレディスはテッドに付きっきりだった。祈りながらさめざめと泣いていた。テッドがたまに目を覚ましてひと言ふた言つぶやくと、彼女はその手を握りしめた。

メレディスが用を足すために枕もとを離れるときは、セラにあとを頼んだ。ベンは彼女が長く視界からはずれることをよしとせず、一緒に付き添った。

テッドの呼吸が苦しげになり、だんだんゆっくりになっていった。目覚めたとき枕もとにセラがいることがわかると、少し戸惑った表情を浮かべて尋ねた。「メレディスは？」やっと聞き取れるほどの声だった。

「トイレに行ってるわ」セラは言い、彼の手を握った。

彼は浅い息を吸い込み、セラに目を凝らした。「彼女のことを頼む」彼がささやいた。

「彼女は……おれの命だ」

　セラは、大丈夫、よくなるわよ、と言いたかったが、嘘はつけなかった。涙が込み上げた。「わかったわ」

　ベンが彼女の肩に手を置いた。彼にはわかっていた。ふつうの人よりもずっと多くの死を見てきたからわかるのだ。テッドはあと一時間ももたないだろう。

　テッドは目を閉じ、また眠りに落ちた。メレディスが戻るまで、セラは彼の手を握ったままでいた。

　セラは立ち上がってベンの腕に体をあずけた。はっきりと聞いたわけではないが、彼女はシャツに顔を埋めたまま「愛してる」と言った。

　彼女を連れて一本だけのロウソクに照らされた薄暗い廊下に出ると、また抱き寄せた。

「おれんとこに移ってこい」ベンはつぶやき、彼女の頭に顎を休めた。

「わかった」セラがためらうことなく言った。

　三十分後、テッドは静かに息を引き取った。

　テッドが亡くなった日の午後、テッドとハーレーの合同葬儀が営まれた。灰色の寒い日で、雪がまたうっすらと積もった。トレイが二つのお棺を造り、これまで協力的でなかった男たちもやってきて、墓地の片隅に墓を掘った。シャベルのない者は素手で。彼らは今度の事件で事態の深刻さに気づき、いままで協力しなかったことをおおいに恥じていた。数は力だ。彼らは進んで助力を申し出た。

葬儀には渓谷のほとんどの住人が集まった。セラの知っている人もいれば、はじめて会う人もいたが、全員が事件のことを知っていた。喪服姿が多かった。ごく少数だが、貴重なガソリンを使って車で来た人もいた。セラも車を出した。バーブとメレディスを歩かせるのは酷だと思ったからだ。

メレディスの涙は涸(か)れていたが、真っ赤な目をして体を震わせていた。彼女はテッドのすべてだった。いろいろと欠点はあっても、彼もまたメレディスのすべてだった。彼女のかたわらにはバーブが付き添い、もう一方の側にはリー・キルゴアがいて、メレディスの腕に手を添えていた。ハーレーの未亡人にも、物心両面から支えてくれる人たちがいた。

キャロルは葬式に出ると言い張ったが、セラとバーブの強い説得に負け、自宅の掃除がすむまでセラの家で養生することになった。墓地は起伏に富んでいて窪地(くぼち)が多い。彼女にまた転げ落ちられたらたまったものではない。

牧師のお祈りが終わると、バーブが進み出て美しい声で讃美歌を歌った。葬儀でよく歌われる讃美歌なので参列者も声を合わせ、冷たく澄んだ空に歌声が響きわたった。セラが手を伸ばすと、ベンがその指に指を絡めてぎゅっと握りしめた。しっかりと支えてくれる手を、セラはいつまでも放したくなかった。

葬儀が終わると、セラは会葬者のあいだを回って歩き、メレディスとハーレーの未亡人をハグしてお悔やみと祈りの言葉をかけた。オリビアもいろんな人からハグしてもらっていた。まだ子供なのに、この数日、ずいぶん辛い思いをしてきたせいか、オリビアの目つきは大人びて、きつくなってきた。幼いころに両親を亡くし、いままたこれだもの。

セラと女性たちが車に戻るあいだも、ベンはそばを離れずあたりに鋭い視線を配っていた。自分の……なんだ、ええと、自分の家族を守るためだ。セラの小さな家にメレディスも同居していた。山の中の誰もいない家に、メレディスを一人で帰すわけにはいかない。すてきな家だけれど、まわりは貸別荘でみな空き家だ。いちばんちかい民家はベンの家だが、上り坂が急でかんたんにはちかづけない。

セラがポケットから鍵を出すと、ベンが横から手を出して奪い取った。セラは驚いて言った。「なに――?」

「オリビア」振り返ったオリビアに、ベンは鍵を投げた。

彼女は上手に受け取り、目を輝かせた。「いいよ!」鍵を握る。

「ベンったら!」セラが心配して言う。「まだ十五なのよ!」

「運転を習ったことあるんだろ?」

「ちょっとだけ。数か月前に仮免を取った。でも――」

「きみの家までたいした距離はないから、運転できるんじゃないか?」

「そりゃ、たいした距離じゃない。それに、道もがらすきだけど」歩行者はおおぜいいるし、オリビアがその人たちにとってどれほど危険な存在になりうるかわからない。

「彼女に運転させろよ。きみはおれと一緒に家に帰ろう」

一緒に家に帰る。これも〝いつセックスをやるにしても〟とおなじくらい、女心をくすぐる台詞だ。あのときは、すごくじれったい思いをして……でも、ほどなく実際にそうなったわけだけれど。

「みんなをちゃんと送り届けないと」

「きみはおれと一緒に家に帰らないといけないんだ。おれに面倒をみさせてくれよ。女性たちの面倒はオリビアがみてくれるさ。あすの朝、様子を見に来よう。約束する」

オリビアは二人のやりとりをちゃんと聞いていて、振り返って声に出さず口の動きだけでセラに伝えた。「こっちは大丈夫。行って！」

セラはうなずき、自分の車に女性たちが乗り込むのを見届けた。ベンがセラを抱き上げて助手席に座らせた。ローレンスに蹴られたところがたしかに痛む。脇腹と腿はひどいあざになっていた。バーブが湿布を当ててくれたので痛みはだいぶおさまってはいたが。

「けさ、パトロール・チームの集会があった」ベンが車を出しながら言った。

「知らなかった。知ってたら出てたのに」

「きみには休息が必要だ。ジェレミーをどうするかで決を採った。あすの朝、おれたちの何人かで奴を数キロ先に連れていき、そこに放置する。水のボトル二本と食べ物を与えるが、あとは自力でなんとかするしかない。おれは食べ物を与えることには反対したが、多数決で敗れた」

「追放ね」

「そうだ」

「頭に一発の銃弾のほうが親切なんじゃないかしら」この世界で一人きりなんて想像ができない。

「おれもそう言ったんだ」苦々しい口調だった。「ダレンが亡くなっていたら、処刑に票が集まっただろうが、彼は回復に向かっている」

前方にはオリビアが運転するセラの車が走っていた。慎重な運転でセラの家のある道へと曲がっていった。ちゃんとウィンカーを出して。オリビアには見えないだろうが――バックミラーよりも前方に注意を向けてほしいから――セラは親指をあげてみせた。

「渓谷に通じる道はすべて通行止めにすることにした」ベンが言う。「出ていく人間を規制はしないが、入ってこようとする奴らは追い返す。それに、見張り小屋を設置するつもりだ」

ローレンスとその仲間たちのような連中に、車と武器と大量のガソリンを持たせたらどうなるか想像に難くない。計り知れぬ損害をもたらすだろう。渓谷に通じる道を封鎖しないと、住人たちの命が危ない。

　車はコーヴモント・レーンへと折れた。一路わが家へ。わが家。セラはまだ荷物を運び込んでいないが、二人の関係が永続的なものになることは間違いなかった。彼の家はいまやセラの家だ。

　この数日のことを考えればなんの根拠もないけれど、セラはつつがない暮らしが送れると確信していた。キャロルとオリビアも大丈夫だ。ジョシュもいずれ戻ってくるだろう。これからの月日になにが起きるかわからない。でも、ベンと一緒ならなんだってできる。

　全身に力が漲っている気がする。

　トラックは道を塞ぐ大きな石を苦もなく越えて、急な坂をのぼり、家に着いた。「ここにいて」ベンが言い、助手席に回って抱きおろしてくれた。

「大丈夫なのに」軽く文句を言った。「痛むけど、大丈夫」

「おれの好きにやらせろよ」

　ポーチの階段をのぼると、絶景が二人を迎えた。渓谷が見渡せる。「荷造りしておけばよかった」セラは言った。ポーチには椅子が二脚置いてあった。景色を愛でる特等席だ。ここですごす時間がきっと多くなるのだろう、とセラは思った。

「あした取ってくればいい。歯ブラシはあたらしいのがあるし、パジャマはそもそも必要ない」

ええ、たしかに。「コンドームの残りは？」

「ゼロ」彼の口調から心配していないことがわかった。

セラだって。

この高みからだと、渓谷は平和そのものに見える。実際にはちがうし、当分のあいだ、平和そのものというわけにはいかないだろう。穏やかな日もあれば、そうでない日もある。

現実問題が頭をよぎった。キャロルの家の掃除が終わったら、彼女とオリビアとバーブは戻る。メレディスはセラの家に住めばいい。一人で淋しいなら、キャロルの家に同居してもいいが、それでは窮屈だろう。でも、そういうことは本人たちが決めることだ。ただ、セラは未亡人に自宅を提供するつもりでいた。どうせ空き家になるのだから。

ハーレーの未亡人にはこっちに親族がいるとはいえ、他人が心配していけないわけではない。家に暖房設備はあるの？　食べる物は充分にある？　ハーレーのことはよく知っていたが、奥さんとは顔見知り程度だった。でも、いまやセラの〝面倒をみる人リスト〟に未亡人も入っていた。

リビングストン夫妻は葬儀に姿を見せなかった。それだけで心配する必要はないとはいえ、様子を見にいかないと。あす、荷物を取りに家に戻るついでに。

ベンが腕で彼女を包み込む。「きみはどうしたい？」セラのこめかみを顎で擦る。

「わたしにはしたいことがあるって、どうして思うの？」彼の腕に腕を重ねて、彼の体が発する熱に浸り込む。

「顔に書いてある。それに、きみはいつもなにかしようとしている」

「いつもじゃないわ」彼の腕の中で体の向きを変え、見あげてほほえんだ。

彼は鋭いグリーンの目を細め、セラを抱き寄せた。「そのスキルをおれたちの結婚式に向けてくれ。きみのクレージーなおばさんがしゃしゃり出てくるにきまってるから、気を強くもたないと」

悲しい日なのに、セラは笑い声をあげ、仰向いて彼の顎の下にキスした。「彼女の注意をほかに向けておかないとね、見事なお尻の筋肉マンさん」

エピローグ

九月がまた巡ってきて、例年どおりに残暑がつづいていた。それでも夏とはちがい日が落ちるとしのぎやすくなる。一日の労働が終わり、開け放した窓から涼風が吹き込み、二人きりの時間がもてる。

わが家。ここはわが家だ。

夕食——菜園で採れたトマトと野草を添えた魚料理という相も変わらぬ献立——の後片付けを終え、ポーチに座って空が暗くなるのを眺めた。セラは気がつくとお腹(なか)を撫(な)でていた。お腹は日に日に大きくなっていたけれど、ちっとも目立たないわよ、とキャロルには笑われる。赤ちゃんが動くのがわかる。バタバタと足を動かすのを感じるたび、喜びで胸がいっぱいになった。赤ちゃん！ ベンの赤ちゃんを身籠(みごも)っている！ 前年のいまごろは、家族を持つなんて見果てぬ夢だった。いまでは、息が止まるほどすてきな旦那さんと、生まれるのを待っている赤ちゃんがいる。

妊娠期間がこんなふうにすぎるとは思ってもいなかった。そもそも、妊娠すること自体、夢のまた夢だったのだから。超音波診断も受けられず、男の子か女の子かもわからない。テリー・モリスが定期的に血圧を測ってくれており、いまのところ順調だった。産前の配慮といっても果物と野菜をたくさん食べることぐらいだ。

もっと心配すべきなのだろうが、心配したってなにがよくなるわけでもない。完璧な世界なら、産科医がいて、妊婦用サプリメントがあって、かわいいマタニティードレスを着ることができる。アイスクリームとピクルスが無性に食べたくなり、ピクルスは食べたいだけ食べられた。野菜のできがとてもよかったので、ピクルスを作ることができたからだ。アイスクリームは別問題だ。

ため息をつく。なにをくだらないこと言ってるの？　これこそが完璧な世界じゃないの。こんなに幸せだったこと、いままでにあった？

深まる闇の中で、ベンが隣で手を握っていてくれる。ええ、これこそが完璧。

「赤ちゃんが生まれるまでに、電気が復旧したらいいな」セラは言った。ちゃんと機能している病院はまだないけれど、灯り（あかり）と熱……お湯。

「ハウラーが言うには、送電線網は復旧がどんどん進んでいるそうだ。気がついたら電気が通っていたってことになるさ」

ベンは彼と週に一度、近況報告をしていた。ハウラーがもたらすニュースはいいものもあれば、悪いものもあった。ＣＭＥの襲来から一年が経（た）ち、多くの人が死んだ――当初の予想の九十パーセントまではいかなかったが……たくさんの命が失われた。数十億の命が。太陽の一撃によって既存の世界は木っ端微塵になった。文明がその機能を取り戻すまでに百年はかかるだろうが、元通りというわけにはいかない。ウェアーズ・ヴァレーだけではなく世界中で、人間が持つ最善の部分と最悪の部分が露呈した。だが、生き残った者たちは、あるもので生きてゆくすべを身につけ、セラやベンをはじめ多くの人たちが、ひっくり返った世界でなんとかやりくりしてきた。

ハウラーの妻のジェンも妊娠していた。いつかその子たちが一緒に遊ぶ日が来るかもしれない。友情を育み、成人して、CMEベビーの一人として絆を強くするだろう。どんな世代になるのだろう。まったくあたらしいベビーブーマー世代は。ブラザー・エイムズが言ったように、ほかに楽しみがないから、渓谷にもベビーブームの波が押し寄せた。ほかに楽しみがないから、どんな方法で慰めあったのか、セラは知っている。

渓谷でもこの一年で多くの人命が失われた。CME以前だったら避けられた、あるいは対処できた事故や病気で、たくさんの住人が亡くなった。その数は予想より少なかったとはいえ、失った悲しみは深かった。道路を封鎖したにもかかわらず、よそ者が入ってきた。一人として立派な市民とは言いがたかったが、唯一の例外が獣医で、テリー・モリスとともに医療を担当することになった。人間だって動物なのだから。ほかの侵入者たちは追い払われた。ときにベンのショットガンの威力で。それに、彼の渋面を見れば、たいていの人間がよそへ行こうと思う。

セラの家族はみな元気だった。キャロルは脚が治るとリーダーの地位に返り咲いた。メレディスという副官を従えて。セラがベンの家に引っ越した数日後、メレディスはセラの家に移り、キャロルと最強のタッグを組むこととなった。

彼女たちが立ち上げたスクールシステムは、洗練されたものではないがうまく回っていた。バーブは料理を教えている。キャロルを助けてコミュニティを監督するのは性に合わなかったが、料理は大好きだ。

メレディスは週に一度、花が見つかれば花束を手に、テッドの墓参りをしていた。長い道のりを歩いて出かけるのだが、テッドが思い込んでいたほど彼女はやわな女ではなかった。未亡人が二人、話し相手を買って出てくれたが、彼女にその手の慰めは必要なかった。これからも必要ないだろう。

リビングストン夫妻も冬を生き延びたが、メアリー・アリスはめっきり弱くなっていた。セイジャックは老夫婦を守るのが自分の役目と心得ているようで、恐るべき番犬に成長していた。ベンは二日と空けずに様子を見に行った。いつかセイジャックの役目が終わったら、また一緒に暮らすつもりだ。

十六歳になったオリビアのために、スィート・シックスティーン・パーティーが開かれた。ハイライトはバーブが暖炉で焼いたケーキだった。それも糖衣を着たケーキ。見た目はいまいちだし糖衣も貧弱だったが……ケーキはケーキだ。

ベンの無線とハウラーのコネのおかげで、家族みんな元気でやっている、とジョシュに伝えることができ、ジョシュも無事なことがわかった。帰宅がいつになるかわからないが、無事がわかったことだけで家族は安心だった。

すっかり暗くなったので、家の中に引きあげる。日が暮れればベッドに入る生活が、いまのセラには合っていた。

ベンのあたたかな体に寄り添って、腕を彼の首に巻きつけると、あいだで赤ちゃんがやさしく体を伸ばす。「赤ちゃんの名前を考えないとね」セラが眠そうに言った。すっかりリラックスしていた。

「彼の顔を見ないことには」ベンがそう言うのはこれがはじめてではない。

「彼女の顔でしょ」

ベンがうなる。娘を持つなんて恐ろしすぎる、と彼は思っているのだ。そこがおかしい。すでに立派な過保護パパだ。

「あと三人は欲しい」セラはそう言って彼をからかった。

「赤ん坊を？」

「女の子を」

またうなり、こめかみにかわいらしくキス。

世界広しといえども、この男を〝かわいい〟と言うのは、セラぐらいだろう。

「このひとときを懐かしく思うんだろうな。電気が復旧したら、孤立してはいられない。世界を元どおりにする必要がある」

「エアコン、ちゃんと機能する病院、水道、冷蔵庫にテレビ、フットボール……」

「はいはい、わかってるって」

「オレオ。ポテトチップス、アイスクリーム、名前を知ってる牛の肉じゃない肉」

彼が笑った。こんなに強面の男を笑わせることができるのが、セラはなにより嬉しかった。

彼の顔を撫でる。愛が多すぎて胸の中だけにしまっておけない。ほかの人たちがいるところでは、彼はけっして警戒を解かない。これからもずっとそうなのだろう。群れの中では生きられない人だ。それはセラもおなじだけれど、愛し合うことで二人とも変わった。それもよいほうへ。

「なにがあっても、わたしたちは大丈夫ね」

彼がまたキスをした。今度は唇に。キスの力は衰えることはなくて、いまでも驚きだ。ピリピリと電気を帯びているみたい。ひどかったつわりがなくなったので、彼の求めに激しく応じることができるようになった。だから、ほとんど毎晩、愛を交わしていた。彼は自分が下になろうとするけれど、彼の重さにまだ耐えることができるし、それを楽しむこともできる。

終わったあと、彼の肩に頭を休めてうつらうつらする。深い満足感にきっと体が輝いている。

ランプがついた。

ベンが名付けた〝坑道のカナリア〟ランプだ。送電線網が普及しつつあるとハウラーから聞いて、ベンがプラグを差したランプだ。

灯りは消え、またついて……ついたままだった。

「どうするかあす考えればいい」ベンは言い、手を伸ばしてランプを消した。

訳者あとがき

磁気嵐ってご存じですか？　コロナ質量放出（CME）は？　なにをのっけから、って思いますよね。わたしも、なにこれ、ダブル・リンダ（リンダ・ハワードとリンダ・ジョーンズの共作だから）の新作じゃなかったの？　ＳＦ小説じゃないよね？　と思いました。ロマンス小説のはずなのに、冒頭からコロナ質量放出が出てくるんです。リンダ・ハワードはこれまでもその時々で話題になっているトピックス（鳥インフルエンザとか紙の本がなくなった近未来世界とか）を作品に取り入れてきたので、まあ、ありえなくもない。それで、調べました。

まずは太陽フレア。太陽の表面で起きる巨大爆発で、エネルギーと粒子が大量放出されます。その規模は五段階に分けられ、小規模なフレアは始終起きていて地球に影響はなく、中規模でも電波障害が起きる程度ですが、最大級のフレアとなるとすさまじいエネルギーが放出されます。それが地球に向かって飛んでくるんです。太陽周辺の輝いている部分、コロナの中の物質がプラズマの塊となって宇宙に放出されます。これがＣＭＥです。プラズマの塊が地球に降り注ぐと磁気圏が掻き乱されて磁気嵐が起こります。問題なのはこれ。

観測史上最大級の太陽フレアが一八五九年に起きており、地上では磁気嵐のせいでハワイやカリブ海沿岸でオーロラが観測され、真夜中でもオーロラの明かりで新聞が読めたそうです。日本でも青森県や和歌山県でオーロラが見られたという記録が残っています。もっと古いものだと、藤原定家の日記『明月記』に、京都で一週間のうちに何度もオーロラが見られたと記されています。電気も電線もなかった昔なら「空が真っ赤になった、恐ろしい、なにか悪いことが起きるにちがいない」ぐらいですみましたが、テクノロジーに依存するいまのわたしたちの生活は文字どおり破壊されます。地面を通して発電所に大量の電流が流れ込み、それが高圧送電線網に送られますが、そんな大量の電流を処理できる仕様になっていないんだそうです。つまり停電が起きます。GPSが駄目になるのでスマホもネットも使えません。パイプラインも損傷を受けてガソリンの供給がストップ。食料供給も滞って都市は機能不全に陥ります。

そんな機能不全に陥った世界で、停電が一年以上つづくとなったら、どうしますか？

本書で語られる物語にその答えがあります。舞台は、二人のリンダが暮らすアラバマ州の北のテネシー州、東部山岳地帯にあるウェアーズ・ヴァレー。実在の土地で、人口六千五百ほどの静かな渓谷の町です。グレート・スモーキー・マウンテンズ国立公園と隣接しているため、二〇〇五年に開発の波が押し寄せました。渓谷を見下ろすコーヴ・マウンテンに四百戸のコテージが建設され、自然が破壊されると反対運動が起きたそうです。

本書のヒロイン、セラはウェアーズ・ヴァレーを貫いて走るハイウェイ沿いで食料雑貨店兼ガソリンスタンドを営んでいます。離婚して、おばのいるこの町で自活するために開いた店です。もともと人付き合いが苦手で、石橋を叩いてもけっきょく渡らないタイプの女が、積極的に人生を謳歌したいアウトドア派の男と結婚したのが間違いだったのですが、何事にも消極的でつまらない（と彼は思った）セラに愛想を尽かして夫が出て行ったら、そりゃあ傷つきます。ますます自分の殻に閉じこもってしまいました。

そんな殻を破って彼女を引っさらってくれるのがヒーロー、なら話はドンドン進みますが、コーヴ・マウンテンの山頂にちかい山小屋に一人で暮らすベンは、世捨て人です。戦闘に明け暮れることに疲れ、実戦経験もないのに偉そうに、彼や彼の部下たちの生死を分ける決断を平気で下す役人たちとかかずらうことに嫌気がさして、軍隊を辞めた男です。

そんな二人に接点はなさそうですが、セラはたまに買い物に来るベンを意識しています。ベンもセラを憎からず思っています。二人の距離は少しずつちかづいてゆきます、もちろん。なにしろＣＭＥが地球を直撃したのですから。二人だけではなくコミュニティ全体で助け合わないとどうしようもありません。幸いなことにウェアーズ・ヴァレーの住人には、生き延びるための知恵があります。縦横に走る渓流は水と魚を提供してくれるし、山には薪にする木もあり、食料にする獣もいます。二世代前までは、畑を耕し狩りをして自給自足の生活を送っていたという土地柄ですから。都会っ子なのに山に住むわたしなんか、二年前に台風で山の木がバタバタ倒れて送電線が分断され、三日間停電しただけで音をあげました。それが一年以上つづくとなったら、もうお手上げです。犬の散歩でよく出会う鹿の一家がいますが、つぶらな瞳のあの子たちを狩って食べるなんてぜったいに無理だもの。
最後に、この物語はあながち絵空事ではないと思える情報を。二〇一二年七月に、巨大なＣＭＥが地球公転軌道にぶつかっていたそうです。わずか九日というタッチの差で地球は逃げ切りましたが。温暖化のせいで台風の規模は大きくなるばかりだし、関東直下型地震や南海トラフ地震はいつ起きてもおかしくないらしいし、その上にＣＭＥの心配もしなければならないなんて……。わたしたちにできるのは、万全の備えをし、あとは毎日を悔いなく生きることですね。会いたい人には、会いたいと思ったときに会っておきましょう。

加藤洋子

二〇二〇年四月

訳者紹介　加藤洋子

文芸翻訳家。主な訳書にリンダ・ハワード『ためらう唇』『吐息に灼かれて』、リンダ・ハワード／リンダ・ジョーンズ『幾千もの夜をこえて』（以上mirabooks）やケイト・クイン『戦場のアリス』（ハーパーBOOKS）などがある。

静寂（せいじゃく）のララバイ

2020年4月15日発行　第1刷

著　者　リンダ・ハワード／リンダ・ジョーンズ

訳　者　加藤洋子（かとうようこ）

発行人　鈴木幸辰

発行所　株式会社ハーパーコリンズ・ジャパン
東京都千代田区大手町1-5-1
03-6269-2883（営業）
0570-008091（読者サービス係）

印刷・製本　中央精版印刷株式会社

定価はカバーに表示してあります。

ISBN978-4-596-91818-5